해변의
카프카
1

해변의 카프카

1

무라카미 하루키 장편소설

김춘미 옮김

문학사상

일러두기

1. 본문의 주는 모두 편집자 주입니다.
2. 본문의 강조 및 방점 처리는 원서의 표기를 따랐습니다.

『해변의 카프카』에 부쳐 한국의 독자 여러분께 보내는 메시지

이 소설의 주인공 카프카 군은 나 자신이며 독자 여러분 자신이기도 합니다

한국의 독자 여러분과 『해변의 카프카』를 통해서 다시 만나게 되어 먼저 간곡한 인사의 말씀을 전합니다.

『해변의 카프카』라는 장편소설에 대한 대강의 구상이 떠올랐을 때 내 머릿속에 있었던 것은, 먼저 열다섯 살의 소년을 주인공으로 정하고 소설을 엮어 나가자는 것이었습니다.

그동안 내 소설의 주인공은 대체로 이십대에서 삼십대에 이르는 남성으로, 도쿄를 비롯한 대도시에 사는 전문직 혹은 직장을 잃은 실업자가 많았습니다. 그들은 사회적으로 보면 결코 높은 평가를 받을 만한 사람들은 아니었습니다.

하지만 내 작품 속의 일반적인 주인공들은 그들 나름의 독자적인 삶의 방식과 독자적인 가치관을 지닌 사람들이었습니다. 내가 주로 그려 온 것은 그 같은 사람들의 라이프스타일이

며, 그 같은 사람들의 가치관인 동시에 그들이 살며 통과해 가고 있는 삶의 궤적이라고 말할 수 있을 것입니다. 그리고 그 주인공들의 눈에 비친 세계의 있는 그대로의 모습이라고도 하겠습니다.

그런데 열다섯 살 소년의 이야기를 써보고 싶다는 생각은 꽤 오래전부터 내 머릿속에 자리 잡고 있던 아이디어였습니다. 내가 소년의 이야기를 구상하게 된 것은 그들이 아직은 변화할 가능성이 많은 존재이며, 그들의 정신 상태가 한 방향으로 고착돼 있지 않다는 데 주목했기 때문이었습니다. 그들은 미처 가치관이나 라이프스타일 같은 것이 확립되지 않은 상태입니다. 그럼에도 그들의 정신은 맹목적으로 자유를 모색하고, 그 신체는 격렬한 속도로 성숙을 향해 질주하고 있다는 점에 큰 흥미를 느꼈습니다. 나는 그와 같은 동요를 거듭하며 변동하는 상황을 픽션이라는 그릇 속에 넣고 그려 보고 싶었습니다.

한 인간의 정신을 어떠한 이야기 속에서 형상화해 나갈 수 있는가, 하는 것이 내가 그리고 싶은 이야기의 핵심이라고 하겠습니다.

물론 주인공인 다무라 카프카 군은 어디서나 볼 수 있는 열다섯 살의 소년은 아닙니다. 그는 어린 시절에 어머니에게 버림받고, 아버지에게 저주를 받았으며, '세상에서 가장 터프한 열다섯 살 소년'이 되기로 결심하고는, 몸을 단련하고 학교를 등진 채 혼자 가출을 단행한 억센 소년입니다.

그것은 어느 모로 보나(일본에서나 한국에서나 마찬가지겠지요), 평균적인 열다섯 살 소년의 모습이라고는 말할 수 없을 것입니다. 그럼에도 불구하고 그 소년의 많은 부분은 바로 나 자신이며, 그리고 또 독자 여러분 자신이라고도 말할 수 있을 것입니다.

열다섯 살이라는 연령은 희망과 절망 사이를 격렬하게 오가고, 세계의 현실성과 비현실성 사이를 빈번하게 왕래하며, 신체가 도약과 실추 사이를 반복하기 일쑤입니다.

사람은 누구나 축복을 받기도 하고, 저주를 받기도 합니다. 그리고 이 소설 속 열다섯 살 소년의 이야기가 확대되거나, 축소되거나 또는 변형된 형태로 삶을 체험해 나간다고도 볼 수 있을 것입니다. 다무라 카프카 군은 혼자 어느 누구의 도움도 받을 수 없는, 그야말로 고립무원의 상태에서 가출을 하고, 삭막한 어른들의 세계에 발을 들여놓게 됩니다. 그리고 거기에는 그에게 상처를 입히려고 하는 어떤 힘의 작용이 엄습하기도 합니다. 하지만 그와 동시에 많은 사람들이 그의 영혼을 구제해 주려고 안간힘을 쓰거나, 결과적으로 구제를 받게 되기도 합니다.

그는 세상의 끝까지 갔다가 다시 돌아오게 됩니다. 그리고 돌아왔을 때 이미 그는 지난날의 카프카가 아닌 또 다른 소년으로 탈바꿈해 있습니다. 그는 다음 성숙한 단계로 진입한 이가 되어 있는 것입니다.

우리는 세상이 얼마나 터프한 것인가를 알고 있습니다. 그러나 그와 동시에 세상은 참으로 근사하고, 우아한 대상일 수 있다는 것을 알고 있습니다.

『해변의 카프카』는 열다섯 살 소년의 눈을 통해서, 그와 같은 세상의 있는 그대로의 모습을 그려 보려고 한 것입니다. 되풀이해서 말하지만, 다무라 카프카 군은 곧 나 자신이며, 독자 여러분 자신이기도 합니다. 당신이 그와 같은 눈으로 이 작품을 보아줄 수 있다면, 작가로서 그보다 더 소망스러운 일은 없을 것입니다.

무라카미 하루키

1권 차례

까마귀라고 불리는 소년

"그래서, 돈은 어떻게든 마련한 거지?" 하고 까마귀라고 불리는 소년이 말한다. 다소 느릿느릿한, 평소와 다를 바 없는 말투다. 깊은 잠에서 막 깨어나서, 입의 근육이 미처 자유롭게 움직여지지 않을 때와 같은. 그러나 그건 일부러 능청을 떠는 것뿐이고, 실제로는 온몸 구석구석까지 완전히 깨어 있다. 늘 그렇듯이.

나는 고개를 끄덕인다.

"얼마나?"

나는 다시 한번 머릿속에서 숫자를 확인하고 대답한다. "현금이 사십만 엔 정도. 그 밖에 현금카드로 빼 쓸 수 있는 은행 예금이 약간. 물론 충분하다고는 할 수 없지만, 일단은 어떻게 되겠지."

"뭐, 나쁘진 않네. 일단은 말이야" 하고 까마귀라고 불리는 소년이 말한다. 나는 고개를 끄덕인다.

"하지만 그건 작년 크리스마스 때 산타클로스가 주고 간 돈은 아닌 것 같은데" 하고 까마귀라고 불리는 소년이 말한다.

"아니야"라고 나는 말한다.

까마귀라고 불리는 소년이 비꼬는 듯한 표정으로 입술을 조금 삐죽거리며 주변을 둘러본다. "그 돈의 출처는 여기 누군가의 서랍 속—인 걸까?"

나는 대답을 하지 않는다. 물론 그는 내가 그 돈을 어떻게 손에 넣었는지 처음부터 알고 있다. 말을 빙 돌려 하지 않아도 되는데, 그런 말투로 나를 놀리고 있을 뿐이다.

"뭐, 상관없어" 하고 까마귀라고 불리는 소년이 말한다. "넌 그 돈이 필요하지. 절실하게 말이야. 그리고 넌 그 돈을 손에 넣었어. 빌렸든, 말없이 슬쩍했든, 또는 훔쳤든…… 아무렴 어때. 어차피 그건 네 아버지 돈이니까. 그 정도면 일단은 어떻게 되겠지. 하지만 그 사십만 엔인지 얼만지를 모두 쓰고 나면 어떻게 할 작정이지? 지갑 속의 돈이 설마 숲속의 버섯처럼 자연히 불어날 리도 없고. 넌 먹을 것도 필요하고 잠잘 곳도 필요하잖아. 돈은 곧 바닥이 나게 돼 있어."

"그때 일은 그때 가서 생각할 거야"라고 나는 말한다.

"그때 일은 그때 가서 생각할 거야"라고 소년이 앵무새처럼 내 말을 그대로 반복한다.

나는 고개를 끄덕인다.

"예를 들면 일자리를 찾는다든가?"

"아마도"라고 나는 말한다.

까마귀라고 불리는 소년이 고개를 가로저으며 말한다. "이봐, 넌 좀 더 세상이라는 걸 알아야 해. 열다섯 살인 어린애가 머나먼 낯선 고장에 가서 도대체 어떤 일자리를 찾을 수 있을 것 같아? 넌 아직 고등학교도 마치지 못했잖아. 누가 그런 사람을 고용하겠어?"

나는 얼굴이 조금 붉어진다. 금세 붉어진다.

"아니, 됐어" 하고 까마귀라고 불리는 소년이 말한다. "아직 시작도 하기 전에 답답한 이야기만 늘어놓아 봐야 소용없으니까. 넌 이미 마음을 정했어. 이제 남은 건 그걸 실행하는 일뿐이야. 무엇이 어떻게 되든 네 인생이니까, 기본적으로는 네 생각대로 할 수밖에 없지."

그렇다, 어쨌든 이것은 내 인생이니까.

"하지만 지금부터 넌 아주 터프해져야만 해."

"노력은 하고 있어"라고 나는 말한다.

"분명히" 하고 까마귀라고 불리는 소년이 말한다. "지난 몇 년 동안에 넌 무척 강해졌어. 내가 그걸 인정하지 않는 건 아니야."

나는 고개를 끄덕인다.

까마귀라고 불리는 소년이 말한다. "그렇지만 뭐니 뭐니 해도 넌 아직 열다섯 살이야. 네 인생은 이제 막 시작된 거나 다름없지. 네가 지금까지 본 적도 없는 것들이 이 세상엔 잔뜩 넘쳐나. 지금 너로선 상상조차 할 수 없는 일들 말이야."

우리는 여느 때처럼 아버지 서재의 낡은 가죽 소파 위에 나란히 앉아 있다. 까마귀라고 불리는 소년은 그 자리를 마음에 들어 하고, 그곳에 있는 자질구레한 물건들을 무척 좋아한다. 지금은 꿀벌 모양의 유리 문진文鎭을 만지작거리고 있다. 물론 우리는 아버지가 집에 있을 때는 서재 근처에 얼씬도 하지 않지만.

나는 말한다. "그렇지만 무슨 일이 있어도 난 여기서 나가야만 해. 그건 움직일 수 없는 사실이야."

"그럴지도 모르지" 하고 까마귀라고 불리는 소년이 맞장구를 친다. 문진을 테이블 위에 놓고 머리 뒤에서 손을 깍지 낀다. "하지만 그것만으로 모든 게 해결되지는 않아. 또 네 결심에 찬물을 끼얹는 것 같지만, 아무리 멀리 간다 해도 네가 집에서 도망칠 수 있을지 어떨지 그게 문제지. 그러니까 멀건 가깝건 거리 같은 건 너무 기대할 게 못 된다고 생각해."

나는 새삼스럽게 거리에 대해 생각한다. 까마귀라고 불리는 소년이 한숨을 한 번 쉬고 나서 손가락 끝으로 양쪽 눈꺼풀을 누른다. 눈을 감고 그 어둠 속에서 나에게 말을 건다.

"늘 하던 게임을 하자."

“좋아”라고 나는 말한다. 나도 그와 같이 눈을 감고, 조용히 숨을 크게 쉰다.

“내 말 잘 들어. 엄청나게 지독한 모래 폭풍을 상상해 봐” 하고 그가 말한다. “다른 일은 깡그리 잊어버리고 말이야.”

그가 시키는 대로, 엄청나게 지독한 모래 폭풍을 상상한다. 다른 일은 모두 완전히 잊어버린다. 내가 나 자신이라는 사실조차 잊어버린다. 나는 공백이 된다. 모든 것이 곧 떠오른다. 늘 그렇듯이 나와 소년은 아버지 서재의 낡은 가죽 소파 위에서 그 모래 폭풍을 함께 상상한다.

“경우에 따라서는 운명이란 끊임없이 진행 방향을 바꾸는 국지적인 모래 폭풍과 비슷해” 하고 까마귀라고 불리는 소년이 나에게 말하기 시작한다.

경우에 따라서는 운명이란 끊임없이 진행 방향을 바꾸는 국지적인 모래 폭풍과 비슷해. 너는 그 폭풍을 피하려고 도망치는 방향을 바꿔. 그러면 폭풍도 네 도주로에 맞추듯 방향을 바꾸지. 너는 다시 또 모래 폭풍을 피하려고 네 도주로의 방향을 바꾸어 버려. 그러면 폭풍도 다시 또 네가 도망치는 방향으로 방향을 바꾸어 버리지. 몇 번이고 몇 번이고, 마치 날이 새기 전에 죽음의 신과 얼싸안고 불길한 춤을 추듯 그런 일이 되풀이되는 거야. 왜냐하면 그 폭풍은 어딘가 먼 곳에서 찾아온, 너와 아무 관계 없는 어떤 것이 아니기 때문이지. 그 폭풍은 그러

니까 너 자신인 거야. 네 안에 있는 무엇이라고 생각하면 돼. 그러니까 네가 할 수 있는 일이라곤, 모든 걸 체념하고 그 폭풍 속으로 곧장 걸어 들어가서 모래가 들어가지 않게 눈과 귀를 꽉 틀어막고 한 걸음 한 걸음 빠져나가는 일뿐이야. 그곳에는 어쩌면 태양도 없고 달도 없고 방향도 없고 어떤 경우에는 제대로 된 시간조차 없어. 거기에는 백골을 분쇄해 놓은 것 같은 하얗고 고운 모래가 하늘 높이 날아다니고 있을 뿐이지. 그런 모래 폭풍을 상상하는 거야.

나는 그런 모래 폭풍을 상상한다. 하얀 회오리바람이 하늘을 향해 굵은 동아줄처럼 수직으로 뻗어 올라가고 있다. 나는 두 손으로 눈과 귀를 꽉 틀어막는다. 몸 안으로 그 고운 모래가 들어오지 못하게. 그 모래 폭풍은 이쪽을 향해 맹렬한 기세로 자꾸자꾸 다가온다. 나는 그 폭풍의 압력을 멀리서도 피부로 느낄 수 있다. 그것은 이제 막 나를 집어삼키려 하고 있다.

이윽고 까마귀라고 불리는 소년이 내 어깨에 조용히 손을 얹는다. 그러자 모래 폭풍은 사라진다. 그러나 나는 아직도 눈을 감은 채로 있다.

"넌 지금부터 세상에서 가장 터프한 열다섯 살 소년이 돼야 해. 무슨 일이 있어도. 네가 이 세상에서 살아 나가려면 다른 방법은 없어. 그리고 그러기 위해서는 정말로 터프하다는 것이 어떤 것인가를 너 스스로 이해해야만 해, 알겠어?"

나는 그냥 잠자코 있는다. 까마귀라고 불리는 소년의 손의 감촉을 어깨 위에 느끼면서 이대로 천천히 잠들고 싶다는 생각을 한다. 날개를 퍼덕이는 소리가 희미하게 들려온다.

"넌 지금부터 세상에서 가장 터프한 열다섯 살 소년이 된다" 하고 까마귀라고 불리는 소년이, 잠들려고 하는 내 귓가에 조용히 속삭인다. 내 마음에 짙은 파란색 글자로 한 땀 한 땀 문신을 새겨 넣듯이.

그리고 물론 너는 실제로 그놈을 빠져나가게 될 거야. 그 맹렬한 모래 폭풍을. 형이상학적이고 상징적인 모래 폭풍을. 그렇지만 형이상학적이고 상징적인 동시에 그놈은 천 개의 면도날처럼 날카롭게 생살을 찢을 거야. 몇몇 사람들이 거기서 피를 흘리고, 너 자신도 별수 없이 피를 흘리게 되겠지. 뜨겁고 새빨간 피를. 너는 두 손에 그 피를 받게 될 거야. 그것은 네 피이자 다른 사람들의 피이기도 하지.

그리고 그 모래 폭풍이 그쳤을 때, 어떻게 자신이 무사히 빠져나와 살아남을 수 있었는지, 너는 잘 이해할 수 없을 거야. 아니, 정말로 모래 폭풍이 사라져 버렸는지 아닌지도 확실하지 않을 거야. 하지만 이것 한 가지만은 확실해. 그 폭풍을 빠져나온 너는 폭풍 속에 발을 들여놓았을 때의 네가 아니라는 사실이야. 그래, 그것이 바로 모래 폭풍의 의미야.

열다섯 번째 생일이 찾아왔을 때, 나는 집을 나와 멀고 낯선 도시로 가서 자그마한 도서관의 구석에 자리를 잡고 살아가게 된다.

물론 순서에 따라서 자세한 이야기를 하려면, 아마 일주일 동안 쉬지 않고, 계속할 수도 있을 것이다. 그러나 먼저 요점만 말한다면 대체로 이렇게 말할 수 있다. **열다섯 번째 생일이 찾아왔을 때, 나는 집을 나와 멀고 낯선 도시로 가서, 자그마한 도서관의 구석에서 생활하게 되었다.**

어쩐지 옛날이야기처럼 들릴지 모른다. 그러나 그건 옛날이야기는 아니다. 어떤 의미로든.

제1장

집을 나올 때 아버지의 서재에서 몰래 들고 나온 것은 현금만이 아니다. 오래된 자그마한 순금 라이터(그 디자인과 무게감이 좋았다)와 날카로운 칼날의 잭나이프. 그건 사슴의 가죽을 벗길 때 쓰는 칼인데, 손바닥 위에 올려놓으면 묵직하니 중량감을 느낄 수 있고, 칼날 길이는 십이 센티미터나 된다. 해외여행을 갔을 때 사온 기념품일까? 그리고 책상 서랍 안에 있던 성능이 뛰어난 손전등도 갖고 가기로 했다. 선글라스도 나이를 숨기기 위해 필요하다. 짙은 스카이블루의 레보 선글라스.

아버지가 아끼는 롤렉스 오이스터를 가지고 갈까도 생각했지만 망설인 끝에 그만두었다. 그 시계의 기계로서의 아름다움에 강렬하게 매료됐지만, 쓸데없이 값비싼 물건을 몸에 지녀서 사람들의 눈길을 끌고 싶지는 않았다. 게다가 실용성을 생각한다면, 내가 평소에 사용하는 스톱워치와 알람 기능이 있는 플라스틱 카시오 손목시계면 충분하다. 오히려 그쪽이 훨씬 쓰기 편할 것이다. 단념하고 롤렉스를 다시 서랍에 넣는다.

그 외에는 어렸을 때 누나와 둘이서 나란히 찍은 사진. 그 사진도 책상 서랍 안쪽에 들어 있었다. 나와 누나는 어딘지 모를 해안에서 즐거운 듯이 웃고 있다. 누나는 옆을 보고 있어서 얼굴 반쪽이 어둡게 그늘져 있다. 그 때문에 웃는 얼굴이 한가운데서 잘린 것처럼 찍혀 있다. 교과서에 실린 사진으로 본 그리스 연극의 가면처럼 그 얼굴에는 이중의 의미가 담겨 있다. 빛과 그림자. 희망과 절망. 웃음과 슬픔. 신뢰와 고독. 나는 아무 거리낌 없이 똑바로 카메라 쪽을 보고 있다. 해안에는 우리 두 사람 외에는 아무도 없다. 나와 누나는 수영복을 입고 있다. 누나는 빨간 꽃무늬 원피스 수영복을, 나는 보기 싫은 헐렁헐렁한 파란색 수영 팬티를 입고 있다. 나는 손에 무언가를 들고 있다. 플라스틱 막대기처럼 보인다. 흰 거품이 된 파도가 발 주위를 적시고 있다.

언제 어디서 누가 그런 사진을 찍은 것일까? 왜 나는 그렇게 즐거운 얼굴을 하고 있는 것일까? 도대체 어떻게 그처럼 즐거운 표정을 지을 수 있었던 것일까? 어째서 아버지는 이 사진만 늘 쓰는 책상 서랍 속에 남겨 두었을까? 모든 것이 수수께끼투성이다. 나는 아마 세 살, 누나는 아홉 살쯤 됐을 무렵 같다. 나와 누나는 이렇게 사이가 좋았던 것일까? 나에게는 가족과 함께 바다로 놀러 갔던 기억이 전혀 없다. 어딘가에 간 기억도 없다. 아무튼 나는 그런 사진을 아버지 곁에 놔둔 채 떠나고 싶지는 않다. 그 오래된 사진을 지갑 속에 집어넣는다. 어머니 사진은 없다. 아버지는 어머니가 찍혀 있는 사진은 한 장도 남기지 않고 버린 것 같았다.

잠깐 생각해 보고 휴대전화를 가지고 가기로 한다. 없어진 걸 알게 되면, 아버지는 통신 회사에 연락해서 해지해 버릴지도 모른다. 그렇게 되면 아무짝에도 쓸모 없지만 나는 일단 휴대전화를 배낭에 집어넣는다. 충전기도 집어넣는다. 어차피 가벼운 물건이니까 짐이 되지도 않고, 못 쓰게 되면 그때 버리면 된다.

배낭에는 꼭 필요한 것만 챙겨 넣는다. 옷을 고르는 것이 가장 어렵다. 속옷은 몇 벌이나 필요할까? 스웨터는 몇 벌쯤 필요할까? 셔츠는? 바지는? 장갑은? 머플러는? 반바지는? 오버코트는? 생각하기 시작하면 끝이 없다. 그러나 한 가지 확실한 것이 있다. 커다란 짐 보따리를 짊어지고 얼핏 봐도 나는 가출한 소년입니다, 하는 모습으로 낯선 고장을 어정거리며 돌아다니고 싶지는 않다. 그런 짓을 했다가는 금세 누군가의 주의를 끌게 될 것이고, 경찰서에 잡혀 갔다가 즉시 집으로 돌려보내질 것이다. 아니면 그 고장의 변변치 못한 무리들과 어울리게 될지도 모른다.

추운 고장에 가지 않으면 된다. 나는 그렇게 결론을 내렸다. 쉬운 일 아닌가? 아무 데나 따뜻한 곳으로 가자. 그러면 코트 같은 건 필요 없다. 장갑도 필요 없다. 추위를 고려하지 않는다면 필요한 옷의 양은 절반 정도로 줄어든다. 세탁하기 쉽고 금세 마르고 될 수 있는 대로 부피가 작은 얇은 옷을 골라 작게 접어서 배낭 속에 집어넣는다. 그 외에는 바람을 빼면 간편하게 접을 수 있는 삼계절용 침낭, 간단한 세면도구 세트, 비옷, 노트와 볼펜, 녹음을 할 수 있는 소니 엠디MD 워크맨, 열 장가량의 엠디 디스크(음악은 꼭 필요하다), 예비용 배터리, 대충 그 정도다. 캠핑용으로 조리할 때 쓰는 도구 같은 건 필요 없다. 너무 무겁고 부피도 크다. 먹을 것은 편의점에서 살 수 있다. 오랜 시간을 들여서 나는 소지품 리스트를 줄여 나간다. 여러 가지를 추가했다가 꼭 필요한 것만 남기고 지운다. 다시 많은 걸 추가하고는 또다시 줄여 나간다.

열다섯 살의 생일은 가출하기에 가장 알맞은 시점이라고 생각했다. 그날보다 전이라면 너무 이르고, 그날보다 후라면 너무 늦고 만다.

중학교에 입학한 이후 이 년 동안 나는 그날을 위해 집중적으로 몸을 단련해 왔다. 초등학교 저학년 때부터 유도를 배웠고, 중학생이 되고 나서도 얼마 동안은 계속했다. 그러나 학교

운동부에는 들어가지 않았다. 시간이 있으면 혼자 운동장을 달리고, 수영장에서 수영을 하고, 구청 체육관에 가서 기구를 사용하며 근육 단련에 힘썼다. 그곳에서는 젊은 코치들이 무료로 올바른 스트레칭 방법과 기구 사용법을 가르쳐 줬다. 어떻게 하면 온몸의 근육을 효율적으로 강화할 수 있는지, 어떤 근육이 평소 사용하는 것이고, 어떤 근육이 기구가 아니면 강화할 수 없는 것인지. 그들은 올바른 벤치프레스 사용법을 알려 줬다. 다행스럽게도 나는 원래 키가 컸고, 일상적으로 운동을 한 덕분에 어깨도 넓어지고 흉부도 두꺼워졌다. 모르는 사람의 눈에는 넉넉히 열일곱 살로 보일 것이다. 만일 내가 열다섯 살이면서 열다섯 살의 겉모양을 하고 있다면 가는 곳마다 틀림없이 귀찮은 일을 겪게 될 것이다.

체육관 코치와 나누는 말이나 하루건너 집에 오는 파출부 아주머니와 간단하게 주고받는 말을 빼고는, 그리고 학교에서 꼭 필요한 대화 말고는, 나는 아무와도 말을 하지 않았다. 아버지와는 아주 오래전부터 얼굴을 마주하지 않았다. 한 집에서 살고는 있지만 생활하는 시간대가 완전히 달랐고, 아버지는 하루의 거의 모든 시간을 집에서 조금 떨어진 곳에 있는 공방에 틀어박혀 살다시피 했다. 그리고 말할 것도 없는 일이지만, 나는 아버지와 부딪치지 않도록 언제나 조심했다.

내가 다니던 학교는 주로 상류 가정 혹은 그저 단순한 부잣

집 아이들을 모아 놓은 사립 중학교였다. 어지간한 실수를 하지 않는 한 그대로 고등부까지 진학할 수 있다. 모두 가지런한 치열을 하고 깨끗한 옷을 입고 따분한 이야기만 주고받았다. 물론 우리 반 아이들은 아무도 나를 좋아하지 않았다. 나는 내 주위에 높은 벽을 쌓아 어느 누구도 안에 들어오지 못하게 하고, 나 자신도 그 벽을 넘어 밖으로 나가지 않으려고 노력했다. 그런 인간이 누군가에게 호감을 살 리가 없다. 그들은 나를 멀리하고 경계했다. 혹은 불쾌하게 여기거나 때로는 겁을 먹었을지도 모른다. 그러나 나는 사람들과 섞이지 못하는 것이 오히려 고마웠다. 나에게는 혼자서 해야 할 일이 산더미처럼 있었기 때문이다. 쉬는 시간이 되면 언제나 학교 도서실에 가서 책을 미친 듯이 탐독했다.

그래도 학교 수업만은 꽤 열심히 들었다. 그건 까마귀라고 불리는 소년이 강력히 권했기 때문이다.

학교 수업 시간에 배우는 지식이나 기술 같은 것이 실제 생활에서 도움이 되리라고는 생각하지 않아. 확실히 그래. 교사들도 거의 다 별로 신통치 않은 놈들이야. 그건 알고 있지? 하지만 내 말 잘 들어. 넌 가출을 하는 거야. 그렇게 되면 앞으로 학교에 다닐 기회라고는 아마 없을 테고, 교실에서 배우는 것은 좋든 싫든 간에 하나도 빠짐없이 머릿속에 확실히 흡수해 두는 것이 좋아. 너는 그냥 수분을 빨아들이는 압

지押紙가 되는 거야. 무엇을 남기고 무엇을 버릴 것인가는 나중에 가서 결정하면 되니까 말이야.

나는 그 충고를 따랐다(나는 대체로 까마귀라고 불리는 소년이 나에게 어떤 충고를 하면 받아들이는 편이었다). 의식을 집중하고, 뇌를 스펀지 상태로 만들어 놓고, 교실에서 들리는 모든 말에 귀를 기울여 머리에 스며들게 했다. 그 말들을 한정된 시간 안에 이해하고 기억했다. 덕분에 나는 교실 밖에서는 거의 공부를 하지 않았는데도, 시험 성적은 언제나 반의 상위권에 속했다.

근육은 금속을 섞은 것처럼 단단해지고 나는 점점 더 과묵해져 갔다. 감정의 기복이 얼굴에 드러나는 것을 가능한 한 억제하고, 내가 무슨 생각을 하는지 선생님이나 주변의 같은 반 아이들이 눈치채지 못하도록 훈련했다. 나는 머지않아 거칠고 황량한 어른의 세계에 파고들어, 거기서 나 혼자의 힘으로 살아 나가지 않으면 안 된다. 어느 누구보다도 터프해지지 않으면 안 된다.

거울을 보면, 내 눈이 도마뱀 같은 차디찬 빛을 띠며, 표정이 점점 더 딱딱해지고 엷어져 가는 것을 알 수 있었다. 돌이켜 보면 나는 기억할 수 없을 만큼 오래전부터 한 번도 웃지 않았다. 웃음은커녕 미소조차 지은 적이 없었다. 타인을 향해서도, 그리고 나 자신을 향해서도.

그렇지만 그런 고요한 고립을 늘 끝까지 지켜 낼 수 있었던 것은 아니다. 내가 스스로 내 주위에 빙 둘러쳐 놓은 높은 벽이 간단하게 허물어진 일도 있었다. 여러 번 그랬던 것은 아니지만, 이따금 그런 일이 있었다. 그럴 때에는 벽이 나도 모르는 사이에 없어지고, 나는 알몸인 채로 세상에 드러나 버렸다. 그럴 때 나는 혼란스러웠다. 그것도 심하게 혼란스러웠다. 게다가 거기에는 예언이 있었다. 예언은 언제나 시커먼 물처럼 거기 있었다.

예언은 시커먼 비밀의 물처럼 언제나 거기 있다.

평소에는 어딘지 모르는 장소에 몰래 숨어 있다. 그러나 어느 때가 되면 소리도 없이 넘쳐흘러, 네 세포 하나하나를 차디차게 적시고, 너는 범람하는 그 잔혹한 물속에 빠져 허덕이게 된다. 너는 천장에 있는 공기구멍에 매달려서, 밖의 신선한 공기를 필사적으로 갈망한다. 그러나 거기에서 빨아들이는 공기는 바싹 메말라 있어 네 목구멍을 뜨겁게 태운다. 물과 갈증, 차가움과 뜨거움이라는 대립적인 요소가 힘을 합쳐서 동시에 너에게 덤벼든다.

세상에 이렇게 넓은 공간이 있는데도, 너를 받아 줄 공간은—아주 조그만 공간이면 되건만—어디에도 없다. 네가 목소리를 바랄 때 거기 있는 것은 깊은 침묵이다. 그러나 네가 침묵을 바랄 때 거기에는 끊임없는 예언의 소리가 있다. 그 목소리가 이따금 네 머릿속 어딘가에 숨겨져 있는 비밀 스위치 같은 것을 누른다.

네 마음은 오랫동안 내린 비로 범람한 큰 강물과 닮았다. 지상의 표지판이나 방향판 같은 것은 하나도 남김없이 그 탁류 속에 모습을 감추고, 이미 어딘가 어두운 장소로 옮겨졌다. 그리고 비는 강 위로 계속 억수같이 퍼붓고 있다. 그런 장마 광경을 뉴스 같은 데서 볼 때마다 너는 이렇게 생각한다. 그렇지, 꼭 그대로다, 이것이 나의 마음이다,라고.

집을 나가기 전에 욕실에서 비누로 손을 씻고 세수를 한다. 손톱을 깎고, 귀 청소를 하고, 이를 닦는다. 시간을 들여 될 수 있는 대로 몸을 깨끗하게 한다. 경우에 따라서는 청결한 것이 무엇보다 중요한 때도 있다. 그러고 나서 세면대 거울을 마주하고 내 얼굴을 주의 깊게 바라본다. 거기에는 내가 아버지와 어머니로부터—어머니 얼굴은 전혀 기억나지 않지만—유전을 통해 물려받은 얼굴이 있다. 아무리 거울 속의 표정을 무덤덤하게 바꾸고, 아무리 눈을 가늘게 떠서 표정을 바꾸어 본다 해도, 아무리 근육을 몸에 붙인다 해도, 얼굴을 바꿀 수는 없다. 또 아무리 간절하게 원해도, 아버지로부터 물려받았다고 생각할 수밖에 없는 길고 짙은 두 눈썹과, 그 사이에 깊게 파인 주름살을 지워 버릴 수는 없다. 그렇게 하려고 마음만 먹는다면 아버지를 죽일 수도 있다(그건 현재의 내 힘으로는 결코 어려운 일이 아니다). 어머니를 기억에서 말살해 버릴 수도 있다. 그러나 내 안에 있는 그들의 유전자를 쫓아낼 수는 없다. 만일 그것을 쫓아내고 싶다면, 나 자신을 내 안에서 추방하는 수밖에 없다.

그리고 거기에는 예언이 있다. 그것은 장치로서 내 안에 묻혀 있다.

그것은 장치로서 네 안에 묻혀 있다.

나는 불을 끄고 욕실에서 나온다.

집 안에는 무겁고 축축한 침묵이 감돌고 있다. 그것은 존재하지 않는 사람들의 속삭임이고 죽은 사람들의 숨결이다. 나는 주위를 둘러보고 멈춰 서서 심호흡을 한다. 시곗바늘은 오후 세 시를 지나 있다. 그 두 개의 바늘은 무척 데면데면해 보인다. 그들은 중립적인 척하면서 내 편에 서 있지 않다. 이제 슬슬 이곳을 떠날 시간이다. 나는 소형 배낭을 집어 들고 어깨에 멘다. 몇 번이고 시험 삼아 어깨에 메어 본 적이 있었음에도, 배낭은 여느 때보다 훨씬 더 무겁게 느껴진다.

행선지는 시코쿠로 정했다. 시코쿠가 아니면 안 될 이유 같은 건 없다. 그렇지만 지도책을 보고 있으면, 왜 그런지 시코쿠가 내가 가야 할 곳이라는 생각이 든다. 몇 번을 봐도, 아니 볼 때마다 점점 더 강하게 그곳은 나를 끌어당긴다. 도쿄보다 훨씬 남쪽에 있고, 바다가 중간에 있어 본토와 떨어져 있으며 기후도 따뜻하다. 지금까지 한 번도 가본 적이 없는 곳이고, 그곳에는 아는 사람이나 친척이 단 한 사람도 없다. 그러니까 혹시 누군가 내 행방을 찾는 이가 있다고 해도(그럴 사람이 있으리라고는 생각되지 않지만), 시코쿠로 눈을 돌릴 가능성은 없다.

창구에서 예약해 놓은 버스표를 받아 들고 심야 버스에 몸을 싣는다. 이것이 다카마쓰까지 가는 가장 싼 교통편이다. 만 엔하고 조금 더 받는다. 아무도 나에게 주의를 기울이지 않는다. 나이도 묻지 않는다. 얼굴을 들여다보지도 않는다. 차장도 사무적으로 검표를 할 뿐이다.

버스 승객은 정원의 삼분의 일 정도뿐이다. 승객 대부분이 나처럼 혼자 여행하는 사람이어서 버스 안은 부자연스러울 정도로 고요하다. 다카마쓰까지는 퍽 긴 여정이다. 시간표에 의하면 대충 열 시간 정도나 걸리고, 내일 새벽에나 도착하게 된다. 그러나 시간이 얼마나 걸리는가는 신경 쓰지 않는다. 지금 나에겐 시간이라면 그야말로 얼마든지 있다. 밤 여덟 시가 지나서 버스가 터미널을 출발하자, 나는 좌석 등받이를 뒤로 젖히고 그대로 잠들어 버린다. 일단 좌석에 몸을 파묻고 나자, 마치 전지가 다 닳은 것처럼 의식이 흐려져 간다.

한밤중에 갑자기 억수같이 비가 쏟아지기 시작한다. 나는 이따금 잠에서 깨어 싸구려 커튼 사이로 밤의 고속도로 풍경을 바라본다. 빗방울이 소리를 내면서 세차게 차창을 두드리고, 도로를 따라 늘어선 가로등 불빛을 번지게 하고 있다. 가로등은 같은 간격을 유지하면서 세상에 붙여진 눈금처럼 끝없이 이어지고 있다. 새 불빛이 가까이 다가오고, 다음 순간에는 이미 낡은 빛이 되어 등 뒤로 사라진다. 문득 시계를 보니 자정을 넘은 시각이다. 자동적으로, 마치 앞으로 떠밀린 것처럼 나의 열다섯 번째 생일이 찾아온다.

"생일 축하해" 하고 까마귀라고 불리는 소년이 말한다.

"고마워"라고 나는 말한다.

그러나 예언은 그림자가 되어 아직 나에게 달라붙어 있다. 내 주위를 둘러싼 벽이 아직 허물어지지 않고 있는 것을 나는 확인한다. 나는 유리창의 커튼을 치고 다시 잠든다.

제2장

당 문서는 미국 국방부가 '극비 자료'로 분류해서 보관해 왔으나, 정보공개법에 따라 1986년 일반에 공개되었다. 현재는 워싱턴특별구 미국 국립문서보관소(NARA)에서 열람할 수 있다.

이 문서에 기록된 일련의 조사는 육군 정보부 제임스 P. 워런 소령의 지시에 따라, 1946년 3월부터 4월까지 실시되었다. 로버트 오코넬 소위와 해럴드 가타야마 상사가 야마나시현 ○○시의 현장에서 직접 조사를 진행했다. 모든 면담에서 질문자는 로버트 오코넬 소위다. 일본어 통역은 가타야마 상사가 맡았고, 서류 작성은 윌리엄 콘 일등병이 담당했다.

면담은 12일간에 걸쳐 실시되었으며, 장소는 야마나시현 ○○정사무소의 응접실이다. ○○군 ○○정립 ○○초등학교 여교사, 현지에서 개업 중인 의사 한 명, 현지 경찰서 소속의 경찰관 두 명, 그리고 여섯 명의 초등학생이 로버트 오코넬 소위의 질문에 개별적으로 응했다.
참고로, 첨부한 1/10,000 및 1/2,000 축도의 현지 지도는 내무성 지리조사소가 작성한 것이다.

「미국 육군 정보부(MIS) 보고서」
• 작성 연월일 : 1946년 5월 12일
• 타이틀: "RICE BOWL HILL INCIDENT, 1944: REPORT"
• 문서 정리 번호: PTYX-722-8936745-42213-WWN

이하는 사건 당시 ○○정립 ○○초등학교, 4학년 을반 담임 교사였던 오카모치 세쓰코(26세)의 인터뷰. 녹음테이프 사용. 이 인터뷰에 관한 부대 자료 청구번호는 PTYX-722-SQ-118부터 122까지다.

질문자 로버트 오코넬 소위의 소견:
오카모치 세쓰코는 용모가 준수하고 체구가 자그마한 여성이다. 지적이며 책임감이 강하고, 질문에 대한 대답은 정확하고 성실하다. 다만 이번 사건으로 적지 않은 충격을 받아, 그 여파가 지금까지도 남아 있는 것으로 보인다. 기억을 더듬는 도중에, 가끔 정신적 긴장이 심해지는 것이 느껴진다. 그에 따라 말투도 느려진다.

아마도 오전 열 시가 조금 지났을 때라고 생각합니다. 아주 먼 하늘 위에서 은색으로 선명하게 반짝이는 것이 보였습니다. 그렇습니다. 틀림없이 금속이 반사하는 빛이었습니다. 그 반짝이는 빛은 꽤 오랫동안 동쪽에서 서쪽 하늘로 천천히 이동했습니다. B-29일 것이라고 우리는 생각했습니다. 그것은 바로 우리 머리 위에 있었습니다. 그렇기 때문에 똑바로 위를 올려다봐야 했습니다. 구름 한 점 없는 파란 하늘이었고, 빛이 너무 눈부셔서 다른 물체는 볼 수 없었지만, 가까스로 눈에 띈 것은 두랄루민 같은 은색의 섬광뿐이었습니다.

그렇지만 어쨌든 그것은 형태도 보이지 않을 정도로 높은 곳에 있었습니다. 이 말은, 즉 저쪽에서도 우리 모습이 보이지 않았을 거라는 말입니다. 그러니까 공격당할 염려가 없었고, 갑자기 하늘에서 폭탄이 떨어질 염려도 없었습니다. 이런 산골에 폭탄을 떨어뜨려 봐야 아무런 효과도 없기 때문입니다. 아마 그 비행기는 어딘가 대도시로 폭격하러 가는 도중이거나, 아니면 폭격을 끝내고 돌아가는 길이거나, 둘 중 하나라고 생각했습니다. 그렇기 때문에 우리는 비행기의 모습을 봤어도, 특별히 경계하지 않고 그대로 계속 걸었습니다. 오히려 그 빛의 미묘한 아름다움에 감동할 정도였습니다.

—군 기록에 따르면 그 시각에, 즉 1944년 11월 7일 오전 10시 전후

에 그 지역 상공을 미군 폭격기나 그 밖의 항공기가 비행한 사실은 없습니다.

하지만 저와 그 자리에 있었던 열여섯 명의 아이들은 똑똑히 봤고, 모두 그것을 B-29라고 생각했습니다. 우리는 그때까지 여러 번 B-29 편대를 본 적이 있는 데다, 그렇게 높게 날 수 있는 비행기는 B-29밖에 없습니다. 우리 현 안에 작은 항공 기지가 있어서 이따금 일본 비행기를 본 적도 있지만, 하나같이 작은 것이라서 그렇게 높은 상공까지 날아오르지 못합니다. 게다가 반짝하고 빛을 내는 두랄루민의 반사 섬광은 다른 금속과는 빛을 내는 모양이 전혀 다르고, 두랄루민으로 된 비행기라면 B-29뿐입니다. 다만 대규모 편대가 아니라 한 대만 비행하는 것처럼 보여서 약간 이상하다고 생각했습니다.

—당신은 이 고장 출신입니까?

아닙니다. 저는 히로시마현 출신입니다. 쇼와昭和 16년(1941)에 결혼하고 그 뒤에 여기로 왔습니다. 남편 역시 이 현의 중학교에서 음악 교사로 근무하고 있었지만, 1943년에 소집돼 1945년 6월에 루손섬 전투에서 전사했습니다. 마닐라시 근교에 있는 화약고를 경비하던 중, 미군의 포격을 받아 인화 폭발하여 사망했다고 들었습니다. 아이는 없습니다.

—그때 당신이 인솔한 학생 수는 전부 몇 명이었습니까?

남녀 합해 모두 열여섯 명으로, 병이 나서 결석한 두 명을 제외한 우리 반 아이 전원이었습니다. 남녀 여덟 명씩으로 구성된 그 아이들 가운데 다섯 명은 도쿄에서 피난 온 아이들이었습니다.

우리는 야외 실습을 하기 위해 물통과 도시락을 들고 아침 아홉 시에 학교를 출발했습니다. 야외 실습이라고는 해도 특별한 학습을 하는 것은 아닙니다. 산에 가서 버섯이나 산나물을 찾는 것이 주목적입니다. 이곳은 농촌 지역이기 때문에 아직 그다지 식료품이 부족하지는 않았지만, 결코 먹을 것이 충분한 때는 아니었습니다. 관청에서 강제로 내라고 한 공출供出이 만만찮았기 때문에, 몇몇 사람을 빼고는 모두 만성적으로 굶주리고 있었습니다.

그래서 아이들에게도 음식이 될 만한 것은 뭐든 찾아 오도록 장려하고 있었습니다. 비상시니까 공부는 둘째 문제였습니다. 그런 '야외 실습'이 당시 성행하고 있었습니다. 저희 학교 주변에는 '야외 실습'에 적합한 장소가 얼마든지 있었고, 그런 의미에서 우리는 운이 좋은 편이었습니다. 도시에 있는 사람들은 모두 굶주리고 있었으니까요. 당시는 이미 타이완이나 대륙에서의 보급로가 완전히 끊겨서, 도시 지역의 식량과 연료 부족이 심각한 상태였습니다.

—그 반에 다섯 명, 도쿄에서 피난 온 아이들이 있었다고 했는데, 이 고장 아이들과 그 아이들 사이는 원만했습니까?

우리 반 아이들은 대체로 별 탈 없이 지내고 있었다고 생각합니다. 물론 이런 시골의 아이들과 도쿄 한복판에서 살던 아이들이 자란 환경은 전혀 다릅니다. 사용하는 말도 다르고, 입고 있는 옷도 다릅니다. 이 고장 아이들은 대부분 가난한 농가의 아이들이고, 도쿄에서 온 아이들은 대부분 회사원이나 공직자 집안의 아이들이었습니다. 따라서 아이들이 서로를 이해했다고는 말할 수 없을 겁니다.

특히 처음에는 두 그룹 사이에 서먹서먹한 분위기가 감돌았습니다. 싸움이나 반목이 있었던 것은 아니지만, 서로 상대가 무엇을 생각하는지 이해하지 못했던 겁니다. 그래서 이 고장 아이들과 도쿄에서 온 아이들은 각각 자기들끼리만 어울렸습니다. 하지만 두 달쯤 지나자 서로에게 꽤 익숙해졌습니다. 아이들끼리 일단 함께 놀기 시작하면, 문화나 환경의 울타리 같은 것은 비교적 간단히 없어지니까요.

—그날 당신이 아이들을 인솔해 갔던 장소에 대해 될 수 있는 대로 자세히 이야기해 주십시오.

그곳은 우리가 자주 소풍 가는 산이었습니다. 밥공기를 엎어 놓은 것 같은 동그란 모양을 하고 있어서, 우리는 보통 '밥공기 산'이라고 부르고 있었습니다. 학교에서 서쪽으로 약간 떨어진 곳에 위치한 이 산은 그다지 험한 산이 아니어서 누구나 쉽게 올라갈 수 있습니다. 정상까지 도달하는 데 아이들의 걸음으로 대략 두 시간 정도 걸립니다. 도중에 숲에서 버섯을 따고, 그곳에서 간단히 도시락을 먹기도 했습니다. 아이들은 교실에서 공부하는 것보다 '야외 실습' 나가는 것을 더 좋아합니다.

하늘 높이 보이던 비행기 같은 번쩍임이 잠시 우리에게 전쟁을 연상시켰지만, 그것은 한순간의 일이었고 우리는 대체로 기분이 좋았으며 행복했습니다. 구름 한 점 없는 쾌청한 날씨인데다 바람도 없고 산속이 조용해서, 들려오는 것이라고는 새소리 정도였습니다. 그런 산속을 걷고 있으려니까 전쟁 같은 것은 어딘가 먼 나라의, 우리와는 관계없는 사건처럼 생각됐습니다. 우리는 모두 노래를 부르면서 산길을 걸었습니다. 이따금 새의 울음소리를 흉내 내기도 했습니다. 전쟁이 아직도 계속되고 있다는 것을 빼놓고는 완벽하다고 해도 좋을 정도로 멋진 아침이었습니다.

ㅡ비행기 같은 걸 목격하고 난 뒤, 얼마 안 돼 모두가 숲속으로 들어간 겁니까?

그렇습니다. 숲속에 들어간 것은 비행기를 보고 나서 오 분이 채 지나지 않았을 때라고 생각합니다. 우리는 도중에 등산로에서 벗어나 숲속 경사면에 난 오솔길로 접어들었습니다. 그곳은 꽤 험한 오르막길입니다. 십 분쯤 올라갔는데 탁 트인 장소가 나타났습니다. 꽤 넓은 부분이 마치 탁자 상판처럼 말끔하고 평평하게 다듬어져 있었습니다. 일단 숲속에 발을 들여놓으면 고요하고 햇빛이 차단돼 공기가 서늘해지지만, 그곳만은 훤히 트여 있고 작은 광장처럼 돼 있었습니다. 우리 반 아이들은 '밥공기 산'에 올라가면 자주 그 장소를 찾습니다. 그곳에 있으면 왠지 마음이 편안해지고 친숙한 기분이 들기 때문입니다.

우리는 '광장'에 다다르자 짐을 내려놓고 잠시 휴식을 취한 후, 서너 명씩 짝을 이루어 버섯 찾기에 나섰습니다. 숲속 깊숙이 들어가지 않는 것이 우리의 규칙이었습니다. 저는 반 아이들을 모아놓고 다시 한번 그 규칙을 강조했습니다. 잘 아는 장소라고는 하지만 숲속이고, 일단 숲속에서 길을 잃으면 위험할 수도 있습니다. 더구나 어린아이들입니다. 버섯 캐기에 열중하다 보면 자기도 모르게 그런 규칙을 잊어버립니다. 그렇기 때문에 저 자신도 버섯을 찾는 한편 항상 눈으로 아이들의 머릿수를 헤

아리고 있었습니다.

아이들이 땅바닥에 쓰러지기 시작한 것은, 그 '광장'을 중심으로 버섯을 찾기 시작한 지 십 분쯤 지났을 때부터입니다.

처음 세 아이가 한 덩어리로 뭉쳐져 땅바닥에 쓰러져 있는 것을 봤을 때는, 얼핏 독버섯을 먹은 것이 아닐까 하고 생각했습니다. 이 고장에는 치명적인 맹독을 가진 버섯이 많습니다. 이 고장 아이들은 대부분 구별할 수 있지만, 그래도 더러는 확실치 않은 것이 있습니다. 그래서 학교로 가지고 돌아와 전문가가 선별해 줄 때까지는, 아무것도 절대로 입에 넣지 못하도록 엄하게 타일러 놓기는 했지만, 아이들 모두가 그 말에 따른다는 보장은 없었습니다.

저는 황급히 달려가서 땅바닥에 쓰러진 아이들을 안아 일으켰습니다. 아이들의 몸은 마치 태양열에 녹아서 부드러워진 고무처럼 흐물흐물했습니다. 힘이 쭉 빠져 있어서, 어쩐지 매미의 허물을 안고 있는 것 같았습니다. 하지만 호흡만은 정상이었습니다. 손목에 손가락을 대보니까 맥박도 대체로 정상인 것 같았습니다. 열도 없었습니다. 표정도 평온하고 괴로워하는 모습은 찾아볼 수 없었습니다. 벌에 쏘였거나 뱀에게 물린 것도 아닌 것 같았습니다. 다만 의식이 없을 뿐이었습니다.

가장 기묘한 것은 눈이었습니다. 아이들은 혼수상태에 빠진 것처럼 축 늘어져 있었지만 눈은 뜨고 있었습니다. 그리고 그 눈은 무언가를 보고 있는 것처럼 보였습니다. 때때로 눈을 깜빡거리기도 했습니다. 그러니까 잠들었다고도 할 수 없었으며, 무엇보다도 눈동자가 천천히 움직이고 있었습니다. 마치 어딘가 먼 곳의 풍경을 끝에서 끝까지 둘러보는 것처럼 조용히 좌우로 움직이고 있었습니다. 그 눈동자에는 의식이 있었습니다. 하지만 실제로는 아무것도 보고 있지 않았습니다. 적어도 눈앞에 있는 것을 보는 게 아닌 것만은 분명했습니다. 제가 눈앞에서 손을 흔들어도 눈동자는 반응조차 없었습니다.

저는 아이들을 차례로 안아 올렸지만, 세 아이 모두 똑같은 상태였습니다. 모두 의식이 없었으며 눈을 뜬 채, 눈동자만 좌우로 천천히 움직이고 있었습니다. 정말 심상치 않은 상황이었습니다.

—최초에 쓰러진 세 명의 구성은 어땠습니까?

세 명 모두 여자아이였습니다. 사이가 좋은 단짝이었습니다. 저는 그 아이들의 이름을 큰 소리로 부르면서 차례로 뺨을 때렸습니다. 무척 세게 때렸지만 반응이 없었습니다. 그리고 저도 아무것도 느끼지 못했습니다. 제가 손바닥에 느낀 것은 딱딱한 허공 같은 것이었습니다. 참으로 기묘한 감각이었습니다.

저는 학교에 연락하기 위해 누군가를 보내려고 생각했습

니다. 저 혼자의 힘으로 의식이 없는 아이를 세 명이나 떠메고 돌아가는 것은 불가능했으니까요. 가장 발이 빠른 사내아이의 모습을 찾으려고 일어서서 주위를 둘러봤을 때, 비로소 다른 아이들도 모두 땅바닥에 쓰러져 있는 것을 알았습니다. 저희 반 아이들 열여섯 명이 한 사람도 남김없이 의식을 잃고 쓰러져 있었습니다. 쓰러지지 않은 것은, 일어서서 의식을 잃지 않고 있는 것은 저 혼자뿐이었던 겁니다. 그곳은 마치…… 전쟁터 같았습니다.

—그때, 현장에서 무엇인가 이상한 것을 느끼지 못했습니까? 예를 들면 냄새라든가, 소리라든가, 빛이라든가?

(잠시 생각한다) 아닙니다, 아까도 말씀드렸지만 주위는 무척이나 조용하고 평화롭기 그지없었습니다. 소리에도 빛에도 냄새에도 이상한 점은 하나도 없었습니다. 다만 우리 반 아이들이 전부 그곳에 쓰러져 있었을 뿐입니다. 저는 그때, 이 세상에 홀로 남겨진 것 같은 느낌이 들었습니다. 무척 고독했습니다. 그 무엇과도 비교할 수 없을 정도로 고독했습니다. 아무것도 생각하지 않고 그대로 허공 속으로 사라져 버리고 싶은 심정이었습니다.

하지만 저에게는 인솔 교사로서의 책임이 있었습니다. 저는 마음을 고쳐먹고, 구르듯이 비탈길을 뛰어 내려가 도움을 청하기 위해 학교로 향했습니다.

제3장

눈을 떴을 때는 아침이 밝으려 하고 있다. 나는 차창의 커튼을 열고 바깥 풍경을 바라본다. 비는 완전히 그쳤지만, 그친 지 얼마 안 됐는지 창밖으로 보이는 것 전부가 검게 젖은 채, 물방울을 떨어뜨리고 있다. 동쪽 하늘에는 윤곽이 뚜렷한 구름 몇 조각이 떠 있고, 그 구름들 가장자리에는 은은한 빛이 어려 있다. 광선의 색깔은 불길하게 보이기도 하고, 동시에 호의적으로도 보인다. 보는 각도에 따라 그 인상은 시시각각 변한다.

버스는 고속도로를 일정한 속도로 계속 달리고 있다. 귀에 들려오는 타이어 소리는 높아지지도, 낮아지지도 않는다. 엔진의 회전수도 전혀 변하지 않는다. 그 단조로운 소리는 맷돌처럼 매끄럽게 시간을 깎고 사람들의 의식을 깎아 간다. 주위의 승객들은 커튼을 꼭 닫고 좌석 안에서 몸을 웅크린 채 잠들어 있다. 눈을 뜨고 있는 사람은 나와 운전기사뿐인 것 같다. 우리는 아주 효율적으로, 아주 무감각하게 목적지로 운반돼 간다.

목이 말라 배낭 주머니에서 생수병을 꺼내 미지근한 물을 마신다. 그리고 주머니에서 소다크래커 상자를 꺼내 몇 개 먹는다. 입 안에 크래커의 정겨운 건조한 맛이 퍼져 나간다. 손목시계의 숫자는 4:32를 나타내고 있다. 나는 확실하게 해두기 위해 날짜와 요일을 확인한다. 그 숫자는 내가 집을 나온 지 대략 열세 시간이 경과했음을 알려 준다. 시간은 지나치게 빨리 지나가지도, 되돌아가지도 않는다. 나는 아직 생일날의 한가운데에 있다. 나는 새로운 인생의 최초의 날 속에 있다. 눈을 감고, 눈을 뜨고, 다시 한번 시계의 시각과 날짜를 확인한다. 그러고 나서 독서등을 켜고 문고본을 읽기 시작한다.

다섯 시가 지났을 때 버스는 기척도 없이 고속도로를 빠져나와 어느 휴게소의 넓은 주차장 한쪽 구석에 멈춰 선다. 압축공기 소리가 들리고 앞쪽 문이 열린다. 버스 안의 불이 켜지고 운전사가 짤막하게 안내 방송을 한다. 여러분, 좋은 아침입니다. 고생하셨습니다. 예정대로 앞으로 한 시간 정도면 다카마쓰역에 도착합니다만, 그전에 휴게소에서 이십 분가량 쉬겠습니다. 출발 시각은 다섯 시 삼십 분입니다. 그때까지 버스에 돌아와 주시기 바랍니다.

대부분의 승객이 그 안내 방송에 깨어나 잠자코 자리에서 일어난다. 하품을 하고 귀찮은 듯이 버스에서 내린다. 다카마쓰에 도착하기 전에 사람들은 대부분 여기서 차림을 가다듬는다. 나도 버스에서 내려 몇 번 심호흡을 하고 기지개를 켜고, 신선한 아침 공기 속에서 간단한 스트레칭을 한다. 화장실에 가서 세수를 한다. 그리고 여기는 도대체 어디일까 생각한다. 밖으로 나와 주위의 풍경을 대충 둘러본다. 이렇다 할 특징이 없는 평범한 고속도로 주변의 풍경이다. 그러나 기분 탓인지 몰라도, 산의 형태나 나무 색깔이 도쿄와는 어딘지 달라 보인다.

카페테리아에 들어가 무료 서비스인 뜨거운 녹차를 마시고 있자니, 한 젊은 여자가 다가와서 옆에 놓인 플라스틱 의자에 앉는다. 그녀는 자판기에서 갓 뽑은 커피를 오른손에 들고 있다. 거기서 하얀 김이 피어오르고 있다. 왼손에는 역시 자판기에서 산 듯한 작은 샌드위치 박스를 들고 있다.

그녀의 얼굴 생김새는 솔직히 말해서 어딘가 별난 데가 있다. 아무리 좋게 봐주려 해도 이목구비가 제대로 자리 잡힌 얼굴이라고는 보기 어렵다. 이마는 널찍하고 코는 작고 동그랗고, 뺨은 주근깨투성이다. 귀도 비죽하니 솟아 있다. 한마디로 아주 눈에 잘 띄는 얼굴이다. 대충 주물러 만들었다고 해도 좋을 정도다. 그런데 전체적인 인상은 전혀 나쁘지 않다. 본인도 자기 용모에 만족하지는 않을지 몰라도, 나름대로 친숙하고 편해 보인다. 그렇게 보인다는 것은 아주 중요한 일일 것이다. 어딘가 어린애 같은 인상이 상대방을 안심시킨다. 적어도 나를 안심시킨다. 키는 그다지 크지 않지만 몸집은 날씬하고 가냘프며, 그에 비해 가슴이 풍만하다. 다리도 예쁘다.

양쪽 귓불에 매달려 있는 얇은 금속 조각 귀고리가 두랄루민처럼 이따금 눈부시게 빛난다. 어깨까지 기른 머리카락을 갈색으로 물들이고(거의 붉은색에 가깝다), 굵은 세로줄 무늬의 보트넥 긴소매 셔츠를 입고 있다. 어깨에 작은 가죽 배낭을 메고, 여름용 얇은 스웨터를 목에 두르고 있다. 크림색 면 미니스커트에 스타킹은 신지 않았다. 화장실에서 세수를 하고 온 모양인지, 앞쪽 머리카락 몇 가닥이 식물의 가느다란 뿌리처럼 넓은 이마에 달라붙어 있다. 왠지 모르게 나에게 친근감을 갖게 한다.

"너, 저 버스 탔었지?" 하고 그녀가 나에게 묻는다. 약간 쉰 목소리다.

"응."

그녀는 미간을 찌푸리고 커피를 한 모금 마신다.

"몇 살이니?"

"열일곱 살" 하고 나는 거짓말을 한다.

"고등학생이구나."

나는 고개를 끄덕인다.

"어디까지 가는데?"

"다카마쓰."

"그럼, 나하고 같네" 하고 그녀가 말한다. "지금 다카마쓰로 가는 길이야? 아니면 어딜 갔다가 돌아가는 길이야?"

"가는 거야" 하고 나는 대답한다.

"나도 그래. 거기 친구가 있거든. 친한 여자 친구. 너는?"

"친척이 있어."

그녀는 그래? 하는 듯이 고개를 끄덕이더니, 더 이상 질문하지 않는다.

"나도 네 또래의 남동생이 있어" 하고 문득 생각난 듯이 그녀가 말한다. "사정이 있어서 벌써 꽤 오랫동안 만나지 못했지만……. 아 그런데, 너 그 애랑 굉장히 닮았어. 누가 그런 말 한 적 없니?"

"그 애?"

"그 밴드에서 노래 부르는 애 말이야. 버스에서 처음 봤을 때부터 쭉 그렇게 생각하고 있었거든. 하지만 이름이 떠오르지 않는 거야. 머리에 구멍이 뚫릴 정도로 계속 진지하게 생각해 봤지만 안 되더라. 왜 그럴 때 있잖아? 생각이 날 듯 날 듯 하면서도 끝내 생각나지 않는 경우 말이야. 누군가와 닮았다는 말, 지금까지 들은 적 없어?"

나는 고개를 젓는다. 아무도 나에게 그런 말을 한 적이 없다. 그녀는 아직도 눈을 가늘게 뜨고 나를 보고 있다.

"어떤 사람?" 하고 나는 물어본다.

"텔레비전에 나오는 사람."

"텔레비전에 출연하는 사람?"

"맞아, 텔레비전에 출연하는 사람." 그녀는 햄 샌드위치를 집어서 무표정하게 먹고는 다시 커피를 마신다. "어느 밴드에서 노래를 부르는 남자아이야. 안 되겠네. 그 밴드 이름도 생각나질 않아. 관서 지방 사투리를 쓰는 키가 크고 빼빼 마른 남자아이인데, 짐작 가는 것 없니?"

"모르겠는데. 텔레비전은 안 보니까."

그녀는 얼굴을 찡그린다. 그리고 나를 가만히 쳐다본다. "안 본다고, 전혀?"

나는 잠자코 고개를 흔든다. 아니, 고개를 끄덕여야 하는 것 아닐까? 나는 끄덕인다.

"넌 말을 많이 하지 않고, 말을 해도 대개 몇 마디밖에 하지 않는구나. 늘 그래?"

나는 얼굴이 빨개진다. 내가 말을 하지 않는 것은 물론 본래 말수가 적은 이유도 있다. 그러나 목소리의 높이가 아직 완전히 자리 잡지 않은 것도 그 이유 중 하나다. 평소에는 대개 낮은 목소리로 이야기하지만, 이따금 갑자기 목소리가 뒤집힌다. 그래서 될 수 있는 대로 길게 이야기하지 않도록 자제하고 있다.

"어쨌든 좋아" 하고 그녀가 말한다. "넌 그 밴드에서 노래하고, 말할 때는 관서 사투리를 쓰는 남자아이와 느낌이 아주 비슷해. 물론 넌 관서 사투리를 쓰지 않지만 다만 뭐랄까…… 분위기가 아주 비슷하다는 이야기야. 꽤 인상이 좋은 아이거든. 그뿐이야."

그녀는 살짝 미소를 짓는다. 그 미소는 어디론가 사라졌다가 금방 다시 돌아온다. 내 얼굴은 아직도 빨갛다.

"헤어스타일을 바꾸면 좀 더 비슷해질 것 같은데. 좀 더 길게 기르고, 헤어 젤을 써서 살짝살짝 머리카락을 세우는 거야. 할 수만 있으면 지금 여기서 해주고 싶은데. 틀림없이 잘 어울릴 거야. 사실 난 미용사거든."

나는 고개를 끄덕인다. 그리고 차를 마신다. 카페테리아 안은 아주 조용하다. 음악도 흐르지 않는다. 이야기 소리도 들리지 않는다.

"이야기하는 걸 싫어하니?" 그녀가 한 손으로 턱을 괸 채 진지한 얼굴로 나에게 묻는다.

나는 고개를 젓는다. "아니, 그렇지는 않아."

"귀찮다든가, 뭐 그런 거 아니야?"

나는 다시 한번 고개를 흔든다.

그녀는 샌드위치를 한 개 집어 든다. 딸기잼 샌드위치다. 그녀는 몹시 못마땅하다는 듯이 미간을 찌푸린다.

"저기, 이거 먹어 줄래? 딸기잼 샌드위치는 내가 세상에서 가장 싫어하는 것 중 하나거든. 어릴 때부터 쭉."

나는 그걸 받아 든다. 나도 딸기잼 샌드위치는 별로 좋아하지 않지만 잠자코 먹는다. 그녀는 테이블 너머로 내가 샌드위치를 다 먹는 것을 바라본다.

"한 가지 부탁할 게 있는데" 하고 그녀가 말한다.

"뭔데?"

"다카마쓰에 도착할 때까지 네 옆에 앉아도 될까? 혼자 있으면 아무래도 마음이 안 놓여서. 이상한 사람이 옆자리에 앉을 것 같아서 제대로 잠을 잘 수가 없었어. 표를 살 때 한 사람씩 앉는 좌석이라고 들었는데, 막상 타고 보니까 실제로는 이인용 좌석이더라고. 다카마쓰에 도착할 때까지 조금이라도 잠을 자고 싶어. 너는 이상한 사람으로는 보이지 않아서 그래. 어때, 괜찮겠어?"

"난 괜찮아."

"고마워" 하고 그녀가 말한다. "여행은 길동무라고 하잖아."

나는 고개를 끄덕인다. 아까부터 계속 끄덕이고만 있는 것 같다. 하지만 뭐라고 말해야 좋단 말인가?

"그 뒤는 뭐였더라?"

"그 뒤?"

"맞다, 여행은 길동무라는 말 뒤에 뭔가 이어지는 말이 있었는데? 생각이 안 나네. 난 옛날부터 국어에는 약하거든."

"세상은 인정人情."

"여행은 길동무, 세상은 인정" 하고 그녀가 확인하듯이 반복한다. 종이와 연필이 있으면 적어 놓을 텐데 하는 느낌으로. "그런데 그게 무슨 의미일까? 간단히 말해서?"

나는 생각해 본다. 생각하는 데 시간이 걸린다. 하지만 그녀는 꼼짝 않고 기다린다.

"우연한 만남이란 인간의 감정에 상당히 중요한 것이다,라는 말이라고 생각해. 간단히 말해서."

그녀는 내 말을 듣고 잠시 생각하더니 테이블 위에서 두 손을 천천히 마주 잡는다. "그건 분명히 그래. 우연한 만남이란 인간의 감정에 상당히 중요한 것이라는 말은 맞는 것 같아."

나는 손목시계에 눈길을 보낸다. 벌써 다섯 시 삼십 분이다.

"이제 슬슬 돌아가는 게 좋겠어."

"응, 그래. 가자" 하고 그녀가 말한다. 하지만 일어설 기미는 보이지 않는다.

"그런데 여기는 도대체 어디지?"

"글쎄, 어딜까?" 그녀가 목을 길게 빼고 주위를 빙 둘러보며 말한다. 그러자 한 쌍의 귀고리가 농익은 과일처럼 불안정하게 흔들린다.

"나도 잘 모르겠어. 시간으로 봐서 아마 구라시키 근처인 것 같기는 한데. 하지만 어디라도 상관없잖아. 고속도로 휴게소는 어차피 통과하는 지점에 불과하니까. 이쪽에서 이쪽으로 말이야.” 그녀는 오른손 집게손가락과 왼손 집게손가락을 공중에 세운다. 삼십 센티미터 정도 거리를 두고.

“장소의 이름 같은 건 아무래도 상관없어. 화장실과 식사. 형광등과 플라스틱 의자. 맛없는 커피. 딸기잼 샌드위치. 그런 것에 의미는 없어. 중요한 건, 우리가 어디에서 와서 어디로 가려고 하는가가 아닐까? 안 그래?”

나는 고개를 끄덕인다. 나는 고개를 끄덕인다. **나는 고개를 끄덕인다.**

우리가 버스로 돌아왔을 때 이미 다른 승객들은 모두 좌석에 앉아 있었고, 버스는 한시라도 빨리 출발하려고 우리를 기다리고 있었다. 운전사는 눈매가 날카로운 젊은 남자다. 버스 운전사라기보다는 수문水門 관리인처럼 보인다. 그는 늦게 온 나와 그녀에게 비난이 담긴 시선을 보낸다. 그러나 특별히 뭐라고 하지는 않는다. 그녀는 ‘미안해요’라고 말하듯 천진한 미소를 그에게 던진다. 운전사가 손을 뻗어 레버를 밀고 다시 압축공기 소리를 내며 문을 닫는다. 그녀는 소형 여행 가방을 끌어안고 내 옆 좌석으로 온다. 할인점에서 사온 것 같은 볼품없는 여행 가방이다. 크기에 비해 무겁다. 나는 그것을 들어 머리 위 선반에 올려놓는다. 그녀는 고맙다고 말한다. 그러고는 의자의 등받이를 뒤로 젖히고 금방 잠든다. 버스는 기다렸다는 듯이 출발한다. 나는 주머니에서 책을 꺼내 읽다 만 부분을 계속 읽기 시작한다.

그녀는 푹 잠들어 버리고, 이윽고 버스가 커브 길을 돌 때 그 흔들림에 맞추듯 내 어깨에 머리를 기댄다. 그리고 그 상태로 움직이지 않는다. 그다지 무겁지는 않다. 그녀는 입을 다물고 코로 조용히 숨 쉬고 있다. 그 숨이 내 어깨뼈 위에 규칙적으로 닿는다. 내려다보니 보트넥 옷깃 속으로 브래지어 끈이 보인다. 크림색의 가느다란 끈이다. 나는 그 끝에 있는, 섬세한 옷감으로 된 속옷을 상상한다. 그 밑에 있는 부드러운 유방을 상상한다. 내 손가락 끝에서 딱딱해지는 핑크색 젖꼭지를 상상한다. 상상하고 싶은 건 아니다. 하지만 상상하지 않을 수가 없다. 그 결과, 물론 나는 발기한다. 어째서 몸의 일부가 이렇게 단단해질 수 있을까 할 만큼 단단하게 발기한다.

그와 동시에, 어쩌면 그녀가 내 누나가 아닐까 하는 의혹이 마음속에서 일어난다. 나이도 대충 비슷하다. 그녀의 특징 있는 얼굴은 사진에 찍혀 있는 누나의 얼굴과는 상당히 다르다. 그러나 사진 따위는 믿을 수 없다. 어떻게 찍느냐에 따라서 실제와는 전혀 다른 얼굴이 되는 경우도 있다. 그녀에게는 나와 비슷한 또래의 남동생이 있지만, 오랫동안 만나지 않았다. 그 남동생이 나라고 해도 이상하지는 않을 것이다.

나는 그녀의 가슴을 본다. 호흡에 맞춰 둥글게 부풀어 오른

부분이 파도의 일렁임처럼 천천히 오르락내리락한다. 그것은 조용히 비가 내리는 광대한 바다를 연상시킨다. 나는 갑판에 서 있는 외로운 항해자고 그녀는 바다다. 하늘은 온통 잿빛이고 까마득히 먼 곳에서 잿빛인 바다와 하나가 돼 있다. 그런 경우 바다와 하늘을 구별하기는 무척 어렵다. 항해자와 바다를 구별하는 것도 어렵다. 현실에서의 본연의 존재 양식과 마음에서의 본연의 존재 양식을 구별하는 것도 어렵다.

그녀는 손가락에 반지를 두 개 끼고 있다. 결혼반지나 약혼반지 같지는 않다. 젊은 사람들을 상대로 하는 잡화점에서 파는 싸구려 반지다. 손가락은 가늘지만 곧고 길어서 씩씩함마저 느껴진다. 손톱은 짧고 단정하게 손질돼 있다. 연한 핑크색 매니큐어를 칠한 두 손은 미니스커트에서 비어져 나온 무릎 위에 가볍게 얹혀 있다. 나는 문득 그 손가락을 만지고 싶다는 생각이 든다. 잠들어 있는 그녀는 작은 어린아이처럼 보인다. 머리카락 사이로 뾰족한 귀 끝이 버섯처럼 튀어나와 있다. 그 귀는 이상하게 상처받기 쉬울 것 같다는 인상을 준다.

나는 책을 덮고 창밖의 풍경을 한동안 바라본다. 그러다가 나도 모르게 다시 잠이 든다.

제4장

「미국 육군 정보부(MIS) 보고서」

• 작성 연월일 : 1946년 5월 12일

• 타이틀: "RICE BOWL HILL INCIDENT, 1944: REPORT"

• 문서 정리 번호: PTYX-722-8936745-42216-WWN

이하는 사건 당시 ○○정에서 내과 의사로 개업하고 있던 나카자와 주이치(53세)의 인터뷰다. 녹음테이프 사용. 이 인터뷰에 관한 부대 자료 청구번호는 PTYX-722-SQ-162부터 183이다.

질문자 로버트 오코넬 소위의 소견:
나카자와 의사는 햇볕에 그을린 얼굴과 큰 몸집 탓에, 의사라기보다는 농장 감독 같은 인상을 준다. 태도는 온화하지만 말투는 또렷또렷하고 간결하다. 생각한 것을 솔직하게 말한다. 안경 렌즈 너머로 보이는 눈빛은 날카롭다. 기억력은 확실한 것 같다.

네, 저는 1944년 11월 7일 오전 열한 시가 지났을 무렵 정립 초등학교의 교감 선생님에게서 급히 와달라는 전화를 받았습니다. 전부터 학교 촉탁 의사 같은 일을 맡고 있었기 때문에, 저에게 먼저 연락이 왔던 겁니다. 그는 몹시 당황한 듯했습니다.

한 학급의 학생 전원이 산에 버섯을 따러 갔다가 거기서 의식을 잃었다는 것이었습니다. 전혀 의식이 없는 것 같다, 인솔한 담임 여교사만 의식을 잃지 않고 도움을 청하러 혼자 산을 내려와서 막 학교에 도착했다, 하지만 너무 당황한 상태라서 설명을 들어도 뭐가 뭔지 사정을 통 모르겠다, 다만 확실한 것은 산속에 아직도 열여섯 명의 아이들이 쓰러진 채로 있다는 것이었습니다.

버섯을 따러 산에 갔다가 당한 일이라고 하기에 저는 처음에는 독버섯이라도 먹고 신경이 마비된 게 아닐까 하고 생각했습니다. 그렇다면 큰일입니다. 버섯은 종류에 따라 각각 독성이 다르고 처방도 다릅니다. 우리가 할 수 있는 일이란 일단 위 속에 있는 것을 전부 토하게 하고, 세척하는 일 정도입니다. 하지만 독성이 강한 버섯이고, 소화가 상당히 진행된 경우에는 손을 쓸 방법이 없습니다. 이 지방에서는 매년 몇 명씩 버섯에 목숨을 잃고 있습니다.

저는 부랴부랴 응급처치에 필요할 것 같은 약품을 있는 대로 가방 안에 집어넣고, 즉각 자전거를 타고 학교로 달려갔습니다. 학교에는 연락을 받은 경찰관도 두 명 와 있었습니다. 아이들이 의식이 없다면, 동네까지 옮겨 와야 하니까 도와줄 사람이 필요했습니다. 하지만 전쟁 중이었기 때문에 젊은 남자들은 대부분 징집되고 없었습니다. 저와 경찰관들, 나이 든 남자 선생님, 교감과 교장, 잡역부 아저씨 그리고 담임인 젊은 여자 선생님이 함께 산으로 갔습니다. 근처의 자전거를 다 동원했지만 모자라서 몇 사람은 자전거 한 대에 둘이 타고 갔습니다.

—숲속 현장에는 몇 시쯤 도착했습니까?

그때 시계를 보고 시간을 확인했기 때문에 잘 기억하고 있습니다. 열한 시 오십오 분이었습니다. 산 입구 부근의 갈 수 있는 데까지는 자전거로 가고, 그다음에는 등산로를 달리듯이 올라갔습니다.

제가 그 자리에 도착했을 때, 아이들 몇 명은 이미 어느 정도 의식을 회복해서 일어나 있었습니다. 몇 명이냐고요? 세 명인가 네 명 정도였습니다. 일어나 있다고는 해도 회복 정도가 아직 충분하지 않아서 비틀비틀 몸을 일으켰다가, 다시 주저앉아 땅바닥에 손을 짚고 있는 상태였습니다. 나머지 아이들은 아직도 땅바닥에 쓰러져 있었습니다. 하지만 그 가운데 몇 명은 의식이 돌아오는 중인 듯, 마치 커다란 벌레처럼 몸을 느릿느릿 꿈틀거리면서 움직이기 시작했습니다. 굉장히 이상한 광경이었습니다. 아이들이 쓰러져 있던 곳은 숲속인데도 평평하고 탁 트인 묘한 장소였는데, 그곳만 따로 잘라 낸 것처럼, 가을 햇살이 환하게 비치고 있었습니다. 그리고 그 속에 혹은 그 주변에 열여섯 명의 초등학생이 각기 다른 자세로 쓰러져 있었습니다. 움직이는 아이도 있고 여전히 꼼짝하지 않는 아이도 있었습니다. 마치 전위적인 연극의 한 장면을 보고 있는 것 같았습니다.

저는 의사로서 해야 할 일도 잊고 숨을 죽인 채, 잠시 그 자리에서 무엇에 홀린 듯 서 있었습니다. 저뿐만이 아닙니다. 그곳에 간 사람 모두가 다소의 차이는 있지만, 그런 일시적인 마비 상태에 빠져 버린 것 같았습니다. 묘한 표현입니다만, 보통의 일반적인 인간이라면 봐서는 안 될 것을, 어떤 착오로 보고 있는 것 같은 느낌조차 들었습니다. 전쟁 중이었기 때문에 비록 이런 시골이기는 해도 저는 의사로서 항상 만일의 사태에 대비하고 있었습니다. 설사 무슨 일이 있어도 국민의 한 사람으로서 침착하게 자신의 직책을 완수해야 한다고 말입니다. 하지만 그 광경은 문자 그대로 저를 그 자리에 얼어붙게 만들었습니다.

저는 곧 정신을 차리고 쓰러져 있는 아이를 안아 일으켰습니다. 여자아이였습니다. 몸에서 모든 힘이 다 빠져 헝겊 인형처럼 축 늘어져 있었습니다. 호흡은 안정적이었지만 의식은 없었습니다. 하지만 눈은 평소처럼 뜨여 있었고 눈동자는 좌우로 왔다 갔다 하면서 무언가를 보고 있었습니다. 저는 가방에서 소형 손전등을 꺼내 눈동자를 비춰 봤습니다. 반응이 없었습니다. 동공이 열려 있고 무언가를 계속 보고 있는데도, 빛에 반응하지 않는 것이었습니다. 이상한 일이었습니다. 저는 아이들을 몇 명 안아 일으켜 똑같이 시도해 봤지만, 반응은 모두 한결같았습니다.

그후 저는 아이들의 맥박과 체온을 재봤습니다. 맥박은 평균적으로 대략 50에서 55, 체온은 전원이 36도를 밑돌았던 것으로 기억합니다. 35도 중간 정도였을 겁니다. 네, 그 나이의 아이들치고는 맥박이 상당히 느리고 체온은 1도쯤 낮았습니다. 숨쉴 때 이상한 냄새가 나지 않나 하고 코를 얼굴에 바짝 대봤지만 아무 냄새도 나지 않았습니다. 목구멍과 혀에도 변화는 없었습니다.

식중독 증상이 아니라는 것은 한눈에 판단할 수 있었습니다. 아무도 토하거나 설사를 하지는 않았습니다. 또한 아무도 괴로워하지 않았습니다. 몸에 해로운 것을 먹은 경우, 그 정도 시간이 경과하면 이 세 가지 증상 가운데 최소한 한 가지는 반드시 나타나게 됩니다. 식중독은 아닌 것 같아서 일단 안심했습니다. 하지만 도대체 무슨 일이 일어난 것인지 전혀 짐작조차 할 수 없었습니다.

이 증상과 비슷한 것으로는 일사병이 있습니다. 여름에는 아이들이 자주 일사병으로 쓰러집니다. 한 사람이 쓰러지면, 마치 전염이라도 되듯 주위에 있는 아이들도 픽픽 쓰러지는 경우가 있습니다. 하지만 그때는 11월이고 더구나 서늘한 숲속입니다. 한 사람이나 두 사람이라면 또 모를까, 열여섯 명 전원이 그런 곳에서 일사병에 걸린다는 것은 상상도 할 수 없는 일입니다.

그다음으로 떠오른 것은 가스입니다. 독가스, 아마도 신경마비 가스 같은 것 말입니다. 천연적인 것인지, 아니면 인공적인 것인지……? 어째서 마을에서 멀리 떨어진 이런 숲속에서 가스가 발생했는지? 저로서는 알 수가 없습니다. 하지만 만약 그것이 독가스라면 그런 현상은 논리적으로 설명이 됩니다. 모두가 공기와 함께 그것을 마시고 의식을 잃고 쓰러졌다, 담임교사가 무사했던 이유는 독가스의 농도가 약해서 어른의 신체는 그것에 대항할 수 있었기 때문이다.

하지만 어떤 치료를 해야 하느냐 하는 문제에 부딪히면, 완전히 오리무중입니다. 보시다시피 저는 이런 시골의 의사고, 특수한 독성 가스에 대한 전문 지식이라고는 전혀 없습니다. 그저 막막할 뿐이었습니다. 마을에서 멀리 떨어진 산속에서 일어난 일이라서 전문가에게 전화로 문의해 볼 수도 없었습니다. 다만,

아이들 가운데 몇 명은 서서히 회복 징후를 보이고 있으므로 시간이 지나면 자연히 의식이 돌아올지도 모른다는 생각이 들었습니다. 어디까지나 낙관적인 전망이기는 하지만, 솔직히 말하면 특별한 방법이 떠오르지 않았습니다. 그래서 얼마 동안 아이들을 거기에 눕혀 안정시키고 상황을 두고 보자는 결론을 내렸습니다.

—그 부근의 공기에는 무언가 이상한 점이 없었습니까?

그 점은 저도 신경이 쓰였기 때문에, 뭔가 특이한 냄새가 나지 않을까 하고, 그 장소의 공기를 여러 차례 깊이 들이마셔 봤습니다. 그렇지만 숲이 우거진 평범한 산속 공기였습니다. 나무 냄새가 났습니다. 상쾌한 공기였습니다. 주위의 풀이나 꽃에도 이상 징후는 찾아볼 수 없었습니다. 변형된 것이나 변색된 것도 눈에 띄지 않았습니다.

저는 아이들이 쓰러지기 전에 땄던 버섯을 하나씩 점검해 봤습니다. 그다지 많은 양은 아니었습니다. 아마 버섯을 따기 시작한 지 얼마 되지 않아 쓰러진 것 같았습니다. 모두 흔히 볼 수 있는 식용버섯이었습니다. 저는 이 부근에서 오랫동안 의사로 일해 왔기 때문에 버섯 종류에는 상당히 조예가 깊은 편입니다. 물론 만일의 경우를 대비해서 그것들을 가지고 돌아와 나중에 진상을 알아보고자 전문가에게 의뢰했습니다. 그 결과 제가 본 대로 모두 독성이 없는 보통 버섯이었습니다.

—의식을 잃은 아이들 말입니다만, 눈동자가 좌우로 움직인 것 외에 무언가 정상이 아닌 증상이나 반응 같은 것은 없었습니까? 가령 동공의 크기나 흰자위의 색깔이나 깜빡이는 횟수 등 말입니다.

없었습니다. 눈동자가 마치 탐조등처럼 좌우로 움직이는 것 외에 이상한 점은 아무것도 없었습니다. 모든 것이 정상적으로 기능하고 있었습니다. 아이들은 무언가를 보고 있었습니다. 좀 더 정확히 말하면, 아이들은 우리에게 보이는 것은 보지 않고, 우리에겐 보이지 않는 것을 보고 있는 것 같았습니다. 아니, 무언가를 보고 있다기보다는 오히려 '목격하고 있다'고 말하는 쪽이 제가 받은 인상에 가까울지도 모릅니다. 표정은 없었지만, 전체적인 인상은 매우 평온하고 고통이나 두려움 같은 것은 전혀 찾아볼 수 없었습니다. 제가 아이들을 그대로 거기에 눕혀 놓고 상황을 살피려고 생각한 데는 그런 이유도 있었습니다. 일단 괴로워하지만 않는다면 한동안 그대로 놓아 둬도 괜찮을 거라고 생각한 겁니다.

—독가스설에 대해 그 자리에서 누군가에게 말했습니까?

네, 말했습니다. 하지만 저와 마찬가지로 아무도 짐작 가는 것이 없었습니다. 누군가가 산에 들어가서 독성 가스를 마셨다는 이야기는 들어 본 적도 없습니다. 그래서 아마 교감 선생님이었던 것 같습니다만, 이것은 미군이 뿌린 것이 아닐까요, 하고 말했습니다. 그러자 인솔했던 여교사가, 산에 들어가기 전에 B-29 같은 비행기를 하늘에서 봤다고 말했습니다. 마침 이 산 바로 위를 날고 있었다고 말입니다. 어쩌면 그것일지도 모른다고 모두들 한마디씩 했습니다. 미군이 개발한 신종 독가스 폭탄이 아닐까 하고 말입니다. 미군이 신형 폭탄을 개발하고 있는 것 같다는 소문은 우리가 살고 있는 시골 마을에도 널리 퍼져 있었습니다. 물론 왜 그런 것을 굳이 이런 후미진 산속에 떨어뜨려야 했는지는 아무도 알 수 없었습니다. 그러나 이 세상에는 실수라는 것이 있습니다. 무슨 일이 일어날지 인간으로선 알 방법이 없습니다.

ㅡ그 뒤, 아이들은 조금씩 자연히 회복됐다는 말이군요?

그렇습니다. 얼마나 다행스러운 일인지 모릅니다. 아이들은 먼저 몸을 꿈틀거리더니, 비틀비틀 일어나며 의식을 조금씩 회복했습니다. 그 과정에서 아무도 고통을 호소하진 않았습니다. 아주 조용히, 깊은 잠에서 자연스럽게 깨어나는 것 같은 모습으로 의식을 되찾아 갔습니다. 손전등으로 눈동자를 비춰 보니 극히 정상적인 반응을 보였습니다. 하지만 말을 할 수 있을 때까지는 상당히 시간이 걸렸습니다. 마치 사람들이 잠에 취해 있을 때와 같았습니다.

우리는 의식을 회복한 아이들 한 명 한 명에게 도대체 무슨 일이 일어났는지 물어봤습니다. 하지만 모두들 그저 멍하니 있을 뿐이었습니다. 전혀 기억이 없는 일에 대해 추궁당하고 있는 것 같은 느낌이었습니다. 아이들은 산에 들어간 뒤 그곳에서 함께 버섯을 따기 시작한 때까지는 그럭저럭 기억해 냈습니다. 하지만 그 뒤의 기억이 사라진 겁니다. 시간이 경과했다는 인식조차 없었습니다. 버섯을 따기 시작하자 거기서 탁 하고 막이 내리더니 다음 순간에는 우리 어른들에게 둘러싸인 채 땅바닥에 누워 있었던 겁니다. 왜 우리가 그렇게 심각한 얼굴로 법석을 떨고 있는지, 아이들은 전혀 이해하지 못했을 뿐만 아니라, 오히려 우리의 존재에 겁을 집어먹고 있는 것 같았습니다.

그런데 유감스럽게도 아이들 가운데 아무리 시간이 지나도 의식을 회복하지 못하는 남자아이가 있었습니다. 도쿄에서 피난 온 아이인데, 이름은 나카타 사토루라고 했습니다. 분명히 그런 이름이었다고 기억합니다. 몸집이 작고 피부가 흰 아이였습니다. 그 아이만이 의식을 되찾지 못한 채 계속 땅바닥에 누워서 눈동자만 굴리고 있었습니다. 우리는 그 아이를 업고 산에서 내려왔습니다. 다른 아이들은 모두 아무 일도 없었던 것처럼 자기 발로 걸어서 산을 내려왔습니다.

—그 나카타라는 남자아이를 제외하고, 다른 아이들에게는 그 뒤에 아무런 증상도 남지 않았습니까?

네, 눈에 보이는 이상은 전혀 없었습니다. 통증이 있다거나 몸이 안 좋다고 호소하는 일도 없었습니다. 학교에 돌아오자, 저는 학급 아이들을 차례로 의무실로 불러서 열을 재고 청진기로 심장 고동 소리를 듣고 시력을 검사하는 등, 아무튼 일단 할 수 있는 검사는 전부 했습니다. 간단한 숫자 계산을 시켜 보고 눈을 감고 한쪽 다리로 서 있게도 했습니다. 신체 기능은 모두 정상이었습니다. 피로감도 특별히 없는 것 같았습니다. 식욕도 있었습니다. 점심 식사를 하기 전이라서 전원이 공복을 호소했습니다. 그래서 주먹밥을 주자 모두 밥알 한 톨도 남기지 않고 먹어 치웠습니다.

이 일이 내내 마음에 걸렸기 때문에, 그 뒤 며칠 동안 저는 학교에 가서 사건을 겪은 아이들을 관찰했습니다. 몇 명은 의무실로 불러서 간단한 면담도 했습니다. 하지만 역시 이상 징후는 찾아볼 수 없었습니다. 산속에서 두 시간 동안이나 의식을 잃는 이상한 체험을 했으면서도, 아이들의 몸과 마음에는 흔적 하나 남아 있지 않았습니다. 그런 일이 일어났다는 것조차 기억하지 못하는 것 같았습니다. 아이들은 정상으로 돌아가 아무런 위화감 없이 생활하고 있었습니다. 수업을 받고 노래를 부르고 쉬는 시간에는 운동장을 신나게 뛰어다녔습니다. 그와는 대조적으로, 인솔했던 담임 여교사는 그 뒤에도 충격이 상당히 오래갔던 것 같습니다.

다만 나카타라는 남자아이만은 하룻밤이 지나도 의식이 돌아오지 않아서, 다음 날 고후에 있는 대학병원으로 데리고 갔습니다. 그 뒤 바로 육군병원으로 옮겼다고 하는데, 이 마을에는 두 번 다시 돌아오지 않았습니다. 그 아이가 어떻게 됐는지, 우리는 끝내 아무런 통지도 받지 못했습니다.

그날 산속에서 일어난 아이들의 집단 실신 사건은 신문에는 전혀 보도되지 않았습니다. 아마 민심을 동요시킨다는 이유로 당국이 허가하지 않았을 겁니다. 전쟁 중이어서, 군부는 유언비어에 상당히 신경이 예민해져 있었습니다. 전세가 불리해져 남쪽 지방에서는 후퇴와 옥쇄가 계속되고 있었고, 미군의 도시 폭격은 점점 강도를 더해 가고 있었습니다. 그렇기 때문에 당국은 민간인들 사이에 전쟁 반대, 전쟁 혐오의 기운이 퍼지는 것을 두려워했던 겁니다. 우리도 며칠 뒤에 순찰 온 경찰관에게서 이 사건에 대해 쓸데없는 말은 일절 삼가라는 엄한 주의를 받았습니다.

어쨌든 참으로 이해할 수 없는, 영 뒷맛이 안 좋은 사건이었습니다. 솔직하게 말씀드린다면 그 일은 아직도 제 마음에 응어리가 돼 남아 있습니다.

제5장

나는 버스가 세토나이카이에 걸쳐져 있는 거대한 다리를 건너는 광경을 잠을 자느라 놓치고 만다. 지도에서만 봤던 그 커다란 다리를 직접 구경할 수 있으리라 기대했는데 아쉽게 됐다. 누군가가 어깨를 가볍게 치며 나를 깨운다.

"도착했어" 하고 그녀가 말한다.

나는 좌석에서 몸을 한껏 펴고, 손등으로 눈을 비빈 다음 창밖을 내다본다. 버스는 역 앞 광장 같은 곳에 멈춰 서는 중이다. 주위에는 아침 햇살이 충만하다. 눈이 부시면서도 어딘지 모르게 온화한 빛이다. 도쿄의 햇살과는 조금 느낌이 다르다. 나는 시계를 본다. 여섯 시 삼십이 분.

그녀가 지친 목소리로 말한다. "아아, 너무 오래 걸렸어. 허리가 어떻게 되는 줄 알았다니까. 목도 아프고. 심야 버스는 이제 두 번 다시 타지 않을 거야. 값이 좀 비싸더라도 비행기를 탈래. 난기류가 있건 납치범이 있건 간에 아무튼 비행기를 탈 거야."

나는 머리 위의 선반에서 그녀의 여행 가방과 내 배낭을 내린다.

"이름이 뭐야?"

"내 이름?"

"응."

"사쿠라" 하고 그녀가 말한다. "넌?"

"다무라 카프카."

"다무라 카프카" 하고 사쿠라가 반복한다. "이상한 이름이네. 외우기는 쉽지만."

나는 고개를 끄덕인다. 내가 나 아닌 다른 인간으로 변신한다는 건 쉽지 않다. 그렇지만 다른 이름을 가진 사람으로 변하는 건 아주 간단한 일이다.

그녀는 버스에서 내리자, 여행 가방을 땅바닥에 내려놓고 그 위에 걸터앉더니, 어깨에 멘 작은 배낭의 주머니에서 수첩을 꺼내 볼펜으로 무언가를 갈겨쓴다. 그런 뒤 그 페이지를 찢어서 나에게 준다. 거기에는 전화번호 같은 것이 적혀 있다.

"내 휴대전화 번호야" 하고 그녀가 얼굴을 찡그리며 말한다. "난 일단 친구 집에 신세를 질 거니까 만나고 싶으면 여기로 전화해. 밥이라도 같이 먹자. 사양하지 말고. 거, 왜 있잖아, 서로 옷깃만 스쳐도…… 뭐 어쩌고 하는 말 있지 왜?"

"다생多生의 연."

"그래, 그래, 그것 말이야" 하고 그녀가 말한다. "그런데 무슨 뜻이야?"

"전생의 인연—아무리 작은 일이라도 이 세상에 완전한 우연은 없다."

그녀는 노란색 여행 가방 위에 걸터앉아 수첩을 손에 든 채 그 말에 대해 생각한다. "응, 그건 하나의 철학이긴 하네. 그런 사고방식도 나쁘진 않을지도 모르지. 영혼재래설이란 것도 있잖아, 약간 뉴에이지 같은 면은 있지만 말이야. 하지만 이것만은 알아줘. 난 아무에게나 쉽게 휴대전화 번호를 가르쳐 주지 않아. 내가 무슨 말을 하려는지 알겠지?"

고마워, 하고 나는 말한다. 나는 전화번호가 적힌 종이를 접어서 점퍼 주머니에 집어넣는다. 그러나 곧 생각을 고쳐 지갑 속에 넣는다.

"언제까지 다카마쓰에 있을 거야?" 하고 사쿠라가 묻는다. 아직 잘 모르겠다고 나는 말한다. 아마도 상황에 따라 예정이 달라질 테니까.

그녀는 내 얼굴을 빤히 쳐다보더니 고개를 약간 갸웃한다. 아무려면 어때, 하는 것처럼. 그러고는 택시를 잡아타고 가볍게 손을 흔들며 어디론가 가버린다. 나는 다시 외톨이가 된다. 그녀의 이름은 사쿠라고 그것은 누나 이름이 아니다. 그러나 이름 같은 것은 얼마든지 바꿀 수 있다. 특히 사람이 누군가로부터 자취를 감추려고 하는 경우에는 두말할 것도 없다.

나는 미리 다카마쓰 시내의 비즈니스호텔을 예약해 두었다. 도쿄의 YMCA에 전화를 걸어 그 호텔을 소개받았다. YMCA를 통하면 요금이 훨씬 싸진다. 다만 그 서비스 요금은 사흘만 적용되므로, 그후로는 일반 요금을 지불해야 한다.

비용을 절약하려면 기차역의 벤치에서 잘 수도 있었다. 추운 계절도 아니고, 가출할 때 갖고 나온 침낭을 아무 공원에다 펴고 자도 된다. 그러나 그러다가 경찰관의 눈에 띄면 틀림없이 신분증을 보여 달라고 할 것이다. 나는 무슨 일이 있어도 그런 일만은 당하고 싶지 않았다. 그래서 일단 처음 사흘은 호텔을 예약했다. 그 뒤의 일은 그때 가서 다시 생각하면 된다.

역 근처에 있는 우동집에 들어가서 요기를 한다. 여기저기 둘러보다가 우연히 눈에 띄는 곳에 들어갔을 뿐이다. 나는 도쿄에서 태어나 줄곧 도쿄에서 자랐기 때문에 우동이라는 것을 별로 먹어 본 적이 없다. 그렇지만 이건 내가 지금까지 먹어 본 어떤 우동과도 다르다. 우동 면발이 쫄깃쫄깃하고 신선하며 국물 맛도 좋다. 게다가 가격도 깜짝 놀랄 만큼 싸다. 너무 맛있어서 한 그릇 더 시킨다. 덕분에 오랜만에 배가 불러서 행복한 기분이 된다. 그러고 나서 역 앞 광장의 벤치에 앉아 맑게 갠 하늘을 올려다본다. 이제 나는 자유다. 나는 여기 있고, 하늘을 떠다니는 구름처럼 외톨이며 자유인 것이다.

도서관에서 저녁때까지 시간을 보내기로 한다. 다카마쓰시 주변에 어떤 도서관이 있는지는 미리 조사해 두었다. 어렸을 때부터 나는 언제나 도서관의 독서실에서 시간을 보냈다. 어린아이가 집에 돌아가고 싶지 않을 때 갈 수 있는 장소란 한정돼 있다. 카페에도 들어갈 수 없고 영화관에도 들어갈 수 없다. 결국 남는 장소는 도서관밖에 없다. 입장료도 없고, 어린아이가 혼자 들어가도 제지당하지 않는다. 의자에 앉아서 책을 실컷 읽을 수 있다. 학교에서 돌아오면 나는 자전거를 타고 근처에 있는 구립 도서관에 갔다. 휴일에도 대부분의 시간을 그곳에서 혼자 보냈다. 많은 이야기를 담은 책이나 소설이나 전기나 역사서 등, 거기 있는 책을 닥치는 대로 읽었다. 어린이용 책을 대충 읽고 나자, 일반인 서가로 옮겨 가서 어른을 위한 책을 읽었다. 잘 이해할 수 없는 책이라도 어쨌든 마지막 페이지까지 독파했다. 책을 읽는 데 지치면 헤드폰이 있는 부스에 앉아서 음악을 들었다. 음악에 대한 지식이 전혀 없었기 때문에 거기에 있는 것을 오른쪽부터 차례로 하나씩 들었다. 나는 그렇게 해서 듀크 엘링턴, 비틀스,

레드 제플린의 음악과 만났다.

도서관은 나에게 제2의 집과 같은 곳이었다. 아니, 실제로는 오히려 도서관이 진짜 우리 집 같은 곳이었는지도 모른다. 매일같이 그 도서관에 다니는 동안에 나는 책 관리를 맡은 사서 여직원들과도 안면을 익혀 두었다. 그녀들은 내 이름을 기억하고, 서로 마주치면 인사를 하고, 다정하게 말을 걸어 줬다(나는 수줍음을 많이 타서 제대로 대답도 하지 못했지만).

다카마쓰시 교외에, 전통 있는 가문의 부자가 자기 집 서고를 개축해서 만든 사립 도서관이 있다. 진귀한 장서를 갖추고 있는 데다 건축물과 정원 자체도 한번 찾아가 볼 만한 가치가 있다고 한다. 그 도서관의 사진을 잡지 『태양』에서 본 적이 있다. 오래되고 커다란 일본 전통가옥인데, 응접실 같은 우아한 열람실이 있고 사람들은 큼직한 소파에 앉아서 책을 읽고 있었다. 그 사진을 봤을 때 나는 이상할 정도로 강하게 끌렸다. 언젠가 기회가 있다면 꼭 그 도서관을 찾아가 봐야겠다고 생각했다. '고무라 기념 도서관'이 그 도서관의 이름이었다.

역의 관광 안내소에 가서 고무라 도서관이 있는 곳을 묻는다. 카운터에 앉아 있던 친절한 중년 부인이 나에게 관광 지도를 주고, 도서관이 있는 장소에 ×표를 하더니 전차 타는 방법을 가르쳐 준다. 거기까지는 전차로 이십 분가량 걸린다고 한다. 나는 고맙다는 말을 하고 역에서 시간표를 알아본다. 전차는 대개 이십 분에 한 대씩 운행되고 있다. 전차가 올 때까지 아직 시간이 좀 남아 있어서 점심 식사가 될 만한 간단한 도시락을 역 매점에서 산다.

객차가 두 칸뿐인 작은 전차가 빌딩이 늘어선 번화가를 지나고 작은 상점가와 주택가가 뒤섞여 있는 구역을 지나고, 공장과 창고 앞을 지나간다. 공원이 있고 맨션 건축 현장이 있다. 나는 차창에 얼굴을 갖다 대고 낯선 고장의 풍경을 열심히 바라본다. 모든 것이 내 눈에는 신선하게 비친다. 나는 지금까지 도쿄 이외의 다른 도시의 거리 풍경을 거의 본 적이 없었던 것이다. 아침의 하행 전차는 텅텅 비어 있지만, 반대쪽 플랫폼에는 가방을 어깨에 멘 여름 교복 차림의 중학생과 고등학생 들이 떼를 지어 늘어서 있다. 그 애들은 지금 학교에 가려고 하고 있다. 나는 다르다. 나는 외톨이며 그 애들과는 완전히 다른 반대 방향으로 가고 있다. 나는 그 애들과는 다른 레일 위를 굴러가고 있다. 그때 무엇인가가 다가와서 내 가슴을 꽉 조여 댄다. 갑자기 주위의 공기가 희박해진 것처럼 느껴진다. 나는 정말로 옳은 일을 하고 있는 것일까? 이런 생각이 들자, 몹시 마음이 불안해진다. 나는 그 애들의 모습을 더 이상 보지 않기로 한다.

전차가 바닷가를 한참 동안 달리고 나서 내륙으로 들어간다. 높게 자라 무성한 옥수수밭이 있고, 포도밭이 있고, 경사지를 이용한 감귤밭이 있다. 군데군데 밭에 물을 대주는 용수지가 아침 햇살을 반사하고 있다. 평지 위를 구불구불 흐르는 강물은 자못 신선해 보이고, 공터는 녹색 여름풀에 뒤덮여 있다. 개 한 마리가 선로변에 서서 지나가는 전차를 보고 있다. 그런 풍경을 보고 있으려니까, 내 마음에 다시 따스하고 온화한 상념이 되돌아온다. 괜찮아. 나는 크게 심호흡을 하고 나서 나 자신에게 그렇게 타이른다. 이대로 전진할 수밖에 없어.

역에서 나온 뒤 들은 대로 오래된 시가지 북쪽을 향해 걷는다. 길 양쪽에는 단독주택의 담장이 끝없이 이어져 있다. 그렇게 많은, 여러 종류의 담벼락을 본 것은 난생처음이다. 검은 판자 담, 흰 담, 화강암을 쌓은 담, 넝쿨식물이 뻗어 올라가고 있는 돌담……. 주위는 죽은 듯이 조용하고 걸어가는 사람의 모습도 보이지 않는다. 자동차도 거의 지나다니지 않는다. 공기를 깊이 들이마시면 희미하게 바다 냄새가 난다. 틀림없이 해안이 가까이 있을 것이다. 귀를 기울여 보지만 파도 소리는 들리지 않는다. 어딘가 먼 곳에서 건축 공사를 하고 있는지 전동톱 소리가 벌의 날갯짓 소리처럼 조그맣게 들려온다. 역에서 도서관까지 화살표가 붙은 작은 안내판이 군데군데 설치돼 있어 길을 잃을 염려는 없다.

고무라 기념 도서관의 위엄 있는 정문 앞에는 청초한 매화나무가 두 그루 서 있다. 입구에 들어서자 자갈길이 구불구불 이어지고, 정원의 나무들은 아름답게 손질이 잘 돼 있으며, 깨끗이 쓸어 놓은 정원에는 나뭇잎 하나 떨어진 게 없다. 소나무와 목련, 황매화나무, 철쭉. 나무들 사이에 커다랗고 오래된 등롱燈籠이 몇 개인가 있고, 조그만 연못도 보인다. 이윽고 현관에 도달한다. 매우 정성을 들인 현관이다. 나는 열린 문 앞에 멈춰 서서 안으로 들어갈까 말까 잠시 망설인다. 지금껏 내가 알고 있는 어느 도서관과도 다르다. 그러나 일부러 찾아왔으니 역시 들어가지 않을 수 없다. 현관에 들어서자마자 카운터가 있고 거기에 앉아 있던 청년이 짐을 맡아 준다. 나는 배낭을 내려놓고 선글라스와 모자를 벗는다.

"여기에 오는 건 처음?" 하고 그가 묻는다. 편안하고 차분한 목소리다. 높지만 매끄럽고 귀에 거슬리는 데가 전혀 없다.

나는 고개를 끄덕인다. 말이 제대로 나오지 않는다. 나는 긴장하고 있다. 그런 질문을 하리라고는 전혀 예상하지 못했던 것이다.

그는 방금 깎은 듯한 기다란 연필을 손가락 사이에 끼운 채 내 얼굴을 자못 관심 있게 바라본다. 지우개가 달린 노란색 연필이다. 몸집이 작은 단정한 얼굴의 청년이다. 잘생겼다기보다 아름답다는 표현이 더 어울릴지도 모르겠다. 흰색 면으로 된 긴소매 버튼다운 셔츠에 올리브색 치노팬츠를 입고 있다. 모두 주름 하나 없다. 머리는 긴 편이고, 고개를 숙이면 앞머리가 이마로 내려오는데, 그것을 이따금 생각난 듯이 손으로 걷어 올린다. 셔츠 소매가 팔꿈치 가까이까지 접혀 있어서 가느다란 흰 손목이 보인다. 가늘고 섬세한 테의 안경이 얼굴에 잘 어울린다. 가슴에 '오시마'라고 쓰인 작은 플라스틱 명찰을 달고 있다. 그는 내가 알고 있는 어떤 도서관 직원과도 다르다.

"서고에는 자유롭게 들어가도 괜찮아. 읽고 싶은 책은 그냥 열람실로 가지고 가서 읽으면 돼. 다만 빨간 스티커가 붙어 있는 귀중본은 그때마다 열람 청구 카드를 써야 해. 저기 오른쪽 자료실에 카드식 색인이랑 검색용 컴퓨터가 있으니까 필요하면 마음대로 써도 되는데, 밖으로 책을 가지고 나가는 대출은 할 수 없어. 잡지와 신문은 비치돼 있지 않아. 사진 촬영은 금지. 복사도 금지. 음식은 정원 벤치에서. 폐관은 다섯 시."

그러고 나서 그는 연필을 책상 위에 놓고 덧붙인다.

"고등학생?"

그렇습니다, 하고 나는 심호흡을 하고 나서 대답한다.

"여기는 보통 도서관과는 조금 달라" 하고 그가 말한다. "특수한 전문 서적이 중심이거든. 주로 옛날의 가인歌人이나 하이쿠 시인 같은 사람들의 오래된 책이 많아. 물론 일반 서적도 어느 정도는 갖춰져 있지만, 일부러 멀리서 전차를 타고 찾아오는 사람들은 대부분 그런 문헌을 전문적으로 연구하는 사람들이야. 스티븐 킹을 읽으러 오는 사람은 없다고 할 수 있지. 네 나이 정도의 이용객은 극히 드물어. 가끔은 대학원생이 찾아오지만 말이야. 그건 그렇고 단카短歌나 하이쿠를 연구하고 있는 거야?"

"아뇨" 하고 나는 대답한다.

"그럴 거라고 생각했어."

"저 같은 학생이 와도 괜찮나요?" 나는 목소리가 뒤집히지 않게 조심하면서 주뼛주뼛 물어본다.

"물론이지" 하고 그가 미소를 띠며 말한다. 그러고는 두 손을 책상 위에 가지런히 놓는다. "여기는 도서관인걸. 책을 읽고 싶은 사람이라면 누구든지 환영이지. 게다가 솔직히 말해서 나도 단카나 하이쿠에는 별로 흥미가 없거든."

"무척 훌륭한 건물이네요."

그는 고개를 끄덕인다. "고무라 가문은 에도시대1603~1867년부터 내려오는 큰 양조장을 경영하고 있는데, 선대는 서적 수집가로 전국적으로 이름난 분이셨지. 소위 책 도락가였거든. 그분의 부친, 그러니까 선선대는 가인이셨고. 그래서 수많은 문인들이 시코쿠에 오면 여기에 들렀어. 와카야마 보쿠스이나 이시카와 다쿠보쿠, 시가 나오야 같은 시인이나 소설가 말이야. 이곳이 편했는지 꽤 오랫동안 체류한 사람도 있었어. 문학적인 것에는 돈을 아끼지 않는 전통 있는 가문이었지. 그런 집안들은 대개 어느 대에선가 재산을 몽땅 털어먹기 마련인데, 운 좋게도 고무라 가문의 경우는 그렇지 않았어. 취미는 어디까지나 취미로 즐기고, 가업을 소홀히 하지 않았거든."

"부자였군요."

"대단한 부자지" 하고 그가 말한다. 그러고는 입술을 약간 일그러뜨린다. "제2차 세계대전 이전만큼은 아닐지 모르지만 지금도 대단한 부자야. 그러니까 이런 훌륭한 도서관도 유지할 수 있는 거지. 물론 재단화해서 상속세를 줄이려는 목적도 있겠지만 그건 또 다른 이야기고. 이 건물에 흥미가 있다면, 오늘 두 시부터 직원이 관람자들에게 시설을 안내하는 견학 같은 것을 하니까 참가하면 좋을 거야. 일주일에 한 번, 화요일에 하는데 오늘이 마침 화요일이니까. 이 층에는 희귀한 서화 컬렉션도 있고, 건축적으로도 유서 깊은 건물이니까 봐둬서 나쁠 건 없어."

고맙습니다, 하고 나는 말한다.

천만의 말씀,이라는 듯이 그는 미소를 짓는다. 그리고 다시 연필을 집어 들어 끝에 붙은 지우개로 책상을 똑똑 두드린다. 아주 온화하게, 나를 격려하는 것처럼.

"직접 안내해 주십니까?"

오시마 씨는 다시 미소를 짓는다. "나는 단순한 심부름꾼이야. 사에키 씨라는 여성이 여기 책임자, 그러니까 내 보스지. 그분은 고무라 가문의 먼 친척뻘이기도 한데 안내를 맡고 있어. 무척 멋있는 분이야. 너도 아마 마음에 들 거야."

나는 천장이 높고 널찍한 서고에 들어가, 책꽂이 사이를 돌아다니면서 흥미를 끌 만한 책을 찾는다. 천장을 굵고 든든한 대들보 몇 개가 가로질러 떠받치고 있다. 초여름의 햇살이 창을 통해 비쳐 든다. 유리창은 바깥쪽으로 열려 있어서, 정원에서 새들이 지저귀는 소리가 들려온다. 앞쪽 서가에는 오시마 씨가 말한 것처럼, 가인이나 하이쿠 시인과 관계된 책이 많다. 와카和歌나 평론, 전기, 향토사 책도 많다.

안쪽 서가에는 일반적인 인문 관계 서적이 진열돼 있다. 일본문학 전집, 세계문학 전집, 개인 전집, 고전, 철학, 희곡, 예술 일반, 사회학, 역사, 전기, 지리……. 그 많은 책들은 손에 들고 펼치면 페이지 사이에서 옛 시대의 향기가 난다. 표지와 표지 사이에서 조용히 오랫동안 잠들어 온 깊은 지식과 예리한 정감이 발산하는 독특한 향기다. 나는 그 냄새를 들이마시면서 몇 페이지 읽어 보고 서가에 돌려놓는다.

결국 장정이 아름답고 여러 권으로 돼 있으며 버턴이 영역한 『아라비안나이트』에서 한 권을 골라 열람실로 간다. 전부터 읽고 싶었던 책이다. 문을 연 지 얼마 안 된 도서관 열람실에는 나밖에 없다. 그 아담한 방을 나는 완전히 독차지할 수 있다. 잡지에서 사진으로 본 그대로다. 천장이 높고 넓고 여유가 있으며, 게다가 따스한 느낌이 든다. 활짝 열어젖힌 창으로 이따금 산들바람이 들어온다. 흰 커튼이 소리 없이 흔들린다. 바람에서는 역시 바다 냄새가 난다. 소파는 나무랄 데가 없다. 방의 한쪽 구석에는 오래된 업라이트피아노가 있어서, 마치 누군가 친한 사람 집에 놀러 온 것 같은 기분이 든다.

소파에 앉아 주위를 둘러보고 있는 동안에 이 작은 방이야말로 내가 오랫동안 찾아 헤맸던 장소임을 깨닫는다. 나는 바로 이런, 세상의 구덩이 같은 은밀한 장소를 찾고 있었던 것이다. 그러나 지금까지 그것은 가공의 비밀 장소에 지나지 않았다. 그런 장소가 정말로 어딘가에 실제로 존재하고 있다니, 바로 눈앞에 보고도 믿기지 않을 정도다. 눈을 감고 숨을 들이마시자, 그것은 다정스러운 구름처럼 내 가슴속에 자리를 잡는다. 멋진 감각이다. 나는 크림색 커버가 씌워진 소파를 손바닥으로 천천히 쓰다듬는다. 일어나서 업라이트피아노 앞으로 가 뚜껑을 열고, 약간 누렇게 변색된 건반 위에 열 손가락을 살며시 놓아 본다. 피아노 뚜껑을 닫고 포도 무늬가 있는 낡은 카펫 위를 걸어 본다. 창문을 열고 닫기 위한 낡은 손잡이를 돌려 본다. 대형 스탠드의 불을 켰다가 끈다. 벽에 걸린 그림을 하나하나 바라본다. 그리고 다시 소파에 앉아 책을 계속 읽기 시작한다. 책을 읽는 일에 의식을 집중한다.

점심때가 되자 나는 배낭에서 생수와 도시락을 꺼내, 정원에 면한 툇마루에 앉아서 점심을 먹는다. 갖가지 새들이 나무에서 나무로 옮겨 가거나, 연못 주위에 내려앉아 물을 마시거나,

살짝 물 위를 날다 날개를 물에 적셨다가 솟아오르며 몸치장에 바쁜 모습을 보이기도 한다. 처음 보는 새도 있다. 커다란 갈색 고양이가 모습을 나타내자, 새들이 황급히 날아오른다. 그러나 정작 고양이는 새에게 관심을 보이지 않는다. 고양이는 그냥 돌이 깔린 길 위에서 느긋하게 일광욕을 즐기고 싶을 뿐이다.

"오늘 학교는 쉬는 날?" 열람실로 돌아가려고 다시 배낭을 맡겼을 때, 오시마 씨가 묻는다.

"휴일은 아니지만, 당분간 쉬기로 했습니다" 하고 나는 주의해서 말을 골라 대답한다.

"등교 거부?"

"아마도."

오시마 씨는 재미있다는 듯이 내 얼굴을 본다. "아마도?"

"거부하는 게 아니고 그냥 가지 않기로 결정한 것뿐이니까요."

"그냥 평온하게 자발적으로 등교를 멈췄을 뿐?"

나는 그냥 고개를 끄덕인다. 뭐라고 대답해야 좋을지 나로서는 생각이 나지 않는다.

"플라톤의 『향연』에 나오는 아리스토파네스의 이야기에 따르면, 먼 옛날의 신화 세계에는 세 종류의 인간이 있었어" 하고 오시마 씨가 말한다. "그 이야기를 알고 있어?"

"모릅니다."

"옛날 세상은 남자와 여자가 아니라, 남자와 남자, 남자와 여자, 여자와 여자로 성립돼 있었어. 즉 두 사람이 하나가 되어 살아가는 세 종류의 인간으로 이루어져 있었던 거야. 그래서 모두 만족하고 아무 탈 없이 살아가고 있었지. 그런데 신이 칼을 써서 그 모든 사람들을 반쪽으로 갈라놓았어. 깔끔하게 두 사람으로. 그 결과 세상에는 남자와 여자만이 남아, 사람들은 원래 한 몸으로 붙어 있던 반쪽을 찾아 우왕좌왕하면서 인생을 보내게 됐지."

"신은 왜 그런 짓을 한 거죠?"

"인간을 두 쪽으로 쪼개는 것? 글쎄, 왜 그랬는지는 나도 몰라. 신이 하는 일은 대체로 잘 알 수가 없지. 화를 잘 내고, 뭐랄까 너무 이상주의적인 경향이 있고 말이야. 짐작으로는 아마 어떤 벌 같은 걸 받은 게 아니었을까? 성서에 나오는 아담과 이브의 낙원 추방처럼 말이야."

"원죄" 하고 나는 말한다.

"그렇지, 원죄" 하고 오시마 씨가 말한다. 그러고는 긴 연필을 가운뎃손가락과 집게손가락 사이에 끼우고 균형을 잡으려는 듯이 천천히 흔든다. "어쨌든 내가 말하고 싶은 건 인간이 혼자 살아가는 것은 무척 힘들다는 거야."

나는 열람실로 돌아와 「어릿광대 아부 알 하산의 이야기」를 계속 읽기 시작한다. 그러나 좀처럼 책에 정신을 집중할 수 없다. 남남과 남녀와 여여?

시계가 두 시를 가리켰을 때, 나는 책 읽기를 중단하고 소파에서 일어나 도서관 견학에 참가한다. 안내를 해주는 사에키 씨라는 사람은 사십대 중반으로 보이는 날씬한 여성이다. 그 나이치고는 키가 큰 편인지도 모른다. 푸른색의 반소매 원피스를 입고 그 위에 연한 크림색 카디건을 걸치고 있다. 매우 자세가 좋다. 긴 머리카락은 뒤에서 가볍게 묶었다. 고상하고 지적인 얼굴이다. 눈이 아름답고 한결같이 그림자처럼 엷은 미소를 입가에 띠고 있다. 잘 표현할 수 없지만 어딘지 완결된 느낌의 미소다. 그것은 나에게 조그만 양지陽地를 연상시킨다. 어떤 종류의 깊숙한 장소에만 생기는 특별한 형태의 양지 같은 것을. 내가 살던 노가타의 집 뜰에도 그런 장소가 있었고, 그런 양지가 있었다. 나는 어렸을 때부터 그 양지바른 곳을 좋아했다.

그녀는 나에게 무척 강하고, 그러면서도 어딘지 모르게 그리운 인상을 준다. 이 사람이 내 어머니라면 좋을 텐데, 하고 나는 생각한다. 나는 아름다운(혹은 느낌이 좋은) 중년 여성을 볼 때마다 그런 생각을 한다. 이 사람이 내 어머니라면 좋을 텐데, 하고. 두말할 것도 없는 일이지만, 사에키 씨가 실제로 내 어머니일 가능성은 제로에 가깝다. 그러나 그렇다 해도 이론적으로 말한다면, 아주 조금은 가능성이 있다. 왜냐하면 나는 어머니의 얼굴은 물론이고 이름조차 모르니까. 요컨대 그녀가 내 어머니여서는 안 되는 이유는 없는 것이다.

도서관 견학에 같이 참가한 사람은 나 말고는 오사카에서 온 중년 부부뿐이다. 부인은 약간 뚱뚱하고 도수가 높은 안경을 쓰고 있다. 남편은 깡마르고 억센 머리카락을 철사 브러시로 억지로 잠재운 것 같은 헤어스타일을 하고 있다. 눈이 가늘고 이마가 넓어서 언제나 수평선을 노려보고 있는 남쪽 섬의 조각처럼 보인다. 부인이 주로 말하고, 남편은 맞장구를 칠 뿐이다. 그 밖에 남편은 고개를 끄덕이거나 감탄하거나, 잘 알아들을 수 없는 짧은 말을 가끔 중얼거린다. 두 사람 다 도서관에 온다기보다는 등산을 하러 가는 것 같은 복장이다. 주머니가 잔뜩 달린 방수 조끼를 입고, 발등에서 발목까지 끈으로 얽어매는 튼튼한 신발을 신고 등산모를 쓰고 있다. 그것이 여행을 떠날 때 이들 부부가 항상 하는 옷차림일지도 모른다. 나쁜 사람들은 아닌 것 같다. 그들이 내 부모였으면 좋겠다는 생각은 하지 않지만, 도서관 견학을 나 혼자 하는 것이 아니라는 것을 알고 조금 안심이 된다.

사에키 씨는 처음에, 이 고무라 기념 도서관이 탄생하게 된 경위를 설명한다. 오시마 씨가 나에게 가르쳐 준 것과 거의 같은 내용이다. 여러 대에 걸쳐서 가주들이 수집한 서적, 문헌, 서화를 일반인에게 공개하고, 지역 문화 발전에 기여할 목적으로 이 도서관이 설립됐다. 고무라가家의 사재로 재단이 만들어졌고, 그 재단이 도서관 경영을 맡고 있다. 때에 따라 강연회나 실내악 콘서트 같은 이벤트도 열린다. 건물은 원래 메이지시대1818~1912년 초기에 고무라가의 서고 겸 접객용 별채로 지은 것인데, 다이쇼시대1912~1926년에 대대적으로 개축해서 이 층 건물이 됐고, 여기 투숙하는 문인을 위한 거실은 한층 더 훌륭하게 개수됐다. 다이쇼시대에서 쇼와시대1926~1989년 초기에 걸쳐 수많은 고명한 사람들이 고무라가를 방문해서 각기 발자취를 남기고 갔다. 이 호화 저택에 한동안 머물게 해준 데 대한 감사의 표시로, 가인은 노래를 남기고, 하이쿠 시인은 하이쿠를 남기고, 문학가는 글을 남기고, 화가는 그림을 남기고 갔다.

"귀중하고 뛰어난 수많은 문화유산을 이 층 전시실에서 보실 수 있습니다" 하고 사에키 씨가 말한다. "이처럼 제2차 세계대전 이전에는 지방정부가 아니라, 주로 고무라가처럼 학문과 예술을 적극적으로 애호하며 육성하고자 하는 열망을 발휘했던 큰 재산가의 노력으로 풍요로운 지방문화가 육성됐습니다. 즉 그들이 문화 활동의 후원자 노릇을 수행한 거지요. 가가와현은 뛰어난 가인과 하이쿠 시인을 많이 배출했는데, 고무라가가 메이지시대 이후 여러 대에 걸쳐 이 지방에서 매우 수준 높은 예술 집단의 형성과 유지에 심혈을 기울여 온 것도 그 배경의 하나입니다. 이 흥미로운 문화 집단의 형성 과정과 변천에 관해서는 지금까지도 수많은 연구서와 수필, 회상록이 발표되고 있으며, 문헌들은 열람실에 갖춰져 있습니다. 관심이 있으신 분은 둘러봐 주십시오.

고무라가의 가주들은 대대로 문예에 조예가 깊었으며, 뛰어난 감식안을 갖고 있었습니다. 혈통이라고 할 수도 있겠지요. 그들은 가짜와 진짜를 판별하고, 정말로 뛰어난 것만을 후하게 대우하고, 고고한 뜻만을 소중히 키워 나갔습니다. 다만, 아시다시피 세상에 완벽한 감식 능력을 지닌 사람이란 존재할 수 없습니다. 안타깝게도 그들의 눈 밖에 나서 응분의 대우를 받지 못한 훌륭한 작가도 없지는 않습니다. 예를 들어, 하이쿠 시인인 다네다 산토카에 관계된 것들은 유감스럽게도 거의가 남지 않고 버려진 듯합니다. 이 집을 찾아왔던 방문객 명부를 보면, 산토카는 여러 차례 이곳에 투숙했고 그때마다 노래나 글을 남겨 놓고 갔습니다만, 당시의 가주는 그를 '그렇고 그런 허풍쟁이 거지 중'으로 멸시하며 제대로 상대하지 않았고, 대부분의 작품을 버렸다고 합니다."

"어머나, 아까워라!" 하고 오사카에서 온 여성이 정말 아깝다는 듯이 말한다. "산토카라면 지금은 굉장한 돈이 됐을 텐데요."

"말씀하신 대로입니다. 그 당시의 산토카는 전혀 알려지지 않은 무명의 존재였으니까, 어쩔 수 없는 일인지도 모릅니다.

세상일이란 오랜 세월이 지난 뒤라야 그 가치를 제대로 평가할 수 있는 경우도 많지요." 사에키 씨가 상냥하게 말한다.

"맞아요, 맞습니다" 하고 남편이 맞장구를 친다.

사에키 씨는 우리를 데리고 일 층을 돈다. 서고, 열람실, 귀중 문헌 장서실.

"당시 고무라가의 가주는 이 서고를 지으면서, 일부러 섬세하고 문인적인 교토식의 다실茶室풍 건축을 피하고, 살림집이랄까, 시골집처럼 지었습니다. 하지만 둘러보면 아시겠지만, 집틀의 대담성이나 솔직함과는 대조적으로 가구며 집기, 표구에는 아담한 정취를 상당히 살렸고, 온갖 사치가 다 담겨 있습니다. 예를 들면, 이 난간 조각의 아름다움은 그 유례를 찾아볼 수 없는 것입니다. 이 저택을 건축하기 위해 당시 시코쿠의 유명한 건축 장인들을 모두 동원했다고 합니다."

그러고 나서 우리는 계단을 통해 이 층으로 올라간다. 계단 부분은 일 층과 이 층 사이에 천장을 두지 않고 환히 뚫어 놓은 건축 구조로 돼 있다. 최고급 목재인 흑단으로 꾸며진 난간은 만지기만 해도 손가락 자국이 날 만큼 반질반질하게 닦여 있다. 층계참 정면 창에는 스테인드글라스가 끼워져 있는데, 사슴이 목을 뻗어 포도를 따먹고 있는 그림이 그려져 있다. 이 층에는 객실 두 개와 커다란 홀이 있다. 틀림없이 옛날에는 이 홀에 다다미가 깔려 있어, 연회나 회의 같은 것이 열렸을 것이다. 지금은 바닥에 마루가 깔려 있고, 벽에는 많은 서예 족자와 일본화가 걸려 있다. 중앙에는 커다란 유리 진열장이 있고, 거기에 기념품이나 유서 깊은 물건들이 진열돼 있다. 객실 중 하나는 서양식 방이고 다른 하나는 일본식 다다미방이다. 서양식 방에는 커다란 책상과 회전의자가 있고, 지금도 누군가가 그것을 사용해 글을 쓰고 있는 것처럼 보인다. 책상 뒤의 창으로는 소나무 가로수가 보이고, 그 사이로 수평선이 조금 보인다.

오사카에서 온 부부는 설명서를 읽으면서, 홀에 있는 물건들을 차례차례 둘러보고 다닌다. 부인이 커다란 목소리로 뭐라고 감상을 말하면 남편은 격려하듯이 맞장구를 친다. 두 사람 사이에 의견 차이 같은 것은 전혀 없어 보인다. 나는 전시물에는 그다지 흥미가 일지 않아, 건물 구조의 세세한 부분을 보면서 돌아다닌다. 서양식 방을 보고 있을 때 사에키 씨가 다가온다.

"궁금하면 그 의자에 앉아 봐도 괜찮아" 하고 사에키 씨가 말한다. "시가 나오야와 다니자키 준이치로도 거기에 앉았어. 물론 당시와 완전히 똑같은 의자는 아니지만."

나는 회전의자에 앉아 본다. 그리고 책상 위에 조용히 두 손을 올려놓는다.

"어때, 글을 쓸 수 있을 것 같은 기분이 들어?"

나는 얼굴이 조금 빨개지며 고개를 젓는다. 사에키 씨는 웃으면서 옆방의 부부에게 되돌아간다. 나는 의자에 앉은 채 그녀의 뒷모습을 한동안 바라본다. 그 신체의 움직임과 다리의 움직임을. 모든 동작이 더할 나위 없이 자연스럽고 우아해 보인다. 잘 표현할 수는 없지만, 거기에는 어딘지 모르게 특별한 무엇인가가 있다. 그녀는 뒷모습을 통해 나에게 무언가를 말하고 있는 것처럼 보인다. 말로는 할 수 없는 무엇인가를. 마주 보고는 전달할 수 없는 무엇인가를. 그러나 그것이 무엇인지 나는 알 수가 없다. 나에겐 알 수 없는 것이 너무나 많다.

나는 의자에 앉은 채 방 안을 둘러본다. 벽에는 이 지방의 해안을 그린 듯한 유화가 걸려 있다. 스타일은 낡았지만 색채감이 신선한 그림이다. 책상 위에는 커다란 재떨이와 초록색 갓을 씌운 전기스탠드가 놓여 있다. 스위치를 누르자 반짝 불이 켜진다. 정면의 벽에는 고풍스러운 검은색 시계가 걸려 있다. 골동품 같지만 바늘이 가리키고 있는 시간은 정확하다. 마룻바닥은 군데군데 둥글게 마모돼 있어서 걸으면 희미하게 삐걱거리는 소리가 난다.

견학이 끝나자 오사카에서 온 부부는 사에키 씨에게 고맙다는 인사를 하고 돌아갔다. 부부가 함께 관서 지방의 단카 서클에 가입했다고 그들은 말했다. 부인 쪽은 그렇다 치고 남편은 도대체 어떤 시를 짓는 것일까? 그들 부부가 서로 맞장구나 치고 끙끙거리는 것만으로는 시를 지을 수 없을 텐데. 시나 노래 같은 것을 지으려면 마음속에서 저절로 우러나는 울림과 같은 것이 필요하다. 그들의 언동으로 미루어 글을 지을 사람들 같지는 않다. 그렇지 않으면 시를 지을 때에만 그들은 어디선가 비장의 무엇인가를 꺼내는 것일까?

나는 열람실로 돌아가서 책을 계속 읽는다. 오후가 되자 사람들이 몇 명 들어온다. 대부분이 독서용 돋보기안경을 끼고 있다. 돋보기안경을 끼고 있으니까 모두 얼굴이 비슷해 보인다. 시간은 아주 천천히 흘러간다. 사람들은 여기서 조용히 독서에 몰두할 뿐이다. 이야기하는 사람도 없다. 더러는 책상에 앉아 메모를 하는 사람도 있지만, 대개는 침묵하며 자세도 바꾸지 않은 채 각자의 자리에서 각자의 책을 열심히 읽고 있다. 나와 마찬가지로.

다섯 시에 나는 책 읽기를 그만두고, 책을 서가에 갖다 놓은 뒤 도서관을 나온다.

"아침에는 몇 시에 엽니까?"

"열한 시. 휴관일은 월요일"이라고 대답하고는, 오시마 씨가 나에게 묻는다. "내일도 오려고?"

"폐가 되지 않는다면."

오시마 씨는 눈을 가늘게 뜨고 나를 본다.

"물론 폐가 될 건 없지. 도서관은 책을 읽고 싶은 사람들이 찾아오는 곳이니까. 꼭 다시 와. 그건 그렇고 너는 항상 그런 짐을 들고 돌아다니는 거야? 굉장히 무거워 보이는데, 도대체 그 안에는 뭐가 들어 있는 거야? 크루거랜드남아프리카공화국의 금화라도 들어 있어?"

나는 얼굴이 빨개진다.

"됐어, 됐어. 진짜로 알고 싶은 건 아니니까" 하고 오시마 씨가 말한다. 그러고는 연필 끝의 지우개로 오른쪽 관자놀이를 누른다. "그럼, 내일 또 보자."

"안녕히 계세요" 하고 나는 말한다. 그는 손을 드는 대신 말없이 연필을 치켜들어 보인다.

나는 갈 때와 같은 전차를 타고 다카마쓰역으로 돌아온다. 역 근처의 값싸 보이는 식당에 들어가 치킨커틀릿 정식과 샐러드를 주문한다. 밥을 두 그릇 먹고 난 후 따뜻한 우유를 마신다. 한밤에 출출할 경우를 대비해 편의점에서 주먹밥 두 개와 생수 한 병을 산다. 그리고 숙박하기로 한 호텔까지 걸어간다. 필요 이상 빨리 걷지도 않고 필요 이상 느리게 걷지도 않는다. 나는 극히 보통 사람처럼 쓸데없이 남의 이목을 끌지 않도록 하며 걷는다.

규모는 크지만 전형적인 이류 비즈니스호텔이다. 프런트에서 투숙객 명부에 가짜 주소와 이름과 나이를 적어 넣고, 하루치 방값을 선불로 낸다. 나는 약간 긴장한다. 그러나 그들은 나에게 의혹의 눈길을 보내지는 않는다. 혹은 "어이, 뻔한 거짓말하지 마. 우리는 다 알고 있어. 사실은 너, 열다섯 살짜리 가출 소년이지?" 하고 소리치지도 않는다. 모든 것이 담담하게 사무적으로 진행된다.

덜컹덜컹 불안한 소리를 내는 낡은 엘리베이터로 육 층으로 올라간다. 좁고 기다란 방, 볼품없는 침대, 딱딱한 베개, 작은 책상, 소형 텔레비전, 햇빛에 바랜 커튼. 욕실도 벽장 정도의 넓이밖에 안 된다. 샴푸도 린스도 없다. 창으로는 옆 빌딩의 벽이 보일 뿐이다. 그러나 지붕이 있고 수도꼭지에서 따뜻한 물이 나오는 것만으로도 고맙게 생각해야 한다. 나는 배낭을 바닥에 내려놓고 의자에 앉아서 그 방에 나를 길들인다.

나는 자유다,라고 생각한다. 눈을 감고, 나는 자유다,라는 것에 대해 한동안 생각한다. 그러나 자유라는 것이 어떤 것인지, 나는 아직 잘 이해가 되지 않는다. 지금 알 수 있는 것은 내가 외톨이라는 사실뿐이다. 혼자 낯선 고장에 와 있다. 나침반도 지도도 잃어버린 고독한 탐험가처럼. 자유란 이런 상태를 의미하는 것일까? 그것조차도 잘 모르겠다. 나는 그것에 대해 생각하기를 그만둔다.

오랫동안 욕조에 몸을 담그고 세면대에서 정성 들여 이를 닦는다. 침대에 드러누워 다시 책을 조금 읽는다. 책을 읽는 데 지치면 텔레비전 뉴스를 본다. 그렇지만 오늘 하루 사이에 나에게 일어난 일에 비하면, 모두 김빠지는 따분한 뉴스뿐이다. 바로 텔레비전을 끄고 이불 속으로 기어 들어간다. 시계는 벌써 열 시가 지나 있다. 그러나 쉽게 잠을 잘 수가 없다. 새로운 장소에서의 새로운 하루. 오늘은 나의 열다섯 번째 생일이기도 하다. 나는 생일의 대부분을 이상한, 그리고 꽤 매력적인 도서관에서 보냈다. 새로운 사람들을 몇 명 만났다. 사쿠라 그리고 오시마 씨와 사에키 씨. 다행히도 나를 겁먹게 하는 사람들은 아니었다. 이것은 좋은 징조일지도 모른다.

노가타의 우리 집과 지금쯤 집에 있을 아버지를 생각한다. 아버지는 갑자기 집에서 내 모습을 볼 수 없게 된 사실을 어떻게 느끼고 있을까? 내 모습이 보이지 않으니까 잘됐다고 생각하고 있을까? 아니면 당혹스러워하고 있을까? 그것도 아니라면, 아무런 감정도 느끼지 않고 있을까? 아니, 내가 집에서 사라져 볼 수 없게 된 사실조차 알아차리지 못하고 있을지도 모를 일이다.

문득 생각이 나서 배낭 안에 넣어 둔 아버지의 휴대전화를 꺼낸다. 전원을 켜고 시험 삼아 도쿄의 집 전화번호를 눌러 본다. 이내 벨소리가 들린다. 칠백 킬로미터 이상 떨어진 곳인데도, 마치 옆방에다 전화를 걸고 있는 것처럼 또렷한 벨소리다. 그 뜻밖의 선명함이 나를 놀라게 한다. 두 번의 벨소리를 듣고 난 후 나는 전화를 끊는다. 심장의 고동이 빨라져서 좀처럼 정상으로 돌아오지 않는다. 휴대전화는 살아 있다. 아버지는 아직 이 휴대전화를 해약하지 않았다. 어쩌면 책상 서랍에서 휴대전화가 없어진 사실조차 아직 눈치채지 못하고 있는지도 모른다. 휴대전화를 배낭 주머니에 집어넣고 머리맡의 불을 끈 뒤 눈을 감는다. 나는 꿈도 꾸지 않는다. 그러고 보니 오랫동안 꿈이라는 것을 꾸지 않았다.

제6장

“안녕하세요?” 하고 육십대 초반의 남자가 말을 걸었다.

고양이는 얼굴을 조금 쳐들고 낮은 목소리로 몹시 귀찮다는 듯이 인사를 받았다. 늙고 커다란 검은 수고양이였다.

“꽤 좋은 날씨군요.”

“아아, 그래” 하고 고양이는 건성으로 대꾸를 했다.

“구름 한 점 없습니다.”

“……지금은 그렇군.”

“좋은 날씨가 계속되지 않을까요?”

“저녁때쯤부터 흐려질 것 같은데. 그럴 것 같은 기운이 느껴지거든” 하고 검은 고양이는 꾸물꾸물 한쪽 다리를 뻗으면서 말했다. 그러고는 눈을 가늘게 뜨고 새삼스럽게 남자의 얼굴을 쳐다봤다.

남자는 벙글벙글 웃으면서 고양이를 보고 있었다.

고양이는 어떻게 할까 잠시 망설였다. 그러다가 체념한 듯이 말했다. "흥, 당신은…… 제법 우리 고양이 말을 잘하네."

"아, 예" 하고 노인은 부끄러운 듯이 말했다. 그러고는 경의를 표하는 몸짓으로 후줄근하게 낡아 버린 등산모를 벗었다. "언제든지 아무 고양이님하고나 말을 할 수 있는 건 아니지만, 여러 가지 사정이 잘 맞아떨어지면 그럭저럭 이렇게 이야기를 할 수가 있습니다."

"흐음" 하고 고양이는 간결하게 감상을 말했다.

"저어, 여기 잠깐 앉아도 될까요? 나카타는 걸어 다니느라 조금 지쳐서요."

검은 고양이는 천천히 몸을 일으키고 기다란 수염을 쫑긋쫑긋 움직이더니 턱이 빠질 정도로 크게 하품을 했다. "상관없어. 아니, 상관이 있고 없고 간에 좋아하는 곳에 마음 내키는 대로 앉아 있으면 되지. 아무도 뭐라 하지 않으니까."

"고맙습니다" 하고 남자는 고양이 옆에 앉았다. "아무튼 아침 여섯 시부터 계속 걸어 다녔습니다."

"그런데, 당신…… 나카타 씨라고 했나?"

"그렇습니다. 나카타라고 합니다. 고양이님, 당신은요?"

"이름은 잊어버렸어" 하고 검은 고양이는 말했다. "아주 없었던 것은 아니지만, 도중에 그런 게 필요 없어져서 잊었지."

"네. 필요 없는 것은 금방 잊어버리게 됩니다. 그건 나카타도 마찬가지입니다." 남자는 머리를 긁적거리면서 말했다. "그러니까 고양이님은 어느 집에서 살고 있는 것이 아니군요."

"옛날에는 분명히 나를 길러 주던 주인도 있었지. 하지만 지금은 아니야. 근처의 몇 집에서 이따금 밥을 얻어먹고는 있지만…… 어느 집에서 살고 있는 건 아니야."

나카타 씨는 고개를 끄덕이고 잠시 입을 다물었다. 그러다가 말했다. "저, 고양이님을 오쓰카 씨라고 불러도 괜찮을까요?"

"오쓰카?" 고양이는 다소 놀라 상대방 얼굴을 응시했다. "뭐야, 그건? 어째서 내가…… 오쓰카라는 거지?"

"아니요, 별다른 의미는 없습니다. 나카타가 지금 문득 생각해 낸 것뿐입니다. 이름이 없으면 기억하기 곤란해서 적당한 이름을 붙인 것뿐입니다. 이름이 있으면 여러모로 편리합니다. 그러면, 가령 몇 월 며칠 오후에 무슨 동 2가 공터에서 검은 고양이 오쓰카 씨를 만나서 이야기를 나누었다 하는 식으로, 나카타같이 머리가 나쁜 인간도 알기 쉽게 정리할 수가 있습니다. 훨씬 외우기가 쉽습니다."

"흥" 하고 검은 고양이는 말했다. "잘 모르겠는걸. 고양이는 그런 게 필요 없어. 냄새라든가 형태라든가 그냥 있는 어떤 것을 받아들이기만 하면 되니까. 그렇게 해도 별로 불편하지 않거든."

"네, 그건 나카타도 잘 알고 있습니다. 그렇지만 오쓰카 씨, 인간은 그렇지가 않습니다. 여러 가지 일을 기억해 두기 위해서는, 날짜라든가 이름이 꼭 필요합니다."

고양이는 콧방귀를 뀌었다. "참 불편한 존재로군."

"맞습니다. 뭐 이런저런 기억해 두어야 할 게 너무 많다는 것은 정말 불편한 일이지요. 나카타만 하더라도 지사님 이름도 외워 두어야 하고, 버스 노선의 번호도 외워야 합니다. 그건 그렇고, 고양이님을 오쓰카 씨라고 불러도 괜찮겠습니까? 혹시 불쾌하지는 않으신지요?"

"유쾌하냐고 묻는다면 그다지 유쾌하다고는 할 수 없지만…… 그렇다고 특별히 불쾌하지도 않아. 그러니까 오쓰카 씨라고 불러도 괜찮아. 그렇게 부르고 싶다면 그렇게 불러도 좋아. 어쩐지 내가 아닌 것 같은 느낌은 들지만 말이야."

"그렇게 말씀해 주시니 나카타는 대단히 기쁩니다. 대단히 고맙습니다, 오쓰카 씨."

"하지만 당신은 인간치고는 약간 이상하게 말하는군."

"네, 모두들 그렇게 말씀하십니다. 하지만 나카타는 이런 말투로밖에 말하지 못합니다. 보통으로 이야기하면 이렇게 됩니다. 머리가 나쁘기 때문입니다. 옛날부터 머리가 나빴던 것은 아닙니다만 어렸을 때 사고를 당해서 그때부터 머리가 나빠졌습니다. 글씨도 쓸 줄 모릅니다. 책도 신문도 못 읽습니다."

"나도 자랑은 아니지만 글씨 같은 건 못 써." 고양이는 말하고 나서, 오른쪽 발바닥에 살점이 볼록하게 솟은 육구肉球를 몇 번 핥았다. "하지만 머리는 보통이고 그것 때문에 불편했던 일은 없지."

"네, 고양이님의 세계에서는 정말 그렇습니다" 하고 나카타 씨는 말했다. "그렇지만 인간의 세계에서는 글씨를 모르면 머리가 나쁜 겁니다. 책이나 신문을 못 읽으면 머리가 나쁜 겁니다. 그렇게 정해져 있습니다. 나카타의 아버지는 이미 오래전에 돌아가셨습니다만, 대학교의 훌륭한 교수였고 금융론이라는 것을 전공했습니다. 그리고 나카타에겐 동생이 두 명 있습니다만, 둘 다 머리가 매우 좋습니다. 한 사람은 이토추일본의 종합무역상사라는 곳에서 부장을 맡고 있고, 또 한 사람은 통산성通産省이라는 곳에서 일하고 있습니다. 둘 다 큰 집에서 살고, 거의 매일 장어를 먹습니다. 나카타 혼자만 머리가 나쁩니다."

"하지만 당신은 이렇게 고양이와 이야기할 수 있잖아?"

"네."

"아무나 고양이하고 이야기할 수 있는 건 아니잖아."

"그렇습니다."

"그렇다면 머리가 나쁘다고 할 수는 없는 것 아닌가?"

"네, 아니요. 그러니까 그런 것은 나카타는 잘 모릅니다. 하지만 나카타는 어렸을 때부터 모든 사람들한테서 줄곧 머리가 나쁘다, 머리가 나쁘다 하는 말을 들어 왔기 때문에, 실제로 머리가 나쁘다고 생각할 수밖에 없습니다. 역의 이름도 읽을 줄 몰라서 차표를 사서 지하철을 탈 수도 없습니다. 시영市營 버스에는 장애인이라는 특별 증명서를 보이면 그럭저럭 탈 수 있습니다."

"흥" 하고 감정 없이 오쓰카 씨는 말했다.

"읽고 쓰기를 못 하면 일자리를 구할 수도 없습니다."

"그럼, 뭘 해서 먹고사는 거지?"

"생활보조금이 나옵니다."

"생활보조금?"

"지사님이 돈을 주십니다. 고지대에 있는 쇼에이소라는 아파트의 작은 방에서 살고 있습니다. 하루 세 끼, 밥도 먹고 있습니다."

"그렇게 나쁜 생활 같진 않은데."

"네. 말씀대로 나쁘지는 않습니다" 하고 나카타 씨는 말했다. "비바람도 피할 수 있고, 불편 없이 살아갈 수 있습니다. 그리고 이따금 고양이님 찾는 일을 부탁받습니다. 그 일로 사례금 같은 것을 받습니다. 하지만 이건 지사님께는 비밀로 하고 있습니다. 그러니까 아무에게도 말하지 말아 주십시오. 여분의 돈이 들어오면 보조금이 끊길지도 모르기 때문입니다. 사례금이라고 해봤자 대단한 액수는 아닙니다만, 덕분에 가끔 장어를 먹을 수도 있습니다. 나카타는 장어를 좋아합니다."

"장어는 나도 좋아해. 아주 먼 옛날에 딱 한 번 먹어 봤을 뿐이라서 어떤 맛이었는지 잘 기억이 나지는 않지만 말이야."

"네. 장어는 특히 좋은 음식입니다. 다른 음식과는 조금 다릅니다. 이 세상에는 대신할 수 있는 음식도 있습니다만, 장어를 대신할 수 있는 것은 나카타가 아는 한 아무것도 없습니다."

공터 앞의 도로를 커다란 래브라도리트리버를 데리고 젊은 남자가 지나갔다. 개 목에는 빨간 반다나머리나 목에 두르는 얇은 천가 매여 있었다. 개가 곁눈질로 흘깃 오쓰카 씨를 봤지만 그대로 가버렸다. 나카타 씨와 고양이는 공터에 앉은 채로 잠시 입을 다물고 개와 젊은 남자가 지나갈 때까지 기다렸다.

"고양이 찾는 일을 하고 있다고?" 하고 오쓰카 씨가 물었다.

"네. 행방을 알 수 없게 된 고양이님을 찾는 일입니다. 나카타는 이렇게 고양이님과 이야기를 조금 할 수 있기 때문에, 여기저기 돌아다니면서 정보를 모아 없어진 고양이님의 행방을 잘 알아낼 수가 있습니다. 그래서 나카타는 고양이님 찾는 솜씨가 좋다는 소문이 돌아, 여기저기서 미아가 된 고양이님을 찾아 달라는 부탁이 들어옵니다. 요즘은 고양이님을 찾지 않는 날이 드물 정도입니다. 하지만 나카타는 멀리 찾아 나서는 것을 싫어하기 때문에, 나카노구 안에서만 찾고 있습니다. 그렇게 하지 않으면, 이번에는 거꾸로 나카타 쪽이 미아가 돼버리기 때문입니다."

"그래서 지금도 길 잃은 고양이를 찾고 있는 거야?"

"네, 그렇습니다. 지금 찾고 있는 것은 한 살 먹은 얼룩 고양이님인데, 이름은 고마라고 합니다. 여기 사진이 있습니다." 나카타 씨는 어깨에 메고 있던 즈크삼실이나 무명실 따위로 두껍게 짠 직물 가방에서 사진을 꺼내 오쓰카 씨에게 보였다.

"이 고양이님입니다. 벼룩 퇴치용 갈색 목걸이를 하고 있습니다."

오쓰카 씨는 목을 빼고 그 사진을 봤다. 한참 들여다보더니 고개를 흔들었다.

"으음, 이 녀석은 본 적이 없는걸. 나는 이 근처에 있는 고양이라면 거의 모르는 놈이 없는데, 이 녀석은 모르겠어. 본 적도…… 들은 적도 없어."

"그렇습니까?"

"그런데 당신은 며칠이나 이 고양이를 찾고 있는 거야?"

"글쎄요, 오늘로…… 하나, 둘, 셋…… 사흘째입니다."

오쓰카 씨는 잠시 골똘히 생각하는 듯하더니 이렇게 말했다. "당신도 알고 있겠지만 고양이라는 건 말이지, 습관성이 강한 동물이야. 대체로 규칙적인 생활을 하고, 특별한 일이 없는 한 큰 변화를 좋아하지 않지. 특별한 일이란 성욕이라든가, 혹은 사고라든가, 대개 그 둘 중 하나야."

"네. 나카타도 대체로 그렇게 생각하고 있습니다."

"만약 그게 성욕이라면 한참 동안 시간이 지나서 가라앉으면 돌아오지. 당신, 성욕이 무엇인지는 알고 있겠지?"

"네. 경험은 없지만 대강은 알 것 같습니다. 고추에 관한 이야기지요?"

"그렇지, 고추 이야기지." 오쓰카 씨는 신통하다는 듯한 표정을 지으며 고개를 끄덕였다. "하지만 만일 사고라면 돌아오기 어려워."

"네. 옳은 말씀입니다."

"그리고 성욕에 끌려 어디 먼 곳으로 정신없이 갔다가, 다시 돌아오는 길을 잃어버리는 경우도 있거든."

"나카타도 일단 나카노구를 벗어나 버리거나 하면, 돌아오는 길을 모르게 되는 경우가 있습니다."

"나도 몇 번인가 그런 일이 있었지. 물론 훨씬 더 젊었을 때 일이지만" 하고 오쓰카 씨는 옛일을 회상하듯 눈을 가늘게 뜨고 말했다. "일단 돌아오는 길을 잃어버리게 되면, 당황한 나머지 앞뒤도 모르고 동서남북을 분간할 수 없게 되지. 눈앞이 캄캄해지는 거야. 뭐가 뭔지 알 수 없게 되고 말아. 그건 정말 끔찍해. 성욕이라는 것은 정말 골치 아픈 거야. 하지만 그때는 그것밖에는 생각할 수가 없지. 앞뒤 일 같은 것은 아무것도 생각하지 못하게 된다니까. 그게…… 성욕이라는 거야. 그러니까, 그 뭐라고 했지, 없어진 고양이 이름이?"

"고마 씨 말입니까?"

"그래. 나도 그 고마를 어떻게 해서든 찾아서 당신을 도와주고 싶어. 집 안에서 소중하게 키우던 한 살짜리 얼룩 고양이는 세상일 같은 건 아무것도 모르지. 싸움도 제대로 못 하고, 밥도 제 힘으로 찾아 먹지 못하거든. 불쌍하게 됐어. 그렇지만 유감스럽게도 그 고양이는 본 적이 없어. 다른 곳을 찾아보는 게 좋을 거야."

"그렇습니까? 그러면 말씀하신 대로 다른 방면으로 찾아보기로 하겠습니다. 오쓰카 씨의 낮잠을 방해해서 대단히 죄송합니다. 언젠가 다시 이 근처에 들르게 될 수도 있으니까, 고마 씨를 보시거든, 그때 나카타에게 꼭 가르쳐 주십시오. 실례일지도 모르지만 사례는 하겠습니다."

"아니야, 당신과 이야기를 나눌 수 있어서 즐거웠어. 그럼, 다시…… 놀러 와. 날씨만 좋으면 이 시간에는 이 공터에 있는 일이 많으니까. 비가 내릴 때는 저 계단을 내려가면 있는 신사神社에 있을 거야."

"네, 감사합니다. 나카타도 오쓰카 씨와 이야기할 수 있어서 매우 기뻤습니다. 고양이님과 이야기를 할 수 있다고는 해도 아무 고양이님하고나 이런 식으로 술술 이야기가 통하는 건 아니지요. 더러는 제가 말을 걸면, 몹시 경계하며 잠자코 어딘가로 가버리는 고양이님도 있습니다. 저는 그저 인사를 했을 뿐인데도 말입니다."

"그야 그렇겠지. 인간도 여러 부류가 있는 것처럼, 고양이도…… 여러 부류가 있으니까."

"그렇습니다. 나카타도 정말 그렇게 생각합니다. 세상에는 여러 부류의 인간이 있고, 여러 부류의 고양이님이 있습니다."

오쓰카 씨는 등줄기를 펴고 하늘을 올려다봤다. 태양이 공터에 오후의 황금빛을 쏟아 붓고 있었다. 그러나 거기에는 비가 올 것 같은 희미한 징후가 감돌고 있었다. 오쓰카 씨는 그것을 감지할 수 있었다.

"당신은 어렸을 때 사고를 당해서 머리가 약간 나빠졌다고 분명 그렇게 말했지?"

"네, 맞습니다. 그렇게 말씀드렸습니다. 나카타는 아홉 살 때 사고를 당했습니다."

"어떤 사고였는데?"

"그게 아무리 생각해도 생각해 낼 수가 없습니다. 들은 이야기에 따르면, 원인을 알 수 없는 열병 같은 것에 걸려서 삼 주 동안 나카타는 의식을 잃고 있었다고 합니다. 그동안 줄곧 병원 입원실에서 링거라는 걸 맞으면서 누워 있었습니다. 그리고 간신히 의식이 돌아왔을 때는, 그때까지의 일을 전부 잊어버리고 말았습니다. 아버지 얼굴도, 어머니 얼굴도, 글씨를 읽는 법도,

산수를 하는 것도, 살고 있던 집의 배치도, 그리고 제 이름까지 몽땅 잊어버렸습니다. 욕조의 마개를 뽑아 버린 것처럼 머릿속이 깨끗이 텅 비어 버렸습니다. 그 사고가 일어나기 전에는 나카타는 성적이 매우 좋은 수재였다고 합니다. 그런데 언젠가 갑자기 쓰러졌다가 정신이 들었을 때 나카타는 머리가 나빠져 있었습니다. 어머니는 이미 오래전에 돌아가셨지만, 생전에 이렇게 돼버린 나카타 때문에 자주 울곤 하셨습니다. 나카타의 머리가 나빠져서 울지 않을 수가 없다고 하셨지요. 아버지는 울지는 않으셨지만 언제나 화를 내셨습니다."

"그렇지만 대신에 고양이와 이야기를 할 수 있게 됐단 말이지?"

"그렇습니다."

"흥."

"게다가 건강해져서 병 한 번 앓은 적이 없습니다. 충치도 없고 안경도 끼지 않습니다."

"내가 보기엔 당신은 머리가 나쁜 것 같지 않은데."

"그렇습니까?" 하고 나카타 씨는 고개를 갸웃거리며 말했다. "그렇지만 오쓰카 씨, 이제 나카타는 예순 살이 훨씬 넘었습니다. 예순이 지나니까 머리가 나쁜 것에도, 모두가 상대해 주지 않는 것에도 익숙해졌습니다. 지하철을 타지 못해도 살아갈 수 있습니다. 아버지가 돌아가셨기 때문에 이제는 얻어맞는 일도 없습니다. 어머니도 돌아가셔서 이제 울 일도 없습니다. 그러니까 이제 와서 갑자기 너는 머리가 나쁘지 않다고 말씀하시면 나카타는 오히려 난처해질지도 모릅니다. 머리가 나쁘지 않게 된 탓에 지사님께 받던 보조금도 못 받을지 모르고, 특별 증명서로 시영 버스를 타는 것도 못 하게 될지 모릅니다. 뭐야, 너는 머리가 나쁘지 않잖아, 하고 지사님께 꾸중을 들으면 나카타는 대답할 말이 없습니다. 그러니까 나카타는 이대로 머리가 나쁜 채로 있는 게 좋을 것 같습니다."

"내가 말하고 싶은 것은 말이야, 당신의 문제점은 머리가 나쁜 데 있는 것이 아니란 거야" 하고 오쓰카 씨는 진지한 얼굴로 말했다.

"그럴까요?"

"당신의 문제점은 말이야, 이건 내 생각이지만, 당신…… 그림자가 조금 희미한 게 아닐까? 처음 봤을 때부터 생각한 건데, 땅바닥에 있는 그림자가 보통 사람의 반 정도밖에 안 보이거든."

"아, 그런가요."

"나는 전에도 한 번 그런 인간을 본 적이 있어."

나카타 씨는 입을 조금 벌리고 오쓰카 씨의 얼굴을 봤다.

"전에도 본 적이 있다는 건, 그러니까 나카타 같은 인간을 말하는 겁니까?"

"그렇지. 그래서 당신이 나한테 말을 걸었을 때도 그리 놀라지 않았던 거야."

"그건 언제쯤의 일입니까?"

"아주 옛날, 내가 아직 어렸을 때의 일이었어. 하지만 얼굴도 이름도 장소도 시간도, 아무것도 생각나지 않아. 아까도 말한 것처럼, 고양이에겐 그런 의미의 기억이라는 것이 없으니까 말이야."

"그렇군요."

"그 사람도 자기 그림자의 절반을 어디에선가 놓쳐 버린 것 같았어. 당신처럼 그림자가 희미했거든."

"네."

"그러니까 당신도 미아가 된 남의 집 고양이를 찾기보다는, 차라리 진지하게 자기 그림자의 나머지 절반을 찾는 편이 낫지 않을까?"

나카타 씨는 손에 들고 있던 등산모 챙을 몇 번 잡아당겼다. "솔직히 말씀드리면 그건 나카타도 어렴풋이 느끼고 있었습니다. 그림자가 희미한 것 같다고요. 다른 사람은 알아차리지 못해도 저는 알 수 있습니다."

"그렇다면 다행이지만."

"아까도 말씀드렸듯이, 나카타는 이제 나이도 많이 먹었고 얼마 안 있으면 죽겠지요. 어머니도 이미 죽었고 아버지도 이미 죽었습니다. 머리가 좋든 나쁘든, 글씨를 쓸 줄 알든 모르든, 그림자가 제대로 있든 없든, 모두 때가 되면 차례차례 죽지요. 죽어서 불태워집니다. 재가 되어 가라스야마라고 하는 곳에 있는 무덤으로 들어갑니다. 가라스야마는 세타가야구에 있습니다. 하지만 가라스야마의 무덤에 들어가면 누구든 더 이상 아무것도 생각하지 않지요. 생각하지 않는다면 이럴까, 저럴까 하고 고민할 일도 없습니다. 그러니까 나카타는 지금 이대로 있는 것으로 충분하지 않을까요? 게다가 나카타는 가능하다면 살아 있는 동안에는 나카노구 밖으로 나가고 싶지 않습니다. 죽은 다음에 가라스야마에 가는 것은 어쩔 수 없습니다만."

"어떻게 생각하는가는 물론 당신 자유야" 하고 오쓰카 씨는 말했다. 그러고는 또 발바닥의 육구를 핥았다. "그렇지만 말이야, 그림자 생각도 조금은 하는 게 좋지 않겠어? 그림자로서도 체면이 안 설지 모를 일이거든. 만일 내가 그림자라도, 그렇게 절반인 채로 있고 싶지는 않을 것 같은데."

"네" 하고 나카타 씨는 말했다. "그렇겠군요. 그럴지도 모르겠습니다. 그런 일은 한 번도 생각해 보지 않았습니다. 집에 돌아가서 천천히 생각해 보겠습니다."

"생각해 보는 게 좋겠어."

나카타 씨와 고양이 오쓰카 씨는 한동안 입을 다물고 있었다. 이

웃고 나카타 씨는 조용히 일어서서 바지에 묻은 풀을 꼼꼼하게 털었다. 후줄근한 등산모를 다시 머리에 썼다. 몇 번 챙의 각도를 조절해서 습관이 된 각도로 맞추어 썼다. 즈크 가방을 어깨에 멨다.

"정말 고마웠습니다. 오쓰카 씨의 의견은 나카타에게 참으로 귀중한 것이었습니다. 부디 아무 탈 없이 건강하게 지내시기 바랍니다."

"당신도."

나카타 씨가 가버리자, 오쓰카 씨는 다시 풀숲에 드러누워 눈을 감았다. 구름이 끼고 비가 내리려면 아직 시간이 있다. 그는 아무것도 생각하지 않고 금세 짧은 잠 속으로 빠져 들어갔다.

제7장

일곱 시 십오 분에 로비 근처에 있는 식당에서 토스트와 뜨거운 우유, 그리고 햄에그로 아침 식사를 한다. 숙박 요금에 포함되어 있는 비즈니스호텔의 아침 식사는 아무리 생각해도 나에겐 양이 적다. 눈 깜짝할 사이에 배 속으로 들어가 버려서 거의 먹은 것 같지도 않다. 나도 모르게 주위를 둘러본다. 그렇지만 토스트를 더 갖다 줄 기색은 전혀 없다. 나는 한숨을 쉰다.

"어쩔 수 없잖아" 하고 까마귀라고 불리는 소년이 말한다.

정신을 차리니 그가 테이블 건너편 자리에 앉아 있다.

"너는 이미 좋아하는 걸 마음껏 먹을 수 있는 환경에 있지 않아. 어쨌든 넌 가출을 한 거니까. 그 사실을 머릿속에 주입해야 해. 지금까지 넌 언제나 일찍 일어나서 아침밥을 배불리 먹어 왔지. 그렇지만 이제는 그렇게 되지 않아. 주어진 것만으로 참지 않으면 안 된다고. 식사량에 맞춰 위가 크기를 바꿔 간다는 이야기를 어디선가 들은 적이 있지? 지금부터 넌 그 이야기가 사실인지 아닌지를 실제로 확인하게 될 거야. 그러는 동안에 위도 작아지겠지. 하지만 그렇게 될 때까지는 시간이 걸릴 텐데, 그런 것을 견딜 수 있겠어?"

"견딜 수 있어" 하고 나는 말한다.

"그래야지" 하고 까마귀라고 불리는 소년이 말한다. "왜냐하면 넌 세상에서 가장 터프한 열다섯 살 소년이니까."

나는 고개를 끄덕인다.

"그럼, 언제까지고 깨끗하게 빈 접시를 보고 있는 건 그만두지 그래. 미련 없이 다음 행동으로 옮기는 게 어때?"

나는 시키는 대로 일어나서 다음 행동을 시작한다.

나는 호텔 프런트로 가서 숙박 조건을 교섭해 본다. 나는 도쿄의 사립 고등학교 학생인데, 졸업 리포트를 작성하기 위해 이 고장에 와서(실제로 내가 다니던 학교의 고등부에는 그런 제도가 있었다), 전문 자료가 있는 고무라 기념 도서관에 다니고 있다. 조사해야 할 것이 생각했던 것보다 많아서 아무래도 일주일은 다카마쓰에 체류해야 할 것 같다. 그러나 예산은 한정돼 있다. 그러니까 규칙대로 사흘이 아니라 여기에 있는 동안 특별히 YMCA를 통한 싼 요금으로 묵게 해주면 고맙겠다. 숙박비는 하루 전에 미리 내고 폐를 끼치지는 않겠다,라고.

문제를 끌어안고 어찌할 바를 모르는, 좋은 집안에서 가정

교육을 잘 받고 자란 소년 같은 표정을 지으며, 프런트에 있는 아침 당번인 젊은 여자에게, 내가 당장 해결해야 할 어려운 사정을 간략하게 설명한다. 나는 머리도 염색하지 않았고, 피어싱도 하지 않았다. 깔끔한 랄프 로렌의 흰색 폴로셔츠를 입고, 역시 랄프 로렌의 크림색 면바지를 입고, 탑사이더의 새 운동화를 신고 있다. 이는 하얗고 샴푸와 비누 냄새가 난다. 경어도 제대로 쓸 줄 안다. 나는 그럴 마음만 있으면 연상의 사람들에게 얼마든지 좋은 인상을 줄 수 있다.

그녀는 내 이야기를 잠자코 듣더니, 입술을 약간 비쭉하며 고개를 끄덕인다. 그녀는 몸집이 작고, 흰 블라우스 위에 녹색 블레이저코트의 유니폼을 입고, 약간 졸린 듯한 표정이지만 혼자서 척척 아침 업무를 처리하고 있다. 나이는 누나와 비슷할 것 같다.

대강 사정은 알았습니다. 숙박 요금에 대해서는 제가 무어라 드릴 수 있는 말씀은 없습니다만, 지배인과 의논해 보겠으니 정오쯤이면 확답을 드릴 수 있을 것 같습니다, 하고 그녀는 사무적으로 말한다(하지만 그녀가 나에게 호감을 갖고 있는 듯한 느낌이 든다). 그리고 내 이름과 방 호수를 묻고 메모를 한다. 이 교섭이 잘될지 어떨지 나는 알 수 없다. 어쩌면 역효과가 날지도 모른다. 가령 상대방이 학생증을 보여 달라고 할지도 모른다. 집에 연락해 보려고 할지도 모른다(물론 투숙객 명부에 기입한 것은 엉터리 전화번호다). 그러나 그런 위험을 무릅쓰고라도 시도해 볼 만한 가치는 있다. 내가 갖고 있는 돈은 한정돼 있으니까.

호텔 로비에 비치해 놓은 시내 전화번호부에서 공영 체육관 전화번호를 찾아, 체력 단련실에 어떤 운동기구가 있는지를 묻는다. 나에게 필요한 기구는 대충 갖춰져 있다. 요금은 육백 엔. 정확한 위치와 역에서 가는 방법을 물은 다음 전화를 끊는다.

방으로 돌아와 배낭을 짊어지고 밖으로 나온다. 방에 짐을 놔둘 수도 있고, 방 안에 비치된 소형 금고에 돈을 넣어 둘 수도 있다. 어쩌면 그쪽이 안전할지도 모른다. 그러나 가능하면, 언제나 내 곁에 두고 싶다. 배낭은 이제 이미 내 몸의 일부처럼 돼버렸다.

역 앞 터미널에서 버스를 타고 체육관에 간다. 물론 나는 긴장하고 있다. 얼굴이 굳어 있는 것을 느낄 수 있다. 내 나이의 소년이 평일 한낮에 혼자 체육관에 가는 것을 누군가가 보고 수상하게 생각할지도 모른다. 이곳은 뭐니 뭐니 해도 낯선 도시인 것이다. 사람들이 도대체 무엇을 생각하고 있는지, 나는 아직 파악하지 못했다. 그러나 아무도 나를 주의 깊게 보지 않는다. 나는 오히려 내가 투명인간이 돼버린 듯한 착각에 사로잡힌다. 입구에서 말없이 요금을 지불하고 열쇠를 잠자코 받아 든다. 라커룸에서 운동용 반바지와 가벼운 티셔츠로 갈아입고, 스트레칭을 하면서 근육을 푸는 동안에 조금씩 안정을 되찾아 간다. 나는 나라고 하는 틀 속에 들어 있다. 나라는 존재의 윤곽이 찰카닥 하고 작은 소리를 내면서 딱 하나로 겹쳐지며 자물쇠가 채워진다. 이제 됐다. 이렇게 해서 나는 언제나 내가 있어야 하는 장소에 있다.

서킷트레이닝근육, 호흡, 순환 기능의 점진적인 발달을 목적으로 하는 종합 체력 단련법에 착수한다. 엠디 워크맨으로 프린스의 음악을 들으면서, 꼬박 한 시간 동안 일곱 대의 기구를 여느 때의 순서로 소화해 나간다. 지방의 공영 체육관이라서 구식 운동기구밖에 없을 것이라 예상했지만, 체육관 안에는 깜짝 놀랄 만큼 최신 운동기구가 갖춰져 있었다. 쇠 냄새가 아직도 공중에 떠돌고 있다. 우선 가벼운 기구로 첫 단계 운동을 끝내고, 다음에 좀 더 무거운 운동기구로 두 번째 단계로 접어든다. 일일이 기록해 가면서 운동할 필요는 없다. 내 몸에 알맞은 중량과 횟수는 머릿속에 새겨져 있다. 금방 온몸에서 땀이 솟아 나와, 도중에 여러 번 수분을 보충하지 않으면 안 된다. 정수기의 물을 마시고, 오는 길에 사온 레몬을 베어 먹는다.

정해진 단계를 모두 끝내자 뜨거운 물로 샤워를 하고, 가지고 간 비누로 몸을 씻고 샴푸로 머리를 감는다. 포피가 갓 벗어진 페니스를 될 수 있는 대로 청결하게 유지한다. 겨드랑이 밑과 고환과 항문을 주의를 기울여 깨끗하게 씻는다. 몸무게를 재고 벌거벗은 채 거울 앞에 서서 근육의 단단함을 확인한다. 땀에 젖은 운동용 반바지와 티셔츠를 세면대에서 빨고 잘 짜서, 비닐봉지에 집어넣는다.

체육관을 나와서 버스를 타고 다시 역으로 돌아와, 역 앞에 있는 어제 갔던 우동집에 들어가 따뜻한 우동을 먹는다. 천천히 먹으면서 창밖을 바라본다. 역 구내를 많은 사람들이 오가고 있다. 모두 제각각의 옷을 입고, 짐을 끌어안은 채 바쁜 걸음으로 제각각의 목적을 가지고 어디론가 향하고 있다. 나는 그런 사람들의 모습을 물끄러미 쳐다본다. 그리고 지금부터 백 년 뒤의 일을 문득 생각한다.

지금부터 백 년 뒤에는 여기 있는 사람들은 모두 예외 없이 (나를 포함해서) 지상에서 사라져, 먼지나 재가 돼버릴 수밖에 없을 것이다. 그렇게 생각하니 이상한 기분이 든다. 여기 있는 모든 사물이 허무한 환영처럼 보이기 시작한다. 바람에 당장이라도 흩날려 없어질 것처럼 보인다. 나는 두 손을 펼치고 가만히 들여다본다. 나는 도대체 무엇 때문에 악착같이 이런 짓을 하고 있는 것일까? 왜 이렇게 필사적으로 살아가지 않으면 안 되는 것일까?

그러나 나는 고개를 흔들고 밖을 바라보는 것을 그만둔다. 백 년 뒤의 일을 생각하는 것을 그만둔다. 현재의 일만 생각하기로 한다. 도서관에는 읽어야 할 책이 있고 체육관에는 몸을 단련

할 수 있는 기구가 있다. 그런데 백 년 뒤의 먼 미래를 생각한다고 해서 무슨 소용이 있겠는가.

"그래야지" 하고 까마귀라고 불리는 소년이 말한다. "왜냐하면 넌 세상에서 가장 터프한 열다섯 살 소년이니까."

어제와 마찬가지로 역 매점에서 도시락을 사들고 전차를 탄다. 고무라 도서관에 도착한 것은 열한 시 삼십 분이었다. 카운터에는 역시 오시마 씨가 앉아 있다. 그는 푸른색 레이온 셔츠의 단추를 목까지 잠그고, 하얀 진바지에 하얀 테니스화 차림으로 책상 앞에 앉아 두툼한 책을 읽고 있다. 어제와 (아마도) 같은 긴 노란색 연필이 그 옆에 놓여 있다. 앞머리가 내려와 살짝 얼굴을 가리고 있다. 내가 들어가자 고개를 들고 미소를 지으며 짐을 맡아 준다.

"아직 학교에는 돌아가지 않았구나."

"이제 학교에는 돌아가지 않을 겁니다" 하고 나는 정직하게 말한다.

"도서관은 나쁘지 않은 선택이지" 하고 오시마 씨가 말한다. 고개를 돌려 등 뒤의 시계로 시간을 확인한다. 그러고 나서 다시 책으로 시선을 돌린다.

나는 열람실로 가서 버턴이 번역한 버전의 『아라비안나이트』를 계속 읽는다. 늘 그렇듯이 일단 자리 잡고 책을 읽기 시작하면, 도중에 그만둘 수가 없다. 이 『아라비안나이트』에는 내가 옛날에 도서관에서 읽은 아동판과 같은 이야기도 들어 있지만, 이야기 자체가 길고 에피소드도 많으며 세부적으로 복잡하게 뒤얽혀 있어서 도저히 같은 이야기라고는 생각되지 않는다. 훨씬 더 매혹적이다. 외설스럽고 난폭하고 관능적인 이야기, 이해를 초월한 이야기도 잔뜩 있다. 그러나 거기에는 (마치 마법 램프에 들어간 거인처럼) 상식의 틀 안에 들어앉지 않는 자유로운 생명력이 충만해 있어, 그것이 내 마음을 사로잡고 놓아주지를 않는다. 역 구내를 돌아다니는 무수한 얼굴 없는 사람들보다, 천 년도 전에 쓰인 황당무계한 이야기 쪽이 훨씬 더 생생하게 다가온다. 어떻게 이런 일이 일어날 수 있을까? 나는 그것이 무척 이상하게 생각된다.

한 시가 됐을 때 다시 정원으로 나가 툇마루에 걸터앉아서, 가져온 도시락을 먹는다. 반쯤 먹었을 때, 오시마 씨가 와서 나에게 전화가 왔다고 한다.

"전화요?" 나도 모르게 할 말을 잊고 만다. "저한테요?"

"다무라 카프카라는 것이 네 이름이라면 말이지."

나는 얼굴이 빨개진 채 일어나 그가 내민 무선전화기를 받아 든다.

호텔 프런트의 여성에게서 걸려 온 전화다. 그녀는 내가 정말로 낮에 고무라 도서관에서 자료를 조사하고 있는지 어떤지를 확인하고 싶었을 것이다. 목소리를 들어 본 느낌으로는 내가 거짓말을 하지 않았다는 것을 알고 안심하는 것 같다. 조금 전 지배인에게 학생의 일을 상의했습니다. 지금까지 그런 예는 없었지만 젊은 사람이고 사정이 사정이니만큼 그런 일이라면 앞으로도 당분간은 YMCA를 통한 서비스 요금으로 숙박비를 받아도 괜찮다고 지배인이 말했습니다. 지금은 그다지 붐비는 시기도 아니니까 그 정도의 편의는 봐줄 수 있다는 이야기입니다. 거기는 매우 평판이 좋은 도서관이니까 시간을 들여서 착실히 자료 수집을 하면 좋을 것이라고 지배인이 말했습니다, 하고 그녀는 말한다.

나는 겨우 마음을 놓고 고맙다고 인사한다. 거짓말을 한 것이 마음에 걸리지 않는 건 아니지만 어쩔 수 없다. 살아남기 위해서는 여러 가지 일을 하지 않으면 안 된다. 전화를 끊고 전화기를 오시마 씨에게 돌려준다.

"여기에 오는 고등학생이라고는 너밖에 없으니까 틀림없이 너일 거라고 생각했지" 하고 그가 말한다. "매일 아침부터 저녁때까지 열심히 책을 읽고 있다고 말해 두었어. 사실대로 말이야."

"고맙습니다" 하고 나는 말한다.

"다무라 카프카라고?"

"네."

"이상한 이름이군."

"하지만 그게 제 이름입니다."

"물론 너는 프란츠 카프카의 작품을 몇 편 읽었겠지?"

나는 고개를 끄덕인다. "소설 『성』과 『심판』과 「변신」, 그리고 이상한 처형 기계가 나오는 이야기……."

"「유형지에서」"라고 오시마 씨가 말한다. "내가 좋아하는 소설이야. 세상에는 많은 작가가 있지만, 카프카 이외의 어느 누구도 그런 이야기는 쓸 수 없지."

"저도 단편 중에서는 그 이야기를 제일 좋아합니다."

"정말?"

나는 고개를 끄덕인다.

"어떤 점이?"

나는 그 대답을 생각해 본다. 생각하는 데 시간이 걸린다.

"카프카는 인간에게 주어진 상황에 대해 설명하려고 하기보다는, 오히려 그 복잡한 기계에 관한 것을 순수하게 기계적으로 설명하려고 합니다. 그러니까……." 나는 다시 한참 생각한다. "다시 말하면 그렇게 함으로써 카프카는, 우리 인간에게 주어진 상황을 어느 누구보다도 생생하게 설명할 수 있습니다. 상황에 대해 말하는 것이 아니라, 기계의 세부에 대한 설명을 하면서 말이죠."

"과연." 오시마 씨는 감탄한 눈치다. 그러고 나서 내 어깨에 손을 올려놓는다. 그 동작에는 자연스러운 호감 같은 것이 느껴진다.

"그래, 프란츠 카프카도 아마 네 의견에 찬성하지 않을까."

그는 무선전화기를 갖고 건물 안으로 돌아간다. 나는 다시 툇마루에 앉아 혼자서 남은 점심을 먹고, 생수를 마시고, 뜰에 날아드는 새들을 바라본다. 어제 본 것과 같은 새들일지도 모른다. 하늘에는 엷은 구름이 잔뜩 끼어 있다. 푸른 하늘은 어디에도 보이지 않는다.

카프카의 소설에 대한 나의 대답은 많든 적든 간에 아마도 그를 납득시킨 듯하다. 그러나 내가 정말로 말하고 싶었던 것은 전해지지 않았을 것이다. 나는 카프카의 소설에 대한 일반론을 말한 것이 아니다. 나는 매우 구체적인 사물에 대해 구체적으로 말했을 뿐이다. 그 복잡하고 목적을 알 수 없는 처형 기계는 현실의 내 주위에 실제로 존재했던 것이다. 그것은 비유나 우화가 아니다. 그러나 아마 그것은 오시마 씨뿐만 아니라 누구라도, 어떤 식으로 설명해도 이해하지 못할 것이다.

열람실로 돌아와 소파에 앉아서 다시 『아라비안나이트』의 세계로 돌아간다. 그러자 주위의 현실 세계가 영화 화면이 페이드아웃 되는 것처럼 조금씩 사라져 간다. 나는 나 혼자가 되어 페이지 사이의 세계에 몰입해 간다. 나는 그 감각을 무엇보다도 좋아한다.

다섯 시가 되어 도서관을 나올 때 보니, 오시마 씨는 카운터 앞에서 아까와 같은 책을 계속 읽고 있다. 셔츠에는 여전히 주름 하나 없다. 여느 때와 마찬가지로 얼굴 위로 머리카락이 몇 가닥 늘어져 있다. 그의 등 뒤 벽에서는 전기시계가 소리 없이 매끄럽게 바늘을 전진시키고 있다. 오시마 씨 주위에서는 모든 것이 조용하고 청결하게 유지되고 있다. 그가 땀을 흘리거나 딸꾹질을 하는 일 따위는 있을 수 없는 것처럼 느껴진다. 그는 얼굴을 들고 나에게 배낭을 건네줬는데, 불끈 들어 올릴 때 자못 무거운 듯이 얼굴을 찡그린다.

"넌 여기까지 시내에서 전차를 타고 와?"

나는 고개를 끄덕인다.

"매일 여기에 올 생각이라면 이걸 갖고 있는 게 나을 거야."
오시마 씨가 A4 절반 사이즈의 종이를 나에게 건네준다. 그것은 다카마쓰역과 고무라 도서관이 있는 역을 연결하는 철도 시간표 복사본이다.

"대체로 시간표대로 오니까."

"고맙습니다" 하고 나는 그것을 받아 든다.

"이봐, 다무라 카프카 군. 네가 어디에서 왔고 무엇을 하고 있는지는 모르지만, 언제까지나 호텔에 머물 수는 없잖아?" 그는 조심스럽게 말을 골라 가면서 한다. 그러고는 왼손 손가락으로 연필심의 뾰족한 상태를 체크한다. 심은 일일이 확인할 것까지도 없이 완벽하게 뾰족하다.

나는 잠자코 있는다.

"쓸데없는 참견을 할 생각은 없어. 다만 이야기를 하다 보니 그런 생각이 들어서 묻는 것뿐이야. 네 또래의 소년이 낯선 고장에서 혼자 살아간다는 건 쉽지 않으니까 말이야."

나는 고개를 끄덕인다.

"앞으로 또 어딘가 다른 곳으로 갈 생각이야? 아니면 계속 여기에 있을 생각이야?"

"아직은 잘 모르겠지만, 당분간은 여기서 지낼 생각입니다. 달리 갈 곳도 없고요" 하고 나는 솔직하게 말한다.

오시마 씨에게라면 어느 정도 솔직하게 사정을 털어놓아도 될 것 같은 느낌이 든다. 그는 우선 내 입장을 존중해 줄 것이다. 설교 같은 것을 하거나 상식적인 의견을 강요하지는 않을 것이다. 그렇지만 지금은 어느 누구에게도 필요 이상의 말은 하고 싶지 않다. 나는 타인에게 무언가를 털어놓거나 내 마음을 설명하거나 하는 일에, 원래 익숙하지 않다.

"일단은 혼자서 해나갈 수 있는 거지?" 하고 오시마 씨가 묻는다.

나는 짧게 고개를 끄덕인다.

"행운을 빌게" 하고 그가 말한다.

사소한 일을 제외하면 거의 변함없는 생활이 그로부터 이레 동안 계속됐다(월요일은 예외다. 월요일에는 고무라 도서관이 휴관을 하기 때문에, 큰 공립 도서관으로 책을 읽으러 갔다). 여섯 시 삼십 분에 라디오 알람 소리에 눈을 뜨고, 호텔 식당에서 간단한 아침 식사를 한다. 프런트에 밤색 머리카락의 새벽 당번 여성이 있으면, 손을 들어 인사를 한다. 그녀도 고개를 약간 기울이고 미소를 지으며 인사를 보내 준다. 그녀는 나에게 친근감을 느끼게 된 것 같다. 나도 그녀에게 친근감을 느끼고 있다. 그녀가 어쩌면 내 누나일지도 모른다고 생각한다.

방에서 간단한 체조로 몸을 풀고, 시간이 되면 체육관에 가서 서킷트레이닝을 한다. 같은 부하로, 같은 횟수만큼 한다. 그보다 적게도 많이도 하지 않는다. 샤워를 하면서 몸 구석구석까지 깨끗이 씻으려고 애쓴다. 몸무게를 달아 보고 변화가 없음을 확인한다. 정오 전에 전차로 고무라 도서관에 간다. 배낭을 맡길 때와 받을 때, 오시마 씨와 짧게 이야기를 나눈다. 툇마루에서 점심을 먹고, 책을 읽고(『아라비안나이트』를 다 읽고, 나쓰메 소세키의 전집 읽기를 계속한다. 아직 못 읽은 작품이 몇 가지 있기 때문이다) 다섯 시에 도서관에서 나온다. 낮 시간의 대부분을 체육관과 도서관에서 보내고 있는 셈인데, 그곳에 있는 한 아무도 나에게 신경 쓰지 않는다. 학교를 빼먹는 아이는 상식적으로 생각해도 그런 곳에는 가지 않기 때문이다. 역 앞 식당에서 저녁 식사를 한다. 가능한 한 채소를 많이 먹도록 한다. 이따금 청과상에서 과일을 사다가 아버지 서재에서 가져온 나이프로 껍질을 깎아 먹는다. 오이나 셀러리를 사서 호텔 욕실에서 씻은 뒤 마요네즈를 찍어 먹는다. 또는 근처에 있는 편의점에서 우유를 사다가 시리얼과 함께 먹기도 한다.

호텔에 돌아오면 책상 앞에 앉아서 일기를 쓰고, 워크맨으로 라디오헤드를 듣고, 책을 또 조금 읽다가 열한 시 전에 잠자리에 든다. 잠들기 전에 가끔 자위행위를 한다. 나는 이 호텔 프런트의 여성을 상상하며, 그때는 그녀가 실제로 내 누나일지도 모른다는 가능성을 일단 어딘가로 쫓아낸다. 텔레비전은 거의 보지 않고, 신문도 읽지 않는다.

그런 나의 규칙적이며 집중적이고 간소한 생활이 무너진 것은 (물론 그것은 조만간 무너지게 될 일이었지만) 팔 일째 되는 밤이었다.

제8장

「미국 육군 정보부(MIS) 보고서」

- 작성 연월일: 1946년 5월 12일
- 타이틀: "RICE BOWL HILL INCIDENT, 1944: REPORT"
- 문서 정리 번호: PTYX-722-8936745-42216-WWN

도쿄제국대학 의학부 정신의학과 교수, 쓰카야마 시게노리(52세)에 대한 인터뷰는 도쿄의 연합국 최고사령관 총사령부 내에서 약 세 시간에 걸쳐 행해졌다. 녹음테이프 사용. 이 인터뷰에 관한 부대 자료 청구번호는 PTYX-722-SQ-267부터 291이다. (주: 단 271 및 278 자료는 결손)

질문자 로버트 오코넬 소위의 소감:
쓰카야마 교수는 보기에도 전문가다운 차분한 태도를 지니고 있다.

그는 정신의학 분야에서 일본을 대표하는 학자이며, 지금까지 여러 권의 뛰어난 저작을 발표했다. 대부분의 일본인들과는 달리 애매한 표현을 쓰지 않는다. 사실과 가설을 명확히 준별한다. 태평양전쟁이 터지기 전에 교환교수로 스탠퍼드대학에 체류한 일이 있어서 영어를 상당히 유창하게 구사한다. 많은 사람이 그에게 신뢰감과 호감을 가질 것이다.

우리는 군의 명령을 받고, 급히 그 아이들에 대한 조사와 면담에 착수했습니다. 1944년 11월 중순경의 일입니다. 우리가 군의 요청이나 명령을 받는 것은 매우 이례적인 일입니다. 아시다시피 그들은 군부 조직 내에 상당히 큰 의료 부문을 두고 있으며, 본래 기밀 유지에 주안점을 둔 자기완결적인 조직이기 때문에, 대부분의 경우 내부에서 모든 것을 해결하게 돼 있습니다. 전문적인 분야의 연구자나 의사의 특수 지식 혹은 기술을 필요로 하는 경우를 빼고는, 민간인 의사나 연구자에게 무엇인가를 요청하지 않습니다.

그렇기 때문에 그 이야기가 나왔을 때, 우리는 그것이 당연히 '특수한 경우'일 것이라고 추측했습니다. 군대의 지시에 따라 일을 하는 것은, 솔직히 말해서 꺼리는 편이었습니다. 대부분의 경우, 그들이 원하는 것은 학문적인 진실이 아니라 군대의 사고 체계에 맞는 결론이든가, 혹은 그저 단순히 상부에서 하라고 하니까 하는 척하는 것뿐입니다. 논리가 통하는 상대가 아닌 데다 전쟁 중이기 때문에, 군의 명령을 거역할 수는 없었습니다. 시키는 대로 잠자코 하는 수밖에 도리가 없었습니다.

우리는 미군의 공습이 계속되는 가운데, 대학 연구실에서 근근이 연구를 계속하고 있었습니다. 학생도 연구생도 거의 다 군대에 빼앗겨 대학은 이미 텅 비어 있었습니다. 정신의학연구실의 학생에겐 징병 유예 같은 제도가 없습니다. 우리는 군의 명령을 받고 하던 연구를 일단 중단한 채, 부랴부랴 기차를 타고 야마나시현 ○○정으로 갔습니다. 저와 정신의학연구실의 동료, 그리고 우리와 계속 한 팀이 돼 연구를 해온 뇌신경외과의 레지던트, 이렇게 세 명이었습니다.

우리는 우선 그곳에서, 지금부터 말하는 것은 군의 기밀 사항이므로 일절 누설하지 말라는 엄중한 주의를 받았습니다. 그러고 나서 그달 초에 일어난 사건에 대해 설명을 들었습니다. 열여섯 명의 아이들이 산속에서 의식불명이 됐다가, 그 가운데 열다섯 명이 그후 자연히 의식을 되찾았다는 것, 그동안의 기억이 완전히 상실됐다는 것, 그러나 남자아이 한 명만은 끝내 의식을 회복하지 못한 채 도쿄의 육군병원 병실에서 계속 잠자고 있다는 것 등입니다.

사건 발생 직후부터 아이들의 진료를 담당한 군의관이 우리에게 내과적인 견지에서 경과를 상세하게 설명해 줬습니다.

도야마라는 육군 소령이었습니다. 군의관 가운데는 순수한 의사라기보다 자기 보신에 급급한, 관료에 가까운 체질의 사람들이 적지 않습니다만, 운 좋게도 그는 현실적이며 동시에 우수한 의사였습니다. 외부인인 우리에 대해서도 거만하거나 배척하는 면이 전혀 없었습니다. 객관적이며 구체적으로, 필요한 기초 사실을 하나도 빼놓지 않고 우리에게 전해 줬습니다. 진료 기록 카드도 전부 보여 줬습니다. 그가 원하고 있는 것은 무엇보다도 사실을 해명하는 일인 듯했습니다. 우리는 그에게 호감을 가졌습니다.

군의관이 건네준 자료를 통해서 알 수 있는 가장 중요한 특징은 의학적으로 봐서, 아이들에게 아무런 영향도 남아 있지 않다는 것이었습니다. 아무리 검사를 해봐도, 사건 직후부터 현재에 이르기까지 일관되게 외과적으로나 내과적으로나 어떤 신체적 이상도 찾아볼 수 없다는 점입니다. 아이들은 사건이 일어나기 전과 완전히 똑같은 상태로, 극히 건강하게 생활하고 있었습니다. 정밀검사 결과 몇몇 아이의 체내에서 기생충이 발견됐지만 특별한 일은 아닙니다. 두통이나 구역질이나 통증, 식욕부진, 불면증, 무력감, 설사, 악몽 같은 증상은 전혀 없었습니다.

다만 아이들의 머릿속에는 산속에서 의식을 잃었던 두 시간 동안의 기억이 상실돼 있었습니다. 이것은 전원에게 공통된 사항입니다. 자신들이 쓰러졌을 때의 기억조차 없었습니다. 그

부분은 깨끗이 빠져 버린 것입니다. 이것은 기억의 '상실'이라기보다는 '누락'에 가까운 것입니다. 전문적인 용어가 아니고, 지금 편의상 사용하고 있을 뿐이지만, '상실'과 '누락' 사이에는 큰 차이가 있습니다. 간단히 설명하자면, 글쎄요, 철로 위를 달리고 있는 여러 차량이 연결된 화물 열차를 상상해 주시기 바랍니다. 그중 한 칸에서 짐이 없어집니다. 이처럼 알맹이가 없는 텅 빈 화물칸이 '상실'입니다. 그리고 짐뿐만 아니라 화물칸까지 몽땅 없어지는 것이 '누락'입니다.

우리는 그 아이들이 어떤 독가스를 들이마셨을 가능성에 대해 이야기를 나누었습니다. "그것은 당연히 고려 대상이 됐으며, 그 때문에 군이 이 사건에 관여하게 된 것이지만, 지금 단계에서는 현실적으로 가능성이 매우 희박하다고 하지 않을 수 없습니다. 이것은 군 기밀에 속하는 것이기 때문에 외부에 누설하면 곤란하지만……" 하고 도야마 군의관은 말했습니다.

그의 이야기는 대충 이러했습니다. '육군은 분명히 독가스나 생물무기와 같은 화학무기의 연구, 개발을 비밀리에 행하고 있다. 그러나 그것은 주로 중국 대륙에 본거지를 둔 특수부대 내부에서 행해지고 있으며, 일본 국내에서는 행해지지 않고 있다. 인구가 밀집한 이 좁은 나라에서 그런 연구를 하는 것은 너무나 위험이 크기 때문이다. 그런 무기가 국내에 저장돼 있느냐 아니냐에 관해서는 여기서 여러분에게 밝힐 수 없지만, 적어도 지금

단계에서 야마나시현 안에 없다는 것만은 확약할 수 있다.'

—야마나시현 안에는 독가스를 비롯한 특수 무기가 저장돼 있지 않다고 군의관이 단언했단 말이지요?

네. 그는 분명히 그렇게 말했습니다. 우리로서는 그대로 믿을 수밖에 없었고, 또 믿어도 되겠다는 인상을 받았습니다. 그리고 미군의 B-29에서 독가스를 투하했다는 설에 대해서는, 우리는 가능성이 너무 낮다는 결론에 도달했습니다. 만일 그들이 정말 그런 무기를 개발해서 사용하기로 결정했다면, 우선 반응이 큰 도시에서 사용할 것입니다. 고공에서 이런 외진 산속에 한두 개 떨어뜨려 봤자, 그것이 어떤 효과를 미쳤는지 성과에 대한 확인조차 못 합니다. 그리고 설사 독가스를 떨어뜨려서 사방으로 퍼졌다고 가정하더라도 고작해야 아이들의 의식을 두 시간 잃게 했을 뿐, 그 밖에 아무런 흔적도 남기지 않는 그런 독가스는 군사적으로 의미가 없습니다.

게다가 우리가 이해하는 범위 안에서는 인공 독가스건, 자연 속에서 생겨나는 독성이 있는 대기건, 신체에 아무런 흔적도 남기지 않는 독가스란 생각할 수 없습니다. 특히 성인에 비해 감수성이 풍부하고 방어력이 약한 아이들의 신체이므로 눈이나 점막에는 반드시 어떤 작용의 흔적이 남을 것입니다. 같은 이유로 식중독의 가능성도 제외할 수 있습니다.

그렇게 되면 나머지는 심리적인 문제 혹은 뇌 조직에 관련된 문제라고밖에 생각할 수 없습니다. 이 사건이 그런 내적인 요인에 의해 야기된 것이라면, 당연히 내과적·외과적 견지에서 흔적을 찾는 것은 매우 곤란합니다. 그 흔적은 눈에 보이지 않는 것, 수치로 나타나지 않는 것이 돼버립니다. 그제야 비로소 우리는 군에 호출당한 이유를 이해할 수 있었습니다.

우리는 사고를 당한 후 의식을 잃은 아이들을 빠짐없이 면담했습니다. 인솔한 선생님과 촉탁 의사의 이야기도 들었습니다. 도야마 군의관도 그 자리에 동석했습니다. 그러나 그 면담에서 우리가 얻을 수 있었던 새로운 사실은 거의 없습니다. 군의관이 설명해 준 것을 다시 한번 확인했을 뿐입니다. 아이들은 그 사건에 대해 아무것도 기억하지 못하고 있었습니다. 아이들은 높은 하늘에서 반짝하고 비치는 비행기 같은 것을 봤습니다. 그리고 '밥공기 산'에 올라가 숲속에서 버섯을 따기 시작했습니다. 거기에서 시간이 끊겼고 그 뒤 기억나는 것은, 어쩔 줄 몰라 하는 선생님과 경찰관들에게 둘러싸인 채 자기들이 땅바닥에 누워 있다는 사실뿐이었습니다. 몸 상태는 별로 나쁘지 않았고 아프지도 괴롭지도 않았다, 다만 아침에 잠이 깼을 때처럼 머리가 약간 멍했다, 그뿐입니다. 어느 아이의 말이나 모두 마치 판에 박은 듯이 똑같았습니다.

우리가 면담을 끝낸 단계에서, 크게 떠오른 가능성은 당연히 집단 최면입니다. 선생님이나 학교의 담당 의사가 봤던, 의식을 잃고 있을 때 아이들이 보인 증상은 집단 최면이라고 가정하면 결코 부자연스러운 것이 아닙니다. 안구의 규칙적인 움직임, 호흡과 심장박동 그리고 체온 저하와 기억의 누락 현상이 나타났습니다. 조사를 받은 아이들의 이야기는 대충 들어맞았습니다. 인솔한 선생님만 의식을 잃지 않은 것은 그 집단 최면을 유도한 무엇인가가, 어떤 이유에서든 성인에게는 작용하지 않았기 때문이라고 생각할 수 있습니다.

그 무엇인가가 도대체 무엇이었던가, 하는 것은 우리로서는 아직 단정할 수 없습니다. 다만 한 가지 일반론으로서 말할 수 있는 것은, 집단 최면에는 꼭 필요한 두 가지 원인이 있다는 것입니다. 하나는 그 집단을 구성하는 각 개인의 기본적인 성질 혹은 성격이 모두 비슷하고 그들이 놓인 환경과 처지가 같아야 한다는 것입니다. 또 하나는 '트리거'입니다. 그 직접적인 트리거는 집단 전원이 거의 동시에 체험해야 합니다. 그것은 이 경우를 예를 들어 말하자면, 그들이 산에 들어가기 전에 봤다는 비행기 같은 물체의 번쩍임일지도 모릅니다. 그것은 전원이 동시에 목격했습니다. 그리고 수십 분 뒤에 졸도하기 시작했습니다. 물론 이것도 가설에 지나지 않으며, 그 밖에 무엇인가 명확하게 확인되지는 않았지만, 트리거가 될 수 있는 사건이 있었는지도 모릅니다. 저는 '어디까지나 가설에 지나지 않지만'이라는 전제를 두고, 도야마 군의관에게 집단 최면의 가능성을 조심스럽게 시사했습니다. 제 동료 두 명도 그 의견에 대체로 찬성했습니다. 그것은 우연히도 우리가 종사하고 있던 연구 테마와 직접적이지는 않지만, 관련된 것이기도 했던 것입니다.

"뭔가 이치에 맞는 이야기같이 들리는군요" 하고 도야마 군의관이 한참 생각하고 나서 말했습니다. "제 전문 분야 밖의 일이기는 하지만 가능성으로는 그것이 가장 높다고 봅니다. 그러나 한 가지 알 수 없는 일이 있습니다. 그렇다면 도대체 무엇이 그 집단 최면을 해제시켰는가 하는 문제입니다. 거기에는 '역트리거'가 없어서는 안 된다는 이야기가 됩니다만."

잘 모르겠습니다, 하고 저는 솔직하게 대답했습니다. 그것은 지금 현재로서는 또 하나의 가설로 대답할 수밖에 없는 문제입니다. '적당한 시간이 경과하면 자동적으로 해제되도록 시스템이 짜여 있었는지도 모른다'는 것이 제 가설입니다. 즉 우리의 신체 유지 시스템은 본래 매우 강인해서 일시적으로 다른 외부 시스템의 통제하에 놓인다 하더라도, 어느 정도의 시간이 경과하면 소위 비상벨을 울려서 본래의 기능 유지를 가로막고 있는 이물질을—이 경우에는 최면 작용이 되겠지만—배제하기 위한, 그것을 해제하기 위한 프로그램을 긴급 작동시키는 것이 아닐까요.

지금 여기에 자료가 없기 때문에 유감스럽게도 정확한 숫자까지는 인용할 수 없지만, 비슷한 사건이 지금까지 외국에서 몇 건 보고된 바 있습니다, 하고 저는 도야마 군의관에게 설명했습니다. 그 모든 경우가 이론적으로 설명할 수 없는 '수수께끼의 사건'으로 기록돼 있습니다. 많은 아이들이 동시에 의식을 잃었다가 몇 시간 후에 깨어납니다. 그리고 그동안의 일을 아무것도 기억하지 못합니다.

요컨대 이번 사건은 말할 필요도 없이 희귀한 사건이기는 하지만, 전례가 없는 일은 아닙니다. 1930년 즈음에 영국 데번 주州의 작은 마을 변두리에서 기묘한 사건이 일어났었습니다. 일렬로 시골길을 걷고 있던 서른 명가량의 중학생들이 이렇다 할 이유도 없이 갑자기 차례차례 길에 쓰러져 의식을 잃었습니다. 그러나 몇 시간 뒤에는 모두 의식을 회복하고, 마치 아무 일도 없었다는 듯이 자기 발로 걸어서 학교로 돌아왔습니다. 의사가 즉시 전원을 진찰했지만 의학적으로는 전혀 이상 징후를 찾아낼 수 없었습니다. 무슨 일이 일어났는지 아무도 기억하지 못하고 있었습니다.

지난 세기 말경에도 오스트레일리아에서 역시 같은 종류의 사건이 기록됐습니다. 애들레이드 교외에서 열다섯 명가량의 십대 초반 소녀들이 사립 여학교의 소풍 도중에 의식을 잃었다가 얼마 후 전원이 의식을 회복했습니다. 외상이나 후유증은 전혀 없었습니다. 일사병 탓이 아닐까 하는 결론을 내렸지만, 전원이 거의 동시에 의식을 잃었다가 거의 동시에 깨어나고, 또한 일사병 징후를 전혀 보이지 않았다는 점이 수수께끼로 남았습니다. 그날은 특별히 무더운 날이 아니었다는 보고도 있습니다. 아마 달리 설명할 길이 없기 때문에 일단 일사병 탓으로 돌렸을 것입니다.

이 사건들의 공통점은 학교에서 얼마간 떨어진 곳에서 어린 소년이나 소녀 모두가 거의 동시에 의식을 잃었다가 거의 동시에 의식을 되찾고, 그 뒤에 아무런 후유증도 남지 않았다는 것입니다. 이것은 모든 사례에 공통되는 특징입니다. 거기에 함께 있었던 어른에 대해서는 아이들과 마찬가지로 의식을 잃은 예와 의식을 잃지 않은 예가 보고됐습니다. 그것은 경우에 따라 다른 것 같습니다.

그 밖에도 비슷한 사례가 없는 것은 아니지만, 학문적 자료로 삼을 수 있는 명확한 기록이나 자료가 남아 있는 것으로는 그 두 가지가 대표적입니다. 그러나 야마나시현에서 일어난 이번 사건에는 한 가지 특기할 만한 예외 사항이 있습니다. 그것은 최면 혹은 '의식의 상실'이 해제되지 않은 소년이 한 명 남았다는 사실입니다. 우리는 당연히 그 소년의 존재가 사건의 진상을 해명하는 열쇠가 되지 않을까 하고 생각했습니다. 우리는 현지 조사를 끝내고 도쿄로 돌아와 그 소년이 수용돼 있는 육군병원으로 갔습니다.

—육군이 이 사건에 관심을 가진 것은 어디까지나 그것이 독가스 무기에 의한 것일지도 모른다는 가능성 때문이었다는 것이지요?

그렇게 이해하고 있습니다. 정확한 것은 저보다 도야마 군의관에게 직접 물어보시는 것이 좋을 것 같습니다.

—군의관 도야마 소령은 1945년 3월, 도쿄 시내에서 직무 수행 중 폭격으로 사망했습니다.

그렇습니까? 그것 참 안됐군요. 이 전쟁에서는 훌륭한 사람들이 많이 사망했습니다.

—그러나 군은, 그 사건이 이른바 '화학무기'에 의한 것이 아니라는 결론에 도달했습니다. 원인은 아직 알 수 없지만, 전쟁의 진행과는 무관한 것 같다고. 그렇지요?

네, 그렇게 알고 있습니다. 그 시점에서 군은 사건에 대한 조사를 종료했습니다. 육군병원이 나카타라는 의식불명의 소년을 그대로 거기에 붙잡아 둔 것은 단지 도야마 군의관이 이 사건에 개인적으로 흥미를 가지고 있었고, 그가 당시 병원 내에서 어느 정도 재량권을 갖고 있었기 때문입니다. 그런 이유로 우리는 매일같이 육군병원에 다니거나 혹은 교대로 거기에 묵으면서 의식불명인 채 병상에 누워 있는 소년의 상태를 여러 각도에서 조사했습니다.

그 소년의 신체 기능은, 의식은 없어도 매우 순조롭게 움직이고 있었습니다. 링거 주사로 영양을 섭취하고 규칙적으로 배변을 했습니다. 밤이 되어 방 안의 불을 끄면 눈을 감고 잠들고, 아침이 되면 눈을 떴습니다. 그는 분명히 의식은 없었지만, 그것만 빼면 아무 문제 없이 건강하게 정상적으로 지내고 있는 것 같았습니다. 혼수상태라고는 해도 꿈을 꾸는 일도 없는 것 같았습니다. 인간이 꿈을 꾸고 있을 때는 안구의 움직임이나 얼굴 표정에, 꿈을 꾸고 있다는 반응이 반드시 나타납니다. 의식이 꿈속에서의 경험에 호응하고, 그에 따라 심장박동수도 높아집니다. 그러나 그런 징후가 나카타 소년에게는 전혀 없었습니다. 심장박동수와 호흡과 체온은 정상인보다 약간 낮은 수치였지만, 놀랄 만큼 안정돼 있었습니다.

이상한 표현일지도 모르지만, 그릇으로서의 육체만이 임시로 거기에 남아 집을 지키고 갖가지 생체 레벨을 조금씩 저하시켜 생존에 필요한 최소한의 기능을 유지하는 동안, 본인은 어딘가 다른 곳에 가서 무엇인가 다른 일을 하고 있는 것처럼 보였습니다. '유체 이탈'이라는 단어가 제 머릿속에 떠올랐습니다. 그 말을 알고 계십니까? 일본의 옛이야기에 자주 나오는데, 혼이 일시적으로 육체를 떠나 천 리 길을 뛰어넘어 어딘가 먼 곳으로 가서, 거기서 중요한 볼일을 보고 다시 본래의 육체로 돌아온다는 이야기입니다. 『겐지 이야기源氏物語』에도 '생령生靈'이 자주 등장합니다만, 그와 비슷한 것인지도 모릅니다. 죽은 사람의 혼이 육체에서 빠져나올 뿐만 아니라, 살아 있는 인간도 집념만 강하다면 그와 똑같은 일을 할 수 있다는 것입니다. 어쩌면 일본에는 영혼에 대한 그런 사고방식이 고대부터 토착화돼 자연스러운 것으로 뿌리내리고 있었는지도 모릅니다. 그러나 그런 것을 과학적으로 입증하는 일은 전혀 불가능합니다. 가설로 제출하는 것조차도 꺼려집니다.

현실적으로 우리가 해야 할 일은, 두말할 것도 없이 우선 의식을 잃고 있는 혼수상태에서 그 소년을 깨어나게 하는 일입니다. 의식을 되찾게 하는 일입니다. 우리는 그 최면 작용을 해제하기 위해 열심히 '역트리거'를 모색했습니다. 생각나는 것은 모두 시도해 봤습니다. 부모를 데리고 와서 큰 소리로 이름을 부르게 했습니다. 며칠씩이나 그 짓을 계속했습니다. 그러나 반응이 없었습니다. 최면술에서 쓰는 트릭은 모두 시도해 봤습니다. 갖가지 암시를 걸고 얼굴 앞에서 다양하게 손뼉을 쳐봤습니다.

자주 듣던 음악을 들려주고, 교과서를 귓가에서 읽어 줬습니다. 좋아하는 음식 냄새를 맡게 했습니다. 집에서 기르던 고양이도 데려왔습니다. 그 소년이 귀여워하던 고양이였습니다. 소년을 현실 세계로 다시 불러들이기 위해 모든 수단을 동원했습니다. 그러나 효과는 문자 그대로 제로였습니다.

그런데 그런 시도를 하기 시작한 지 이 주 뒤에, 우리가 더 이상 손쓸 방법이 없어 자신감을 잃고 지칠 대로 지쳐 파김치가 됐을 때, 그 소년이 갑자기 깨어났습니다. 우리가 무엇인가를 시도한 결과 그것이 효과를 내서 깨어난 것이 아닙니다. 다만 정해진 시간이 된 것처럼, 소년은 아무런 징조도 없이 갑자기 의식을 되찾았습니다.

—그날, 무언가 여느 때와 다른 점이 있었습니까?

특별한 일은 아무것도 없었습니다. 여느 때와 똑같은 일이 되풀이되고 있었을 뿐입니다. 오전 열 시경에 간호사가 소년에게서 피를 뽑았습니다. 그런데 그 직후에 기침을 하는 바람에 뽑아낸 피가 시트 위로 떨어졌습니다. 그다지 많은 양은 아니었고, 시트는 곧 새것으로 바꿔 놓았습니다. 굳이 여느 때와 다른 점이 있다면, 그 정도입니다. 소년이 눈을 뜬 것은 그로부터 약 삼십 분 뒤의 일입니다. 소년은 느닷없이 침대 위에 일어나 앉더니 기지개를 켜고 주위를 둘러봤습니다. 의식이 돌아와 있었고, 의학적으로 보면 건강 상태는 거의 완벽했습니다. 그러나 얼마 뒤, 소년의 머릿속에서 모든 기억이 상실돼 버린 사실이 판명됐습니다. 자기 이름조차 생각해 내지 못하는 것입니다. 자기가 살았던 곳도, 다니던 학교도, 부모 얼굴도, 아무것도 기억하지 못했습니다. 글씨도 읽지 못했습니다. 여기가 일본이고, 지구라는 것도 몰랐습니다. 일본이 무엇이고, 지구가 무엇인지조차 이해하지 못했습니다. 소년은 문자 그대로 머리가 텅 빈, 백지상태로 이 세상에 돌아온 것입니다.

제9장

의식이 돌아왔을 때, 나는 깊은 수풀 속에 있다. 축축한 땅바닥에 통나무처럼 뒹굴고 있다. 주위는 짙은 어둠에 싸여 있어서 아무것도 보이지 않는다.

따끔따끔한 관목 가지에 머리를 기댄 채 숨을 들이마셔 본다. 한밤의 식물 냄새가 난다. 흙냄새가 난다. 개똥 냄새 같은 것도 어렴풋이 섞여 있다. 나뭇가지 사이로 밤하늘이 보인다. 달도 별도 없는데 하늘은 이상하게 밝다. 하늘을 뒤덮은 구름이 스크린처럼 지상에 빛을 반사하고 있는 것이다. 구급차의 사이렌 소리가 조금씩 가까워졌다가 서서히 멀어져 간다. 귀를 기울이면 거리를 오가는 자동차의 타이어 소리도 희미하게 들린다. 아무래도 나는 도시의 한 모퉁이에 있는 것 같다.

나는 어떻게든 나 자신을 본래대로, 완전한 나로 봉합하려고 한다. 그러기 위해서는 여기저기 찾아다니며, 나로부터 떨어져 나가 흩어진 파편을 긁어모아야만 한다. 조각조각 흩어진 지그소 퍼즐 조각을 하나씩 하나씩 정성껏 주워 모으듯이. 이건 처음 경험하는 일은 아니야, 하고 나는 생각한다. 전에도 이와 비슷한 감각을 어디선가 맛본 적이 있다. 그것이 언제 일이더라? 나는 기억을 더듬으려고 한다. 그러나 그 약한 기억의 실은 곧 끊어져 버린다. 나는 눈을 감고 시간이 흘러가게 둔다.

시간이 흐른다. 문득 배낭을 생각해 낸다. 그리고 경미한 혼란 상태에 빠진다. 배낭…… 배낭은 어디에 있지? 거기에는 지금 내가 가진 모든 것이 들어 있다. 그걸 잃어버릴 수는 없다. 그러나 이런 암흑 속에서는 아무것도 보이지 않는다. 일어서려고 해도 손가락 끝에 힘이 들어가지 않는다.

나는 간신히 왼손을 위로 들어 올려(어째서 이렇게 왼팔이 무거운 것일까?) 손목시계를 얼굴 앞으로 가져온다. 자세히 보니 디지털시계의 문자판은 11:26이라는 숫자를 나타내고 있다. 오후 열한 시 이십육 분. 5월 28일. 머릿속에서 일기의 페이지를 넘겨본다. 5월 28일……. 괜찮아, 나는 아직 그날 안에 있다. 며칠씩 여기에서 의식을 잃고 있었던 것은 아니다. 내가 내 의식과 따로 떨어져 있었던 것은 기껏해야 몇 시간에 불과하다. 아마 네 시간 정도일 것이다.

5월 28일—여느 때와 똑같은 일이 여느 때와 똑같이 되풀이된 날이었다. 특별한 일은 아무것도 일어나지 않았다. 나는 오늘도 체육관에 가고, 고무라 도서관에 갔다. 기구를 사용해서 언제나 하는 운동을 하고, 언제나 앉는 소파에서 나쓰메 소세키 전집을 읽었다. 그리고 저녁때 역 앞에서 식사를 했다. 분명히 생선을 먹었다. 생선 정식. 연어다. 밥을 한 그릇 더 시켜 먹었다. 된장국을 먹고 샐러드도 먹었다. 그리고 나서…… 그다음 일이 생각나지 않는다.

왼쪽 어깨에 둔탁한 통증이 있다. 육체적인 감각이 돌아오자 거기 맞추어 통증도 따라온다. 무언가에 심하게 부딪혔을 때의 아픔이다. 오른손으로 셔츠 위의 그 부분을 만져 본다. 상처는 없는 것 같고, 부어오르지도 않았다. 어딘가에서 교통사고라도 당한 것일까? 그러나 옷도 찢어지지 않았고, 아픈 것은 왼쪽 어깨 안쪽뿐이다. 아마 단순한 타박상일 것이다.

수풀 속에서 조금씩 몸을 움직여 손이 미치는 곳을 대충 더듬어 본다. 그러나 내 손에 닿는 것은 학대받은 동물의 마음처럼 단단하게 비틀어진 관목 가지밖에 없다. 배낭은 없다. 바지 주머니 속을 뒤져 본다. 지갑은 있다. 안에는 얼마간의 현금과 호텔의 카드 키와 공중전화카드가 들어 있다. 그 밖에 잔돈 지갑과 손수건, 볼펜이 있다. 없어진 것은 없다. 나는 크림색 치노팬츠와 브이네크라인의 흰 티셔츠, 그 위에는 긴소매 덩거리데님과 같이 두꺼운 면 능직물 셔츠를 걸치고 있다. 그리고 신발은 남색 탑사이더. 모자는 없어졌다. 뉴욕 양키스의 로고가 박혀 있는 야구 모자다. 호텔에서 나올 때는 쓰고 있었는데 지금은 쓰고 있지 않다. 어딘가에 떨어뜨렸든가 아니면 두고 왔든가 둘 중 하나일 것이다. 됐다. 그런 건 아무 데서나 살 수 있다.

이윽고 나는 소나무 밑에 놓아둔 배낭을 발견한다. 왜 나는 그런 곳에 짐을 놓아두고 일부러 수풀 속으로 들어가서 쓰러진 것일까? 도대체 여기는 어디란 말인가? 기억은 얼어붙어 있다. 그러나 중요한 건 어쨌든 소중한 배낭을 찾았다는 사실이다. 배낭 주머니에서 소형 손전등을 꺼내 대충 배낭 안을 확인한다. 없어진 물건은 없는 것 같다. 현금을 넣은 주머니도 그대로 있다. 나는 휴우 하고 안도의 숨을 내쉰다.

배낭을 어깨에 둘러메고 관목을 넘거나 헤치면서 조금 트인 장소로 나온다. 거기에는 좁은 오솔길이 있다. 손전등을 비추면서 그 길을 더듬어 가자 이윽고 불빛이 보이고, 신사 경내 같은 곳이 나온다. 나는 신사 본전 뒤쪽에 있는 작은 숲속에서 의식을 잃고 있었던 모양이다.

꽤 넓은 신사다. 경내에는 높은 기둥 위에 수은등이 하나 외롭게 주위를 밝히고 있는데, 본전 건물과 새전함신사나 절에 헌납하는 돈을 집어넣는 상자과 에마소원을 빌거나 소원이 이루어졌을 때 절이나 신사에 바치는 그림 액자에 어딘지 모르게 냉담한 빛을 던지고 있다. 내 그림자가 기묘한 형태로 길게 자갈 위에 뻗어 있다. 게시판에 표시돼 있는 신사 이름을 발견하고, 그것을 외운다. 주위에 사람 그림자는 없다. 조금 걸어가니까 세면장이 있어서 들어간다. 그런대로 청결한 세면장이다. 배낭을 어깨에서 내려놓고 수돗물로 얼굴을 씻는다. 그러고 나서 세면대 앞에 있는 흐릿한 거울에 얼굴을 비춰 본다. 어느 정도 각오는 하고 있었지만, 역시 꼴이 말이 아니다. 창백한 데다 뺨이 홀쭉하게 들어가 있고, 목덜미에는 진흙이 묻어 있다. 머리카락은 여기저기 마구 뻗쳐 있다.

흰 티셔츠의 가슴 부근에 무언가 검은 자국이 있어 자세히 보니 날개를 활짝 편 커다란 나비 같은 모양이다. 처음에는 그 자국을 손으로 털어 버리려고 했으나 지워지지 않는다. 손으로 만지자 묘하게 끈적거린다. 마음을 가라앉히기 위해 나는 의식적으로 시간을 들여 덩거리 셔츠를 벗고, 티셔츠를 벗는다. 그리고 깜빡거리는 형광등 불빛 아래서 거기 묻어 있는 것이 검붉은 피임을 알게 된다. 피는 아직 채 마르지도 않았다. 양도 꽤 된다. 얼굴을 가까이 대고 냄새를 맡아 봤지만 냄새는 없다. 티셔츠 위에 걸치고 있던 덩거리 셔츠에도 피가 튀어 있으나, 대단한 양이 아니고 옷감이 원래 짙은 청색이기 때문에 핏자국은 그다지 눈에 띄지 않는다. 그러나 흰 티셔츠에 묻은 피는 무척 선명하고 생생하다.

나는 세면대에서 티셔츠를 빤다. 피가 물에 섞이자 흰 타일 세면대가 새빨갛게 물든다. 그러나 아무리 힘껏 비벼도, 일단 배어든 핏자국은 지워지지 않는다. 나는 그 티셔츠를 근처에 있는 쓰레기통에 내버리려고 하다가, 생각을 고쳐먹는다. 버리더라도 어딘가 다른 곳에 버리는 게 낫다. 셔츠를 꽉 짜서 빨랫감을 담는 비닐봉지에 담아 배낭 안쪽에 쑤셔 넣는다. 물로 머리를 적셔서 정돈한다. 세면 가방에서 비누를 꺼내 손을 깨끗이 씻는다. 손은 아직도 가늘게 떨리고 있다. 시간을 들여 손가락 사이까지 꼼꼼하게 씻는다. 손톱 밑까지 피가 스며들어 있다. 셔츠를 통과해 가슴에 묻은 핏자국을 물에 적신 타월로 닦아 낸다. 그러고 나서 덩거리 셔츠를 입고 단추를 목까지 잠근 뒤 셔츠 자락을 바지 속에 집어넣는다. 사람들의 시선을 끌지 않도록 조금이라도 건실한 모습으로 돌아가지 않으면 안 된다.

그러나 나는 잔뜩 겁을 먹었다. 몸이 덜덜 떨리면서 위아랫니가 끊임없이 소리를 내며 부딪친다. 멈추려고 해도 멈춰지지 않는다. 나는 두 손을 자세히 들여다본다. 두 손이 다 조금 떨리고 있다. 그것은 내 손 같아 보이지 않는다. 한 쌍의 독립된 다른 생물체처럼 보인다. 그리고 손바닥이 몹시 따갑다. 마치 불에 달군 쇠막대기를 꽉 쥐었다 놓은 뒤처럼.

나는 세면대 가장자리를 두 손으로 짚어 몸을 지탱하고, 거울에 머리를 기댄다. 울고 싶어진다. 그렇지만 내가 운다고 해서, 누군가 나를 도와주러 올 리는 만무하다.

이런, 이런, 도대체 어디서 이렇게 많은 피를 묻히고 온 거야? 도대체

무슨 짓을 한 거야? 하지만 넌 무엇 하나 기억하지 못해. 네 몸에는 상처 같은 것이 보이지 않아. 왼쪽 어깨가 욱신거리는 것을 빼면, 통증다운 통증도 없어. 그러니까 거기 묻어 있는 피는 네 피가 아니야. 그건 누군가 다른 사람이 흘린 피야.

어쨌든 넌 언제까지나 여기 있을 수는 없어. 이런 곳에서 피투성이가 된 채 경찰 순찰차라도 만나면 다 끝장이야. 하지만 지금 곧장 호텔로 돌아가는 것도 생각해 봐야 할 문제야. 어쩌면 누군가가 네가 돌아오기를 그곳에서 기다리고 있을지도 모르니까 말이야. 조심하는 것이 제일이지. 넌 어쩌면 자기도 모르는 사이에 어떤 범죄에 말려들었는지도 몰라. 그렇지 않다면 네가 범죄자일 가능성도 없지는 않고 말이야.

다행히 짐은 전부 갖고 있군. 만일에 대비해서 너는 어디를 가나 전 재산을 담은 무거운 배낭을 들고 다녔지. 그것이 결과적으로는 도움이 된 셈이야. 넌 옳은 일을 하고 있었어. 그러니까 그렇게 걱정하지 않아도 돼. 두려워하지 않아도 된단 말이야. 앞으로도 그럭저럭 잘해 나갈 수 있을 거야. 어쨌든 넌 세상에서 가장 터프한 열다섯 살 소년이니까. 자신을 가지라고. 숨을 고르고 요령 있게 머리를 회전시키는 거야. 그러면 틀림없이 잘해 나갈 수 있어. 다만 넌 아주 조심해야만 해. 이건 누군가가 흘린 피거든. 진짜 피, 더구나 많은 양의 피야. 누군가가 지금쯤 네 행방을 열심히 찾고 있을지도 몰라.

자, 행동에 옮겨. 해야 할 일은 한 가지밖에 없어. 가야 할 장소는

한 곳밖에 없단 말이야. 거기가 어딘지 넌 잘 알고 있을 거야.

나는 심호흡을 하고 숨을 고른다. 배낭을 메고 세면장을 나선다. 소리 내어 자갈을 밟으며 수은등 불빛 속을 걷는다. 걸으면서 필사적으로 머리를 회전시킨다. 스위치를 눌러 크랭크피스톤의 왕복 운동을 회전 운동으로, 또는 그 역으로 바꾸는 장치를 돌리고 생각을 회전시킨다. 그러나 잘 되지 않는다. 엔진을 가동하기 위한 배터리의 전력이 형편없이 저하돼 있다. 따뜻하고 안전한 장소가 필요하다. 거기로 잠시 도망쳐서 태세를 정비하지 않으면 안 된다. 그렇지만 도대체 어디로? 내가 생각해 낼 수 있는 장소라고는 도서관 정도다. 고무라 도서관. 그렇지만 내일 아침 열한 시까지는 도서관 문이 열리지 않으므로, 그때까지 긴 시간을 어딘가에서 보내지 않으면 안 된다.

고무라 도서관 말고 내가 생각해 낼 수 있는 곳은 한 군데밖에 없다. 사람들 눈에 띄지 않는 곳에 앉아, 배낭 주머니에서 휴대전화를 꺼낸다. 그것이 아직 사용 가능한 것을 확인한다. 지갑 속에서 사쿠라의 휴대전화 번호가 적힌 메모지를 꺼내 그 번호를 누른다. 손가락이 아직 진정이 안 돼 여러 번 실수하고 나서야 겨우 그 긴, 긴 번호를 마지막까지 누른다. 고맙게도 연결된다. 열두 번째 신호음에 그녀가 전화를 받는다. 나는 이름을 댄다.

"다무라 카프카 군." 그녀가 볼멘 목소리로 말한다. "지금 몇 시인 줄 알기나 해? 난 내일 아침 일찍 출근해야 한단 말이야."

"실례가 되는 행동이라는 건 잘 알고 있어" 하고 나는 말한다. 목소리가 굉장히 딱딱하게 굳어 있는 것을 느낄 수 있다. "하지만 어쩔 수가 없었어. 엄청 곤란한 지경에 빠졌는데, 사쿠라 씨밖에는 의논할 상대가 없거든."

전화 저편에서 한동안 침묵이 이어진다. 그녀는 내 목소리의 울림을 듣고, 그 무게를 재고 있는 것 같다.

"그게…… 심각한 일이야?"

"그건 나도 잘 모르지만 아마 그런 것 같아. 이번만 꼭 좀 도와줬으면 해. 될 수 있는 대로 폐는 끼치지 않도록 할 테니까."

그녀는 잠시 생각한다. 망설이고 있는 것이 아니다. 단지 생각을 하고 있을 뿐이다. "그래서, 지금 어디 있는데?"

나는 신사 이름을 댄다. 그녀는 그 신사를 모른다.

"다카마쓰 시내에 있는 건 맞지?"

"확신은 없지만, 아마 그럴 거야."

"이런, 이런, 자기가 지금 어디에 있는지도 모르는 거야?" 그녀가 어이가 없다는 목소리로 말한다.

"이야기가 길다니까."

그녀는 한숨을 쉰다. "그 근처에서 택시를 잡아타고 ○○정

2가 모퉁이에 로손이 있으니까 거기로 와. 편의점 로손 말이야. 커다란 간판이 걸려 있으니까 금방 알 수 있을 거야. 택시 탈 정도의 돈은 있어?"

"있어."

"다행이구나" 하고 그녀가 전화를 끊는다.

나는 신사의 기둥문 밑을 지나 큰길로 나가서 택시를 찾는다. 택시가 금방 와서 정지한다. ○○정 2가 로손이 있는 모퉁이를 아세요, 하고 나는 운전기사에게 물어본다. 운전기사는 거기를 잘 알고 있다. 멉니까? 아니, 그렇게 멀지 않아. 아마 천 엔도 안 나올걸.

로손 앞에 택시가 멈추자, 나는 아직도 떨리는 손으로 요금을 지불한다. 그리고 배낭을 메고 가게 안으로 들어간다. 생각한 것보다 일찍 도착한 탓에 그녀는 아직 와 있지 않았다. 작은 종이팩에 들어 있는 우유를 사서 전자레인지에 데워 천천히 마신다. 따뜻한 우유가 목구멍을 지나서 위 속으로 들어간다. 그 감촉이 조금은 마음을 가라앉혀 준다. 가게에 들어설 때, 좀도둑을 경계하는 점원이 배낭에 힐끔 눈길을 보냈지만, 그 뒤에는 아무도 나에게 주의를 기울이지 않는다. 진열대에 꽂힌 잡지를 고르는 척하면서 유리창에 내 모습을 비춰 본다. 머리카락은 아직 흐트러진 채이지만 덩거리 셔츠의 핏자국은 거의 눈에 띄지 않는다. 눈에 띈다 하더라도 그냥 얼룩으로밖에는 보이지 않을 것이다. 이제 남은 일은 어떻게든 몸의 떨림을 멈추게 하는 것뿐이다.

십 분쯤 지나 사쿠라가 온다. 시간은 벌써 새벽 한 시가 다 되어간다. 그녀는 회색의 무늬 없는 맨투맨티셔츠에 빛바랜 청바지를 입고 있다. 머리를 뒤로 묶고, 뉴발란스의 남색 모자를 쓰고 있다. 그녀의 얼굴을 보고서야 내 이는 겨우 딱딱거리는 소리를 멈춘다. 그녀는 옆으로 다가와서, 개 이빨을 점검하는 듯한 눈초리로 내 얼굴을 본다. 한숨과도 같은, 말이 되지 않는 소리를 낸다. 그런 뒤 내 허리를 가볍게 두 번 찌르고 "따라와" 하고 말한다.

그녀의 아파트는 로손에서 두 블록쯤 걸어간 곳에 있다. 날림으로 지은 이 층짜리 작은 아파트다. 그녀는 계단을 올라가 주머니에서 열쇠를 꺼내 녹색 패널을 댄 문을 연다. 방은 두 개, 조그만 부엌과 욕실. 벽은 얇고, 마루는 삐걱거리고, 하루 동안 들어오는 자연광이라고는 아마도 따가운 석양뿐일 것이다. 어느 방에선가 변기의 물을 내리면, 어느 방에선가 선반이 달그락거리는 소리를 낸다. 그러나 거기에는 적어도 살아 있는 사람의 생활이 있다. 싱크대 안에 잔뜩 쌓인 접시, 빈 페트병, 읽다 만 잡지, 이미 꽃이 다 진 화분 속의 튤립, 냉장고에 테이프로 고정해 놓은 쇼핑 리스트, 의자 등받이에 걸쳐져 있는 스타킹, 테이블 위에 펼쳐진 신문의 텔레비전 프로그램면, 재떨이와 버지니아 슬림의 길쭉한 담뱃갑, 그리고 몇 개의 담배꽁초…… 그런 광경이 이상하게 마음을 놓게 한다.

“여긴 내 친구 집이야” 하고 그녀가 말한다. “전에 도쿄의 미용실에서 함께 일하던 아이야. 작년에 사정이 있어서 고향인 다카마쓰로 돌아왔어. 그런데 한 달쯤 인도를 여행하고 싶으니까 그동안 이곳에 머물며 집을 봐달라는 부탁을 받았거든. 그리고 내친김에라고 할까, 그동안 그 친구 일도 대신 해주고 있어. 미용사 일 말이야. 이따금 도쿄를 떠나는 것도 기분 전환에 좋을 것 같아서 하기로 한 거야. 뉴에이지풍의 아이인 데다 행선지가 인도니까 정말 한 달 안에 돌아올지 어떨지, 좀 미심쩍긴 한데.”

그녀는 나를 식탁 의자에 앉히고 냉장고에서 펩시콜라 캔을 꺼내 준다. 컵도 없이. 나는 평소 콜라를 마시지 않는다. 너무 달고 치아에도 좋지 않다. 그러나 목이 말랐기 때문에 캔 하나를 다 마셔 버린다.

“배고파? 컵라면밖에 없지만 그거라도 괜찮으면.”

배는 고프지 않아,라고 나는 말한다.

“그런데 너 안색이 너무 심한데, 알고 있어?”

나는 고개를 끄덕인다.

“도대체 무슨 일이 있었던 거야?”

“나도 잘 모르겠어.”

"무슨 일이 있었는지 너 자신도 모른다. 자신이 지금 어디에 있는지도 잘 모른다. 설명을 하자면 이야기가 길다 이거지?" 그녀는 그저 사실을 확인하려는 듯이 말한다. "어쨌든 무척 곤란한 처지인 거지?"

"아주 곤란한 처지야" 하고 나는 말한다. 진짜로 무척 곤란하다는 것이 제대로 전달되면 좋겠다고 생각한다.

한동안 침묵이 이어진다. 그녀는 그동안 줄곧 미간을 찌푸린 채 나를 본다.

"너, 다카마쓰에는 친척이고 뭐고 아무도 아는 사람이 없는 거 아냐? 사실은 가출한 거지? 그렇지?"

나는 고개를 끄덕인다.

"나도 너만 한 나이 때, 한 번 가출한 적이 있어. 그래서 육감으로 가출했을 거라고 느꼈어. 헤어질 때, 너한테 휴대전화 번호를 일러 준 것도 그 때문이야. 어쩌면 필요할지도 모른다고 생각했거든."

"고마워" 하고 나는 말한다.

"우리 집은 지바현의 이치가와인데, 부모님과 자꾸 사이가 멀어지고 학교 다니기도 싫어서, 부모님 돈을 훔쳐 아주 멀리 도망쳤어. 열여섯 살 때였지. 홋카이도의 아바시리 부근까지 갔었다니까. 거기서 눈에 띄는 목장에 들어가, 일을 하게 해달라고 부탁했어. 무슨 일이든 시키는 대로 하고 성실하게 일하겠습니다, 지붕 있는 곳에서 잠자게 해주고 밥만 먹여 준다면 월급은 필요 없습니다, 하고. 집주인 아주머니가 친절히 대해 주고 차까지 권한 다음, 잠시 기다리라고 말하기에 그대로 순순히 기다리고 있었더니, 순찰차를 탄 경찰관이 와서 곧장 집으로 돌려보냈어. 그쪽도 그런 일에는 익숙했던 모양이야. 그때 뼈저리게 느꼈지. 무엇이든 상관없으니까, 어디를 가더라도 일자리를 구할 수 있게 기술을 익혀 둬야 한다고 말이야. 그래서 난 고등학교를 그만두고 전문학교에 들어가서 미용사가 됐어."

그녀는 입술을 좌우로 똑같이 벌리며 미소 짓는다.

"꽤 건전한 생각이라고 생각하지 않니?"

나는 동의한다.

"그럼, 처음부터 천천히 설명해 줄래?" 하고 그녀가 말한다. 그러고는 버지니아 슬림 갑에서 담배 한 개비를 꺼내 불을 붙인다. "어차피 오늘 밤은 제대로 자긴 틀린 것 같으니까 네 이야기를 듣기로 하자."

나는 처음부터 설명한다. 집을 나올 때의 일부터. 그러나 물론 아버지의 예언에 대해서는 말하지 않는다. 그것은 아무에게나 할 수 있는 이야기가 아니다.

제10장

"그런데 이 나카타가 당신을 가와무라 씨라고 불러도 괜찮으시겠습니까?" 나카타 씨는 갈색 줄무늬 고양이에게 또 한 번 똑같은 질문을 했다. 천천히 말을 끊어 가며 되도록 알아듣기 쉬운 목소리로.

고양이는 이 부근에서 고마(한 살, 얼룩 고양이, 암컷)의 모습을 본 적이 있는 것 같다고 말했다. 그런데 그 고양이는—나카타 씨의 입장에서 본다면,이라는 전제가 붙지만—말투가 꽤 기묘했다. 고양이 쪽도 나카타 씨의 말을 잘 알아듣지 못하는 것 같았다. 그 때문에 그들의 대화는 때때로 엇갈려서, 말이 잘 통하지 않았다.

"괜찮기는 하지만, 높은 머리."

"미안합니다. 말씀하시는 걸 나카타는 잘 모르겠습니다. 죄송하지만 나카타는 머리가 그다지 좋지 않습니다."

"어디까지나 사바고등어."

"혹시 고등어를 드시고 싶으십니까?"

"틀렸어. 앞의 손이, 묶는다."

도무지 무슨 말인지 알 수 없었다.

나카타 씨는 애당초 고양이들과 완벽하게 말이 통하는 걸 기대하지는 않았다. 뭐니 뭐니 해도 고양이와 인간 사이의 대화니까, 그렇게 간단히 의사가 통하지는 않는다. 나카타 씨 자신의 회화 능력에도 상대가 인간이든 고양이든 간에 약간 문제는 있다. 지난주 오쓰카 씨와는 힘들이지 않고 술술 이야기할 수 있었지만, 그것은 예외적인 경우고, 대체로 아주 간단한 메시지를 주고받으려고 해도 적지 않은 노력이 필요했다. 심할 때는 바람이 강한 날 운하 양쪽 기슭에 서서 이야기하는 것 같은 상황이 될 때도 있었다. 이번이 바로 그런 경우였다.

고양이의 종류로 분류하자면, 왜 그런지는 알 수 없지만, 특히 갈색 줄무늬 고양이와는 대화의 파장이 맞지 않는 경우가 많았다. 검은 고양이하고는 대체로 잘 됐다. 샴고양이와는 가장 말이 잘 통하는데, 유감스럽게도 길을 걷다가 집 없는 떠돌이 샴고양이와 부딪칠 기회는 별로 많지 않다. 어느 집에서나 샴고양이는 집 밖으로 내보내지 않고 애지중지하며 기른다. 집 안에서 여간 소중하게 길러지는 게 아니다. 그리고 떠돌이 고양이 중에는 왜 그런지 몰라도 갈색 줄무늬 고양이가 많다.

그러나 아무리 그렇다고 해도, 이 가와무라 씨의 이야기를 나카타 씨는 전혀 이해할 수 없었다. 발음이 불분명해서 하나하나의 말의 의미를 파악할 수 없다. 말과 말 사이의 관계성을 찾을 수도 없다. 문장이라기보다는 암호처럼 들린다. 그러나 나카타 씨는 참을성이 많은 성격이고, 시간이라면 그야말로 얼마든지 있었다. 그는 몇 번이고 같은 말을 되풀이하면서 말했고, 상대방에게도 몇 번이고 똑같은 말을 되풀이해 달라고 했다. 나카타 씨와 갈색 줄무늬 고양이 가와무라 씨는 주택단지 안의 작은 어린이공원 가장자리에 있는 돌에 앉아서, 벌써 한 시간 가까이 대화를 시도하고 있었지만, 이야기는 제자리걸음 상태에서 벗어나지 못했다.

"가와무라 씨라는 건 그냥 부르는 이름입니다. 특별한 의미는 없습니다. 나카타가 고양이님을 하나하나 정확하게 기억하려고 적당히 붙인 이름입니다. 그 일로 절대로 가와무라 씨에게 폐를 끼치지는 않겠습니다. 그냥 가와무라 씨라고 부르게 해주셨으면 합니다."

가와무라 씨는 그 말을 듣고, 무엇인가 의미를 알 수 없는 이야기를 중얼중얼 되풀이했지만, 끝이 없을 것 같아서 나카타 씨는 큰맘 먹고 다음 단계로 화제를 옮겼다. 나카타 씨는 고마의 사진을 다시 한번 가와무라 씨에게 보였다.

"이것이 고마 씨입니다, 가와무라 씨. 나카타가 찾고 있는 고양이님입니다. 한 살짜리 얼룩 고양이입니다. 노가타3가에 사는 고이즈미 씨 댁에서 기르고 있었습니다만, 얼마 전에 집을 나가 돌아오지 않고 있습니다. 사모님이 창문을 여는 순간 훌쩍 뛰쳐나가 도망쳐 버렸습니다. 그래서 다시 한번 여쭤보겠는데요, 가와무라 씨는 이 고양이를 본 적이 있습니까?"

가와무라 씨는 그 사진을 다시 한번 들여다보고, 그러고 나서 고개를 끄덕였다.

"구아무라, 사바라면, 가사루, 찾는다면, 묶는다."

"미안합니다. 아까도 말씀드렸지만, 나카타는 머리가 아주 나빠서 가와무라 씨가 지금 말씀하시는 것을 잘 모르겠습니다. 다시 한번 되풀이해 주시겠습니까?"

"구아무라, 사바라면, 가사루, 찾는다면, 묶는다."

"그 사바라는 건, 바다에서 잡히는 고등어 말입니까?"

"가사루 하는 것은 사바지만, 묶는다면, 구아무라."

나카타 씨는 흰머리가 섞인 짧게 깎은 머리를 손바닥으로 긁적거리면서 한참 생각했다. 어떻게 하면 이 수수께끼투성이의 고등어에 대한 미로 같은 대화에서 벗어날 수 있을까. 그러나 아무리 머리를 굴려도 실마리가 안 보였다. 대체로 나카타 씨는 조리 있게 생각하는 것이 서툴렀다. 그동안 가와무라 씨는 내 알 바 아니라는 듯이, 뒷다리로 턱 아래를 득득 긁고 있었다.

그때 등 뒤에서 조그맣게 키득거리는 웃음소리 같은 것이

들려왔다. 나카타 씨가 돌아보니, 옆집의 야트막한 블록 담 위에 날씬한 몸매의 아주 잘생긴 샴고양이가 올라앉아서 눈을 가늘게 뜨고 이쪽을 보고 있었다.

"실례지만 나카타 씨라고 하셨던가요?" 하고 그 샴고양이가 또렷한 목소리로 물었다.

"네, 그렇습니다. 저는 나카타라고 합니다. 안녕하세요?"

"안녕하세요?" 하고 샴고양이가 말했다.

"참 반갑습니다. 오늘은 공교롭게도 아침부터 흐리지만, 아마 비는 오지 않을 것 같습니다."

"비가 안 오면 좋겠네요."

그 샴고양이는 슬슬 중년으로 접어들려는 암컷으로, 곧은 꼬리를 자랑하듯이 쭉 세우고, 목에는 이름표를 겸한 목걸이를 걸고 있었다. 얼굴도 잘생기고 몸에는 군살 하나 붙어 있지 않았다.

"미미라고 불러 주세요. 「라 보엠」의 미미입니다. 노래로도 불리고 있답니다. 「내 이름은 미미」라고 말예요."

"아, 네" 하고 나카타 씨는 말했다.

"푸치니의 그런 오페라가 있거든요. 주인이 오페라를 좋아해서요." 그렇게 말하고 미미는 상냥하게 미소 지었다. "노래를 들려드리면 좋겠지만, 유감스럽게도 저는 노래 솜씨가 없어서요."

"만나 뵙게 돼서 반갑습니다, 미미 씨."

"저도요, 나카타 씨."

"이 근처에 사십니까?"

"네, 저기 보이는 이층집에서 살고 있어요. 다나베라는 사람의 집입니다. 보세요, 대문 안에 크림색 BMW 530이 서 있죠?"

"네" 하고 나카타 씨는 말했다. 그는 BMW가 무엇을 뜻하는지 잘 몰랐지만, 크림색 자동차 같은 것은 보였다. 아마 그것이 BMW인 것 같았다.

"이보세요, 나카타 씨" 하고 미미가 말했다. "저는 독립적이라고 할까, 상당히 개인적 성향이 강한 고양이라서 함부로 남의 일에 참견하고 싶지는 않아요. 그렇지만 이 아이—저, 가와무라 씨라고 부르셨죠?—이 고양이는 솔직히 말하면 원래 머리가 그리 좋지 않거든요. 불쌍하게도 어릴 때 동네 아이가 탄 자전거에 부딪혀서, 붕 떴다가 콘크리트 벽의 모서리에 머리를 심하게 찧었어요. 그때부터 조리 있게 말할 수 없게 됐죠. 그러니까 그렇게 끈기 있게 이야기해도, 나카타 씨에게 별 도움은 되지 않을 거예요. 아까부터 저쪽에서 보고 있었는데, 보기 너무 딱해서 주제넘다고 생각하면서도 저도 모르게 참견을 하게 됐네요."

"아닙니다, 그런 것은 신경 쓰지 마십시오. 미미 씨 충고는 감사히 받겠습니다. 가와무라 씨 못지않게 나카타도 머리가 아주 나쁘기 때문에, 다른 분들의 도움을 받지 않으면 제대로 살아갈 수 없습니다. 그렇기 때문에 지사님께 매달 보조금을 받고 있습니다. 미미 씨의 의견은 물론 고맙게 받겠습니다."

"그런데 고양이를 찾고 계시다고요?" 하고 미미가 말했다. "엿들었던 것은 아니에요. 여기서 낮잠을 자고 있다가, 그쪽 이야기가 우연히 귀에 들려온 것뿐이지만, 분명히 고마 씨라고 하셨죠?"

"네, 그렇습니다."

"그리고 이 가와무라 씨가 그 고마 씨를 봤다는 거죠?"

"네. 조금 전에는 그렇게 말씀하셨습니다. 그런데 그다음이, 도대체 무슨 말인지 이 나카타의 머리로는 아무리 애써도 이해할 수가 없어서 조금 난처합니다."

"이렇게 하면 어떨까요, 나카타 씨? 괜찮으시다면, 제가 중간에서 이 아이랑 이야기해 볼게요. 아무래도 고양이끼리는 이야기가 통하기 쉬울 테고, 이 아이의 괴상한 말버릇에 다소 익숙해져 있으니까요. 그러니까 제가 자세히 물어보고 나서, 그걸 요약해 나카타 씨에게 말씀드리면 어떨까요?"

"네. 그렇게 해주신다면 정말이지 나카타에게 큰 도움이 될 겁니다."

샴고양이는 가볍게 고개를 끄덕인 뒤, 발레라도 하듯이 블록 담에서 가볍게 땅바닥으로 훌쩍 내려왔다. 그리고 검은 꼬리를 깃대처럼 곧추세운 채 천천히 걸어와서 가와무라 씨 옆에 앉았다. 가와무라 씨는 얼른 코끝을 내밀고 미미의 엉덩이 냄새를 맡으려고 했으나, 다짜고짜 샴고양이에게 뺨을 얻어맞고 몸을 움츠렸다. 미미는 틈을 두지 않고 손바닥으로 다시 한번 상대방 코끝을 때렸다.

"제대로 얌전히 이야기를 들으라고, 이 멍청이, 똥싸개야." 미미는 위협적인 목소리로 가와무라 씨를 윽박질렀다.

"이 아이는 말예요, 처음에 이렇게 윽박질러 놓지 않으면 안 된다니까요." 미미는 나카타 씨 쪽을 돌아보며 변명하듯이 말했다. "이렇게 하지 않으면 긴장감이 없어져서 점점 더 괴상한 말투를 쓰거든요. 이렇게 된 것도 이 아이 탓이 아니니까 불쌍하다는 생각은 들지만, 어쩔 수 없네요."

"네" 하고 나카타 씨는 영문도 모른 채 동의했다.

이윽고 두 마리의 고양이 사이에서 대화가 시작됐지만, 속도가 너무 빠르고 목소리도 작아서, 나카타 씨는 그 내용을 제대로 알아들을 수 없었다. 미미가 날카로운 목소리로 질문하면, 가와무라 씨는 겁을 집어먹은 목소리로 대답했다. 조금이라도 대답이 늦어지면 미미는 가차 없이 따귀를 때렸다. 무슨 일을 하든 무척 요령이 좋은 샴고양이 같았다. 게다가 교양도 있다. 지금까지 여러 종류의 고양이와 이야기를 나누어 봤지만, 자동차의 종류를 알고 있거나 오페라를 듣는 고양이는 처음이다. 나카타 씨는 감탄하면서, 그 요령 있고 신속한 일처리를 지켜봤다.

미미는 이야기를 대충 듣더니, '이제 됐으니까 저리 가' 하는 것처럼 가와무라 씨를 쫓아냈다. 가와무라 씨는 풀이 죽어서 어디론가 사라졌다. 그러고 나서 미미는 붙임성 있게 나카타 씨 무릎 위에 올라앉았다.

"대강은 알아냈어요" 하고 미미가 말했다.

"네. 대단히 감사합니다."

"저 아이는…… 가와무라 씨는 얼룩 고양이 고마 씨를 이 근처의 풀숲에서 몇 번 봤대요. 건축 예정지로 닦아 놓은 공터예요. 어떤 부동산 회사가 어떤 자동차 회사의 부품 창고를 사들여서, 고급 고층 맨션을 지으려고 땅을 고르고 있는데 주민의 반대운동이 거세고 까다로운 소송 같은 것도 있고 해서, 좀처럼 착공하지 못하고 있는 땅이에요. 요즘 흔히 있는 이야기죠. 그래서 그곳은 풀이 무성하게 자란 데다 평소에는 사람들이 얼씬거리지 않기 때문에, 이 근처 떠돌이 고양이들에겐 안성맞춤인 활동 무대가 됐답니다. 저는 교제 범위가 넓은 편이 아니고, 벼룩 같은 것이 옮을까 봐 그쪽으로는 거의 놀러 가지 않아요. 아시다시피 벼룩은 골치 아픈 존재라서, 한 번 옮으면 좀처럼 없어지지 않거든요. 나쁜 습관하고 똑같다니까요."

"네" 하고 나카타 씨는 대답했다.

"가지고 계신 사진대로, 벼룩 퇴치용 목걸이를 찬 아직 어리고 귀여운 얼룩 고양이인데, 몹시 겁에 질려 있더랍니다. 말도 제대로 하지 못하더래요. 길을 잃어버린, 세상 물정을 모르는 어느 가정집 고양이라는 것을 누가 봐도 금방 알 수 있었다는군요."

"그게 언제쯤이었을까요?"

"마지막으로 본 것이 사나흘 전쯤이라고 합니다. 아무튼 머리가 나빠서 정확한 날짜까지는 알 수가 없었어요. 하지만 비가 내린 다음 날이라고 하니까, 아마 월요일인 것 같아요. 일요일에 제법 비가 내린 것으로 저는 기억하고 있거든요."

"네. 요일까지는 알 수 없지만, 분명히 그즈음에 비가 내렸다고 나카타도 기억합니다. 그런데 그 뒤로는 보지 못했다는 거군요?"

"그게 마지막이었대요. 주위의 고양이들도 그 뒤로는 그 얼룩 고양이를 보지 못했대요. 아무 쓸모 없는 얼뜨기 고양이이긴 하지만, 꽤 심하게 닦달했으니까 대강의 이야기는 틀림없을 거예요."

"정말 감사합니다."

"아녜요, 별말씀을요. 저도 평소에 근처의 덜떨어진 고양이들하고만 이야기를 나누다 보면, 화제가 맞지 않아서 짜증 날 때가 많거든요. 그래서 가끔 이렇게 세상의 이치를 아시는 인간분과 차분히 이야기를 나누면 시야가 넓어지는 것 같아요."

"네" 하고 나카타 씨는 말했다. "그런데 나카타는 아직 잘 모르겠는데요, 가와무라 씨가 여러 차례 말씀하신 '사바'라는 건 역시 고등어를 말하는 건가요?"

미미는 왼쪽 앞다리를 부드럽게 위로 쑥 쳐들고, 핑크색 육구를 점검하면서 쿡쿡 웃었다.

"저 아이는 워낙 아는 어휘가 적어서요……."

"어휘요?"

"저 아이는 단어를 많이 모르기 때문에," 미미는 예의 바르게 고쳐 말했다. "맛있는 음식은 무엇이든지 고등어가 돼버린답니다. 저 아이는 세상에서 고등어가 제일 고급 음식이라고 생각하거든요. 도미나 넙치, 방어 같은 것이 있다는 것도 모른다니까요."

나카타 씨는 헛기침을 했다. "솔직히 말씀드리면, 나카타도 고등어는 퍽 좋아합니다. 물론 장어도 좋아합니다만."

"저도 장어는 좋아해요. 먹고 싶을 때 언제나 먹을 수 있는 것은 아니지만요."

"정말 그렇습니다. 먹고 싶을 때 언제나 먹을 수 있는 것은 아닙니다."

그러고 나서 둘은 각각 장어에 대해 심사숙고했다. 둘 사이에 장어에 대해 깊이 생각할 만큼의 시간이 흘러갔다.

"그런데 저 아이가 말하고 싶었던 것은," 하고 미미가 문득 생각난 듯이 이야기를 계속했다. "그 공터에 동네 고양이들이 모이게 된 얼마 후부터, 고양이를 잡으러 다니는 나쁜 인간이 거기 나타난다는 거였어요. 다른 고양이들은 그 인간이 고마 씨를 데려간 게 아닐까 하고 추측하고 있는 것 같아요. 그 남자는 맛있는 것을 미끼 삼아 고양이를 잡아서는 커다란 자루에 집어넣는대요. 잡는 방법이 하도 교묘해서 세상 물정을 모르는 굶주린 고양이는 쉽게 덫에 걸려 버린대요. 경계심이 많은 이 부근의 떠돌이 고양이조차 지금까지 여러 마리가 그 남자한테 잡혀 갔대요. 잔인한 짓이죠. 고양이에게, 억지로 자루에 담겨 잡혀 가는 것처럼 비참한 일은 없거든요."

"그래요?" 나카타 씨는 다시 손바닥으로 백발이 섞인 머리를 쓰다듬었다. "고양이를 붙잡아서 무엇을 하는 걸까요?"

"그건 저도 몰라요. 예전에는 고양이를 잡아서 샤미센일본의 세 줄짜리 전통 현악기을 만들었다고 하지만, 요즘에는 샤미센 자체가 그렇게 대중적인 악기가 아닐 뿐만 아니라, 최근에는 주로 플라스틱을 사용한다고 해요. 그리고 세상에는 극히 일부지만 아직도 고양이를 먹는 사람이 있다고 해요. 하지만 고맙게도 일본에는 사람이 고양이를 잡아먹는 관습은 없죠. 그러니까 그 두 가지 가능성은 제외해도 좋을 것 같아요. 그다음 생각할 수 있는 것이라면, 글쎄요, 과학 실험에 고양이를 쓰는 사람들도 있죠.

이 세상에는 고양이를 사용하는 여러 가지 과학 실험이 있으니까요. 제 친구 중에도 도쿄대학에서 심리학 실험에 사용된 고양이가 있어요. 이건 엄청난 일이지만, 이야기하기 시작하면 너무 길어지니까 그만두죠. 그리고 그리 많지는 않지만, 그저 고양이를 못살게 굴고 싶어 하는 변태적인 사람도 있어요. 고양이를 잡아서, 예를 들면 가위로 꼬리를 자르거나 한답니다."

"네?" 나카타 씨는 깜짝 놀라서 물었다. "꼬리를 잘라서 무엇을 하는 걸까요?"

"아무것도 하지 않아요. 그냥 고양이를 못살게 굴고 고통을 주고 싶은 것뿐이에요. 그렇게 함으로써 즐거운 기분이 되는 거죠. 그렇게 비뚤어진 마음을 가진 사람들이 이 세상에는 버젓이 살고 있다니까요."

나카타 씨는 미미의 말을 듣고 한참 생각했지만, 고양이 꼬리를 가위로 자르는 일이 왜 즐거운지 도저히 이해할 수가 없었다.

"그러니까 어쩌면 그렇게 마음이 비뚤어진 사람이 고마 씨를 데려갔을지도 모른다는 말씀입니까?"

미미는 기다란 흰 수염을 크게 구부리면서 얼굴을 찡그렸다.

"네. 그렇게 생각하고 싶지도 않고, 그런 일을 상상하고 싶지도 않지만, 가능성이 없다고는 할 수 없어요. 나카타 씨, 제가 그다지 오래 산 것은 아니지만, 상상을 초월하는 끔찍한 광경을 여러 번 봐왔어요. 많은 사람들이 고양이는 그저 하루 종일 양지바른 곳에서 빈둥거리며 제대로 일도 하지 않는, 정말 늘어진 팔자라고 생각하지만, 고양이의 인생이 그렇게 목가적인 것은 아니에요. 고양이는 무력하고 상처 입기 쉬운 약한 동물입니다. 거북이처럼 등딱지가 있는 것도 아니고, 새처럼 날개가 있는 것도 아닙니다. 두더지처럼 땅속으로 들어갈 수도 없고, 카멜레온처럼 피부색을 변하게 할 수도 없습니다. 얼마나 많은 고양이가 날마다 핍박받다가 허무하게 이 세상을 떠나가는지, 세상 사람들은 몰라요. 저는 어쩌다가 다나베라는 분 덕분에 따뜻한 가정에서 아이들에게 사랑받고, 특별히 부족함 없는 나날을 보내고 있지만, 그래도 나름대로 고충은 있어요. 그러니까 떠돌이 고양이 처지가 되면 살아가기 위해 이루 말할 수 없이 고생한다고 할 수 있죠."

"미미 씨는 머리가 참 좋으시네요." 나카타 씨는 샴고양이의 유창한 말솜씨에 감탄하며 말했다.

"천만에요." 미미는 눈을 가늘게 뜨고 수줍은 듯이 말했다. "집에서 빈둥빈둥 텔레비전만 보는 동안에 이렇게 돼버린 거예요. 쓸데없는 지식만 늘어나서 고민이에요. 나카타 씨도 텔레비전을 보시나요?"

"아니요, 나카타는 텔레비전을 보지 않습니다. 텔레비전은 이야기하는 속도가 너무 빨라서, 나카타는 도저히 따라갈 수가 없습니다. 나카타는 머리가 나빠서 글씨를 읽지도 못하고, 글씨를 못 읽으니까 텔레비전 역시 잘 이해가 안 됩니다. 가끔 라디오는 듣습니다만, 그것 역시 말이 빨라서 피곤합니다. 이렇게 바깥에 나와 하늘 아래서 고양이님들하고 이야기를 나누는 것이 나카타는 훨씬 즐겁습니다."

"저런, 저런, 정말이세요?"

"네, 정말입니다."

"고마 씨가 무사하면 좋겠네요."

"미미 씨, 나카타는 당분간 그 공터를 감시할 생각입니다."

"저 아이의 이야기에 따르면, 그 남자는 키가 크고, 위아래로 길쭉한 모양의 괴상한 모자를 쓰고, 가죽 장화를 신고 있대요. 그리고 잰걸음으로 걷는대요. 무척 이상한 모습을 하고 있어서, 보면 금방 알 수 있다고 했어요. 그 공터에 모이는 고양이들은 그 남자만 나타나면, 모두 사방으로 흩어져서 도망친답니다. 그렇지만 사정을 모르는 신참 고양이는……."

나카타 씨는 그 정보를 머리에 정확히 집어넣었다. 잊어서는 안 되는 중요한 서랍 속에 단단히 집어넣었다. *그 남자는 키가 크고, 길쭉한 모양의 괴상한 모자를 쓰고, 가죽 장화를 신고 있다.*

"도움이 되면 좋겠네요."

"정말 감사합니다. 미미 씨가 친절하게 말을 걸어 주시지 않았다면, 나카타는 아직도 고등어 부분에서 앞으로 나아가지 못하고 그냥 머물러 있었을 겁니다. 감사합니다."

"제가 생각하기로는," 미미는 나카타 씨의 얼굴을 쳐다보며 걱정스러운 얼굴로 말했다. "그 남자는 위험해요. 아주 위험해요. 나카타 씨의 상상을 초월하는 위험한 인물일 거예요. 저 같으면 그 공터 근처에는 절대로 접근하지 않겠어요. 나카타 씨는 인간이고 직업이니까 어쩔 수 없겠지만, 거듭 말씀드리는데 조심하세요."

"고맙습니다. 되도록 조심하겠습니다."

"나카타 씨, 여기는 정말로 폭력적인 세상이에요. 아무도 폭력으로부터 벗어날 수 없어요. 부디 그 사실을 잊지 마세요. 아무리 조심해도 지나치다고 할 수 없죠. 고양이나 인간이나 말이에요."

"네. 그 말씀 깊이 명심하겠습니다."

그러나 나카타 씨는 도대체 이 세상의 어디가 어떻게 폭력적인지 잘 이해할 수 없었다. 이 세상에는 나카타 씨가 이해할 수 없는 일이 너무 많고, 폭력에 관계된 일이란 대개 폭력의 영역에 포함돼 있기 때문이다.

나카타 씨는 미미와 헤어진 뒤 그 공터로 가봤다. 작은 운동장만 한 넓이의 공터였다. 베니어합판으로 높게 울타리가 쳐져 있었는데, '건축 예정지이므로 무단출입을 금함'이라고 적힌 간판이 있고(물론 나카타 씨는 그것을 읽지 못하지만), 입구에는 묵직한 쇠사슬이 묶여 있었다. 그러나 뒤로 돌아가니 울타리 틈새로 쉽게 안으로 들어갈 수 있었다. 누군가가 판자를 한 장 일부러 뜯어낸 듯했다.

원래 거기 늘어서 있던 창고 건물은 전부 철거됐지만, 정리가 안 된 그 자리에는 초록색 풀이 무성하게 자라나 있었다. 장다리풀이 어린이 키 높이로 자랐고, 나비가 몇 마리 그 위를 하늘하늘 날고 있었다. 쏟아 놓은 흙더미가 비에 단단해져서 군데군데 야트막한 언덕처럼 돼 있었다. 한눈에 보기에도 고양이들이 좋아할 장소였다. 사람은 들어오지 않고, 각종 작은 생명체가 서식하고 있으며, 숨을 장소도 얼마든지 있으니까.

공터에 가와무라 씨의 모습은 보이지 않았다. 털이 엉성하고 바싹 마른 고양이 두 마리가 있었지만, 나카타 씨가 붙임성 있게 "안녕하세요?" 하고 말을 걸어도, 차가운 눈길을 힐끔 보낼 뿐 대답도 하지 않고 풀숲으로 사라져 버렸다. 그것은 당연하다. 머리가 이상한 인간에게 붙잡혀서 꼬리를 가위로 잘리고 싶은 고양이는 없는 것이다. 물론 나카타 씨도 꼬리는 없지만 그런 꼴을 당하고 싶지는 않았다. 경계하는 것도 무리는 아니었다.

나카타 씨는 조금 높은 흙더미에 올라서서 사방을 빙 둘러봤다. 아무도 없다. 흰 나비가 잃어버린 물건이라도 찾는 것처럼 풀 위를 여기저기 날아다니고 있을 뿐이다. 나카타 씨는 적당한 장소에 앉아 어깨에 멘 즈크 가방에서 팥빵을 두 개 꺼내 여느 때처럼 점심으로 먹었다. 그리고 조그만 휴대용 보온병에 담아 온 따뜻한 엽차를 눈을 가늘게 뜨고 차분하게 마셨다. 조용한 오후의 광경이었다. 모든 것이 조화를 이루며 평온한 가운데 휴식을 취하고 있었다. 이런 곳에 고양이에게 잔인한 짓을 하려고 하는 누군가가 숨어 있다는 건, 나카타 씨로서는 이해하기 어려웠다.

그는 입 안의 팥빵을 천천히 씹으면서, 흰머리가 약간 남아 있는 머리카락을 손바닥으로 쓰다듬었다. 눈앞에 누군가 있으면 '나카타는 머리가 나빠서요' 하고 설명하고 싶은 순간이지만, 공교롭게도 사람이 없었다. 그래서 자신을 향해 가볍게 몇 번 고개를 끄덕이기만 했다. 그런 뒤 잠자코 팥빵을 먹었다. 빵을 다 먹고 나서 비닐봉지를 작게 접어 가방 안에 넣었다. 보온병도 뚜껑을 단단히 닫고 가방 안에 넣었다. 하늘은 온통 구름으로 덮여 있었지만, 빛이 배어 나오는 상태를 볼 때 태양이 머리 바로 위에 있다는 것을 알 수 있었다.

그 남자는 키가 크고, 길쭉한 모양의 괴상한 모자를 쓰고, 가죽 장화를 신고 있다.

나카타 씨는 그 남자의 모습을 머릿속에서 그려 보려고 했다. 그렇지만 길쭉한 괴상한 모자가 어떤 것이고, 가죽 장화가 어떤 것인지, 나카타 씨는 상상조차 할 수 없었다. 그런 것은 태어난 이래 본 적이 없었다. 미미는 실제로 보면 알 수 있다고 가와무라 씨의 말을 전했다. 그렇다면 실제로 볼 때까지 기다릴 수밖에 없다고 나카타 씨는 생각했다. 누가 뭐래도 그게 제일 확실하다. 나카타 씨는 땅바닥에서 일어나 풀숲에다 소변을 봤다. 그러고 나서 공터 가장자리 부근의 잘 눈에 띄지 않는 덤불 그늘에 앉아, 그 괴상한 남자가 모습을 나타내기를 기다리면서 오후를 보내기로 했다.

기다린다는 건 지루한 일이었다. 그 남자가 다음에 언제 올지 짐작조차 하기 어렵다. 내일일지도 모르고 일주일 뒤일지도 모른다. 혹은 이제 두 번 다시 여기에는 나타나지 않을지도 모른다—그런 가능성도 생각할 수 있다. 그렇지만 나카타 씨는 무언가를 기약 없이 기다리는 데 익숙했고, 혼자 아무것도 하지 않고 시간을 허비하는 데에도 익숙했다. 그렇게 기다리고 있는 것이 전혀 고통스럽지 않았다.

시간은 그에게 중요한 문제가 아니다. 나카타 씨는 시계조차 갖고 있지 않다. 나카타 씨에겐 그에게 걸맞은 시간의 흐름이 있었다. 아침이 오면 밝아지고 해가 지면 어두워진다. 어두워지면 근처 목욕탕에 가고, 목욕탕에서 돌아오면 잠이 온다. 목욕탕은 요일에 따라서 문을 닫는 경우가 있는데, 그때는 체념하고 집에 돌아오면 된다.

밥을 먹을 때가 되면 자연히 배가 고프고, 보조금을 받으러 가는 날이 되면(그날이 가까워지면 언제나 누군가가 친절하게 가르쳐줬다) 한 달이 지났다는 것을 안다. 보조금을 받은 다음 날에는 머리를 깎으러 근처 이발소에 간다. 여름이 오면 구청 직원이 장어를 먹게 해주고, 설날이 되면 구청 직원이 떡을 나누어 준다.

나카타 씨는 몸에서 힘을 빼고, 머리의 스위치를 끄고, 존재를 일종의 '통전通電 상태'로 만들었다. 그에게 통전 상태란 극히 자연스러운 행위로, 어렸을 때부터 특별히 생각하지 않고도 일상적으로 해온 일이었다. 얼마 뒤 그는 의식 주변의 가장자리를, 나비처럼 한들한들 돌아다니기 시작했다. 가장자리 너머에는 어두운 심연이 펼쳐져 있었다. 이따금 가장자리를 벗어나 그 아찔한 심연 위를 날았다. 그러나 나카타 씨는 거기에 있는 어둠이나 깊이를 두려워하지 않았다. 왜 두려워하지 않으면 안 되는 걸까? 그 바닥이 보이지 않는 무명無明의 세계는, 그 무거운 침묵과 혼돈은, 오래된 그리운 친구이자 지금은 자신의 일부이기도 했다. 나카타 씨는 그것을 잘 알고 있었다. 그 세계에는 글씨도 없고, 요일도 없고, 무서운 지사님도 없고, 오페라도 없고, BMW도 없다. 가위도 없고, 길쭉한 모양의 모자도 없다. 그렇지만 동시에 장어도 없고, 팥빵도 없다. 거기에는 전부가 있다. 그러나 거기에 부분은 없다. 부분이 없으니까 이것과 저것을 바꿀 필요도 없다. 떼어 내거나 덧붙이거나 할 필요도 없다. 어려운 일은 생각하지 않고, **전부**의 속으로 몸을 담그기만 하면 된다. 그것은 나카타 씨에겐 무엇보다도 고마운 일이었다.

이따금 그는 깜박깜박 졸곤 했다. 그러나 혹시 잠이 든다 해도, 그는 직업 근성이 아주 몸에 배어 있어서 온 신경은 예민하게 공터 쪽을 향해 주의를 기울이고 있었다. 그곳에서 무슨 일이 일어나거나 거기에 누군가가 찾아온다면, 그는 즉각 눈을 번쩍 뜨고 곧장 행동에 착수할 것이다. 하늘은 커다란 융단처럼 편편하고 밋밋한 잿빛 구름으로 뒤덮여 있었다. 그렇지만 비는 금방 내릴 것 같지 않았다. 고양이들은 모두 그걸 알고 있었고 나카타 씨도 알고 있었다.

제11장

내가 이야기를 다 마쳤을 때는 이미 꽤 늦은 시간이다. 사쿠라는 부엌 테이블에 턱을 괴고, 내 이야기에 주의 깊게 귀를 기울인다. 나는 아직 열다섯 살이고 중학생이며, 아버지 돈을 훔쳐서 나카노에 있는 집을 나왔다. 다카마쓰 시내의 호텔에 묵고 있고, 낮에는 도서관에 다니며 책을 읽고 있다. 정신을 차리고 보니 신사 경내에 피투성이가 돼 쓰러져 있었다. 대충 그런 이야기다. 물론 말하지 않은 것도 많다. 정말로 중요한 것은 간단히 입 밖에 낼 수 없다.

"그러니까 네 어머니는 누나만 데리고 집을 나갔단 말이지? 아버지랑 막 네 살이 된 너를 남겨 두고."

나는 해변에서 찍은 사진을 지갑 속에서 꺼내 그녀에게 보인다. "이게 누나야." 사쿠라는 그 사진을 한참 동안 바라본다. 그리고 아무 말 없이 나에게 돌려준다.

"그 뒤 누나와는 한 번도 만나지 못했어" 하고 나는 말한다. "어머니도 못 만났어. 전혀 연락이 없고, 어디에 있는지도 몰라. 어떤 얼굴이었는지도 생각나지 않아. 사진 한 장도 남아 있지 않거든. 냄새는 기억나. 감촉 같은 것도 생각나고. 하지만 아무리 애써도 얼굴이 떠오르지 않아."

"그래" 하고 그녀가 말한다. 그러고는 턱을 괸 채 눈을 가늘게 뜨고 내 얼굴을 본다. "그건 꽤 힘든 일이었겠네?"

"아마도."

그녀는 잠자코 내 얼굴을 계속 바라본다.

"그래서 아버지와는 잘 지내지 못한 거구나?" 하고 그녀가 조금 뒤 나에게 묻는다.

잘 지내지 못했다? 도대체 뭐라고 대답하면 좋단 말인가? 나는 아무 말도 하지 않고 그냥 고개를 흔든다.

"하긴 그렇겠지. 잘 지내고 있었으면 가출 따위를 할 이유가 없을 테니까" 하고 사쿠라가 말한다. "그리고 어쨌든 넌 집을 뛰쳐나왔고, 오늘 갑자기 의식인지 기억인지를 잃어버렸다, 이 말이지?"

"응."

"그런 일이 전에도 있었어?"

"이따금" 하고 나는 솔직하게 말한다. "화가 치밀어 오르면 마치 퓨즈가 끊긴 것같이 돼버려. 누군가가 내 머릿속의 스위치를 눌러서, 생각보다 몸이 먼저 움직이고 말아. 거기 있는 것은 나지만 내가 아니야."

"자기 자신을 억제할 수 없어서 폭력을 휘두르거나 한다는 거야?"

"그런 일도 몇 번 있었어" 하고 나는 인정한다.

"누군가를 다치게 한 적도 있단 말이지?"

나는 고개를 끄덕인다. "두 번쯤. 그리 심한 상처는 아니었지만."

그녀는 내 말을 듣고 잠시 생각한다.

"그래서 이번에 너한테 일어난 일도 역시 비슷한 일일 거라고 생각해?"

나는 고개를 흔든다. "이렇게 심한 건 처음이야. 이번에는…… 내가 의식을 잃은 경위도 전혀 알 수 없고, 의식을 잃고 있는 동안에 무슨 짓을 했는지도 전혀 기억이 안 나. 기억이 사라져 버렸어. 지금까지 이렇게 심한 적은 없었어."

그녀는 내가 배낭에서 꺼낸 티셔츠를 본다. 지워지지 않은 채 남아 있는 핏자국을 자세히 점검한다.

"그러니까—네 마지막 기억은 식사를 한 거네? 저녁때 역 부근의 식당에서?"

나는 고개를 끄덕인다.

"그다음 일은 모른다. 정신을 차리고 보니 신사 경내 뒤쪽의 덤불 속에 쓰러져 있었다. 시간은 네 시간 정도 지나 있었고. 셔츠는 피투성이가 된 데다, 왼쪽 어깨에 눌리는 듯 무거운 통증이 있었다."

나는 다시 한번 고개를 끄덕인다. 그녀는 어디에선가 시내 지도를 들고 와서 테이블 위에 펼쳐 놓고, 역과 신사 사이의 거리를 살펴본다.

"멀지는 않지만 걸어서 금방 갈 수 있는 거리도 아니네. 왜 그런 곳까지 갔을까? 역을 기점으로 하면, 네가 머물고 있는 호텔하고는 오히려 반대 방향이거든. 그 부근에 전에도 가본 적이 있어?"

"한 번도 없어."

"어디 잠깐 셔츠 벗어 봐" 하고 그녀가 말한다.

셔츠를 벗고 상반신을 드러내자, 그녀는 뒤로 돌아가서 내 왼쪽 어깨를 손으로 꽉 잡는다. 손가락 끝의 힘이 어깨에 파고들어, 나도 모르게 신음 소리를 낸다. 상당히 강한 힘이다.

"아파?"

"상당히."

"무언가에 세게 부딪혔네. 아니면 무언가로 세게 얻어맞았거나."

"전혀 생각이 나질 않아."

"어느 쪽이든 간에 뼈에는 이상이 없는 것 같아." 그녀는 내가 아프다고 한 부위를 몇 번씩 다른 방법으로 만진다. 그녀의 손끝은 아픔을 동반하건 동반하지 않건 이상하게 기분이 좋다. 내가 그렇게 말하자 그녀는 미소 짓는다.

"난 마사지에는 제법 재능이 있거든. 그래서 미용사로 먹고 살 수 있는 거지. 마사지를 잘하면 어딜 가든 대접받으니까."

그녀는 한참 동안 마사지를 계속하더니, 이렇게 말한다. "이 정도라면 별문제 없을 것 같아. 하룻밤 자고 나면 아마 통증은 사라질 거야."

그녀는 내가 벗은 티셔츠를 집어서 비닐봉지에 집어넣고, 쓰레기통에 버린다. 덩거리 셔츠는 잠깐 살펴보고 나서 욕실의 세탁기에 던져 넣는다. 옷장 서랍을 열고 잠시 안의 옷을 살펴본 뒤 흰 티셔츠를 꺼내서 나에게 건네준다. 새 옷이다. 마우이섬의 고래 관람 유람선이 그려진 기념 티셔츠다. 바다 위로 솟구쳐 나온 고래 꼬리가 그려져 있다.

"여기 있는 것들 중에서는 이게 제일 큰 사이즈인 것 같아. 내 건 아니지만 신경 쓰지 않아도 돼. 어차피 누가 선물로 준 것일 테니까. 마음에 안 들지도 모르지만, 일단 입어 봐."

그 옷을 머리에서부터 뒤집어쓴다. 사이즈는 딱 맞는다.

"괜찮다면 가져도 좋아" 하고 그녀가 말한다.

나는 고맙다고 인사한다.

"그렇게 오랫동안 기억을 잃은 적은 지금까지 없었던 거지?" 하고 그녀가 묻는다.

나는 고개를 끄덕인다. 눈을 감고 새 티셔츠의 감촉을 느끼고 냄새를 맡는다.

"저 사쿠라 씨, 난 너무 무서워" 하고 나는 솔직하게 털어놓는다. "어떻게 하면 좋을지 모를 만큼 무서워. 기억을 빼앗긴 그 네 시간 동안, 내가 어딘가에서 누군가를 다치게 했는지도 모르겠어. 내가 무슨 짓을 했는지 전혀 기억이 나지 않아. 그렇지만 어쨌든 난 피투성이가 돼 있었어. 만일 내가 실제로 범죄에 관여했다면, 설사 기억을 잃어버렸다고 해도, 법적으론 책임을 지지 않을 수 없겠지, 그렇지?"

"하지만 그건 그저 누군가의 코피일지도 모르잖아. 누군가가 멍하니 길을 걷다가 전봇대에 부딪혀 코피를 흘렸고, 네가 그 사람을 간호한 것뿐일지도 몰라. 안 그래? 걱정하는 마음은 알지만, 날이 밝을 때까지 될 수 있는 대로 불길한 생각은 하지 말자. 아침이 되면 신문이 배달되고 텔레비전에서 뉴스도 나올 테니까, 이 부근에서 큰 사건이 일어났다면 싫어도 알게 될 텐데 뭐. 그때 가서 천천히 생각해도 돼. 피라는 건 여러 가지 원인으로 나오는 것이고, 보기보다 심각하지 않은 경우도 많아. 난 여자라서, 그 정도 양의 피는 매달 보니까 그런대로 익숙하거든. 내가 뭘 말하고 싶은지 알지?"

나는 고개를 끄덕인다. 얼굴이 조금 빨개지는 걸 느낀다.

그녀는 커다란 컵에 인스턴트커피 가루를 담고, 손잡이가 달린 냄비에 물을 끓인다. 물이 끓을 때까지 담배를 피운다. 몇 모금 안 빨고 물에 담가서 끈다. 박하가 섞인 연기 냄새가 난다.

"한 가지만 진지하게 묻고 싶은데, 괜찮을까?"

괜찮다고 나는 말한다.

"네 누나는 양녀지? 다시 말하면, 네가 태어나기 전에 어디에선가 데려온 아이지?"

그렇다고 나는 말한다. 부모님은 왜 그랬는지 모르겠지만 양녀를 얻었고, 그후에 내가 태어났다. 아마도 우연히 그렇게.

"그리고 넌 틀림없이 아버지와 어머니 사이에서 태어난 아이인 거지?"

"내가 알기로는."

"그런데도 네 어머니는 집을 나갈 때 네가 아닌, 핏줄이 이어지지 않은 누나를 데리고 갔어. 하지만 일반적으로 여성은 그런 짓은 하지 않아."

나는 잠자코 있는다.

"왜 그랬을까?"

나는 고개를 흔든다. 모르겠다고 말한다. 그것은 내가 수만 번 나 자신에게 던진 질문이었다.

"하지만 넌 그 일로 상처를 입었어."

나는 상처를 입었을까? "잘 모르겠어. 그렇지만 만일 결혼을 하더라도 난 아마 아이는 낳지 않을 거야. 내 아이한테 어떤 식으로 대해야 할지 모를 게 틀림없으니까."

"너희 집만큼 근본적으로 복잡하지는 않지만, 나도 부모님하고 줄곧 마음이 맞지 않았고, 그 때문에 한심한 짓들을 많이 해왔어. 그래서 네 심정은 잘 알아. 하지만 말이야, 어릴 때부터 너무 모든 걸 단정하지 않는 게 좋아. 세상에 절대라는 것은 없으니까."

그녀는 가스레인지 앞에 선 채 커다란 컵으로 김이 피어오르는 커피를 마신다. 컵에는 무민 가족의 그림이 그려져 있다. 그녀는 아무 말도 하지 않는다. 나도 아무 말 하지 않는다.

"누군가 의지할 만한 친척은 없어?" 하고 잠시 후에 그녀가 말한다.

없다고 나는 말한다. 아버지의 부모님은 아주 오래전에 돌아가셨다고 들었고, 아버지에겐 남자 형제도 여자 형제도 숙부도 숙모도 없다. 그것이 사실인지 아닌지 나로서는 확인할 길이 없다. 그러나 적어도 친척과 교류가 전혀 없는 것만은 확실하다. 어머니 쪽 친척 역시 화제에 오른 적이 전혀 없다. 나는 어머니 이름조차 모른다. 그러니 어머니에게 어떤 친척이 있는지 알 리가 없다.

"네 이야기를 듣고 보니 네 아버지는 마치 우주인 같아" 하고 사쿠라가 말한다. "어떤 별에서 혼자 지구에 와서 인간으로 둔갑하고, 지구의 여자를 꾀어내 너를 낳게 한 것 같아. 자기 자손을 증식하기 위해서 말이야. 어머니는 그 사실을 알고 무서워져서 어디론가 도망쳐 버린 거지. 어쩐지 어두운 공상과학영화 같지만."

뭐라고 해야 좋을지 모르겠다. 나는 그냥 잠자코 있는다.

"농담은 그만하고," 그녀는 방금 한 말이 농담이라는 걸 강조하기 위해 입을 양옆으로 벌리고 방긋 웃는다. "요컨대 넌 이 넓은 세상에서 너 자신밖에는 기댈 상대가 없다는 거지."

"난 그렇게 생각해."

그녀는 잠시 싱크대에 기대서서 커피를 마신다.

"난 좀 자야겠어" 하고 그녀가 생각난 듯이 말한다. 시곗바늘은 세 시가 지나 있다. "일곱 시 반에 일어나야 하니까 오래 자지는 못하지만, 그래도 조금은 자야지. 밤새우고 나서 일하려면 힘들거든. 넌 어떻게 할래?"

침낭을 갖고 있으니까 괜찮다면 한쪽 구석에서 방해가 안 되게 자게 해달라고 나는 말한다. 그러고는 배낭에서 조그맣게 접은 침낭을 꺼내 펼친 다음 부풀린다. 그녀는 그 모습을 흥미롭게 지켜본다. "보이스카우트 같네."

불을 끈 후 그녀는 이불 속으로 들어가고, 나는 침낭 속에서 눈을 감고 잠을 청한다. 그러나 잠을 이룰 수가 없다. 눈을 감아도 흰 티셔츠에 묻었던 핏자국이 선명히 떠오른다. 손바닥에는 불에 덴 것 같은 감촉이 남아 있다. 나는 눈을 뜨고 천장을 노려본다. 어딘가에서 마루가 삐거덕거리는 소리가 난다. 어딘가에서 물이 흐르는 소리가 난다. 어딘가에서 또다시 구급차 사이렌 소리가 들린다. 아주 먼 곳이었으나, 그것은 밤의 어둠 속에서 묘하게 생생히 울린다.

"혹시 아직도 못 자고 있는 거 아냐?" 하고 어둠 속 저쪽에서 그녀가 작은 소리로 말한다.

나는 잠이 오지 않는다고 말한다.

"나도 잠이 안 와. 어쩌려고 커피 같은 것을 마셨을까. 깜빡했나 봐."

그녀는 머리맡의 불을 켜고 시간을 확인하고 나서 다시 불을 끈다.

"오해하면 곤란하지만" 하고 그녀가 말한다. "괜찮다면 이쪽으로 와. 같이 자자. 나도 잠이 안 오거든."

나는 침낭에서 나와 그녀의 이불 속으로 들어간다. 나는 반바지에 티셔츠 차림이다. 그녀는 연한 핑크색 파자마를 입고 있다.

"저 말이야, 난 도쿄에 좋아하는 남자 친구가 있어. 별로 대단한 녀석은 아니지만, 말하자면 애인이야. 그러니까 다른 사람하고는 섹스를 하지 않아. 이래 봬도 난 그런 쪽엔 성실해. 고지식하다고나 할까. 옛날에는 그렇지만도 않아서 꽤 자유분방한 짓도 했지만, 지금은 아니야. 착실해진 거지. 그러니까 이상하게 생각하진 마. 우린 누나와 동생 같은 거야, 알았지?"

알았다고 나는 말한다.

그녀는 내 어깨에 손을 두르고 나를 살며시 끌어안는다. 그리고 내 이마에 뺨을 갖다 댄다. "불쌍해."

말할 필요도 없는 일이지만, 나는 발기해 있다. 굉장히 단단하게. 그리고 위치로 미루어 그것은 그녀의 허벅지 근처에 닿을 수밖에 없다.

"이런, 이런!" 하고 그녀가 말한다.

"악의는 없어" 하고 나는 사과한다. "그렇지만 어쩔 수가 없어서……."

"나도 알아. 불편한 거지, 그거. 나도 그건 잘 알아. 너 자신도 막을 수 없는 거니까."

나는 어둠 속에서 고개를 끄덕인다.

그녀는 잠시 망설이다가, 이윽고 내 반바지를 밑으로 내리고 돌처럼 딱딱해진 페니스를 꺼내서 살며시 쥔다. 마치 무언가를 확인하듯이. 마치 의사가 맥박을 잴 때처럼. 나는 그녀의 부드러운 손바닥의 감촉을, 어떤 사상思想과도 같이 페니스 주위로 느낀다.

"네 누나는 지금 몇 살이야?"

"스물한 살" 하고 나는 말한다. "나보다 여섯 살 위니까."

그녀는 그 말을 듣고 잠시 생각한다. "보고 싶어?"

"아마도."

"아마도?" 페니스를 쥔 그녀의 손이 약간 강해진다. "아마도라니 무슨 말이야? 별로 보고 싶지 않다는 거야?"

"만나서 무슨 이야기를 하면 좋을지 알 수가 없고, 누나가 나 같은 건 만나고 싶지 않을지도 모르니까. 그건 어머니에 대한 생각도 마찬가지야. 아무도 나 같은 놈은 보고 싶어 하지 않을지도 몰라. 아무도 나 같은 건 원하지 않을지도 몰라. 무엇보다 집을 나가 버렸잖아." *나만 남겨 두고*.

그녀는 잠자코 있는다. 페니스를 잡은 손이 조금 약해졌다 강해졌다 할 뿐이다. 그 동작에 맞춰 내 페니스는 조금 차분해졌다가 점점 뜨겁고 딱딱해졌다가를 되풀이한다.

"이거, 빼고 싶지?" 하고 그녀가 묻는다.

"아마도"라고 나는 말한다.

"아마도?"

"아주"라고 나는 정정한다.

그녀는 가볍게 한숨을 쉬고, 천천히 손을 움직이기 시작한다. 황홀한 감촉이다. 그저 단순한 상하 운동이 아니다. 아주 전체적인 느낌이다. 그녀의 손가락은 다정하게 감정을 담아 내 페니스와 고환을 샅샅이 만지고 쓰다듬는다. 나는 눈을 감고 크게 숨을 내쉰다.

"내 몸을 만지면 안 돼. 그리고 나올 것 같으면 얼른 말해. 시트가 젖으면 귀찮으니까."

"그럴게."

"어때, 내 솜씨 괜찮지?"

"굉장히."

"아까도 말했지만, 난 손재주를 타고났거든. 하지만 이건 섹스하고는 관계가 없는 거야. 뭐랄까, 몸이 가벼워지게 도와주고 있는 것뿐이야. 오늘은 긴 하루였고, 너도 신경이 날카로워져서 이대로는 제대로 잠을 못 잘 것 같으니까. 알겠지?"

"응" 하고 나는 말한다. "한 가지 부탁이 있는데."

"뭔데?"

"사쿠라 씨의 나체를 상상해도 될까?"

그녀는 손의 움직임을 멈추고 내 얼굴을 본다. "너, 지금 내 벌거벗은 몸을 상상하고 있었어?"

"응. 아까부터 상상하는 걸 그만두려고 해도, 도저히 그만둘 수가 없어."

"그만둘 수가 없다고?"

"텔레비전의 스위치를 끌 수 없는 것처럼."

그녀는 우습다는 듯이 웃는다. "너를 알다가도 모르겠어. 그런 건 잠자코 네 멋대로 상상하면 되잖아? 일일이 내 허락을 받지 않아도 네가 뭘 상상하고 있는지 그런 걸 난 어차피 알 수 없으니까 말이야."

"그래도 마음에 걸려서 그래. 상상한다는 건 중요한 일이라는 느낌이 드는 데다, 일단은 양해를 구하는 편이 좋을 것 같다는 생각이 들었어. 알고 모르고의 문제가 아니라."

"넌 아주 예의가 바르구나" 하고 그녀가 감탄한 듯이 말한다. "하지만 그 말을 듣고 보니 일단 양해를 구하는 게 좋을 것 같다는 느낌이 안 드는 것도 아니네. 좋아. 내 나체를 마음대로 상상해도 괜찮아. 허락할게."

"고마워."

"어때, 네가 상상하는 내 몸, 멋져?"

"굉장히" 하고 나는 대답한다.

이윽고 허리 부근에 나른한 감각이 찾아온다. 비중이 있는 액체에 둥둥 떠 있을 때 같은 기분이다. 내가 그렇게 말하자, 그녀는 머리맡에 놓아두었던 티슈를 집어 들고 내가 사정하게끔 도와준다. 나는 꽤 여러 번 강하게 사정한다. 조금 뒤에 그녀는 부엌으로 가서 티슈를 버리고 물로 손을 씻는다.

"미안해" 하고 나는 사과한다.

"괜찮아" 하고 그녀가 이불 속으로 돌아와서 말한다. "새삼스럽게 사과하니까 조금 계면쩍잖아. 이런 건 그냥 몸의 한 부분의 일이니까, 그렇게 신경 쓰지 않아도 돼. 그런데 조금은 편해졌어?"

"굉장히."

"그거 다행이네" 하고 그녀가 말한다. 그러고는 잠시 동안 무엇인가를 생각한다. "잠깐 생각한 건데, 내가 네 진짜 누나라면 좋았을걸."

"나도 그랬으면 좋겠어" 하고 나는 말한다.

그녀는 내 머리카락에 가볍게 손을 갖다 댄다. "난 이제 잘 테니까 넌 네 침낭으로 돌아가. 난 혼자가 아니면 잠을 못 자거든. 그리고 새벽에 또 그 딱딱한 걸 내 몸에 눌러 대면 참을 수도 없고."

나는 침낭으로 돌아와서 다시 눈을 감는다. 이번에는 그대로 곧 잠이 든다. 아주 깊은 잠이다. 집을 나온 이후로 이렇게 깊은 잠에 빠진 적은 없었다. 조용하고 큰 엘리베이터를 타고 천천히 땅속 밑바닥으로 내려갈 때 같은 느낌이다. 곧 모든 불빛이 꺼지고 모든 소리가 사라져 간다.

아침에 눈을 떴을 때, 그녀는 보이지 않는다. 일하러 나간 것이다. 시계는 아홉 시가 지나 있다. 어깨의 통증은 거의 사라졌다. 사쿠라가 말한 대로다. 부엌의 테이블 위에는 접힌 조간신문과 메모 쪽지가 놓여 있다. 그리고 집 열쇠.

텔레비전의 아침 뉴스도 전부 봤고, 신문도 샅샅이 다 읽었어. 그렇지만 이 부근에서 유혈 사건은 하나도 일어나지 않았어. 그 피는 틀림없이 아무것도 아니었을 거야. 다행이야. 냉장고에 별건 없지만 마음대로 꺼내 먹어도 되고, 있는 것은 뭐든지 써도 돼. 갈 곳이 없으면 당분간 우리 집에 있어도 괜찮고. 나갈 때는 열쇠를 매트 밑에 넣어 둬.

나는 냉장고에서 우유를 꺼내 유통기한이 지나지 않은 것을 확인한 뒤 시리얼에 부어 먹는다. 물을 끓여서 티백에 든 다즐링을 우려 마신다. 토스트를 두 장 구워 저지방 마가린을 발라 먹는다. 그리고 조간신문을 펼쳐 사회면을 읽는다. 분명히 이 부근에서 폭력 사건은 한 건도 일어나지 않았다. 나는 한숨을 쉬고 신문을 접어서 제자리에 놓는다. 일단 경찰을 피해 도망 다닐 걱정은 하지 않아도 될 것 같다. 그렇지만 호텔에는 돌아가지 않기로 한다. 조심하지 않으면 안 된다. 상실된 네 시간 동안에 무슨 일이 있었는지 나는 아직 모르니까.

나는 호텔에 전화를 건다. 전화를 받은 것은, 기억에 없는 남자의 목소리다. 갑자기 사정이 생겨서 방을 비우게 됐다고 그에게 말한다. 될 수 있는 대로 어른스러운 말투로 이야기한다. 방값은 선불로 냈으니까 문제는 없을 것이다. 방에 몇 가지 물건이 남아 있긴 하지만 필요 없는 것이니까 그쪽에서 적당히 처분해 줬으면 좋겠다고 말한다. 그는 컴퓨터로 조회해 보고 계산이 돼 있는 것을 확인한다. "알았습니다, 다무라 씨. 이것으로 체크아웃 되셨습니다" 하고 상대가 말한다. 키는 카드식이니까 돌려줄 필요가 없다. 나는 고맙다는 말을 하고 전화를 끊는다.

그러고 나서 샤워를 한다. 욕실에는 그녀의 속옷과 양말이 걸려 있다. 가능한 한 그쪽에 시선이 가지 않도록 조심하면서 늘 그렇듯이 꼼꼼히 시간을 들여 몸을 씻는다. 어젯밤 일도 될 수 있는 한 생각하지 않으려고 한다. 이를 닦고 새 속옷으로 갈아입는다. 침낭을 조그맣게 접어서 배낭에 집어넣는다. 밀린 빨래를 세탁기에 넣고 빤다. 건조기가 없기 때문에, 세탁이 끝난 뒤에 탈수한 것을 접어서 비닐봉지에 담아 배낭에 집어넣는다. 지나가다 눈에 띄는 빨래방에 들어가서 말리면 된다.

부엌 싱크대에 잔뜩 쌓여 있는 그릇을 전부 씻은 후 조금 말리고 나서 행주로 닦아 선반에 집어넣는다. 냉장고 안을 정리하고 상한 식품을 처분한다. 개중에는 지독한 악취를 풍기고 있는 것도 있다. 브로콜리에는 곰팡이가 피어 있다. 오이는 고무처럼 변해 있다. 두부는 유통기한이 지났다. 용기를 새것으로 바꿔 넣고, 엎질러진 소스를 닦는다. 재떨이의 꽁초를 버리고 흩어져 있는 헌 신문을 모은다. 바닥을 진공청소기로 청소한다. 그녀에게 마사지 능력은 있을지 모르지만 살림하는 능력은 제로에 가깝다. 옷장 위에 난잡하게 쌓여 있는 그녀의 셔츠를 모조리 다림

질하고 나니, 시장을 봐 오늘 저녁 식사를 준비하고 싶은 심정이 든다. 나는 혼자서도 살아갈 수 있도록 집에 있을 때부터 내 손으로 집안일을 해왔고, 이런 일은 하나도 힘들지 않다. 그러나 요리까지 하는 것은 아마도 무리일 것이다.

일을 끝마치고 나서 부엌 테이블에 앉아 주위를 둘러본다. 계속 이곳에 머무를 수는 없다고 생각한다. 그것은 꽤 확실한 일이다. 이곳에 머무는 한 나는 쉴 새 없이 계속 발기할 것이 틀림없고, 끊임없이 상상을 계속하게 될 것이다. 욕실에 널어놓은 그녀의 조그만 검은색 속옷에서 계속 눈을 돌리고 있을 수는 없다. 그녀에게 계속 상상력에 대한 허락을 얻을 수는 없다. 그리고 무엇보다도 그녀가 어젯밤에 나에게 해준 일을 잊을 수 없다.

나는 사쿠라에게 편지를 남긴다. 전화기 옆에 놓여 있는 메모지에 몽당연필로 쓴다.

고마워. 덕분에 살았어. 한밤중에 전화해 잠을 깨워 미안했어. 그렇지만 이곳에서는 사쿠라 씨밖에는 의지할 사람이 없었어.

거기까지 쓰고 나서 한숨 돌리고 다음을 생각한다. 방 안을 한 번 쭉 둘러본다.

재워 줘서 고마웠고, 당분간 여기 있어도 된다고 허락해 준 것도 너무너무 고마워. 나도 그렇게 할 수만 있다면 참 좋겠지만 더 이상 사쿠라 씨에게 폐를 끼칠 수는 없어. 잘 설명할 수는 없지만, 여러 가지 이유가 있어. 어떻게든 혼자 해나갈 거야. 이다음에 진짜로 곤경에 처했을 때를 위해 호의를 조금이라도 남겨 주면 아주 기쁠 거야.

거기에서 다시 쉰다. 근처의 누군가가 텔레비전을 커다랗게 켜놓았다. 주부를 대상으로 아침에 방영되는 와이드 쇼다. 출연자 전원이 커다란 목소리로 고함치고, 광고도 거기에 지지 않으려고 소리소리 지른다. 나는 테이블에 앉아서, 몽당연필을 빙글빙글 돌리며 생각을 정리한다.

하지만 솔직히 말해서, 나에겐 사쿠라 씨의 호의를 받을 만한 자격이 없다고 생각해. 좀 더 훌륭한 사람이 되고 싶지만, 아무리 애써도 잘 안 되거든. 다음번에 만날 때에는 좀 더 나은 사람이 돼 있고 싶어. 하지만 그렇게 될 수 있을지는 모르겠어. 어젯밤 일은 정말 꿈속처럼 황홀했어. 고마워.

편지를 컵 밑에 둔다. 그리고 배낭을 들고 아파트를 나온다. 열쇠는 시킨 대로 매트 밑에 넣어 둔다. 계단 한가운데에 흰

색과 검은색이 섞인 얼룩 고양이가 낮잠을 자고 있다. 사람이 익숙한지, 내가 내려가도 일어날 기색을 보이지 않는다. 옆에 앉아서 한동안 그 커다란 수고양이를 쓰다듬는다. 정겨운 감촉이다. 고양이는 눈을 가늘게 뜨고 골골거리기 시작한다. 우리는 한참 동안 계단에 나란히 앉아서 각자 친밀한 감촉을 즐긴다. 이윽고 나는 고양이에게 작별을 고하고 거리로 나간다. 밖에는 가랑비가 내리기 시작한다.

요금이 싼 호텔에서 나와 사쿠라의 아파트를 뒤로한 지금, 오늘 밤 내가 잘 수 있는 장소는 이제 아무 데도 없다. 해가 저물기 전에, 안심하고 잘 수 있는 지붕이 있는 장소를 찾아내지 않으면 안 된다. 그러나 어디 가면 그런 곳을 찾을 수 있을지 짐작 가는 데도 없다. 어쨌든 전차를 타고 고무라 도서관에 가자. 거기로 가면 그다음은 어떻게든 되겠지. 근거는 없지만, 왠지 그런 예감이 든다.

그렇게 해서 내 운명은 점점 더 기묘하게 펼쳐지게 된다.

제12장

1972년 10월 19일

그동안 안녕하셨습니까.

이렇게 갑자기 편지를 드려서 혹시 놀라실지도 모르겠습니다. 실례가 됐다면 아무쪼록 용서해 주십시오. 아마 제 이름은 선생님의 기억에서 사라졌으리라고 생각됩니다만, 저는 예전에 야마나시현 ○○정의 작은 초등학교에서 교사로 근무했었습니다. 이렇게 말씀드리면 혹시 생각이 나실는지요. 전쟁이 끝나기 일 년 전에 이 지방에서 일어난 초등학생 집단 혼수 사건 때, 아이들의 야외 실습을 담당했던 사람입니다. 사건 후 얼마 지나지 않아 선생님을 비롯한 도쿄의 대학교수님들이 조사차 군 관계자들과 함께 여기 오셨을 때, 몇 번 이야기할 기회가 있었습니다.

그 뒤로 신문이나 잡지에서 선생님의 성함을 보게 될 때마다, 선생님의 활약에 감탄하면서, 당시 선생님의 모습과 시원시원한 말투를 떠올리곤 합니다. 또 선생님이 쓰신 책도 몇 권 읽고, 그 깊은 통찰력과 넓은 식견에 항상 감탄하고 있습니다. 이 세상의 한 사람 한 사람의 존재는 힘들고 고독하지만, 그 기억의 원형에서는 우리가 하나로 연결돼 있다는 선생님의 일관된 세계관에는 깊이 이해되는 바가 있습니다. 인생을 살아가는 과정에서 저 자신도 그렇게 느끼는 일이 많았기 때문입니다. 앞으로도 한층 더 힘차게 활약하시기를 멀리서 기원합니다.

저는 그 뒤로도 계속 같은 ○○정 초등학교에서 교편을 잡고 있었습니다만, 몇 년 전 뜻하지 않게 중병이 들어 고후에 있는 종합병원에 장기 입원을 하게 됐고, 그때 생각한 바가 있어 명예퇴직했습니다. 일 년쯤 입원 치료와 통원 치료를 반복한 결과 무사히 회복하고 퇴원하여 같은 곳에서 초등학생을 상대로 작은 학원을 운영하고 있습니다. 제 옛날 제자들의 자녀들이 지금은 제 학원의 학생입니다. 진부한 감상이기는 합니다만, 세월은 화살과 같다는 말처럼 시간은 참으로 빠르게 흐르는 것 같습니다.

전쟁에서 사랑하는 남편과 아버지를 잃고, 종전 후의 혼란스러운 상황에서 어머니마저 잃고, 어수선했던 결혼 생활에서 자식을 낳을 틈도 없이 그때 이후 고독 속에 묻혀 살아왔습니다. 행복한 인생이었다고는 도저히 말할 수 없겠지만, 오랜 교사 생활을 통해 많은 아이들을 키울 수 있었고, 덕분에 제 나름대로 충실한 나날을 보낼 수 있었습니다. 그에 대해서는 늘 하늘에 감사하고 있습니다. 만일 교사라는 직업을 갖지 않았더라면, 저는 어쩌면 이 삶을 견뎌내지 못했을지도 모릅니다.

이번에 이렇게 실례를 무릅쓰고 선생님께 편지를 올리는 것은, 1944년 가을에 일어났던 산속에서의 집단 혼수 사건이 아무리 애써도 뇌리에서 떠나지 않기 때문입니다. 사건 발생 이후, 벌써 이십팔 년이라는 시간이 흘렀습니다. 하지만 그 일은 바로 어제 일어난 일처럼 생생하고 가깝게 느껴집니다. 그 기억은 지금까지 한시도 제게서 떠난 일이 없습니다. 그림자처럼 항상 제 곁에 있습니다. 그 때문에 저는 잠 못 이루는 수많은 밤을 보냈고, 그 생각은 잠 속에서 꿈으로 나타났습니다.

제 인생이 늘 그 사건의 여운에 지배당해 온 것처럼 느껴지기조차 합니다. 왜냐하면 제가 그 사건을 겪었던 아이들과 어딘가에서 마주칠 때마다(그 아이들 중 절반은 아직 이 정에서 살고 있으며, 지금은 삼십대 중반이 됐습니다), 그 사건이 그 아이들에게 혹은 저에게 무엇을 가져다줬을까 하고, 다시 한번 저 스스로를 향해 묻지 않을 수 없기 때문입니다. 그 정도 되는 사건이었으니까 반드시 무언가 우리 신체와 마음에 영향을 미쳤을 것이 틀림없습니다. 미치지 않았을 리가 없다고 저는 느끼고 있습니다. 하지만 그 영향이 구체적으로 어떤 형태로 가시화됐으며, 그것이 어느 정도의 크기였는가 하는 문제에 이르면, 저는 짐작도 할 수 없습니다.

그 사건은 당시, 선생님도 잘 아시다시피, 군의 뜻에 따라 세상에 공개되지 않았습니다. 또 전후에는 미국 주둔군의 뜻대로 똑같이 비밀리에 조사가 행해졌습니다. 솔직히 말씀드리면, 저는 미군이든 일본군이든 군이 하는 일에는 기본적으로 거의 차이가 없다고 생각합니다. 1951년 미군에 의한 통치와 언론 통제가 종료된 뒤에도, 신문이나 잡지에 그 사건에 대한 기사가 실리는 일은 없었습니다. 여러 해 전에 일어난 일이고 누가 죽은 것도 아니었으니까요.

그 때문에 그런 사건이 있었다는 것조차 대부분의 사람들은 모릅니다. 뭐니 뭐니 해도 전쟁 중에는 귀를 막고 싶어질 정도로 잔인한 일이 많이 있었고, 수백만 명의 사람들이 귀중한 생명을 잃었습니다. 산속에서 초등학생이 집단으로 의식을 잃은 일 정도로는 사람들은 별로 놀라지 않을 것입니다. 이 고장에서도 그 사건을 기억하고 있는 사람은 많지 않습니다. 또 기억하고 있는 사람도 별로 말하고 싶지 않은 것 같습니다. 작은 마을이고, 당사자로서는 별로 기분 좋은 사건이 아니기 때문에, 가능하면 언급하고 싶지 않은 것이 솔직한 심정일지도 모릅니다.

모든 일이 잊히고 있습니다. 그 큰 전쟁에 관한 일도, 돌이킬 수 없는 생사 문제도, 모든 일이 먼 과거의 일이 되어 갑니다. 나날의 삶이 우리 마음을 지배하고, 많은 중요한 일들은 차갑게 식어 버린 오래된 별처럼 의식 밖으로 사라져 갑니다. 우리에겐 일상적으로 생각해야 할 일들이 너무 많고, 새로 배우지 않으면 안 될 일도 너무 많습니다. 새로운 양식, 새로운 지식, 새로운 기술, 새로운 말들……. 하지만 아무리 많은 시간이 흘러도, 도중에 무슨 일이 일어나든 절대로 망각할 수 없는 것이 있습니다. 주춧돌처럼 자기 안에 남는 것이 있는 법입니다. 결코 마모되지 않는 기억이 있습니다. 저에겐 그 숲에서 일어난 사건이 바로 그렇습니다.

이제는 너무 때가 늦었는지도 모릅니다. 이제 와서 새삼스럽게 무슨 소리를 하느냐고 하실지도 모르겠습니다. 하지만 저는 그 사건에 대해, 살아 있는 동안에 꼭 선생님께 말씀드려야 할 일이 있습니다.

당시는 전쟁 중이기도 하고 사상적인 규제도 심해서, 쉽사리 입에 담을 수 없는 일이 있었습니다. 특히 선생님을 뵈었을 때는 군 관계자도 동석해 있었고, 기탄없이 말씀드릴 수 있는 분위기가 아니었습니다. 또 당시에는 선생님이나 선생님이 하고 계시는 일에 대해 잘 몰랐고, 젊은 여성인 제가 낯선 남자분 앞에서 적나라하게 개인적인 일까지 말씀드리고 싶지 않은 심정이었던 것이 사실입니다. 그래서 제 가슴에 묻어 버린 일이 몇 가지 있습니다. 바꿔 말하면, 저는 제 편의를 위해 공적인 자리에서 사건 경위를 일부 의도적으로 바꾸어 증언했던 것입니다. 종전 후, 미군 관계자가 조사할 때도 저는 같은 증언을 반복했습니다. 겁이 나기도 했고 체면 때문에 똑같은 거짓말을 되풀이했습니다. 그것이 그 이상한 사건을 규명하는 일을 더 곤란하게 만들고, 많든 적든 결론을 왜곡해 버렸는지도 모릅니다. 아니요, 틀림없이 그렇게 만들었을 것입니다. 그렇게 한 것에 대해서는 참으로 송구스럽게 생각하고 있으며, 오랫동안 제 마음에 응어리가 돼 남아 있습니다.

그런 까닭에, 선생님께 이렇게 긴 편지를 올리게 된 것입니다. 바쁘신 분께 이런 글을 드려서 혹시 폐가 되지는 않을지 모르겠습니다. 만일 폐가 된다면, 초로에 들어선 여자의 단순한 넋두리라고 생각하시고 그냥 버려 주십시오. 다만 저는 그때 있었던 진실을, 아직 말할 수 있는 동안에 정직하게 고백하고 기록으로 남겨, 신뢰할 수 있는 분에게 드리고 싶었을 뿐입니다. 저는 병을 얻었다가 일단 회복은 했습니다만, 언제 또 재발할지 모르는 몸입니다. 그 점을 참작해 주시면 감사하겠습니다.

아이들을 인솔하고 산에 올라가기 전날 밤의 일이었습니다. 저는 남편의 꿈을 꾸었습니다. 새벽녘의 일입니다. 입대해서 전쟁터에 나가 있는 남편이 꿈속에 나타났습니다. 그것은 매우 구체적인, 성적인 꿈이었습니다. 이따금 꿈인지 현실인지 경계를 알 수 없을 만큼 생생한 꿈을 꾸는 일이 있습니다만, 바로 그런 꿈이었습니다.

저희는 도마같이 평평한 바위 위에서 몇 번이나 섹스를 했습니다. 그것은 산꼭대기 부근에 있는 바위로, 연한 회색빛이었습니다. 넓이는 다다미 두 장 정도였습니다. 표면은 매끈매끈하고 축축했습니다. 하늘은 잔뜩 흐려서 당장이라도 비가 쏟아질 것 같았습니다. 바람은 없었습니다. 황혼이 가까운 듯 새들은 서둘러 보금자리로 돌아가고 있었습니다. 그런 하늘 아래서, 우리는 아무 말 없이 섹스를 했습니다. 결혼한 지 얼마 되지 않았을 때, 우리는 전쟁 때문에 생이별을 하게 됐습니다. 제 몸은 격렬하게 남편을 원하고 있었습니다.

저는 말로는 표현할 수 없을 정도의 육체적 쾌감을 느꼈습니다. 여러 자세로, 그리고 여러 각도의 체위로 우리는 섹스를 했고, 그사이에 몇 번씩이나 절정에 다다랐습니다. 생각하면 참 이상한 일이었습니다. 그도 그럴 것이, 저희는 둘 다 내성적인 성격이어서 그처럼 탐욕스럽게 다양하게 체위를 바꾸면서 섹스를 한 적도 없었고, 그처럼 강렬하게 오르가슴을 느낀 적도 없었기 때문입니다. 어쨌든 꿈속에서 우리는 평소의 자제심을 전부 벗어던지고 마치 짐승처럼 섹스를 했습니다.

잠이 깼을 때 주위는 희끄무레했고, 저는 매우 기묘한 기분이 들었습니다. 온몸이 나른하고 무거웠으며 몸 안쪽에는 아직도 남편의 성기가 느껴졌습니다. 가슴이 두근거리면서 숨이 가빴습니다. 제 성기도 성행위를 하고 난 뒤처럼 흥건히 젖어 있었습니다. 꿈이 아니라 진짜 성교였던 것처럼 생생하고 절실한 느낌이었습니다. 부끄러운 이야기입니다만, 저는 그대로 자위행위를 했습니다. 그때 제가 느꼈던 성욕이 너무나 강렬해서 그것을 어떻게든 가라앉히기 위해서였습니다.

그러고 나서 저는 자전거를 타고 학교에 출근해, 아이들을 인솔하고 '밥공기 산'으로 향했습니다. 산길을 걷고 있는 동안에도 계속 저는 성교의 여운을 맛보고 있었습니다. 눈을 감으면 자궁 안쪽에서 남편이 사정하던 감촉을 느낄 수 있었습니다. 자궁벽에, 남편이 내뿜은 정액이 부딪치는 것이 느껴졌습니다. 저는 그것을 느끼면서 남편 등에 필사적으로 매달렸습니다. 더 이상 크게 벌릴 수 없을 만큼 다리를 활짝 벌리고, 발목을 남편의 허벅지에 휘감았습니다. 아이들을 데리고 산을 올라가면서, 저는 일종의 넋이 나간 상태에 있었던 것 같습니다. 그때까지도 생생한 꿈속에 있었다고나 할까요.

산을 올라가 목적지인 숲에 도착하여 모두 막 버섯을 따기 시작하려 했을 때, 느닷없이 월경이 시작됐습니다. 그럴 때가 아니었습니다. 바로 열흘 전쯤에 월경은 끝났고, 원래 저는 주기가 규칙적인 편입니다. 어쩌면 성적인 꿈을 꾼 탓에, 제 내부의 어떤 기능이 자극돼 때 아니게 월경이 다시 시작된 것인지도 모릅니다. 어떤 이유에서든 갑작스러운 일이라서 그런 일에 대한 아무 준비도 돼 있지 않은 상태였습니다. 더군다나 산속이었습니다.

저는 아이들에게 잠시 휴식하라고 지시하고, 숲 안쪽으로 혼자 들어가서 가지고 갔던 몇 장의 수건으로 응급조치를 했습니다. 출혈량이 많아 무척 당황했지만, 학교에 돌아갈 때까지는 이것으로 괜찮겠지, 하고 생각했습니다. 머리가 멍해서 제대로 조리 있게 생각할 수도 없었습니다. 또한 저는 죄악감 같은 것을 느끼고 있었습니다. 적나라한 꿈을 꾼 것에 대해, 자위를 한 것에 대해, 아이들 앞에서 성적인 환상에 빠져 있었던 것에 대해 말입니다. 저는 정확히 말하면, 그런 것에 대해서는 자제하는 성향이 강한 여자입니다.

아이들에게 적당히 버섯을 따게 하고, 야외 실습을 될 수 있는 대로 빨리 끝내고 산을 내려가려고 생각했습니다. 학교에 돌아가면 그다음은 어떻게든 될 테니까요. 저는 앉아서 아이들이 각자 버섯을 따고 있는 모습을 지켜봤습니다. 아이들의 머릿수를 세고, 아무도 제 시야 밖으로 나가지 않게 신경을 쓰면서요.

그러다가 얼마 뒤에 문득 정신을 차리고 보니, 한 사내아이가 무엇인가를 손에 들고 제가 있는 쪽으로 걸어오는 것이 보였습니다. 나카타라는 남학생이었습니다. 그렇습니다. 바로 사건이 있은 후 의식을 회복하지 못하고 오랫동안 입원했던 아이입니다. 그 아이가 손에 들고 있는 것은 피에 젖은 제 수건이었습니다. 저는 순간 숨이 멎는 것 같았습니다. 제 눈을 믿을 수가 없었습니다. 왜냐하면 저는 그것을 꽤 먼 곳에, 아이들이 가지 않을 만큼 먼 곳에, 만일 갔다 해도 눈에 띄지 않을 만한 곳에 버렸기 때문입니다. 그것은 당연한 일입니다. 여성으로서 가장 부끄럽고, 가장 남의 눈에 띄게 하고 싶지 않은 것이었으니까요. 어떻게 그 아이가 그것을 찾게 됐는지, 저는 짐작도 할 수 없었습니다.

제정신이 들었을 때, 저는 그 아이를, 나카타 군을 때리고 있었습니다. 어깨 근처를 붙잡고 몇 번이고 손바닥으로 뺨을 때리고 있었습니다. 뭔가 소리치고 있었는지도 모릅니다. 저는 혼란에 빠져 있었습니다. 분명히 제정신이 아니었습니다. 저는 틀림없이 깊은 수치심을 느끼고 충격에 휩싸였던 것입니다. 그때까지 아이를 때린 적은 한 번도 없었습니다. 그 자리에 있었던 것은 제가 아니었습니다.

정신을 차리고 보니, 아이들이 모두 빤히 저를 쳐다보고 있었습니다. 어떤 아이는 일어서서, 어떤 아이는 앉은 채로 이쪽을 보고 있었습니다. 창백한 얼굴로 서 있는 저와, 얻어맞고 땅바닥에 쓰러져 있는 나카타 군과, 피에 젖은 수건이 아이들 눈앞에 있었습니다. 우리는 한참 동안 그 자리에 얼어붙은 듯이 있었습니다. 아무도 움직이지 않았고 말도 하지 않았습니다. 아이들 얼굴에는 표정이 없었고, 마치 청동으로 만든 가면처럼 보였습니다. 숲속에는 깊은 침묵이 흘렀습니다. 새가 지저귀는 소리만 들릴 뿐이었습니다. 저는 그 광경을 지금도 선명하게 기억하고 있습니다.

얼마나 시간이 흘렀을까요? 그다지 긴 시간은 아니었다고 생각합니다. 하지만 저에겐 영원같이 기억되는 시간이었습니다. 제가 세계의 막다른 곳까지 쫓긴 시간이었습니다. 이윽고 제정신을 찾았습니다. 주위의 풍경이 제 빛깔을 회복하기 시작했습니다. 저는 그 피 묻은 수건을 뒤로 감추고, 땅바닥에 쓰러져 있는 나카타 군을 안아 일으켰습니다. 그리고 힘껏 끌어안고 진심으로 사과했습니다. 선생님이 잘못했어, 용서해 줘, 하고 말했습니다. 아이는 아직 쇼크 상태에 있는 것 같았습니다. 눈은 멍했고, 제 말이 들리지도 않는 것 같았습니다. 저는 아이를 끌어안은 채 다른 아이들에게 버섯을 따라고 말했습니다. 그래서 아이들은 다시 아무 일도 없었던 것처럼 버섯을 따러 돌아갔습니다. 그 순간 그 자리에서 무슨 일이 일어났는지, 아이들은 아마 이해하지 못했을 거라고 생각합니다. 모든 것이 너무나도 비정상적이고 너무나도 엉뚱했습니다.

저는 나카타 군을 꼭 끌어안은 채 한참 동안 그 자리에 서 있었습니다. 그 자리에서 죽어 버리고 싶은 심정이었습니다. 이대로 어딘가로 사라져 버리고도 싶었습니다. 바로 가까운 세상에서는 거대하고 흉포한 전쟁이 진행되고 있었고, 너무나도 많은 사람들이 계속 죽어 가고 있었습니다. 무엇이 옳고 무엇이 그른지 저는 이미 알 수 없었습니다. 제가 보고 있는 광경이 정말 올바른 것인지, 제가 보고 있는 빛깔이 정말 맞는 것인지, 제가 듣고 있는 새들의 소리가 정말로 들리는 것인지 어떤지……. 저는 숲속에서 외톨이가 된 채 혼란스러웠고 자궁에서는 많은 피가 계속 흐르고 있었습니다. 저는 화가 났고, 겁에 질려 있었고, 수치심 속에 비관하고 있었습니다. 저는 울었습니다. 소리 없이 조용조용 울었습니다.

그때 아이들의 집단 혼수상태가 시작됐던 것입니다.

이해해 주실 줄로 믿습니다만, 저는 이렇게 사실 그대로의 이야기를 군 관계자들 앞에서는 할 수 없었습니다. 그 당시는 전쟁 중이었고, '체면'을 앞세워 살아야 하는 시대였습니다. 그래서 월경을 시작한 부분과, 나카타 군이 저의 피 묻은 수건을 들고 와서 제가 그 아이를 때린 부분을 생략하고, 여러분께 말씀드렸던 것입니다. 아까 말씀드렸듯이 저는 그 때문에 선생님들의 조사와 연구에 큰 지장이 있었던 것은 아닐까 하고 걱정하는 것입니다. 지금 이렇게 숨김없이 모든 것을 털어놓을 수 있게 돼서, 안도하고 있습니다.

이상하다면 이상한 일입니다만, 아이들은 아무도 그 일을 기억하지 못했습니다. 즉 피에 젖은 수건이나, 제가 나카타 군을 때린 사실을 아무도 전혀 기억하지 못했습니다. 그 기억은 모든 아이들의 뇌리에서 빠져 있었습니다. 사건이 있은 지 얼마 안 돼, 저는 개인적으로 한 사람 한 사람에게 슬쩍 확인해 봤습니다. 어쩌면 그때부터 이미 집단 혼수는 시작됐는지도 모릅니다.

나카타 군에 대해, 담임교사로서 감상 같은 것을 몇 가지 쓰겠습니다. 나카타 군이 그후 어떻게 됐는지 저는 모릅니다. 도쿄의 군 병원으로 옮겨졌고, 거기에서도 상당히 오랫동안 혼수상태가 계속됐으나 결국 의식을 되찾았다는 이야기를, 종전 후에 면담한 미군 장교에게서 들었습니다. 하지만 그 이상의 자세한 이야기는 해주지 않았습니다. 그 경위에 대해서는 저보다 선생님께서 더 자세히 알고 계시지 않을까 생각합니다.

나카타 군은 아시다시피 저희 반에 도쿄에서 피난 온 학생 다섯 중 하나였는데, 그중에서 가장 성적이 좋고 머리도 좋은 아이였습니다. 얼굴도 잘생기고, 옷차림도 세련됐습니다. 성격은 온순해서 주제넘게 나서거나 하는 일이 전혀 없었습니다. 수업 중에 자진해서 손을 드는 일도 거의 없었습니다. 하지만 지명하면 바른 대답을 했고, 의견을 물으면 조리 있게 생각을 말했습니다. 어떤 과목이든 가르쳐 준 것은 그 자리에서 이해했습니다. 어느 반에나 그런 학생이 한 명쯤은 있습니다. 그런 학생은 내버려둬도 혼자 꾸준히 공부해서 좋은 상급 학교로 진학하고, 사회에 나가면 자신이 서야 할 자리를 찾아갑니다. 선천적으로 우수하게 태어난 아이였습니다.

다만 교사로서, 나카타 군에겐 몇 가지 마음에 걸리는 점이 있었습니다. 그것은 가끔 그 아이의 내면에 체념 같은 것이 보였던 점입니다. 그 아이의 경우, 어떤 어려운 과제를 도전 끝에 풀어냈을 때도 목표를 달성한 기쁨 같은 것이 거의 없었습니다. 노력을 하느라 힘들어한다든가, 시행착오 때문에 겪는 고통도 없었습니다. 한숨이나 웃음 같은 것도 없었습니다. 어쨌든 해야 하는 일이니까 한다는 식입니다. 자신에게 닥쳐 온 일을 솜씨 좋게 처리할 뿐입니다. 공장에서 일하는 사람이 드라이버를 들고 벨트컨베이어에 실려 오는 부품의 정해진 나사를 조이는 것과 마찬가지입니다.

그것은 아마도 가정환경에서 오는 문제가 아니었을까, 하고 저는 추측하고 있습니다. 물론 저는 도쿄에 사는 나카타 군의 부모님을 만나 뵌 일이 없기 때문에 정확한 이야기는 할 수 없습니다. 하지만 저는 교사 생활을 하는 동안에 몇번 그런 사례를 목격했습니다. 능력이 있는 아이들은 능력이 있다는 이유로, 주위 어른들의 뜻에 따라서 달성해야 할 목표가 끊임없이 높이 올라가는 경우가 있습니다. 그렇게 되면 눈앞의 현실적인 과제를 처리하는 것에 급급한 나머지, 어린이로서 당연히 지니고 있어야 할 신선한 감동이나 성취감이 서서히 상실돼 가는 경우가 많습니다. 그런 환경 속에 놓인 아이들은 이윽고 마음을 굳게 닫게 되고, 자연스러운 감정의 발로를 숨기게 됩니다. 그렇게 닫힌 마음을 다시 열려면 오랜 세월과 노력이 필요합니다. 아이들의 마음은 부드러워서 여러 형태로 비뚤어질 수 있습니다. 그리고 일단 비뚤어지고 굳어진 것은 좀처럼 원상태로 돌이키기 어렵습니다. 많은 경우, 두 번 다시 원상태로 돌이키지 못합니다. 물론 이런 것은 선생님이 전문이시니까, 저 같은 사람이 새삼스럽게 말씀드릴 필요는 없을 것입니다.

또 한 가지, 저는 거기에서 폭력의 그림자를 인정하지 않을 수 없었습니다. 나카타 군의 사소한 표정이나 동작에서, 순간적으로 겁먹은 징후를 감지한 경우가 여러 차례 있었습니다. 그것은 장기간에 걸쳐 가해진 폭력에 대한 반사적인 반응 같은 것입니다. 그 폭력이 어느 정도의 것이었는지 저로서는 알 길이 없습니다. 나카타 군은 자제심이 강한 아이였고, 우리 앞에서 교묘하게 그 '겁먹음'을 숨겼습니다. 그렇지만 어떤 일이 일어났을 때 미약한 긴장의 빛까지는 숨기지 못했습니다. 많든 적든 가정 내에 폭력이 있는 것이 틀림없다고 저는 추측했습니다. 아이들을 매일 상대하다 보면, 그런 것은 대개 알 수 있습니다.

시골 마을의 가정에는 폭력이 가득 차 있었습니다. 부모들은 대부분 농사꾼이었습니다. 하나같이 어려운 생활을 하고 있었습니다. 아침부터 밤까지 일하느라 지칠 대로 지쳐 있고, 술을 마시다 화가 나면 말보다 주먹이 먼저 나가는 사람들이었습니다. 이런 것은 비밀도 아닙니다. 아이들도 몇 대쯤 얻어맞는 것은 아무렇지도 않게 여기며, 대개는 마음에 상처가 남지 않습니다. 하지만 나카타 군의 아버지는 대학교수였습니다. 어머니도, 보내 주신 편지를 보면 상당히 교양이 있는 분인 것 같았습니다. 요컨대 도시의 엘리트 가정입니다. 만일 그런 댁에 폭력이 있었다면, 그건 아마도 시골 아이들이 집 안에서 일상적으로 당하는 폭력과는 다른, 좀 더 복잡한 요소를 지닌, 그리고 좀 더 내면화된 폭력이라고 볼 수 있을 것입니다. 아이 혼자 가슴에 담고 있어야만 하는 종류의 폭력입니다.

그렇기 때문에 제가 그때 산속에서 무의식적이었다고는 해도, 그 아이에게 폭력을 휘두른 것은 참으로 유감스러운 일이었고, 깊이 후회하고 있습니다. 그것은 제가 절대로 해서는 안 되는 일이었습니다. 그 아이는 아이들을 집단으로 피난시키라는 당국의 조치에 따라, 강제로 부모와 떨어져 새로운 환경에 처하게 됐으며, 이를 계기로 저에게 조금씩 마음을 열려고 하던 참이었으니까요.

폭력을 휘두름으로써 그때 그 아이의 내부에 있던 평온의 여지 같은 것을, 제가 치명적으로 훼손해 버렸는지도 모릅니다. 할 수만 있다면, 시간을 들여서 어떻게든 그 과오를 보상하고 싶었습니다. 하지만 그 뒤의 상황이 뜻대로 안 돼, 결국 그렇게 하지 못했습니다. 나카타 군은 의식이 회복되지 않은 채 도쿄의 병원으로 옮겨졌고, 그 뒤로는 한 번도 마주친 적이 없습니다. 그것은 저에게 한으로 남아 있습니다. 얻어맞을 때 그 아이의 얼굴을 저는 지금도 똑똑히 기억하고 있습니다. 거기에 나타난 깊은 공포와 체념을 생생하게 눈앞에 떠올릴 수 있습니다.

장황하게 두서없는 글을 썼습니다만, 마지막으로 한 가지만 더 말씀드리겠습니다. 제 남편이 종전 직전에 필리핀에서 전사했을 때, 사실 저는 그다지 충격을 받지 않았습니다. 그때 제가 느낀 것은 그저 깊은 무력감에 지나지 않았습니다. 그것은 절망도 분노도 아니었습니다. 저는 한 방울의 눈물조차 흘리지 않았습니다. 왜냐하면 그렇게 되리라는 것을, 남편이 어딘가의 전쟁터에서 젊은 목숨을 잃게 되리라는 것을, 이미 알고 있었기 때문입니다. 제가 그 전해에 남편과 격렬하게 섹스에 열중하는 꿈을 꾸고, 예기치 않은 월경이 시작되고, 산에 올라가고, 혼란 속에서 나카타 군을 때리고, 아이들이 불가해한 혼수상태에 빠졌을 때부터, 그것은 이미 결정돼 있었던 일이고, 제가 이미 기정사실로 받아들이고 있던 일이었습니다. 남편의 죽음을 알리는 통지서를 받았을 때, 저는 이미 알고 있는 사실을 확인한 것에 지나지 않았습니다. 제 영혼의 일부는 아직도 그 숲속에 머물러 있습니다. 왜냐하면 그 일은 제가 인생을 꾸려 온 모든 영위營爲를 초월한 것이기 때문입니다.

끝으로, 선생님의 연구가 점점 더 발전하기를 기원합니다. 부디 건강하시기 바랍니다.

안녕히 계십시오.

제13장

정오가 좀 지나서 정원을 바라보며 식사를 하고 있으니, 오시마 씨가 옆에 와서 앉는다. 그날 도서관의 열람자는 나밖에 없다. 내가 먹고 있는 것은 언제나와 똑같은, 역 매점에서 산 제일 싼 도시락이다. 우리는 이야기를 조금 나눈다. 오시마 씨가 자기의 점심인 샌드위치 중 절반을 권한다. 오늘은 너를 위해 여분으로 더 만들어 왔다고 그는 말한다.

"이런 말을 하면 네 기분이 상할지 모르지만, 곁에서 보면 늘 배가 덜 찬 것 같은 얼굴을 하고 있어서 말이야."

"위를 작게 만들고 있습니다" 하고 나는 설명한다.

"의도적으로?" 그가 흥미롭다는 듯이 묻는다.

나는 고개를 끄덕인다.

"그건 경제적인 이유 때문인가?"

나는 다시 고개를 끄덕인다.

"그 의도는 이해할 수 있지만, 뭐니 뭐니 해도 한창 먹을 나이니까 먹을 수 있을 때 충분히 먹어 두는 게 좋아. 여러 가지 면에서 충분한 영양이 필요한 시기거든."

그가 권하는 샌드위치는 보기에도 맛있어 보인다. 부드러운 흰 빵에 훈제 연어와 크레송과 양상추가 들어 있다. 빵 껍질은 바삭바삭하다. 머스터드와 버터.

"오시마 씨가 직접 만드는 겁니까?"

"아무도 만들어 줄 사람이 없으니까."

그는 커피포트에 담은 블랙커피를 머그잔에 따라 마시고, 나는 사온 종이팩 우유를 따서 마신다.

"지금 여기서 열심히 읽고 있는 건 뭐야?"

"지금은 나쓰메 소세키 전집을 읽고 있습니다" 하고 나는 말한다. "아직 못 읽은 것이 있어서, 이 기회에 전부 읽어 버리려고요."

"전 작품을 독파하려고 생각할 정도로 소세키가 마음에 드는 모양이네?"

나는 고개를 끄덕인다.

오시마 씨가 손에 든 잔에서 흰 김이 피어오른다. 하늘은 아직 어둡고 흐리지만, 지금 비는 그친 상태다.

"여기 온 뒤로 어떤 걸 읽었어?"

"지금은 『우미인초虞美人草』, 그전에는 「갱부坑夫」를 읽었습니다."

"「갱부」라" 하고 오시마 씨가 희미한 기억을 더듬듯이 말한다. "도쿄의 학생이 우연찮게 광산에서 일하게 되고, 갱부들 사이에 섞여 혹독한 체험을 한 후, 다시 바깥 세계로 돌아온다는 이야기지? 중편소설이고. 아주 오래전에 읽은 적이 있어. 그다지 소세키답지 않은 내용이고 문체도 비교적 거칠어서, 일반적으로 말하면 소세키 작품 중 가장 평판이 안 좋은 것 중 하나인 것 같은데……. 그 책의 어디가 재미있었을까?"

나는 그 소설에 대해 그때까지 막연히 느끼고 있던 것을, 어떻게든 형태가 있는 말로 풀어 보려고 한다. 그러나 그런 작업에는 까마귀라고 불리는 소년의 도움이 필요하다. 그는 어디선지 모르게 나타나서, 날개를 크게 펼치고 몇 개의 단어를 나를 위해 찾아준다. 나는 말한다.

"주인공은 부잣집 아들인데, 연애 사건을 일으켰다가 잘 안 되자 모든 것이 싫어져서 가출을 합니다. 정처 없이 걷고 있을 때, 수상쩍은 사내가 갱부가 되지 않겠냐고 말을 걸자, 그 길로 얼떨결에 따라갑니다. 그리고 아시오 동산銅山에서 일하게 됩니다. 깊은 땅속으로 들어가서, 그전 같으면 상상도 못 할 체험을 합니다. 세상 물정을 모르는 도련님이 사회의 가장 밑바닥 같은 데를 기어 다닌 셈입니다."

나는 우유를 마시면서 그다음 말을 찾는다. 까마귀라고 불리는 소년이 찾아올 때까지는 조금 시간이 걸린다. 그러나 오시마 씨는 인내심을 가지고 기다린다.

"그것은 죽느냐 사느냐 하는 체험입니다. 그는 그곳에서 겨우 빠져나와 본래의 지상 생활로 돌아옵니다. 하지만 주인공이 그런 체험에서 무언가 교훈을 얻었다든가, 그래서 삶의 양식이 달라졌다든가, 인생에 대해 깊이 생각하게 됐다든가, 사회 본연의 상태에 의문을 갖게 됐다든가, 그런 것은 별로 쓰여 있지 않습니다. 그가 인간적으로 성장했다는 방증 같은 것도 그다지 없습니다. 책을 다 읽고 어쩐지 이상한 느낌이 들었습니다. 이 소설은 도대체 무엇을 말하고 싶었던 것일까 하고. 하지만 뭐랄까, 그런 '무엇을 말하고 싶은 건지 알 수 없는' 부분이 이상하게 마음에 남았습니다. 잘 설명할 수는 없습니다만."

"네가 말하고 싶은 것은, 「갱부」라는 소설은 『산시로三四郎』 같은, 이른바 근대 교양소설과는 구성이 많이 다르다는 말인가?"

나는 고개를 끄덕인다. "네, 어려운 이야기는 잘 모르지만, 그런 게 아닌가 합니다. 산시로는 이야기 속에서 성장해 갑니다. 벽에 부딪히고, 그에 대해 진지하게 생각하고, 어떻게든 극복해 가려고 합니다. 그렇죠? 하지만 「갱부」의 주인공은 전혀 다릅니다. 그는 눈앞에 나타나는 것을 그저 멍하니 바라보고, 그대로 받아들일 뿐입니다. 물론 그때그때의 감상 같은 것은 있지만, 별로 진지한 것은 아닙니다. 그보다는 자기가 일으킨 연애 사건에 대해서만 미련을 갖고 뒤돌아보고 있어요. 그리고 적어도 겉보기에는 광산에 들어갔을 때와 거의 같은 상태로 밖으로 나옵니다. 즉 그에겐 스스로 판단했다든가, 선택했다든가, 그런 건 없습니다. 뭐랄까, 무척 수동적입니다. 하지만 제 생각에 인간은 실제로는 그렇게 쉽게 자기 힘으로 세상사를 선택할 수 없는 게 아닐까요."

"그래서 너는 자신을 그 「갱부」의 주인공과 어느 정도 오버랩 하고 있다는 이야기인가?"

나는 고개를 흔든다. "그런 건 아닙니다. 그런 생각은 해보지도 않았어요."

"하지만 인간은 무엇인가에 스스로를 밀착해 살아가는 존재지" 하고 오시마 씨가 말한다. "그렇게 하지 않을 수가 없어. 너도 부지불식간에 그렇게 하고 있을 거야. 괴테가 말하듯, 세계의 만물은 메타포거든."

나는 그런가, 하고 곰곰이 생각해 본다.

오시마 씨는 커피를 한 모금 마시고 이렇게 말한다. "어쨌든 소세키의 「갱부」에 대한 네 의견은 재미있었어. 특히 실제로 가출한 소년의 의견으로 듣는 만큼 한층 더 설득력이 있고. 다시 한번 읽어 보고 싶어지는걸."

나는 오시마 씨가 만든 샌드위치를 다 먹는다. 다 마신 우유 종이팩을 찌그러뜨려 쓰레기통에 버린다.

"오시마 씨, 좀 난처한 일이 생겼는데, 오시마 씨밖에는 의논할 사람이 없습니다." 나는 큰맘 먹고 그렇게 말을 꺼내 본다.

말해 보라는 듯이 그는 양손을 펼친다.

"자세히 말하면 길어지겠지만, 간단히 말해 저는 오늘 밤 잘 곳이 없습니다. 침낭은 있어요. 그러니까 이불이나 침대까지는 필요 없습니다. 지붕만 있으면 됩니다. 어디라도 상관없습니다. 이 부근에 어디 지붕이 있는 곳을 모르십니까?"

"보아하니 호텔이나 여관은 너의 선택 대상이 아닌 모양이지?"

나는 고개를 흔든다. "경제적인 이유도 있습니다. 그리고 될 수 있으면 사람들의 눈에 띄고 싶지 않다는 이유도."

"특히 소년과 경찰 같은 사람에겐 말이지?"

"아마도."

오시마 씨는 한동안 생각한다. "그렇다면 여기서 자면 되겠네" 하고 그가 말한다.

"이 도서관에서요?"

"그래. 지붕도 있고 비어 있는 방도 있어. 밤에는 아무도 사용하지 않아."

"하지만 그렇게 해도 괜찮겠습니까?"

"물론 어느 정도 조율은 필요하겠지. 그렇지만 가능해. 아니, 불가능하지는 않아. 내가 어떻게 해줄 수 있을 것 같아."

"어떤 식으로요?"

"너는 좋은 책을 읽고, 자기 머리로 생각할 수 있어. 신체도 건강하고 자립심도 있어. 생활은 규칙적이고, 의도적으로 위를 작게 만들 수도 있고 말이야. 네가 내 조수가 돼서 이 도서관의 빈방에서 지낼 수 있도록 사에키 씨와 의논해 볼게."

"제가 오시마 씨의 조수가 된다고요?"

"조수라고 해도 어려운 일은 없어. 도서관을 열고 닫는 일을 도와주는 것 정도면 돼. 본격적인 청소는 전문 업자가 정기적으로 하고 있고, 컴퓨터 입력은 전문가에게 맡겨 뒀어. 달리 할 일은 별로 없어. 나머지 시간은 네 마음대로 책을 읽으면 돼. 별로 나쁘지 않지?"

"물론 나쁘지는 않지만" 하고 나는 말한다. 도대체 뭐라고 해야 좋을지 알 수가 없다. "하지만 사에키 씨가 그런 일을 허락해 주시리라고는 도저히 생각할 수 없네요. 저는 어쨌든 열다섯 살의, 신원도 알 수 없는 가출 소년인데."

"사에키 씨는, 뭐랄까……" 오시마 씨는 말을 하려다 말고 보기 드물게 말을 더듬거리면서 적당한 말을 찾는다. "평범하지 않거든."

"평범하지 않다?"

"그러니까, 간단히 말해서, 세상의 일반적인 기준으로 생각하지 않는다는 거야."

나는 고개를 끄덕인다. 그러나 세상의 일반적인 기준으로 생각하지 않는다는 것이 구체적으로 어떤 것을 의미하는지 도통 감이 잡히지 않는다.

"특수한 사람이라는 뜻입니까?"

오시마 씨는 고개를 흔든다. "아냐, 그런 것이 아니야. 특수한 걸로 말하자면 내가 더 특수한 인간이지. 그녀는 그저 상식적인 고정관념에 구애되거나 하지 않는단 이야기야."

나는 평범하지 않은 것과 특수한 것의 차이가 무엇인지 아직 알 수가 없다. 그러나 그 이상의 질문은 하지 않는 것이 좋겠다는 느낌이 든다. 적어도 지금 시점에서는.

오시마 씨는 잠시 사이를 두었다가 말한다. "그런데 말이야, 오늘 밤부터 갑자기 여기서 숙식을 하는 것은 아무래도 무리일지도 몰라. 그러니까 너를 일단 다른 장소로 데리고 가야겠어. 이야기가 정리될 때까지, 아마 이삼 일쯤 거기 머물러 있으면 될 거야. 그래도 괜찮겠어? 여기서 조금 떨어진 곳이지만."

괜찮다고 나는 말한다.

"다섯 시에 도서관 문을 닫아" 하고 오시마 씨가 말한다. "뒷정리를 하고 다섯 시 반에는 나갈 수 있을 거야. 너를 내 차에 태워서 거기까지 데리고 갈게. 거기에는 지금 아무도 없고, 지붕도 달려 있지."

"고맙습니다."

"인사는 거기 도착하고 나서 하는 게 좋을 거야. 네가 예상하는 것과는 상당히 차이가 있을지도 모르니까 말이야."

열람실로 돌아와서 소설 『우미인초』를 계속 읽는다. 나는 원래 빨리 읽는 독서가가 아니다. 시간을 들여 한 줄 한 줄 꼼꼼히 읽어 가는 타입이다. 문장을 즐긴다. 문장을 즐길 수 없으면 도중에 읽는 걸 그만둔다. 다섯 시 조금 전에, 그 소설을 끝까지 읽고 서가에 돌려놓은 다음 소파에 앉아서 눈을 감고, 어젯밤의 일을 어렴풋이 생각한다. 사쿠라에 관해 생각한다. 그녀의 방에 관한 상상을 한다. 그녀가 나에게 해준 행동을 생각한다. 여러 가지 것이 변하고, 앞으로 전진해 간다.

다섯 시 반에 나는 고무라 도서관 현관에서 오시마 씨가 나오기를 기다린다. 그는 나를 데리고 뒤편에 있는 주차장으로 돌아가서 녹색 스포츠카의 조수석에 태운다. 마쓰다의 로드스터다. 덮개는 덮여 있지 않다. 그 스마트한 오픈카의 트렁크는 너무 작아서, 내 배낭이 들어가지 않아 뒤쪽의 랙에 로프로 단단히 맨다.

"드라이브가 길어질 것 같으니까 도중에 어디 들러서 식사를 하고 가자" 하고 오시마 씨가 시동을 건다.

"어디까지 가는데요?"

"고치" 하고 그가 말한다. "가본 적 있어?"

나는 고개를 젓는다. "얼마나 먼가요?"

"글쎄, 목적지까지 두 시간 반 정도 걸릴걸. 산을 넘어 남쪽으로 내려가."

"그렇게 멀리 가도 괜찮습니까?"

"상관없어. 도로는 쭉 뚫려 있고, 해는 아직 저물지 않았고, 탱크에는 기름이 가득 차 있어."

우리는 황혼이 가까워진 시내를 빠져나와 서쪽으로 향하는 고속도로에 들어선다. 그는 능숙하게 차선을 바꿔 가며 자동차들 사이를 빠져나간다. 왼손 손바닥을 사용해서 기어를 자주 바꾼다. 유연하게 속도를 올렸다 내렸다 한다. 그때마다 엔진의 회전음이 미묘하게 변화한다. 기어를 바꾸고 액셀을 끝까지 힘껏 밟으면, 속도가 눈 깜짝할 사이에 시속 140킬로미터를 넘어선다.

"특별히 튜닝했지. 가속이 쉽거든. 보통 로드스터와는 달라. 넌 자동차에 대한 지식이 좀 있니?"

나는 고개를 젓는다. 나는 자동차에 대해서는 아무것도 모른다.

"오시마 씨는 운전을 좋아합니까?"

"의사로부터 위험한 운동은 하지 말라는 주의를 받았어. 그래서 대신 자동차를 운전해. 보상 행동 같은 거지."

"몸이 어딘가 안 좋은가요?"

"병명을 말하면 길어져. 간단히 말하면 일종의 혈우병이야" 하고 오시마 씨는 태연하게 말한다. "혈우병에 대해서는 알고 있어?"

"대충은요" 하고 나는 말한다. 생물 시간에 배웠다. "한번 출혈이 시작되면 멈추지 않는다. 그건 혈액을 응고시키는 유전자 이상 때문이다."

"맞아. 혈우병에도 여러 종류가 있는데, 내 경우엔 비교적 희귀한 타입이야. 그렇게 중증은 아니지만, 그래도 가능한 한 다치지 않게 주의해야 해. 한번 출혈이 시작되면, 우선 병원부터 가야만 하니까. 더군다나 너도 잘 알고 있는 것처럼, 병원에 비축된 혈액에는 이런저런 문제가 있는 것이 많지. 에이즈에 걸려 서서히 죽어 가는 것은 내 인생의 선택 사항 안에는 없어. 그래서 난 이 도시에 혈액에 관한 특별한 연락망을 준비해 뒀어. 그런 이유 때문에 여행도 못 가. 정기적으로 히로시마 대학병원에 가는 걸 제외하면, 이 도시를 떠나는 일은 거의 없어. 원래 여행이나 운동은 그다지 좋아하지 않으니까 별로 속상하지는 않아. 그렇지만 요리를 못 하는 것은 조금 곤란하지. 부엌칼을 잡고 본격적으로 요리를 못 하는 건 슬픈 일이야."

"운전도 위험한 운동 아닌가요?"

"위험의 종류가 다르지. 난 운전할 때는 될 수 있는 대로 스피드를 내려고 해. 스피드를 내다 교통사고를 일으키면, 손가락 끝이 조금 베이는 정도로는 끝나지 않잖아. 피를 많이 흘리면 혈우병 환자나 건강한 사람이나 생존 조건에는 그다지 차이가 없어. 공평한 거지. 응고가 어떻다느니 하는 골치 아픈 일은 생각 않고 느긋하게 마음 편히 죽을 수 있어."

"아, 그렇군요."

오시마 씨는 웃는다. "그렇지만 걱정할 것 없어. 그렇게 쉽게 사고를 일으키진 않을 테니까. 이래 봬도 난 굉장히 주의 깊고 무리를 하지 않는 성격이야. 자동차 컨디션도 최상으로 유지하고 있고, 게다가 죽을 때는 혼자 조용히 죽을 생각이야."

"누군가를 끌어들여 같이 죽는 것은 오시마 씨 인생의 선택 사항 안에는 없다."

"그렇지."

우리는 휴게소의 레스토랑에 들러 저녁 식사를 한다. 나는 치킨과 샐러드를 먹고, 그는 해산물 카레와 샐러드를 먹는다. 공복을 채우기 위한 식사다. 그가 계산한다. 그리고 다시 자동차를 탄다. 주위는 완전히 어두워져 있다. 액셀을 밟자 엔진의 회전계 바늘이 기세 좋게 올라간다.

"음악 틀어도 괜찮을까?" 하고 오시마 씨가 묻는다.

괜찮다고 나는 말한다.

그는 시디플레이어의 플레이 버튼을 누른다.

클래식 피아노곡이 시작된다. 나는 잠시 그 음악에 귀를 기울이며 대충 짐작한다. 베토벤도 아니고, 슈만도 아니다. 시대적으로 말해 그 중간쯤이다.

"슈베르트?"

"맞아" 하고 그가 말한다. 그러고는 두 손을 핸들의, 시계 방향으로 말하면 열 시 십 분 위치에 놓고 내 얼굴을 힐끔 본다. "슈베르트 좋아하니?"

특별히 좋아하는 것은 아니라고 나는 말한다.

그는 고개를 끄덕인다. "난 운전할 때는 슈베르트의 피아노 소나타를 크게 틀어 놓곤 해. 왜 그러는지 알겠어?"

"모르겠습니다."

"프란츠 슈베르트의 피아노 소나타를 완벽하게 연주하는 것은 세상에서 가장 어려운 일 중 하나이기 때문이야. 특히 이 D 장조 소나타가 그래. 아주 각별할 정도로 어려운 곡이거든. 이 작품의 한두 악장만 독립적으로 연주하라면, 어느 정도 완벽하게 연주할 수 있는 피아니스트는 있어. 하지만 네 개의 악장을 연이어, 통일성을 염두에 두고 들어 보면, 내가 아는 한 만족할 만한 연주는 단 하나도 없어. 지금까지 여러 명피아니스트가 이 곡에 도전했지만, 그 모든 연주가 눈에 띄는 결함을 가지고 있어. 바로 이 연주만큼은 결함이 없다고 할 만한 연주는 아직 없는 거지. 왜 그런지 알아?"

"모르겠습니다."

"곡 자체가 불완전하기 때문이야. 로베르트 슈만은 슈베르트 피아노곡의 뛰어난 이해자였지만, 그런데도 이 곡을 '천국적으로 장황'하다고 평했지."

"곡 자체가 불완전한데 어째서 수많은 명피아니스트들이 이 곡에 도전하는 걸까요?"

"좋은 질문이야" 하고 오시마 씨가 말한다. 그러고는 잠시 틈을 둔다. 음악이 침묵을 채운다. "나도 자세한 설명은 불가능해. 하지만 하나만은 말할 수 있어. 요컨대 어떤 종류의 불완전함을 지닌 작품은 불완전하다는 그 이유 때문에, 인간의 마음을 강하게 끌어당긴다—적어도 어떤 종류의 인간의 마음을 강렬하게 끌어당긴다는 거야. 예를 들어, 너는 소세키의 「갱부」에 마음이 끌린다고 했지. 『마음』이나 『산시로』 같은 완성된 작품에는 없는 흡인력이 미완성의 작품에는 있기 때문이야. 너는 그 작품을 발견한 거야. 바꿔 말하면, 그 작품이 너를 발견한 셈이지. 슈베르트의 D장조 소나타도 그것과 마찬가지야. 이 음악에는 이 작품이 아니고서는 바랄 수 없는 마음의 실을 끌어당기는 힘이 있단 말이지."

"그래서," 하고 나는 말한다. "처음 질문으로 되돌아갑니다만, 어째서 오시마 씨는 슈베르트의 소나타를 듣는 겁니까? 특히 운전하고 있을 때?"

"슈베르트의 소나타는, 특히 D장조 소나타는 곡 그대로 매끈하게 연주해서는 예술이 되지 않아. 슈만이 지적한 것처럼, 소박하고 서정적인 목가와 같이 너무도 길고 기술적으로도 지나치게 단순하거든. 그런 것을 악보 그대로 연주하면 아무 맛도 없는 흔해 빠진 골동품이 돼버려. 그래서 피아니스트들은 각자 자기 나름대로 기교를 구사해. 장치를 마련하는 거야. 예를 들면, 아티큘레이션각 음들을 끊거나 잇거나 하여 특징적으로 연주하는 기법을 강조하거나, 루바토박자에 얽매이지 않는 자유로운 연주법로 하거나, 빨리 치거나, 강약을 궁리하지. 그렇게 하지 않으면 리듬감을 살려 나갈 수가 없거든. 하지만 아주 주의해서 하지 않으면, 그런 장치는 흔히 작품의 품격을 무너뜨리게 되고, 슈베르트의 음악과는 거리가 먼 것이 돼버려. 이 D장조 소나타를 치는 모든 피아니스트는 예외 없이 그런 이율배반 속에서 몸부림을 치고 있다고 할 수 있지."

그는 음악에 귀를 기울인다. 멜로디를 흥얼거린다. 그리고 이야기를 계속한다.

"내가 운전하면서 자주 슈베르트를 듣는 건 그 때문이야. 아까도 말한 것처럼 대부분의 경우, 어떤 의미에서든 불완전한 연주이기 때문이지. 질이 높은 치밀한 불완전함은 인간의 의식을 자극하고 주의력을 일깨워 주거든. 이 이상은 존재하지 않는다고 말할 수 있을 법한 완벽한 음악과 완벽한 연주를 들으면서 운전을 하다간, 눈을 감고 그대로 죽어 버리고 싶어질지도 몰라. 하지만 난 D장조 소나타에 귀를 기울이며, 인간이 영위하는 한계를 듣게 되지. 어떤 종류의 완전함이란 불완전함의 한없는 축적이 아니고서는 실현할 수 없다는 걸 알게 되는 거야. 그게 나를 격려해 주는 거야. 내가 뭘 말하는지 알겠어?"

"대충은요."

"미안해" 하고 오시마 씨가 말한다. "이런 이야기가 나오면 나도 모르게 열중해 버린다니까."

"하지만 불완전함에도 여러 종류와 정도가 있지 않을까요?"

"물론이지."

"비교를 하자면, 지금까지 들은 D장조 소나타 가운데 오시마 씨가 가장 뛰어난 연주라고 생각하는 것은 누구의 연주입니까?"

"어려운 질문이네."

그는 한동안 그에 대해 생각한다. 기어를 바꿔서 추월차선으로 들어가 운송회사의 대형 냉동트럭을 민첩하게 추월하고, 다시 기어를 바꿔 주행차선으로 돌아간다.

"겁줄 생각은 아니지만, 녹색 로드스터는 밤중에 고속도로를 달릴 때 가장 눈에 띄지 않는 차종 중 하나야. 차체가 낮고, 색깔이 어둠에 뒤섞여 버리니까 말이야. 특히 트레일러의 운전석에서는 잘 보이지 않아서 정신을 바짝 차리지 않으면 굉장히 위험해. 터널에서는 진짜 스포츠카라면 차체를 빨간색으로 해야 해. 그래야 눈에 잘 띄니까. 페라리에 빨간색이 많은 것도 그 때문이지" 하고 그가 말한다. "그렇지만 난 녹색이 좋거든. 설사 위험하더라도 녹색이 좋아. 녹색은 숲의 색깔이지. 빨강은 피의 색깔이고."

그는 손목시계를 본다. 그리고 다시 음악에 맞춰 멜로디를 흥얼거린다.

"일반적으로 말하면, 연주로서 가장 단정한 건 아마 브렌델과 아슈케나지일 거야. 하지만 난 솔직히 그들의 연주는 개인적으로 그다지 좋아하지 않아. 아니, 별로 마음이 끌리지 않는다고 할까. 내 생각에 슈베르트의 음악은, 사물의 본연의 상태에 도전해서 깨지기 위한 음악이라고 할 수 있어. 그것이 로맨티시즘의 본질이고, 슈베르트의 음악은 그런 의미에서 로맨티시즘의 정수지."

나는 슈베르트의 소나타에 귀를 기울인다.

"어때, 지루한 곡이지?"

"네, 확실히" 하고 나는 솔직하게 말한다.

"슈베르트는 훈련을 통해 이해할 수 있는 음악이야. 나 역시 처음에 들었을 때는 지루했어. 네 나이라면 그건 당연한 일이야. 하지만 이제 곧 알게 될 거야. 인간은 이 세상에서 따분하고 지루하지 않은 것에는 금세 싫증을 느끼게 되고, 싫증을 느끼지 않는 것은 대개 지루한 것이라는 걸. 그런 거야. 내 인생에는 지루해할 여유는 있어도 싫증을 느낄 여유는 없어. 대부분의 사람들은 그 두 가지를 구별하지 못하는 게 보통이지만."

"오시마 씨가 아까 자신을 '특수한 인간'이라고 했을 때, 그건 혈우병을 말한 건가요?"

"그것도 있지." 그는 나를 보며 미소 짓는다. 어딘지 악마적인 것을 내포한 미소 같다. "그렇지만 그것만은 아니야. 그 밖에도 또 있어."

슈베르트의 천국 같은 긴 소나타가 끝나자, 우리는 더는 음악을 듣지 않는다. 자연히 말수가 적어지고, 침묵이 자아내는 두서없는 생각 속에 각자 몸을 내맡긴다. 차례차례로 나타나는 도로 표지판을 나는 멍하니 바라본다. 두 고속도로 연결 지점에서 남쪽으로 꺾자 도로가 산속으로 들어가고 잇달아 긴 터널이 나타난다. 오시마 씨는 추월하는 데 신경을 집중한다. 저속으로 달리는 대형차가 많아서 우리는 꽤 많은 차를 추월한다. 대형차를 추월하면 쌔앵 하는 공기의 신음 소리가 들린다. 마치 무언가의 혼을 빼낼 때와 같은 소리다. 나는 가끔 뒤를 돌아보고 배낭이 랙에 붙어 있는 것을 확인한다.

"우리가 지금 가고 있는 곳은 깊은 산속이라서 쾌적한 주거지라고는 도저히 말할 수 없어. 네가 거기 있는 동안에는 아마 아무도 만나지 못할 거야. 라디오도 텔레비전도 전화도 없어" 하고 오시마 씨가 말한다. "그런 데라도 괜찮겠어?"

괜찮다고 나는 말한다.

"넌 고독에는 익숙할 테니까."

나는 고개를 끄덕인다.

"하지만 고독에도 여러 종류가 있지. 거기에 있는 것은 네가 예상하지 못한 종류의 고독일지도 몰라."

"어떤 종류요?"

오시마 씨는 안경다리를 손끝으로 누른다. "뭐라고 말로는 할 수 없어. 그건 네가 하기에 따라 변할 테니까 말이야."

고속도로를 빠져나와 일반 국도로 들어간다. 고속도로 출구에서 조금 지난 곳에, 거리에 면한 조그만 마을이 있고 편의점이 있다. 오시마 씨는 차를 세우고, 혼자서는 들 수 없을 만큼 많은 식료품을 구입한다. 채소와 과일, 크래커, 우유와 생수, 통조림, 빵, 레토르트 식품 등 거의 조리할 필요가 없는 간단한 식료품뿐이다. 그가 또 돈을 지불한다. 내가 돈을 내려고 하니까 잠자코 고개를 젓는다.

우리는 다시 차에 올라 전진한다. 나는 조수석에서 트렁크에 다 못 넣은 식료품 봉지를 끌어안고 있다. 마을을 통과하자 도로는 완전히 암흑으로 바뀐다. 인가가 사라지고 달리는 차도 적어지고, 도로 폭도 반대편 차와 스쳐 지나기 어려울 정도로 좁아진다. 그러나 오시마 씨는 상향등을 켜고 속도를 거의 떨어뜨리지 않은 채 길을 서두른다. 브레이크와 액셀을 교대로 밟는 횟수가 잦아지고, 기어가 2단과 3단 사이를 왔다 갔다 한다. 오시마 씨의 얼굴에서 표정이 사라진다. 그는 운전에 의식을 집중하고 있다. 입술을 꽉 다문 채 눈은 전방의 어둠 속 한 점을 응시하고 있다. 오른손은 핸들 위에, 왼손은 짧은 변속기 손잡이 위에 있다.

이윽고 도로 왼쪽에 깎아지른 듯한 벼랑이 나타난다. 아래쪽에는 계곡물이 흐르고 있는 것 같다. 커브가 점점 더 심해지고, 노면은 불안정해진다. 자동차 뒤축이 요란한 소리를 내면서 미끄러진다. 그러나 나는 위험에 대한 생각은 전혀 하지 않는다. 여기서 교통사고를 일으키는 것은 아마도 오시마 씨 인생의 선택 사항에는 없을 것이다.

손목시계의 숫자는 아홉 시 가까이를 가리키고 있다. 창을 조금 열자 싸늘한 공기가 들어온다. 주위의 소리 울림도 다르게 들린다. 우리는 산속에 있고, 더욱 깊은 곳으로 향하고 있다. 도로는 가까스로 벼랑에서 조금 떨어져(그것이 나를 약간 안심시킨다), 숲속으로 들어간다. 높은 나무들이 우리 주위에 마술처럼 솟아 있다. 자동차의 라이트가 굵은 나무줄기를 하나하나 핥듯이 비춰 나간다. 도로 포장은 오래전에 사라져서 타이어가 자갈을 튕기고, 그것이 차체에 다시 튕겨 메마른 소리를 낸다. 서스펜션이 거친 지면에 맞춰 바쁘게 춤춘다. 별도 달도 없다. 이따금 가느다란 비가 앞 유리를 때린다.

"여긴 자주 옵니까?"

"예전엔 자주 왔었어. 지금은 직장도 있고 해서 그렇게 자주는 못 와. 우리 형은 서퍼인데 고치 해안에 살고 있어. 그곳에서 서핑숍을 운영하면서 서핑보드를 만들지. 이따금 형이 이곳에 자러 올 때도 있어. 넌 서핑 할 줄 아니?"

해본 적이 없다고 나는 말한다.

"만일 기회가 있으면, 형한테 가르쳐 달라고 하면 될 거야. 솜씨가 좋은 서퍼거든" 하고 오시마 씨가 말한다. "만나 보면 알겠지만, 나하고는 영 딴판이야. 덩치가 크고, 말이 없고 무뚝뚝하고, 햇볕에 새카맣게 그을려 있고, 맥주를 좋아하고, 슈베르트와 바그너도 구별 못 해. 그렇지만 우리는 무척 사이가 좋지."

좀 더 산길을 전진해 몇 개의 깊은 숲을 지나 겨우 목적지에 도착한다. 오시마 씨는 차를 세우고 엔진을 켜둔 채 밖으로 나가더니, 쇠사슬을 감은 금속 문 같은 것의 자물쇠를 따고 밀어서 연다. 그러고 나서 그 안으로 차를 몰아, 또다시 한참 동안 구불구불한 길을 달려간다. 이윽고 눈앞에 조금 트인 장소가 나타나고 도로는 그곳에서 끝난다. 오시마 씨는 차를 세운 뒤, 운전석에서 한 번 크게 한숨을 쉬고 나서 양손으로 앞 머리카락을 뒤로 넘긴다. 그러고는 키를 돌려서 엔진을 끈다. 파킹 브레이크를 잡아당긴다.

엔진이 멈추자 중량감 있는 정적이 찾아온다. 냉각 팬이 돌아가고, 혹사당해 가열된 엔진이 바깥 공기에 노출돼 씩씩 소리를 낸다. 보닛에서 흰 김이 희미하게 피어오르는 것이 보인다. 바로 옆에 개울이 흐르고 있는지, 물소리가 조그맣게 귀에 와 닿는다. 바람이 이따금 머리 위 높은 곳에서 상징적인 소리를 낸다. 나는 문을 열고 밖으로 나간다. 공기의 여기저기에 간간이 냉기가 섞여 있다. 티셔츠 위에 입고 있는 요트 파카의 지퍼를 목까지 올린다.

눈앞에 작은 건물이 있다. 산장 같지만 너무 어두워서 세세한 부분까지는 보이지 않는다. 시커먼 윤곽이 숲을 배경으로 떠올라 있을 뿐이다. 오시마 씨는 자동차 라이트를 켜둔 채 소형 손전등을 들고 천천히 걸어가서 현관 계단을 몇 단 올라 열쇠로 잠긴 문을 연다. 안으로 들어가 성냥을 켜고 램프에 불을 붙인다. 문 앞의 지붕 아래에 서서 그 램프를 들고 나에게 말한다. "우리 집에 오신 것을 환영합니다." 그의 모습은 옛날이야기에 나오는 삽화의 일부처럼 보인다.

나는 지붕이 있는 현관의 계단을 올라 안으로 들어간다. 오시마 씨는 천장에서 늘어진 커다란 램프에 불을 붙인다.

건물 안에는 커다란 방이 상자처럼 한 개 있을 뿐이다. 구석에 작은 침대가 놓여 있다. 식탁 대용으로 쓰기도 하는 책상이 있고, 나무 의자가 두 개 있다. 낡은 소파가 있다. 카펫은 숙명적으로 볕에 바랬다. 몇몇 가정에서 쓸모없어진 가구를 닥치는 대로 주워 모아 온 것처럼 보인다. 벽돌을 몇 개 놓아 다리를 만들고 그 위에 두툼한 판자를 얹어서 만든 책꽂이 선반이 있고, 거기에 많은 책이 꽂혀 있다. 책등은 한결같이 낡았고 공들여 읽은 티가 난다. 옷을 넣기 위한 고풍스러운 옷장이 있다. 그리고 간소한 부엌이 있다. 식탁이 있고, 작은 가스레인지 한 개, 그리고 싱크대가 있다. 그러나 수도는 없다. 대신 알루미늄 물통이 놓여 있다. 냄비와 주전자가 선반에 얹혀 있다. 프라이팬이 벽에 걸려 있다. 방 한가운데 까만 철제 장작 난로가 있다.

"형이 거의 혼자서 이 작은 통나무집을 만들었어. 원래 있던 나무꾼의 오두막을 대폭 개조했지. 손재주가 꽤 좋은 사람이야. 아직 어렸지만 나도 다치지 않을 만큼은 도왔어. 자랑은 아니지만 이곳은 굉장히 원시적인 곳이야. 아까도 말한 것처럼 전기도 없고 수도도 없고 화장실조차 없어. 문명의 이기라고는 겨우 프로판가스뿐이지."

오시마 씨는 주전자를 꺼내 생수로 안을 간단히 씻고 나서 물을 끓인다.

"이 산은 원래 우리 할아버지 소유였어. 할아버지는 고치의 자산가로 많은 토지와 재산을 갖고 계셨지. 십 년 전쯤에 돌아가셔서 형과 내가 유산으로 이 산림을 받은 거야. 거의 산 전체를. 다른 친척은 아무도 이런 곳을 갖고 싶어 하지 않았어. 후미진 곳이고 자산 가치가 거의 없으니까. 산림을 이용하려면 사람 손이 필요한데, 그러려면 엄청난 돈이 들어가거든."

나는 창의 커튼을 열어 본다. 그러나 그 너머에는 깊은 암흑이 벽처럼 펼쳐져 있을 뿐이다.

"내가 꼭 너만 한 나이 때," 하고 오시마 씨가 카모마일 티백을 주전자 안에 집어넣으면서 말한다. "몇 번이고 여기에 와서 혼자 생활했어. 그동안은 아무도 만나지 않고, 아무와도 이야기하지 않았어. 형이 반은 강제로 그렇게 시켰지. 나 같은 질환을 가진 환자에겐 보통 그런 것은 시키지 않거든. 이런 곳에 혼자 있게 되면 위험하니까 말이야. 하지만 형은 그런 것에는 신경도 쓰지 않았어."

그는 식탁에 기댄 채 물이 끓기를 기다린다.

"그렇다고 형이 나를 엄하게 단련시키려고 했던 건 아니야. 나에겐 그런 일이 필요하다고 생각했던 거지. 확실히 그건 좋은 일이었어. 이곳에서의 생활은 상당히 의미 있는 체험이 됐어. 많은 책을 읽을 수 있었고, 혼자서 천천히 모든 것을 생각할 수 있었으니까. 솔직히 말하면, 난 어느 땐가부터 학교에는 거의 가지 않았어. 학교가 싫었고, 학교도 나를 별로 좋아하지 않았어. 난 뭐랄까, 다른 아이들하고는 달랐으니까. 중학교는 그럭저럭 졸업했지만, 그 뒤로는 쭉 혼자 공부했어. 지금의 너와 마찬가지로. 이 이야기는 했었나?"

나는 고개를 흔든다. "그래서 오시마 씨가 나한테 잘해 주는 건가요?"

"그런 것도 있지" 하고 그가 말한다. 그러고는 잠시 틈을 둔다. "하지만 그것 때문만은 아니야."

오시마 씨는 찻잔을 하나 나에게 건네주고 자신도 마신다. 따뜻한 카모마일차가 오랜 드라이브 탓에 곤두선 신경을 가라앉혀 준다.

오시마 씨는 시계를 본다. "난 이제 슬슬 돌아가야 하니까, 대충 설명해 둘게. 근처에 깨끗한 개울이 있으니까, 그 물을 길어다가 쓰면 돼. 바로 거기서 솟아나는 물이니까 그냥 마실 수 있어. 시중에서 파는 생수보다는 훨씬 맛이 좋을 거야. 장작은 뒤곁에 쌓아 뒀으니까 추우면 난로를 때면 돼. 여긴 굉장히 춥거든. 난 8월에도 난로를 가끔씩 땠어. 오븐 겸용 난로라서, 간단한 음식 정도는 만들 수 있어. 그 밖에 여러 가지 작업에 필요한 도구는 뒤쪽의 헛간에 들어 있으니까 필요하면 찾아보도록. 옷장 안에는 형 옷이 있으니까 마음대로 골라 입어도 돼. 누가 자기 옷을 입었다고 일일이 신경 쓰는 남자가 아니거든."

오시마 씨는 두 손을 허리에 대고 통나무집 안을 쭉 둘러본다.

"보다시피 로맨틱한 목적을 위해 만든 집은 아니야. 그렇지만 그저 살아가기 위한 공간이라고 생각하면 불편한 점은 없어. 그리고 한 가지 충고해 두겠는데, 숲속 깊은 곳에는 들어가지 않는 게 좋아. 무척 깊은 숲이고 길도 제대로 나 있지 않으니까. 숲으로 들어갈 때는 언제나 시야 한쪽에 이 통나무집이 들어 있게 해. 그보다 더 안쪽으로 들어가면 길을 잃을 염려가 있고, 일단 길을 잃으면 원래 장소로 돌아오기 어려워. 나도 혼쭐이 난 적이 있었거든. 여기서 몇백 미터밖에 떨어져 있지 않은 곳에서 반나절이나 빙글빙글 돌아다녔지. 일본은 좁은 나라니까, 숲속에서 길을 잃는 일은 없을 거라고 생각할지도 몰라. 그렇지만 일단 길을 잃으면 숲은 한없이 깊어지는 법이거든."

나는 그의 충고를 머릿속에 담아 둔다.

"그리고 여간 급한 일이 아니면, 여기서 내려갈 생각은 하지 않는 게 좋을 거야. 인가가 있는 곳까지 너무 머니까. 여기서 기다리고 있으면 내가 알아서 데리러 올게. 아마 이삼 일 안에 올 수 있을 거고, 그 정도의 식료품은 준비해 뒀으니까, 걱정할 건 없어. 그런데 휴대전화는 있어?"

갖고 있다며 나는 배낭을 가리킨다.

그는 빙긋이 웃는다.

"그럼, 그대로 두고 꺼내지 않는 게 좋을 거야. 여기서는 사용할 수 없으니까. 전파가 전혀 닿지 않거든. 물론 라디오도 잡히지 않아. 그러니까 넌 세계로부터 완전히 고립돼 있는 거지. 책은 실컷 읽을 수 있겠지만."

나는 문득 떠오른 현실적인 질문을 한다. "화장실이 없다면 어디서 볼일을 봐야 하죠?"

오시마 씨는 두 손을 크게 벌린다. "이 넓고 깊은 숲이 모두 다 네 거야. 어디가 화장실인지는 네가 정하면 되잖아?"

제14장

나카타 씨는 며칠 동안 계속해서 그 울타리로 둘러싸인 공터로 갔다. 딱 하루, 아침부터 비가 심하게 온 날은 집에서 간단한 목공 작업을 했지만, 그 밖의 날은 온종일 공터의 풀숲에 앉아 행방불명이 된 얼룩 고양이가 모습을 나타내기를, 혹은 괴상한 모자를 쓴 사나이가 나타나기를 기다렸다. 그러나 성과는 없었다.

날이 저물면 나카타 씨는 의뢰인의 집에 들러서 그날의 수색 결과를 구두로 보고했다—행방불명이 된 고양이를 찾기 위해 어떤 정보를 얻었고, 어디에 가서 어떤 일을 했는지를. 의뢰인은 그날의 사례비로 대개 삼천 엔을 줬다. 그것이 나카타 씨가 노동의 대가로 받는 품삯 시세였다. 누가 정한 것은 아니지만, 나카타 씨가 '고양이 찾기 명인'이라는 평판이 입소문으로 지역 사회에 퍼지고, 그와 동시에 하루에 삼천 엔이라는 사례금 액수가 어느 틈엔가 어디선가 정해졌다. 또한 돈뿐만 아니라 무엇이든 반드시 물건과 같이 줄 것이라는 규칙도 정해졌다. 먹을 것이든 의복이든 다 좋다. 그리고 실제로 고양이를 찾았을 때에는 성공 보수로 만 엔이 나카타 씨에게 건네졌다.

날이면 날마다 고양이를 찾아 달라는 의뢰가 들어오는 것은 아니므로, 한 달 수입은 얼마 되지 않았다. 그러나 공과금 납부는 부모가 남겨 준 유산(그다지 대단한 금액은 아니다)과 얼마 안 되는 저금으로 바로 아래 동생이 나카타 씨 대신 관리해 주고 있었고, 도쿄도청에서 고령 장애인에게 주는 생활보조금도 나오고 있었다. 나카타 씨는 그 보조금으로 별 불편 없이 생활을 유지할 수 있었다. 그러니까 고양이를 찾아 주고 받는 사례금은 완전히 자유롭게 쓸 수 있는 돈이었고, 그것은 나카타 씨에게는 상당한 액수로 생각됐다(실제로 이따금 장어를 먹는 것 외에는 달리 쓸 곳이 생각나지 않았다). 남은 돈은 방 다다미 아래에 숨겨 뒀다. 읽고 쓰기를 못 하는 나카타 씨는 은행에도 우체국에도 가지 않는다. 거기에서는 무엇을 하든지 종이에 자기 이름과 주소를 써야 하기 때문이다.

나카타 씨는 고양이와 이야기할 수 있다는 것을 아무에게도 말하지 않고, 비밀에 부치고 있었다. 나카타 씨가 고양이와 대화를 나눌 수 있다는 것을 알고 있는 것은 고양이들 말고는 나카타 씨 자신뿐이었다. 다른 사람에게 그런 말을 했다가는 머리가 이상하다고 생각할 것이다. 물론 머리가 좋지 않은 것은 다 아는 사실이지만, 머리가 좋지 않은 것과 머리가 이상한 것은 완전히 다른 문제다.

그가 길가에서 어떤 고양이와 열심히 대화를 나누고 있을 때 마침 그 옆을 지나가던 사람이 그것을 봐도 아무도 이상하게 생각하지 않았다. 노인이 동물에게 인간을 대하듯이 말을 거는 것은 특별히 드문 광경이 아니다. 그래서 모두가 "나카타 씨는 어떻게 그리도 고양이의 습성과 사고방식을 잘 알지? 마치 고양이와 이야기를 할 수 있는 것 같다니까" 하고 감탄해도, 나카타 씨는 아무 말 없이 그냥 싱글벙글 웃을 뿐이었다. 나카타 씨는 진지하고 예의 바르며 언제나 싱글벙글 웃고 있기 때문에 근처의 아주머니들 사이에서 퍽 평판이 좋았다. 옷차림이 매우 깨끗하다는 것도 평판이 좋은 이유 중 하나였다. 가난하기는 해도 나카타 씨는 목욕과 세탁을 끔찍이 좋아하는 데다, 고양이를 찾아 달라는 의뢰인으로부터 사례금 외에도 불필요해진 새 옷을 받는 일이 많았기 때문이다. 잭 니클라우스 마크가 붙은, 새먼핑크의 골프웨어가 나카타 씨에게 잘 어울린다고는 할 수 없을지도 모르지만, 물론 그는 그런 것에는 전혀 신경 쓰지 않았다.

나카타 씨는 고마를 찾아 달라고 부탁한 고이즈미 부인에게, 현관에서 자세히 그동안의 경과를 보고했다.

"고마 씨에 관해 간신히 정보를 하나 얻었습니다. 가와무라 씨라는 분이 2가에 있는 울타리로 둘러싸인 공터에서, 며칠 전 고마 씨 같은 얼룩 고양이를 봤다고 합니다. 여기서 큰길 두어 개 떨어진 곳에서 봤다는데, 설명하는 나이와 색깔과 목걸이 모양이 고마 씨와 똑같았습니다. 나카타는 그 공터를 어김없이 지켜볼 생각입니다. 나카타는 도시락을 싸들고 가서 아침부터 저녁까지 그 공터에 앉아 있을 겁니다. 아녜요, 그런 일에는 신경 쓰지 마세요. 나카타는 본래 한가해서 비가 많이 내리지 않는 한 아무렇지도 않습니다. 다만 만일 사모님께서, '더 이상 감시할 필요가 없다'고 생각하신다면, 그렇게 나카타에게 말씀해 주십시오. 그러면 나카타는 즉시 감시하는 일을 중단하겠습니다."

가와무라 씨가 인간이 아니라 갈색 줄무늬 고양이라는 것은 밝히지 않았다. 그런 말을 하면 이야기가 공연히 복잡해진다.

고이즈미 부인은 나카타 씨에게 고마움을 표시했다. 어린 두 딸이 귀여워하던 얼룩 고양이가 갑자기 없어져서 몹시 의기소침해져 있었다. 식사도 하지 않을 정도였다. "고양이라는 건 그렇게 갑자기 없어져 버리는 거란다" 하고 적당히 넘겨 버리기란 불가능했다. 그렇다고 해서 부인이 직접 고양이를 찾아다닐 만큼 한가하지도 않았다. 삼천 엔 정도로 매일 이처럼 열심히 고양이를 찾아 주는 사람이 있다는 것은 정말로 고마운 일이었다. 조금 별난 노인이고 기묘한 말투를 쓰기는 하지만, 고양이 탐정으로서의 평판은 높았고 나쁜 사람으로는 보이지 않았다. 우직하다고 할까, 이렇게 말하면 좀 뭣하지만, 사람을 속여 넘길 만한 주변머리도 없을 것 같았다. 부인은 봉투에 넣은 그날 치의 사례금을 건네고, 갓 지은 밥을 토란조림과 함께 밀폐 용기에 담아 줬다.

나카타 씨는 머리 숙여 그것을 받아 들고, 슬쩍 냄새를 맡고 나서 고맙다고 인사했다.

"감사합니다. 토란은 나카타가 좋아하는 음식입니다."

"입에 맞으면 좋겠네요" 하고 고이즈미 부인이 말했다.

공터를 감시하기 시작한 지 일주일이 지났다. 나카타 씨는 그간 많은 고양이를 그곳에서 봤다. 갈색 줄무늬 가와무라 씨는 매일 몇 번씩 공터에 와서는 나카타 씨 옆으로 다가와 친근하게 말을 걸었다. 나카타 씨도 인사를 했다. 날씨 이야기를 하거나 도청의 극빈자 보조금 이야기도 했다. 그러나 가와무라 씨의 말을 나카타 씨는 여전히 전혀 이해할 수 없었다.

"보도에 움츠린다 가와라가 곤란하다" 하고 가와무라 씨가 말했다. 그는 아무래도 무엇인가를 나카타 씨에게 전하고 싶어 하는 듯했다. 그러나 나카타 씨로서는 무슨 말인지 전혀 이해할 수가 없었다. 그래서 의미를 알 수 없다고 나카타 씨는 솔직하게 말했다.

가와무라 씨는 약간 난처한 얼굴을 하더니, 같은 이야기를

(아마도) 다른 말로 바꿔 말했다.

"기와가 외침의 묶는다라니."

그러나 그것은 더더욱 알 수 없는 말이었다.

미미 씨가 있으면 좋으련만, 하고 나카타 씨는 생각했다. 미미 씨라면 가와무라 씨의 뺨을 찰싹 때려서, 그 이야기를 틀림없이 좀 더 알기 쉽게 만들 수 있을 것이다. 그리고 내용을 요령 있게 통역해 줄 것이다. 머리가 좋은 고양이니까. 그러나 미미 씨는 보이지 않았다. 그녀는 공터에는 모습을 드러내지 않았다. 다른 고양이에게서 벼룩이 옮는 게 어지간히 싫은 모양이었다.

나카타 씨에게는 이해가 되지 않는 말을 한바탕 늘어놓고 나서 가와무라 씨는 유유히 사라졌다.

다른 고양이들도 들락날락하며 모습을 나타냈다. 처음 얼마 동안 그들은 나카타 씨를 경계하며 멀리서 자못 성가시다는 듯이 바라봤지만, 그가 가만히 앉아 있기만 할 뿐 아무 짓도 하지 않는다는 것을 알고는, 신경 쓰지 않기로 한 것 같았다. 나카타 씨는 언제나 붙임성 있게 고양이들에게 말을 걸었다. 인사하고, 이름을 말했다. 그러나 대부분의 고양이는 그의 인사를 묵살하고 한마디도 대답하지 않았다. 못 본 척, 못 들은 척했다. 공터에 모이는 고양이들은 그런 척하는 데 능숙했다. 틀림없이 지금까지 인간에게 학대를 받아 왔을 거라고 나카타 씨는 생각했다. 어쨌든 나카타 씨는 고양이들을 사교성이 부족하다고 책망

할 생각은 없었다. 자신은 고양이 사회에서는 어디까지나 바깥쪽 사람이기 때문이다. 그들에게 무언가 요구할 수 있는 입장이 아니다.

그런데 그중 호기심이 많은 고양이가 한 마리 있어서 나카타 씨에게 간단한 인사를 했다.

"야, 너 말할 줄 아는구나" 하고 귀가 찢어진 흑백 얼룩 고양이가 잠깐 망설이다 주위를 빙 둘러보고 나서 말했다. 말투는 퉁명스러웠지만 성격은 좋은 것 같았다.

"네. 아주 조금입니다만" 하고 나카타 씨는 말했다.

"조금이라도 대단한 거야" 하고 얼룩 고양이가 말했다.

"나카타라고 합니다" 하고 나카타 씨는 통성명을 했다. "실례지만 당신의 이름은?"

"그런 거 없어" 하고 얼룩 고양이가 무뚝뚝하게 말했다.

"오카와 씨는 어떨까요? 그렇게 불러도 괜찮습니까?"

"뭐든 마음대로 불러."

"그런데 말이에요, 오카와 씨" 하고 나카타 씨는 말했다. "이렇게 만나 뵌 기념으로 마른 멸치 좀 드시지 않겠습니까?"

"좋지. 멸치는 뭐니 뭐니 해도 내가 좋아하는 음식이거든."

나카타 씨는 가방에서 랩에 싼 멸치를 꺼내 오카와 씨에게 줬다. 나카타 씨는 가방 안에 항상 멸치 꾸러미를 몇 개 준비해 둔다. 오카와 씨는 아주 맛있다는 듯이 와작와작 씹어 먹었다.

머리에서 꼬리까지 전부 깨끗이 먹어 치웠다. 그러고 나서 얼굴을 씻었다.

"고마워" 하고 오카와 씨가 말했다. "은혜는 잊지 않을게. 괜찮다면 어딘가 핥아 줄까?"

"아닙니다, 그렇게 말씀해 주시니 나카타도 대단히 기쁩니다만, 지금은 핥아 주시지 않아도 괜찮습니다. 고맙습니다. 저어, 사실을 말씀드리자면, 오카와 씨, 나카타는 지금 어떤 사모님의 부탁을 받아 이 고양이님을 찾고 있습니다. 암컷 얼룩 고양이인데, 이름은 고마 씨라고 합니다."

나카타 씨는 가방에서 고마의 컬러 사진을 꺼내 오카와 씨에게 보였다.

"이 고양이님을 이 공터에서 봤다는 정보가 모처에서 들어왔습니다. 그래서 나카타는 며칠째 여기에 앉아서 고마 씨가 나타나기를 기다리고 있습니다. 오카와 씨는 혹시 고마 씨를 보신 적이 없으신지요?"

오카와 씨는 그 사진을 힐끔 보고는 이상하게 표정이 어두워졌다. 미간에 주름을 모으고 몇 번 눈을 깜박거렸다.

"저 말이야, 이렇게 멸치까지 얻어먹고, 정말 고맙게 생각해. 거짓말이 아니야. 하지만 그 일에 대해서는 말할 수 없어. 말하면 위험해."

나카타 씨는 그 말을 듣고 어안이 벙벙했다. "말하면 위험하다고요?"

"굉장히 위험해. 험악해진단 말이야. 충고하겠는데, 그 고양이 건은 싹 잊어버리는 게 좋을 거야. 그리고 될 수 있으면 이곳에는 접근하지 않는 게 좋아. 이건 내 진심 어린 충고야. 도움이 못 돼서 미안하지만, 이 충고가 멸치에 대한 고마움의 표시라고 생각해 줘."

오카와 씨는 그렇게 말하더니 일어나서 주위를 둘러보고는 풀숲으로 모습을 감췄다.

나카타 씨는 한숨을 쉬고, 가방에서 보온병을 꺼내 따뜻한 엽차를 천천히 마셨다. 위험하다고 오카와 씨는 말했다. 그러나 나카타 씨는 이 장소와 관련해서 위험한 것이라곤 아무것도 생각해 낼 수 없었다. 나는 길 잃은 얼룩 고양이를 찾고 있을 뿐이다. 그것이 왜 위험하단 말인가? 가와무라 씨가 말해 준 괴상한 모자를 쓴 '고양이 잡는 남자'가 위험한 것일까? 그러나 나는 인간이다. 고양이가 아니다. 인간이 '고양이 잡는 남자'를 겁내야 할 이유는 없다.

그러나 이 세상에는, 나카타 씨는 상상도 할 수 없는 일이 많이 있으며, 나카타 씨로서는 이해할 수 없는 이유가 산더미처럼 있다. 생각해 봤자 답이 나오지 않기 때문에 나카타 씨는 아예 생각하는 것을 그만두었다. 용량이 부족한 뇌로 아무리 생각해 봤자 그저 머리만 아플 뿐이다. 나카타 씨는 엽차를 아껴

가며 다 마시고 나자 보온병 마개를 닫고 다시 가방에 집어넣었다.

오카와 씨가 풀숲으로 사라진 뒤 한참 동안 고양이는 한 마리도 모습을 보이지 않았다. 나비들만이 풀 위를 조용히 날고 있었다. 참새들이 무리 지어 날아와서는 여기저기로 흩어졌다가 다시 하나로 뭉쳐 사라졌다. 나카타 씨는 몇 번을 꾸벅꾸벅 졸다가, 그때마다 퍼뜩 잠이 깼다. 태양의 위치로 시간은 대충 알 수 있었다.

그 개가 나카타 씨 앞에 모습을 나타낸 것은 저녁때가 다 되어서였다. 개는 풀숲 사이에서 갑자기 나타났다. 느릿느릿 소리도 없이 나타났다. 거대한 검은 개였다. 나카타 씨가 앉아 있는 위치에서 올려다보면, 개라기보다 송아지처럼 보인다. 다리가 길고 털이 짧고, 근육은 강철처럼 단단하게 불거졌다. 귀가 칼날 끝처럼 날카롭게 뾰족하고, 개목걸이는 하지 않았다. 나카타 씨는 개 종류는 잘 모른다. 그러나 그 개가 사나운, 적어도 필요에 따라 사나워질 수 있는 개라는 것은 한눈에 알 수 있었다. 군용견 같은 개다.

눈초리는 날카롭고 무표정하며 입가의 살이 젖혀지고 축 늘어져 예리한 흰 어금니가 보인다. 이빨에는 붉은 핏자국이 있다. 자세히 보니, 입가에 미끈거리는 살점 같은 것이 달라붙어 있다. 새빨간 혀가 이빨 사이로 불꽃처럼 힐끔 보인다. 개는 똑바로 나카타 씨 얼굴을 응시하고 있었다. 오랫동안 개는 아무 말도 하지 않고 몸도 한 번 움직이지 않았다. 나카타 씨도 똑같이 잠자코 있었다. 나카타 씨는 개와는 이야기를 할 수 없다. 그가 대화할 수 있는 동물은 고양이뿐이다. 개의 눈은 늪의 물로 만든 유리알처럼 차갑게 정지돼 있었다.

나카타 씨는 조용히 조그맣게 숨을 쉬었다. 나카타 씨가 무언가를 두려워하는 일은 거의 없다. 자신이 지금 위험에 처해 있다는 것은 물론 이해한다. 그 자리에 있는 것이 (어째서인지는 모르지만) 적대적이고 공격적인 생각을 품고 있는 생물이라는 것도 대충 안다. 그러나 그런 위험은 나카타 씨 자신에게 직접 닥친 것으로는 받아들여지지 않았다. 죽음은 애당초 나카타 씨의 상상의 틀 밖에 있다. 아픔 또한 실제로 찾아올 때까지는 나카타 씨의 인식 밖에 있다. 그는 가공의 아픔이라는 것을 상상할 수 없다. 그런 이유로 나카타 씨는 그 개를 눈앞에 보면서도 별로 겁을 집어먹지 않았다. 다만 조금 난처했을 뿐이다.

일어서, 하고 그 개가 말했다.

나카타 씨는 숨을 죽였다. 개가 말을 하고 있다. 그러나 정확히 말하면 개는 말을 하는 게 아니었다. 입은 움직이지 않고 있다. 개는 말이 아닌 어떤 다른 방법으로 나카타 씨에게 메시지를 전달하고 있을 뿐이었다.

일어서서 따라와, 하고 개가 명령했다.

나카타 씨는 시키는 대로 땅바닥에서 일어섰다. 개에게 격식을 갖추어 인사를 할까 하고 생각했지만, 다시 생각하고 그만두었다. 설사 이 개와 이야기할 수 있다고 해도 도움이 될 것 같지는 않았다. 우선 나카타 씨는 이 개와 이야기를 하고 싶은 기분이 들지 않았다. 상대에게 이름을 붙여 주고 싶은 생각도 들지 않았다. 아무리 시간을 들여도 아마 이 개와는 친구가 될 수 없을 것이다.

이 개는 지사님과 관계가 있을지도 모른다고 나카타 씨는 문득 생각했다. 자신이 고양이를 찾아 주고 사례금을 받고 있다는 사실이 탄로 나서, 지사님이 보조금을 취소하려고 이 개를 보낸 건지도 모른다. 지사님이라면 이런 커다란 군용견을 갖고 있어도 이상할 것이 없다. 만약 그렇다면 일이 좀 난처해진다.

나카타 씨가 일어서자, 개가 천천히 걷기 시작했다. 나카타 씨는 가방을 어깨에 메고 그 뒤를 따라갔다. 개는 꼬리가 짧았고 그 꼬리 아래에는 커다란 고환이 두 개 달려 있었다.

개는 공터를 똑바로 가로질러 판자 울타리 사이로 나갔다. 나카타 씨도 뒤따라 밖으로 나갔다. 개는 한 번도 뒤를 돌아보지 않았다. 돌아볼 것도 없이 발소리로 나카타 씨가 따라온다는 것을 알고 있을 것이다. 나카타 씨는 개가 이끄는 대로 거리를 걸어갔다. 상점가가 가까워지고 도로를 걷는 사람들의 수가 늘어났다. 대부분이 장을 보러 나온 인근의 주부들이었다. 개는 얼굴을 쳐들고 똑바로 앞을 응시하면서 위압적으로 걸음을 옮겼다. 앞에서 오던 사람들 모두, 보기에도 폭력적이고 거대한 검은 개의 모습을 보고 황급히 길을 비켜 줬다. 자전거에서 내려 반대쪽 보도로 옮겨 가는 사람도 있었다.

그런 개 뒤를 좇아가고 있으려니까, 나카타 씨는 마치 사람들이 모두 자기를 피하는 것만 같았다. 다들 나카타 씨가 줄도 매지 않고 이 거대한 개를 산책시키고 있다고 생각할지도 모른다. 실제로 비난하는 눈초리로 나카타 씨를 노려보는 사람도 더러 있었다. 그것은 나카타 씨로서는 슬픈 일이었다. 나카타는 좋아서 이러고 있는 게 아닙니다, 하고 그는 거기 있는 사람들에게 설명하고 싶었다. 나카타는 이 개에게 끌려가고 있을 뿐입니다, 나카타는 강한 사람이 아닙니다, 나카타는 사실 약한 사람입니다.

개는 나카타 씨를 거느리고 먼 거리를 걸어갔다. 몇 개인가 교차로를 건너고, 상점가를 빠져나갔다. 교차로에서 개는 모든 신호를 무시했다. 그렇게 넓은 도로가 아니고 자동차도 속도를 내지 않았기 때문에, 빨간불 신호 때 건너도 별로 위험하지는 않았다. 개를 보고 운전하던 사람들이 모두 황급히 브레이크를 밟았다. 개는 이빨을 드러내며 운전사를 무섭게 노려보고, 빨간불 신호가 켜진 횡단보도를 도전적일 정도로 천천히 건너갔다. 나카타 씨도 하는 수 없이 그 뒤를 좇아갔다. 개는 신호가 무엇을 의미하는지 다 알고 있었다. 다만 무시하고 있을 뿐이었다. 나카타 씨는 그것을 알 수 있었다. 개는 모든 것을 스스로 결정하는 데 익숙한 것 같았다.

어디를 걷고 있는지 나카타 씨는 알 수가 없었다. 중간까지는 낯익은 나카노구의 주택지였으나, 어떤 모퉁이를 돌고 난 지점부터 갑자기 전혀 낯선 곳이 돼버렸다. 나카타 씨는 불안해졌다. 이대로 길을 잃어서 돌아가는 길을 못 찾게 되면 어떻게 하지? 여기는 이미 나카노구가 아닐지도 모른다. 나카타 씨는 주위를 둘러보고, 낯익은 표지물을 찾아보려 했다. 그러나 그런 것은 어디에도 보이지 않았다. 그곳은 나카타 씨가 본 적이 없는 거리였다.

개는 그런 것에 아랑곳하지 않고 같은 보폭, 같은 동작으로 계속 걸어갔다. 얼굴을 쳐들고 귀를 세우고 고환을 시계추처럼 흔들면서, 나카타 씨가 무리 없이 따라갈 정도의 속도로.

"저어, 여기는 아직 나카노구일까요?" 하고 나카타 씨는 질문해 봤다.

개는 대답하지 않았다. 돌아보지도 않았다.

"당신은 지사님과 관계가 있으신가요?"

역시 대답이 없었다.

"나카타는 단지 고양이의 행방을 찾는 사람입니다. 찾고 있는 것은 얼룩 고양이입니다. 이름은 고마라고 합니다."

무언無言.

나카타 씨는 단념했다. 이 개에게는 무슨 말을 해도 소용이 없다는 것을 깨달았다.

조용한 주택가 한 모퉁이였다. 커다란 집들이 늘어서 있고, 지나다니는 사람은 없었다. 개는 그중 한 집으로 들어갔다. 고풍스러운 돌담이 있고, 요즘 보기 드문 양쪽으로 열리는 훌륭한 문이 달려 있다. 문은 한쪽이 활짝 열려 있다. 현관 앞에는 커다란 승용차가 서 있다. 개와 마찬가지로 새카맣고 번쩍번쩍 빛나고 얼룩 하나 없다. 현관문 역시 활짝 열려 있다. 개는 머뭇거리지도, 멈춰 서지도 않고 그대로 집 안으로 들어갔다. 나카타 씨는 낡은 운동화를 벗어서 바깥을 향하게 가지런히 놓고, 등산모를 벗어서 가방에 넣고, 바지에 묻은 풀을 꼼꼼히 털고 나서 마루에 올라갔다. 개는 멈춰 서서 나카타 씨가 마루로 올라오기를 기다렸다가, 잘 닦여 반들반들 윤기가 나는 복도를 걸어서, 안쪽에 있는 응접실 같기도 하고 서재 같기도 한 곳으로 나카타 씨를 안내했다.

방 안은 어두웠다. 해는 저물어 가고 있었고, 뜰에 면한 창의 두꺼운 커튼은 닫혀 있었다. 불도 켜져 있지 않았다. 방 안쪽에 큼직한 책상이 있고, 그 곁에 누군가 사람이 앉아 있는 것 같았다. 그러나 밝은 데서 들어와 미처 명암 조절이 안 된 눈에는 무엇이 어떻게 돼 있는지 잘 보이지 않았다. 사람 형태의 검은 실루엣이 색종이를 오려서 만든 그림처럼 몽롱하니 어둠 속에 떠 있을 뿐이었다. 나카타 씨가 안으로 들어가자, 그 실루엣이 천천히 각도를 바꾸었다. 그곳에 있는 누군가가 회전의자를 돌려서 이쪽으로 향한 것 같았다. 개가 멈춰 서더니 바닥에 앉아 눈을 감았다. 이것으로 자기 임무는 끝났다는 듯이.

"안녕하십니까?" 하고 나카타 씨는 그 어두운 윤곽을 향해 말을 걸었다.

상대는 아무 말도 없다.

"나카타라고 합니다. 실례하겠습니다. 수상한 사람은 아닙니다."

역시 대답이 없다.

"나카타는 이 개님이 따라오라고 하셔서 여기까지 왔습니다. 그래서 댁에 제 마음대로 들어온 것 같은 꼴이 됐습니다. 죄송합니다. 만일 괜찮으시다면 이대로 돌아갔으면 합니다만……."

"그 소파에 앉아" 하고 남자가 말했다. 조용하지만 힘이 담긴 목소리였다.

"네, 앉겠습니다" 하고 나카타 씨는 말했다. 그러고는 거기 있는 일인용 소파에 앉았다. 바로 옆에 검은 개가 조각처럼 꼼짝도 하지 않고 앉아 있었다.

"지사님이십니까?"

"그 비슷한 거지" 하고 상대방이 어둠 속에서 말했다. "그렇게 생각하는 것이 이해하기 쉽다면, 그렇게 생각하면 돼. 다를 바 없으니까."

남자는 뒤를 돌아보고, 손으로 사슬을 잡아당겨 플로어스탠드 불을 켰다. 고풍스러운 황색의 어둠침침한 빛이었으나, 방 전체를 둘러보기에는 충분했다.

거기에 앉아 있는 사람은 검은 실크해트를 쓴 키가 큰 남자였다. 가죽 회전의자에 앉아 다리를 꼬고 있다. 옷자락이 길고 몸에 착 달라붙는 새빨간 상의에 검은 조끼를 받쳐 입고, 긴 장화를 신고 있다. 바지는 눈처럼 새하얗고 아주 착 달라붙어서 마치 내복같이 보인다. 그는 한 손을 모자챙에 대고 있었다. 꼭 숙녀에게 인사를 할 때처럼. 왼손에는 둥근 금장식이 달린 검은 지팡이가 들려 있었다. 모자 형태로 봐서는 아무래도 그가 가와무라 씨가 이야기한 '고양이 잡는 남자' 같았다.

얼굴은 복장만큼은 특징이 없었다. 젊지는 않지만 그렇다고 나이를 많이 먹은 것 같지도 않다. 잘생겼다고 할 정도는 아니지만, 추하지도 않다. 눈썹이 진하고 뺨에는 건강해 보이는 붉은 기가 돈다. 얼굴은 묘하게 매끈매끈하고 수염은 없다. 눈은 가늘게 뜨고, 입술에는 냉소 같은 것이 떠올라 있다. 기억하기 힘든 얼굴이다. 얼굴보다는 아무래도 특색 있는 복장에 더 눈길이 가게 된다. 다른 옷을 입고 나타난다면, 어쩌면 알아볼 수 없을지도 모른다.

"내 이름은 알고 있겠지?"

"아니요, 모릅니다" 하고 나카타 씨는 말했다.

남자는 약간 실망한 것 같았다.

"모른다고?"

"네, 미리 말씀드리지 못했습니다만, 나카타는 머리가 그다지 좋지 않습니다."

"이 모습을 본 기억이 없단 말이지?" 남자가 의자에서 일어나더니 옆을 향해 다리를 구부리고 걷는 시늉을 했다. "이래도 모르겠나?"

"네, 죄송합니다. 역시 본 기억이 없습니다."

"그래? 자넨 위스키를 안 마시는가 보군?"

"네, 나카타는 술을 마시지 않습니다. 담배도 피우지 않습니다. 나카타는 도청의 보조금을 받을 정도로 가난하기 때문에 그런 일은 할 수가 없습니다."

남자는 다시 의자에 앉더니 다리를 꼬았다. 책상 위에 놓여 있던 유리잔을 집어 들고 그 안에 든 위스키를 한 모금 마셨다. 그러자 찰랑 하고 얼음 부딪치는 소리가 났다.

"나는 한잔하겠네. 괜찮겠지?"

"네, 나카타는 전혀 상관없습니다. 마음대로 드십시오."

"고맙군" 하고 남자가 말했다. 그러고는 새삼스럽게 나카타 씨의 모습을 물끄러미 바라봤다. "그래, 자네는 내 이름을 모른다고?"

"네, 송구스럽지만 성함을 모릅니다."

남자는 입술을 약간 일그러뜨렸다. 짧은 시간이었지만 입가의 냉소가 수면의 잔잔한 파문처럼 일그러졌다가, 사라졌는가 하는 순간에 다시 떠올랐다.

"위스키를 마시는 사람이라면 한눈에 알아볼 텐데. 하여간 좋아. 내 이름은 조니 워커야. 조니 워커. 이 세상 대부분의 사람은 나를 알고 있지. 내 자랑은 아니지만 전 세계적으로 유명하니까. 하나의 상징에 버금가는 유명세라고 해도 좋겠지. 그렇긴 하지만 나는 진짜 조니 워커는 아니야. 영국의 주조 회사와는 아무 관계도 없어. 그냥 라벨에 있는 모습과 이름을 무단으로 차용해서 쓰고 있을 뿐이지. 모습과 이름이라는 것은 누가 뭐래도 필요하니까 말이야."

침묵이 방 안에 가득 찼다. 상대가 무슨 이야기를 하고 있는 건지, 나카타 씨는 전혀 이해할 수 없었다. 남자의 이름이 조니 워커라는 것을 알았을 뿐이다.

"조니 워커 씨는 외국 분이십니까?"

조니 워커는 고개를 갸웃거렸다. "글쎄, 그렇게 생각하는 편이 이해하기 쉽다면 그렇게 생각해도 되겠지. 어느 쪽이든 상관없으니까. 외국인이라고 해도 좋고, 외국인이 아니라고 해도 괜찮아."

나카타 씨는 역시 상대방이 말하고 있는 것을 이해할 수 없었다. 이래서야 고양이 가와무라 씨하고 이야기하고 있는 것이나 다를 바 없다.

"외국인이기도 하고, 또 외국인이 아니기도 하다, 그런 말씀이십니까?"

"그렇지."

나카타 씨는 그 문제에 대해서는 더 이상 추궁하지 않기로 했다.

"그런데…… 조니 워커 씨께서 이 개님에게 나카타를 여기까지 데려오게 하셨습니까?"

"맞아" 하고 조니 워커는 간단하게 말했다.

"그러니까…… 조니 워커 씨는 나카타에게 무언가 볼일이 있다는 말씀인가요?"

"오히려 자네가 나한테 볼일이 있는 게 아닌가?" 조니 워커는 다시 한 모금 위스키를 마셨다. "내가 아는 범위 안에서 자네는 며칠 동안 그 공터에서 내가 나타나기만을 기다리고 있었던 것 같은데?"

"네. 말씀대로입니다. 까맣게 잊고 있었습니다. 나카타는 머리가 나빠서 무엇이든지 금세 잊어버립니다. 분명히 말씀하신 대로입니다. 나카타는 조니 워커 씨께 고양이님에 대해 물어

보려고 공터에서 기다리고 있었습니다."

조니 워커는 손에 들고 있던 검은 지팡이로 장화 옆구리를 탁 쳤다. 가볍게 쳤을 뿐인데도 메마른 소리가 방 안에 크게 울렸다. 개가 귀를 조금 움직였다.

"날은 저물어 가고 조수도 차오르고 있으니 이야기를 조금 앞당겨서 진행하는 것이 어떻겠나?" 하고 조니 워커가 말했다. "자네가 나한테 묻고 싶은 것은, 즉 얼룩 고양이 고마 이야기겠지?"

"네, 그렇습니다. 나카타는 고이즈미 부인의 부탁을 받고, 최근 열흘쯤 삼색 고양이인 고마 씨의 행방을 찾고 있었습니다. 조니 워커 씨께서는 고마 씨를 알고 계십니까?"

"그 고양이라면 잘 알지."

"어디에 있는지도 알고 계십니까?"

"어디에 있는지도 알고 있지."

나카타 씨는 입을 살짝 벌린 채 조니 워커의 얼굴을 봤다. 그의 실크해트에 잠깐 눈길을 줬다가 다시 얼굴을 봤다. 조니 워커의 얇은 입술은 확신에 찬 듯 꽉 닫혀 있었다.

"그 장소는 이 근처입니까?"

조니 워커는 몇 번 고개를 끄덕였다. "응, 바로 이 근처야."

나카타 씨는 방 안을 둘러봤다. 그러나 고양이의 모습은 보이지 않았다. 책상이 있고, 남자가 앉아 있는 회전의자가 있고,

나카타 씨가 앉아 있는 소파가 있고, 그리고 의자가 두 개 더 있고, 전기스탠드가 있고, 커피 탁자가 있을 뿐이다.

"그런데," 하고 나카타 씨는 말했다. "그 고마 씨를 제가 데리고 돌아갈 수 있을까요?"

"그건 자네한테 달렸네."

"나카타한테 달려 있단 말씀입니까?"

"그렇지. 바로 나카타한테 달려 있지." 말하고 나서 조니 워커는 한쪽 눈썹을 약간 추켜세웠다. "자네가 결심하기에 따라서 고마를 데리고 돌아갈 수 있어. 고이즈미 부인도 딸들도 뛸 듯이 기뻐하겠지. 혹은 데리고 돌아갈 수 없어. 그렇게 되면 다들 실망하겠지. 모두를 실망시키고 싶지는 않겠지?"

"네. 나카타는 모두를 실망시키고 싶지 않습니다."

"나도 마찬가지야. 나도 모두를 실망시키고 싶지 않아. 당연한 일이야."

"그래서 나카타는 무엇을 하면 되는 겁니까?"

조니 워커는 지팡이를 손안에서 빙글빙글 돌렸다. "나는 자네에게 어떤 것을 요구하려고 하네."

"그것은 나카타가 할 수 있는 일입니까?"

"나는 사람들에게 할 수 없는 일을 요구하지는 않아. 할 수 없는 일을 요구해 봤자 시간 낭비니까 말이야. 안 그런가?"

나카타 씨는 잠시 생각했다. "아마 그럴 것이라고 나카타도 생각합니다."

"그렇다면 내가 자네에게 요구하는 일이란, 자네가 할 수 있는 일이라는 이야기가 되겠지."

나카타 씨는 다시 생각했다. "네, 아마 그럴 것 같습니다."

"우선 일반적으로 모든 가설에는 반증이라는 것이 필요하지."

"네?"

"가설에 대한 반증이 없는 곳에 과학의 발전은 없다." 조니 워커는 지팡이로 장화를 탁 쳤다. 아주 도전적인 태도였다. 개가 다시 귀를 움직였다. "결코 없다."

나카타 씨는 입을 다물고 있었다.

"솔직히 말해서 나는 오랫동안 자네 같은 사람을 찾고 있었네. 하지만 좀처럼 찾을 수가 없었지. 그런데 지난번에 우연히 자네가 고양이하고 대화하는 장면을 목격하게 됐어. 그래서 생각했지. 그래, 이 사람이야말로 내가 찾던 인물이라고 말이야. 그래서 자네를 일부러 여기로 데려온 거야. 이런 식으로 오게 해서 미안하긴 하지만 말이야."

"아닙니다. 나카타는 원래 한가하니까요."

"그래서 나는 자네에 대한 몇 가지 가정을 해놓고 그 증거도 수집해 놓았지" 하고 조니 워커가 말했다. "게임 같은 것이야. 혼자 하는 두뇌 게임 말이야. 하지만 어떤 게임이든 승패는 필요하거든. 이 경우로 말한다면, 가설이 맞는지 안 맞는지 확인하지 않으면 안 돼. 하지만 이렇게 말해 봤자, 무슨 소린지 자네는 이해할 수 없겠지."

나카타 씨는 잠자코 고개를 옆으로 흔들었다.

조니 워커는 지팡이로 장화를 두 번 쳤다. 그것을 신호로 개가 몸을 일으켰다.

제15장

오시마 씨가 로드스터에 올라타서 라이트를 밝힌다. 액셀을 밟자, 자갈이 튀어 차체 바닥을 때린다. 차는 후진해서 앞머리를 왔던 길 쪽으로 돌린다. 그가 손을 들어 나에게 인사한다. 나도 손을 든다. 미등이 어둠에 빨려 들고 엔진 소리가 차츰 멀어지다가 이윽고 완전히 사라지자, 숲의 정적이 그 뒤를 채운다.

나는 통나무집 안으로 들어가 출입문 안쪽에서 빗장을 지른다. 혼자가 되자 마치 기다리고 있었다는 듯이 침묵이 나를 온통 에워싼다. 밤공기는 초여름이라고는 생각할 수 없을 정도로 냉기가 감돌고 있지만, 난로에 불을 피우기에는 시간이 너무 늦었다. 오늘 밤은 이대로 침낭에 기어 들어가 잘 수밖에 없다. 머리는 수면 부족으로 띵하고, 자동차 안에 오래 앉아 있었던 탓에 여기저기 근육이 쑤신다. 손잡이를 돌려서 램프의 심지를 조금 내려 불꽃을 줄인다. 방 안이 어두컴컴해지고, 방구석을 지배하고 있는 그늘이 짙어진다. 옷을 갈아입는 것도 귀찮아서 청바지와 요트 파카 차림으로 침낭 속에 들어간다.

눈을 감고 그대로 자려고 하지만 잠이 잘 오지 않는다. 몸은 강하게 잠을 원하고 있는데, 정신은 차갑게 깨어 있다. 때때로 밤새가 날카로운 울음소리로 정적을 깨뜨린다. 그 밖에도 정체를 알 수 없는 갖가지 소리가 들려온다. 무언가가 낙엽을 밟는 소리. 무엇인지 알 수 없으나 지그시 누르는 듯한 어떤 무게 때문에 나뭇가지가 스치는 소리. 무언가가 숨을 크게 들이마시는 소리. 그것들은 모두 통나무집 바로 근처에서 들려온다. 이따금 현관쪽 바닥이 삐걱하고 불길한 소리를 낸다. 생소한 것들의—어둠 속에 사는 것들의—큰 무리에 포위당한 것만 같다.

누군가 나를 엿보고 있는 듯한 느낌이 든다. 나는 그 시선을 따끔따끔하게 피부로 느낀다. 심장이 메마른 소리를 낸다. 나는 눈을 가늘게 뜨고 침낭 속으로 기어 들어간 채 램프의 흐린 빛에 비친 방 안을 둘러보고, 아무도 없다는 것을 몇 번이나 확인한다. 문에는 굵은 빗장이 걸려 있고 창의 두꺼운 커튼은 꽉 닫혀 있다. 괜찮다, 이 통나무집에 있는 것은 나뿐이고, 아무도 안을 들여다보거나 하지 않으니까.

그래도 '누군가 응시하고 있다'는 느낌은 사라지지 않는다. 이따금 가슴이 답답해지고 목이 마른다. 물을 마시고 싶다. 그러나 지금 물을 마셨다가는 틀림없이 오줌이 마려울 것이고,

이런 밤에 밖에 나가서 볼일을 보고 싶지는 않다. 아침까지 어떻게든 견디자. 나는 침낭 속에서 몸을 웅크린 채 조그맣게 고개를 흔든다.

"이런, 이런, 별일 아니야, 너는 침묵과 어둠이 두려워 잔뜩 움츠러들어 있구나. 그래서야 겁 많은 어린애와 다를 게 뭐야. 그것이 네 진짜 모습이야?" 하고 까마귀라고 불리는 소년이 어처구니없다는 듯이 말한다. "넌 줄곧 자신을 터프하다고 생각해 왔어. 하지만 사실은 그렇지 않은 것 같네. 지금의 너는 울고 싶어서 견딜 수 없는 것 같아. 정말이지 이러다가는 아침이 되기 전에 바지에다 오줌을 쌀지도 모른다고."

나는 그의 비웃는 말을 못 들은 체한다. 눈을 꼭 감고 코밑까지 침낭의 지퍼를 올리고, 모든 생각을 머리 밖으로 쫓아낸다. 부엉이가 밤의 언어를 공중에 띄우고, 먼 곳에서 무언가가 땅바닥에 쿵 하고 떨어지는 소리가 들려와도, 방 안에서 무언가가 움직이는 기척이 나도, 나는 눈을 뜨지 않는다. 나는 지금 시험당하고 있는 거야, 하고 생각한다. 오시마 씨도 나와 비슷한 나이 때, 여기서 며칠씩이나 혼자 지냈다. 그도 지금 내가 느끼는 것과 같은 공포를 틀림없이 체험했을 것이다. 그래서 오시마 씨는 나더러 "고독에도 여러 종류의 고독이 있다"고 말한 것이다. 내가 한밤에 여기서 어떤 상념을 맛보게 될지, 오시마 씨는 이미 알고 있었을 것이다. 그것은 그 자신이 예전에 여기서 맛봤던 상념이기도 하니까. 그렇게 생각하자 몸에서 조금 힘이 빠진다. 시간을 뛰어넘어 거기 있는 과거의 그림자를 손가락으로 더듬을 수가 있다. 그 그림자에 나 자신을 포갤 수가 있다. 나는 숨을 깊이 쉰다. 그리고 어느 틈엔가 잠에 빠진다.

아침 여섯 시가 조금 지나서 눈을 떴다. 새들이 지저귀는 소리가 주위에서 샤워기의 물처럼 기세 좋게 쏟아지고 있다. 새들은 나뭇가지에서 나뭇가지로 부지런히 옮겨 다니면서 맑은 목소리로 서로를 불러 대고 있다. 그들의 메시지에는 밤새들의 함축성 있는 무거운 울림 같은 것은 없다.

나는 침낭에서 나와 커튼을 열고 통나무집 주위에 어젯밤의 어둠이 한 조각도 남아 있지 않은 것을 확인한다. 모든 것이 새롭게 갓 태어난 황금빛으로 빛나고 있다. 성냥으로 가스레인지 불을 켜서 생수를 끓이고 티백의 카모마일차를 마신다. 식료품이 담긴 종이 봉지에서 크래커를 꺼내 치즈와 함께 몇 개 집어 먹는다. 그런 뒤 싱크대에서 이를 닦고 세수를 한다.

요트 파카 위에 윈드브레이커를 걸치고 통나무집 밖으로 나간다. 아침 햇살이 높은 나무 사이로 현관 앞의 공터에 비쳐 들고 있다. 곳곳에 빛의 기둥이 생기고, 아침 안개가 갓 태어난 영혼처럼 그 속을 떠돌고 있다. 숨을 들이쉬면 맑고 신선한 공기가 폐를 놀라게 한다. 나는 현관의 계단에 걸터앉아 나무 사이를 날아다니는 새들을 바라보고, 그 소리에 귀를 기울인다. 대부분의 새들은 암수가 짝이 되어 행동하고 있다. 그들은 자기 짝이 어디에 있는지 계속 눈으로 확인하고, 부지런히 대화하고 있다.

개울은 통나무집에서 가까운 숲속에 있다. 위치는 소리로 금세 찾을 수 있었다. 주위를 돌로 에워싼 웅덩이 같은 것이 있어서, 흘러온 물은 그곳에서 멈춰 복잡하게 소용돌이치다가, 다시 기세를 되찾아 아래로 흘러간다. 맑고 아름다운 물이다. 손으로 떠 마셔 보니 달고 차다. 나는 물속에 한참 동안 양손을 담근다.

프라이팬으로 햄에그를 만들고, 석쇠에 토스트를 얹어 구워 먹는다. 냄비에 우유를 데워 마신다. 그러고 나서 현관에 의자를 내다 놓고 앉아, 난간에 양다리를 올려놓은 채 오전은 느긋하게 책을 읽기로 한다. 오시마 씨의 책장에는 수백 권의 책이 꽂혀 있다. 소설은 얼마 안 되고, 그것도 잘 알려진 고전 작품뿐이다. 대부분이 철학, 사회학, 역사, 심리학, 지리, 자연과학, 경제 분야의 책이다. 오시마 씨는 학교 교육을 거의 받지 않았다니까, 아마도 필요한 일반 지식을 독서를 통한 독학으로 습득하기로 결심하고, 이곳에서 실천했을 것이다. 그 책들의 내용은 광범위한 여러 학문의 영역을 망라하고 있어, 보기에 따라서는 두서없게 느껴지기도 한다.

나는 거기에서 아돌프 아이히만의 재판에 관한 책을 고른다. 아이히만이라는 이름은 나치 전범자로 어렴풋이 기억하고 있지만, 특별히 관심이 있던 것은 아니다. 우연히 그 책이 눈길을 끌었기 때문에 뽑아 든 것뿐이다. 나는 그 책에서 금속 테 안경을 쓰고 머리숱이 적은 친위대의 한 중령이 얼마나 뛰어난 실무가였는가 하는 사실을 알게 된다. 전쟁이 시작된 지 얼마 안 돼서 그는 나치 간부들로부터 유대인의 최종 처리—요컨대 대량 학살—라는 과제를 부여받아, 그 어마어마한 일을 어떻게 실행하면 좋은지를 구체적으로 검토한다. 그리고 계획서를 작성한다. 그 행위가 옳은가 그른가 하는 의문은 그의 의식에는 거의 떠오르지 않는다. 그의 머릿속에 있는 것은 단기간에 얼마나 적은 비용을 들여서 유대인을 처리할 수 있느냐는 것뿐이다. 그의 계산에 따르면, 유럽 지역에서 처리해야 할 유대인의 수는 전부 천백만이었다.

차량 몇 칸을 연결한 화차를 마련해서 한 화차에 몇 명의 유대인을 몰아넣으면 되는가, 그 가운데 몇 퍼센트가 수송 중에 자연히 목숨을 잃게 될 것인가, 어떻게 하면 최소한의 인원으로 그 작업을 처리할 수 있을까, 시체는 어떻게 하면 가장 비용을 덜 들이고 처리할 수 있을까, 불에 태울 것인가, 땅에 묻을 것인가, 녹여 없앨 것인가. 그는 이런 구체적인 실행 계획을 세우기 위해 책상 앞에 앉아서 부지런히 계산한다. 계획은 실행에 옮겨지고,

거의 그가 계산한 대로 효과를 발휘한다.

전쟁이 끝날 때까지 대략 육백만 명(목표의 절반을 넘는 수준)의 유대인이 그가 계획한 방식으로 처리된다. 그러나 그는 죄악감을 느끼지 않는다. 텔아비브의 법정에서 방탄유리로 둘러쳐진 피고석에 앉아, 자기가 어째서 이런 거창한 재판에 회부돼 전 세계의 주목을 받게 됐는지, 아이히만은 고개를 갸웃거리고 있는 것처럼 보인다. 나는 한 사람의 기술자로서, 나에게 부여된 과제에 대해 가장 적합한 해답을 제출했을 뿐이다. 전 세계의 모든 양심적인 관료가 하고 있는 일과 똑같은 일을 한 것뿐이지 않은가? 어째서 나만 이처럼 비난을 받아야 하는가?

조용한 아침의 숲속에서 새소리를 들으면서, 나는 그 '실무가' 이야기를 읽는다. 책 뒤쪽 표지에 오시마 씨가 연필로 메모를 남겨 놓았다. 나는 그것이 오시마 씨의 필적이라는 것을 알고 있다. 특색 있는 글씨체다.

> 모든 것은 상상력의 문제다. 우리의 책임은 상상력 가운데에서 시작된다. 그 말을 예이츠는 이렇게 쓰고 있다. In dreams begin the responsibilities. 그 말대로다. 거꾸로 말하면, 상상력이 없는 곳에 책임은 발생하지 않을지도 모른다. 이 아이히만의 경우에서 볼 수 있듯이.

나는 오시마 씨가 이 의자에 앉아서 뾰족한 연필을 손에 들고 책 표지 안쪽에 메모를 쓰고 있는 광경을 상상한다. 꿈속에서 책임은 시작된다. 그 말은 나의 가슴에 울림을 남긴다.

나는 책을 덮고 무릎 위에 놓는다. 그리고 내 책임에 대해 생각한다. 생각하지 않을 수 없다. 내 흰 티셔츠에는 피가 묻어 있었던 것이다. 나는 이 손으로 그 피를 씻어 냈다. 세면대가 새빨개질 정도의 피였다. 그 피에 대해 나는 아마도 책임을 지게 될 것이다. 내가 재판에 회부돼 있는 장면을 상상한다. 사람들이 나를 비난하고, 책임을 추궁한다. 모두 내 얼굴을 노려보고 손가락질을 해댄다. 기억에 없는 일에 대해서는 책임을 질 수 없다고 나는 주장한다. 거기에서 정말로 무슨 일이 일어났는지, 그것조차 나는 모른다. 그러나 그들은 말한다. "누가 그 꿈의 본래 소유자든, 너는 그 꿈을 공유했다. 그러니까 꿈속에서 행해진 일에 대해 너는 책임을 져야 한다. 결국 그 꿈은 네 영혼의 어두운 통로를 통해서 숨어 들어온 것이니까."

히틀러의 거대하게 일그러진 꿈속에 어쩔 수 없이 말려 들어간 아돌프 아이히만 중령과 마찬가지로.

책을 내려놓고 의자에서 일어나 현관 앞에 서서 기지개를 켠다. 꽤 오랫동안 책을 읽었다. 몸을 움직일 필요가 있다. 나는 페트병 두 개를 들고 개울로 물을 길러 간다. 그것을 통나무집에 들고 와서 물통에 옮긴다. 그 작업을 다섯 번 반복하니 물통이 거의 찬다. 뒤편에 있는 헛간에서 장작을 한 아름 안고 와서 난로 옆에 쌓아 올린다.

현관 앞쪽 구석에는 색이 바랜 나일론 빨랫줄이 묶여 있다. 나는 배낭에서 덜 마른 세탁물을 꺼내, 주름을 펴서 넌다. 배낭 안에서 짐을 전부 꺼내 침대 위에 늘어놓고 산속의 맑고 새로운 햇볕을 쬐인다. 그러고 나서 책상에 앉아 며칠분의 일기를 쓴다. 가느다란 사인펜으로 나에게 일어난 일을 작은 글씨로 하나하나 노트에 적어 넣는다. 기억이 생생할 때 조금이라도 자세하게 기록해 두지 않으면 안 된다. 기억이 언제까지 올바른 형태로 머물러 있을지, 그것은 아무도 모르니까.

나는 기억을 더듬는다. 의식을 잃었다가, 정신이 들자 신사 뒤쪽의 숲속에 누워 있었던 일. 주위는 캄캄하고 티셔츠에 많은 피가 묻어 있었던 일. 전화를 걸고 사쿠라의 아파트로 갔을 때 하룻밤 묵게 된 일. 거기서 그녀에게 이야기한 것, 그녀가 나에게 해준 일.

그녀는 재미있다는 듯이 웃는다. "너를 알다가도 모르겠어. 그런 건 잠자코 네 멋대로 상상하면 되잖아? 일일이 내 허락을 받지 않아도 네가 뭘 상상하고 있는지 그런 걸 나는 어차피 알 수 없으니까 말이야."

아니, 그렇지 않다. 내가 무엇을 상상하는가는 이 세계에서 어쩌면 대단히 중요한 일인 것이다.

오후에 숲속으로 들어가 본다. 오시마 씨가 말한 것처럼, 숲 안쪽까지 들어가는 것은 매우 위험하다. "숲에 들어갈 때는 언제나 시야 한쪽에 이 통나무집이 들어 있게" 하라고 그는 충고했다. 그건 통나무집이 보이지 않을 만큼 멀리 가면 위험하다는 경고임을 나는 잘 알고 있다. 그러나 아마 앞으로 며칠 동안 나는 여기서 혼자 생활하게 될 것이다. 거대한 벽처럼 주위를 에워싸고 있는 이 숲에 대해 전혀 아무것도 모르고 있기보다는 얼마간이라도 지식을 갖고 있는 편이 안심할 수 있다. 나는 완전히 빈손으로, 태양빛이 가득한 공터를 뒤로하고 어두컴컴한 나무의 바다 속으로 발을 들여놓는다.

　그곳에는 작은 오솔길이 나 있다. 대부분이 자연적인 지형을 이용한 오솔길이지만, 군데군데 땅을 갈아 고르게 해두었고 납작한 바위가 징검돌처럼 깔려 있다. 무너질 듯한 곳에는 굵은 재목이 알맞게 끼워져 있고, 잡초가 우거져도 길을 알 수 있게 돼 있다. 오시마 씨의 형님이 여기에 올 때마다 조금씩 시간을 들여서 정비했는지도 모른다. 나는 그 길을 따라서 앞으로 나아간다. 언덕을 오르다가 조금 내려간다. 커다란 바위를 우회해서 다시 오른다. 대개가 오르막길이지만 그다지 급한 경사는 아니다. 길 양쪽에는 나무들이 높이 솟아 있다. 칙칙한 색깔의 나무줄기, 제각각의 방향으로 뻗은 큰 가지, 머리 위를 메우고 있는 빽빽한 잎사귀. 땅바닥에는 어슴푸레한 빛을 한껏 빨아들이듯이 잡초며 양치류가 무성하게 자라나 있다. 햇빛이 전혀 들지 않는 곳에는 이끼가 바위 표면을 말없이 뒤덮고 있다.

오솔길은 마치 기세 좋게 시작된 말이 점점 가냘퍼지다가 횡설수설 갈피를 잡을 수 없어지듯이, 앞으로 갈수록 좁아지더니 잡초에 뒤덮이고 만다. 땅을 간 흔적도 없어져 진짜 길인지, 아니면 그저 길처럼 보이는 것인지, 구별하기가 어려워진다. 그러더니 이윽고 녹색 양치류 바닷속에 완전히 잠겨 버린다. 어쩌면 그 앞에도 길은 이어지고 있을지 모른다. 그러나 그걸 확인하는 일은 다음 기회로 미루는 것이 좋겠다. 좀 더 앞으로 나아가려면 나름대로의 준비와 복장이 필요하다.

나는 멈춰 서서 뒤를 돌아본다. 거기에는 전혀 본 적이 없는 풍경이 펼쳐져 있다. 나를 격려해 줄 만한 것은 무엇 하나 보이지 않는다. 나무줄기가 겹쳐 시야를 불길하게 가로막고 있다. 주위는 어두컴컴하고 공기는 짙은 녹색으로 탁하다. 새들의 소리도 귀에 들어오지 않는다. 차가운 틈새 바람이 불어왔을 때처럼 살갗에 소름이 쫙 돋는다. 걱정할 것 없어—. 나 자신에게 그렇게 타이른다. 길은 거기 있어. 거기에는 내가 걸어온 길이 엄연히 있다. 그것을 놓치지만 않으면, 원래의 빛 속으로 되돌아갈 수 있다. 나는 발밑의 오솔길을 확인하고 한 걸음 한 걸음 주의 깊게 더듬어서, 왔을 때보다 오랜 시간을 들여 통나무집 앞 공터로 돌아온다. 공터에는 초여름의 밝은 빛이 가득 차 있고, 새들은 맑은 목소리를 사방에 울리면서 먹이를 찾고 있다. 거기에 있는 것들은 내가 떠났을 때와 무엇 하나 변한 것이 없다. 아마도 변하지 않았을 것이다. 현관 앞에는 내가 조금 전까지 앉았던 의자가 있다. 그 앞에는 내가 조금 전까지 읽던 책이 놓여 있다.

그러나 숲속이 위험에 가득 차 있다는 것을 나는 실감한다. 그것을 잊지 말아야 한다고 나 자신에게 타이른다. 까마귀라고 불리는 소년이 말한 것처럼, 이 세계에는 내가 모르는 것이 너무 많다. 예컨대 식물이 그처럼 으스스한 것이 될 수 있다는 사실을 나는 몰랐다. 내가 그때까지 보거나 손으로 만지거나 한 식물은, 잘 길들고 깨끗하게 손질된 도시 속의 식물뿐이었다. 그러나 여기에 있는 것은—아니, 여기에서 살고 있는 것은—전혀 별개의 존재다. 그들은 물리적인 힘을 지니고 있고, 사람들을 향해 토해 내는 숨결을 갖고 있고, 사냥감을 노리는 것 같은 날카로운 시선을 갖고 있다. 거기에는 태고의 어두운 마술을 연상시키는 것이 있다. 숲속은 나무가 지배하는 장소다. 깊은 바다 밑바닥을 심해의 생물들이 지배하고 있는 것처럼. 필요하다면 숲은 나를 깨끗이 걷어차거나, 또는 집어삼켜 버릴지도 모른다. 나는 아마도 그 나무들에 걸맞은 경의나 외경심 같은 것을 가져야 할 것이다.

통나무집으로 돌아와 배낭에서 등산용 나침반을 꺼낸다. 뚜껑을 열고 바늘이 북쪽을 가리키고 있는 것을 확인한다. 나는 그 작은 나침반을 주머니에 집어넣는다. 만일의 경우 도움이 될지도 모른다. 그러고 나서 현관 앞에 앉아 숲을 바라보며 워크맨으로 음악을 듣는다. 크림을 듣고, 듀크 엘링턴을 듣는다. 그런 오래전의 음악을 나는 도서관의 시디 라이브러리에서 녹음했다. 「크로스로드Crossroads」를 몇 번씩 되풀이해서 듣는다. 음악은 나의 흥분된 기분을 얼마간 가라앉혀 준다. 그러나 그렇게 오랫동안 듣고 있을 수는 없다. 여기에는 전기가 없어 배터리를 충전할 수 없다. 예비 배터리까지 다 써버리면 그것으로 휴대전화는 먹통이 되고 만다.

저녁 식사 전에 운동을 한다. 팔굽혀펴기, 윗몸일으키기, 쪼그려앉기, 물구나무서기, 몇 종류의 스트레칭. 기계나 설비가 없는 좁은 장소에서 신체 기능을 유지하기 위해 만들어진 체력 단련 메뉴다. 단순하고 따분하기는 하지만, 운동량은 부족하지 않으며 제대로 하기만 하면 확실한 효과가 있다. 나는 체육관 강사에게서 이 운동을 배웠다. "이것은 세상에서 제일 고독한 운동이지" 하고 그는 설명했다. "이 운동을 가장 열심히 하는 것은 독방에 수감된 죄수들이야." 나는 의식을 집중해서 땀으로 셔츠가 흥건히 젖을 때까지 이 일련의 운동을 몇 차례 반복한다.

조촐한 저녁 식사를 마치고 밖으로 나가자, 머리 위에 무수한 별들이 반짝이고 있다. 하늘에 촘촘히 박혀 있다기보다는 닥치는 대로 마구 뿌려져 있다고 하는 쪽에 더 가깝다. 플라네타륨 반구형 천장에 설치된 스크린에 천체를 투영하는 장치에도 이렇게 많은 별은 없었다. 몇 개의 별은 굉장히 크고 생생하게 보인다. 진짜로 손을 뻗으면 그대로 닿을 것만 같다. 그것은 물론 숨을 죽일 만큼 아름다운 광경이다.

그러나 아름답기만 한 것은 아니다. 그렇다, 별들은 숲의 나무와 마찬가지로 살아 숨 쉬고 있다고 나는 생각한다. 그리고 그들은 나를 보고 있다. 내가 지금까지 무엇을 해왔고, 앞으로 무엇을 하려는지 그들은 알고 있다. 구석구석까지 그들의 눈이 미치지 않는 곳은 하나도 없다. 나는 그 찬란한 밤하늘 아래서, 다시 격렬한 공포에 사로잡힌다. 숨이 답답해지고 심장의 고동이 빨라진다. 나는 이처럼 엄청난 수의 별들이 내려다보는 가운데 살아왔음에도 지금까지 그들의 존재를 인식하지 못했다. 별에 대해 진지하게 생각해 본 적이 한 번도 없었다. 아니, 별뿐만이 아니다. 그 밖에도 내가 알아차리지 못한 것이나 모르는 것이 이 세상에는 얼마나 많이 존재하는 것일까? 그렇게 생각하자, 나 자신이 구제할 길 없이 무력하게 느껴진다. 어디로 가더라도 나는 그런 무력함에서 벗어날 수가 없는 것이다.

통나무집으로 들어가 난로에 장작을 집어넣고 주의 깊게 쌓아 올린다. 서랍 속에 있던 헌 신문지를 뭉쳐서 성냥으로 불을 붙이고 불길이 장작에 옮겨 붙는 것을 확인한다. 초등학생 때 여름방학 캠프에 참가해서 무척 고생은 했으나, 그곳에서 모닥불 피우는 법을 배웠다. 역시나 캠프는 형편없었지만 적어도 뭔가 도움이 된 셈이다. 굴뚝의 공기 조절판을 활짝 열어 바깥 공기를 안으로 집어넣는다. 처음에는 불이 잘 붙지 않았으나 곧 장작 하나가 불길을 잡는다. 한 장작에서 다른 장작으로 불길이 옮겨 간다. 나는 난로 뚜껑을 닫고 의자를 그 앞에 갖다 놓고, 램프를 가까이 들고 와서 그 불빛을 이용해 책을 계속 읽는다. 불길이 하나로 모여 커지자 난로에 물을 담은 주전자를 올려놓고 끓인다. 주전자 뚜껑이 이따금 기분 좋은 소리를 낸다.

물론 아이히만의 계획이 모두 순조롭게 실현된 것은 아니다. 현장의 사정 때문에 계산대로 일이 진행되지 않은 경우도 있다. 그런 경우에 아이히만은 얼마간 인간다워진다. 즉 화를 낸다. 책상 위에서 만들어 낸 그의 아름다운 계산 수치를 흐트러뜨리는 무례하기 짝이 없는 불확정 요소를 그는 증오한다. 열차가 늦는다. 번잡한 관료적 수속 때문에 일이 꼬인다. 사령관이 바뀌어서 인수인계가 제대로 되지 않는다. 동부전선이 붕괴한 뒤, 수용소의 경비병이 전방으로 이동한다. 폭설이 내린다. 정전이 된다. 가스가 부족하다. 철도가 폭격을 맞는다. 아이히만은 전쟁을 증오하기까지 한다. 그의 계획을 방해하는 '불확정 요소'로서.

아이히만은 그런 경위를 표정 하나 바꾸지 않고 담담하게 법정에서 이야기한다. 기억력이 기가 막히게 좋다. 그의 인생은 대부분 구체적이며 세부적으로 이루어져 있다.

시계가 열 시를 가리키자 나는 책 읽기를 마치고, 이를 닦고 얼굴을 씻는다. 굴뚝의 공기 조절판을 닫아 잠자는 동안에 불이 자연히 꺼지게 한다. 장작불이 방을 오렌지색으로 물들인다. 방 안은 따뜻하고, 그 아늑함이 긴장과 공포를 완화한다. 나는 티셔츠와 반바지 바람으로 침낭 속에 기어 들어가, 어젯밤보다 훨씬 자연스럽게 눈을 감는다. 사쿠라를 조금 생각한다.

"내가 네 진짜 누나라면 좋았을걸" 하고 그녀는 말했다.

그러나 더 이상 사쿠라를 생각하지 않기로 한다. 나는 잠을 자야 한다. 난로 안에서 장작이 무너진다. 부엉이가 운다. 나는 분간할 수 없는 꿈속으로 깊숙이 끌려 들어간다.

이튿날도 대체로 같은 일의 반복이다. 아침 여섯 시쯤 요란스러운 새소리에 잠이 깬다. 물을 끓여 차를 마시고 아침 식사를 만들어 먹는다. 현관 밖에서 책을 읽고, 워크맨으로 음악을 듣고, 개울에 물을 길러 간다. 숲속의 오솔길을 다시 걷는다. 이번에는 나침반을 가지고 간다. 여기저기서 그것을 들여다보고, 통나무집이 어느 쪽에 있는지 대충 방향을 파악한다. 헛간에서 찾아낸 손도끼로 나무줄기에 간단한 표시를 해놓는다. 거추장스럽게 자란 잡초를 쳐서 길을 알기 쉽게 해놓는다.

숲은 어제와 마찬가지로 깊고 어둡다. 솟아 있는 나무들이 두꺼운 벽이 되어 내 주위를 에워싸고 있다. 어두운 색깔의 무엇인가가 마치 숨은그림찾기 속의 동물처럼 나무 사이에 몸을 숨긴 채 내 행동을 관찰하고 있다. 그러나 어제 느낀, 그 소름 끼치는 강렬한 공포감은 숲속에 없다. 나는 내가 지켜야 할 규칙을 만들고 주의해서 지키고 있다. 그렇게 하면 아마도 길을 잃을 염려는 없을 것이다.

어제 가다가 돌아선 곳까지 들어간 뒤에 좀 더 앞으로 나아간다. 길을 뒤덮고 있는 양치류의 바다에 발을 들여놓는다. 얼마 동안 숲속으로 더 들어간 곳에서 오솔길이 이어진 지점을 발견한다. 그리고 다시 나무의 벽에 에워싸인다. 나는 돌아가는 길을 금방 찾을 수 있게 군데군데 나무줄기에 손도끼로 표시를 해놓는다. 머리 위의 나뭇가지 어딘가에서 커다란 새가 침입자를 위협하듯이 날개를 퍼덕거린다. 그러나 그 부근을 올려다봐도 새의 모습은 보이지 않는다. 입 안이 바짝 말라서 가끔 침을 삼키지 않으면 안 된다. 삼킬 때 아주 큰 소리가 난다.

한참 들어간 곳에 둥근 모양으로 탁 트인 장소가 있다. 키가 큰 나무에 둘러싸여, 그곳은 마치 커다란 우물 밑바닥 같다. 트인 나뭇가지 사이로 햇빛이 내려와서 스포트라이트가 되어 발밑을 밝게 비춰 준다. 그곳은 나에게 특별한 장소처럼 느껴진다. 나는 그 빛 속에 앉아 태양의 미약한 온기를 받는다. 주머니에서 초코바를 꺼내 씹으며 입 속에 퍼져 가는 단맛을 즐긴다. 햇빛이 인간에게 얼마나 소중한 것인가를 새삼스럽게 깨닫는다. 그 귀중한 일 초 일 초를 온몸으로 느낀다. 어젯밤, 무수한 별들이 일으킨 격렬한 고독감과 무력감은 이미 내 안에서 사라졌다. 그러나 시간이 경과하자 태양이 위치를 바꾸고 빛도 사라져 버린다. 나는 일어나서 왔던 길을 따라 통나무집으로 돌아온다.

정오가 조금 지나자 검은 구름이 갑자기 머리 위를 뒤덮는다. 공기가 신비스러운 색깔로 물들어 간다. 곧이어 장대 같은 비가 쏟아지기 시작하고 통나무집의 지붕과 유리창이 애처로운 비명을 지른다. 나는 즉시 옷을 벗고 알몸이 되어 빗속으로 뛰어든다. 비누로 머리를 감고 몸을 씻는다. 멋진 기분이다. 나는 큰 소리로 의미도 없는 말을 외쳐 본다. 크고 단단한 빗방울이 작은 돌멩이처럼 온몸을 때린다. 온몸에 따끔하게 느껴지는 통증은 종교적인 의식의 일부 같다. 그것은 내 뺨을 때리고, 눈꺼풀을 때리고, 가슴을 때리고, 배를 때리고, 페니스를 때리고, 고환을 때리고, 등을 때리고, 다리를 때리고, 엉덩이를 때린다. 눈을 뜨고 있을 수도 없다. 그러나 그 아픔에는 분명히 아픔보다는 친밀한 정감이 깃들어 있다. 이 세계에서 내가 한없이 공평한 대접을 받고 있는 것처럼 느껴진다. 나는 그것이 기쁘다. 갑자기 해방감을 느낀다. 나는 하늘을 향해 두 팔을 벌리고, 입을 크게 벌리고, 흘러 들어오는 물을 마신다.

통나무집으로 돌아와 타월로 몸을 닦는다. 침대에 걸터앉아 내 페니스를 바라본다. 포피가 갓 벗어진, 아직 밝은 색깔의 건강한 페니스를. 귀두에는 비에 얻어맞은 통증이 희미하게 남아 있다. 내 것이면서도 거의 대부분의 경우, 내 마음대로 되지 않는 그 기묘한 육체 기관을 나는 오랫동안 바라본다. 그것은 머리가 생각하고 있는 것과는 다른 무엇인가를 혼자 생각하고 있는 것처럼도 보인다.

오시마 씨는 나와 같은 나이 때 이곳에 혼자 있으면서, 역시 나처럼 성욕 문제로 괴로워했을까? 아마 괴로웠을 것이다. 그런 나이니까. 그러나 그가 성적인 욕망을 자기 손으로 처리하고 있는 장면은 상상할 수 없다. 오시마 씨는 그런 짓을 하기에는 너무나도 초연하다.

"나는 특수한 인간이야"라고 그는 말했다. 그가 그때 무슨 말을 하려고 했는지 나는 알 수 없다. 그러나 즉흥적으로 한 말이 아니라는 것쯤은 잘 안다. 그냥 아무 의미도 없는 말을 넌지시 비친 게 아니라는 것도 안다.

손을 뻗어 마스터베이션을 할까 생각한다. 그러나 생각을 고쳐먹고 그만둔다. 비에 마구 얻어맞고 난 뒤의 이 불가사의한, 청결한 감각을 한동안 그대로 남겨 두고 싶다. 새 반바지를 입고 몇 번 심호흡을 하고 나서 쪼그려앉기에 착수한다. 쪼그려앉기를 백 번 한 뒤 복근 운동을 백 번 한다. 하나하나의 개별 근육에 신경을 집중한다. 운동을 모두 끝냈을 때, 머리는 훨씬 맑아져 있다. 밖의 비가 그치고, 구름이 갈라지자 태양이 모습을 드러내고 새들이 다시 지저귀기 시작한다.

그러나 그런 평온이 오래가지 않을 것임을 너는 알고 있다. 그것은 지칠 줄 모르는 짐승처럼 너를 어디까지나 뒤쫓을 것이다. 깊은 숲속을 그들은 찾아온다. 그들은 터프하고, 집요하고, 무자비하고, 피로나 체념을 모른다. 지금은 마스터베이션을 참을 수 있었다 해도, 그것은 얼마 뒤 몽정이라는 형태로 찾아올 것이다. 너는 그 꿈속에서 진짜 누나나 어머니를 범하게 될지도 모른다. 너는 그것을 통제할 수 없다. 그것은 네 힘을 초월한 일이다. 너는 그저 받아들일 수밖에 없다.

너는 상상력을 두려워한다. 그리고 그 이상으로 꿈을 두려워한다. 꿈속에서 짊어지기 시작할 책임을 두려워한다. 그러나 잠을 자지 않을 수는 없고, 잠을 자면 꿈이 찾아온다. 깨어 있을 때의 상상력은 어떻게든 억제할 수 있다. 그러나 꿈을 막을 수는 없다.

나는 침대 위에 드러누워 헤드폰으로 프린스의 음악을 듣는다. 그 기묘하게 쉼표 없이 계속되는 음악에 의식을 집중한다. 첫 번째 배터리가 「리틀 레드 콜벳Little Red Corvette」 도중에 다 됐다. 음악은 물에 쓸려 흐르는 모래 속에 삼켜지듯 그대로 사라지고 만다. 헤드폰을 벗자 침묵이 들린다. 침묵이란 귀에 들리는 것이다. 나는 그것을 안다.

제16장

검은 개는 일어나서 나카타 씨를 부엌으로 안내했다. 부엌은 서재에서 나와서 어두운 복도를 조금 걸어간 곳에 있었다. 유리창이 많지 않고 어둡다. 깨끗이 정돈돼 있으나 어딘지 모르게 생활감이 없어서 학교 실험실처럼 보인다. 개는 커다란 냉장고 문 앞에 멈춰 서더니 고개를 돌려 차가운 눈으로 나카타 씨의 얼굴을 봤다.

왼쪽 문을 열어, 하고 개가 낮은 목소리로 말했다. 그러나 개가 정말로 말을 하는 것이 아님은 나카타 씨도 알 수 있었다. 실제로는 조니 워커가 말하고 있는 것이다. 그가 개를 통해 나카타 씨에게 이야기하고 있는 것이다. 개의 눈을 통해 나카타 씨의 모습을 보고 있는 것이다.

나카타 씨는 시키는 대로 냉장고 왼쪽의 아보카도 그린색 문을 열었다. 나카타 씨의 키보다 조금 더 큰 냉장고였다. 문을 열자 찰칵 하고 메마른 소리를 내면서 온도 조절기의 스위치가 켜지고 모터가 소리를 내기 시작했다. 안에서 안개 같은 흰 연기가 쏟아져 나왔다. 왼쪽은 냉동고였는데 상당히 낮은 온도로 설정해 놓은 것 같았다.

안에는 동그란 과일 같은 것이 나란히 놓여 있었다. 스무 개쯤 되는 것 같다. 그 밖에는 아무것도 들어 있지 않다. 나카타 씨는 허리를 숙이고 시선을 집중해서 그것을 봤다. 흰 연기가 문 밖으로 어느 정도 빠지자, 거기 있는 것이 과일이 아니라는 것을 알 수 있었다. 그것은 고양이의 머리였다. 색깔과 크기가 다른 여러 마리의 고양이 머리가 잘려, 과일 가게에 진열된 오렌지처럼, 냉동고 선반 세 단에 가득히 놓여 있었다. 어느 고양이나 얼굴을 똑바로 이쪽으로 향한 채 꽁꽁 얼어붙어 있었다. 나카타 씨는 숨을 멈췄다.

자세히 봐, 하고 개가 명령했다. **그중에 고마가 있는지 없는지 자네 눈으로 확인해.**

나카타 씨는 시키는 대로 고양이 머리를 하나하나 살펴봤다. 그렇게 하는 데에 별로 공포는 느껴지지 않았다. 나카타 씨의 머릿속에 있는 것은, 우선 행방불명이 된 고마를 찾는 일이었다. 나카타 씨는 신중하게 모든 고양이의 머리를 점검하고 나서 거기에 고마가 없는 것을 확인했다. 틀림없다. 얼룩 고양이는 없다. 머리만 남은 고양이들은 모두 묘하게 공허한 얼굴을 하고 있었다. 고통의 표정을 띠고 있는 것은 한 마리도 없었다. 그것은 나카타 씨에게는 그나마 하나의 구원이었다. 그중에는 눈을 감고 있는 것도 몇 마리 있었지만, 대부분의 고양이는 눈을 뜬 채 멀거니 공간의 한 점을 보고 있었다.

"고마 씨는 여기에 없는 것 같습니다" 하고 나카타 씨는 억양이 없는 목소리로 개에게 말했다. 그러고는 헛기침을 하고 냉동고 문을 닫았다.

틀림없겠지?

"네, 틀림없습니다."

개는 일어나서 나카타 씨를 다시 서재로 데리고 갔다. 서재에는 조니 워커가 가죽 회전의자에 같은 자세로 앉아서 기다리고 있었다. 나카타 씨가 방에 들어가자, 그는 경례라도 하는 것처럼 실크해트 챙에 손을 갖다 대고 상냥하게 미소 지었다. 그런 뒤 딱딱 손뼉을 두 번 쳤다. 그러자 개가 방에서 나갔다.

"저 고양이 목은 모두 내가 자른 거야" 하고 조니 워커가 말했다. 그러고는 위스키 잔을 손에 들고서 한 모금 마셨다. "수집을 하고 있네."

"조니 워커 씨, 역시 당신이 그 공터에서 고양이들을 잡아 죽이는 사람이었군요."

"그래, 맞아. 내가 그 유명한 고양이 살해자, 조니 워커라네."

"나카타는 잘 몰라서 그러는데, 한 가지 질문을 해도 괜찮겠습니까?"

"물론, 물론" 하고 조니 워커가 말했다. 그러고는 위스키 잔을 공중에 쳐들었다. "무엇이든지 마음대로 질문해도 되네. 질문에는 기꺼이 대답해 주겠네. 그러나 시간을 절약하기 위해 좀 실례를 하고 이야기를 진행한다면, 자네가 맨 먼저 알고 싶은 것은 왜 내가 고양이를 죽이지 않으면 안 되느냐는 것이겠지. 어째서 고양이 머리 따위를 수집하지 않으면 안 되느냐."

"네, 그렇습니다. 그것이 바로 나카타가 알고 싶은 것입니다."

조니 워커는 위스키 잔을 책상 위에 놓고 나카타 씨의 얼굴을 똑바로 봤다.

"중요한 비밀이기 때문에 보통 사람에겐 일일이 가르쳐 주지 않지만, 나카타 씨니까 오늘은 특별히 가르쳐 주지. 그러니까 함부로 다른 사람에게 이야기해서는 안 되네. 하긴 이야기해 봤자 아무도 믿지 않겠지만 말이야."

조니 워커는 그렇게 말하고 킥킥 웃었다.

"이보게, 내가 이렇게 고양이를 죽이는 것은 그저 재미로 하는 건 아니라네. 즐거움만을 위해서 많은 고양이를 죽일 만큼 마음의 병을 앓고 있지는 않아. 아니, 나는 그 정도로 한가한 사람이 아닐세. 이렇게 고양이를 모아서 죽이는 데도 상당한 노력이 필요하니까 말이야. 내가 고양이를 죽이는 것은 고양이의 영혼을 모으기 위한 것이네. 그렇게 해서 모은 고양이의 영혼을 가지고 특별한 피리를 만들거든. 그리고 그 피리를 불어서 좀 더 많은 영혼을 모으는 걸세. 좀 더 많은 영혼을 모아서, 좀 더 큰 피리를 만들고, 마지막에는 아마도 우주로 울려 퍼질 큰 피리가 만들어질 걸세. 그러니까 우선 시작은 고양이지. 고양이의 영혼을 모으지 않으면 안 되네. 그것이 출발점이거든. 이처럼 모든 일에는 순서라는 것이 있네. 순서를 정확하게 지키는 것이 곧 존경의 발로라네. 혼을 상대한다는 것은 그런 것이니까 말이야. 파인애플이나 멜론 같은 과일을 다루는 것과는 근본적으로 다르지. 안 그런가?"

"네" 하고 나카타 씨는 대답했으나, 사실은 무슨 이야기인지 도통 알 수 없었다. 피리라고? 그것은 세로로 부는 피리일까? 가로로 부는 피리일까? 그리고 어떤 소리가 나는 것일까? 고양이의 영혼이라는 건 도대체 어떤 것일까? 그런 의문은 나카타 씨의 이해력을 훨씬 뛰어넘는 문제였다. 그가 알고 있는 것은 무슨 일이 있어도 얼룩 고양이 고마를 찾아내서, 고이즈미 씨 댁으로 데리고 가야 한다는 것뿐이었다.

"그러니까 자네는 어쨌든 고마를 데리고 돌아가고 싶다 이거지?" 조니 워커가 나카타 씨의 마음을 읽은 것처럼 말했다.

"네, 그렇습니다. 나카타는 고마 씨를 집으로 데려가고 싶습니다."

"그게 자네의 사명이지" 하고 조니 워커가 말했다. "우리는 모두 자기 사명에 따라 살아가고 있네, 당연한 일이지. 그건 그렇다 치고, 자네는 고양이의 혼을 모아서 만든 피리 소리를 들은 적 없겠지?"

"네, 없습니다."

"당연히 그렇겠지. 그건 귀에는 들리지 않는 것이니까."

"소리가 들리지 않는 피리입니까?"

"맞아. 물론 나에겐 들리지. 나에게 들리지 않으면 말도 안 되니까. 그렇지만 보통 사람의 귀에는 들리지 않네. 피리 소리를 듣고 있는데도 듣고 있는 것을 모르지. 전에 들은 적이 있어도 기억이 나지 않아. 이상한 피리일세. 그렇지만 어쩌면 나카타 씨의 귀라면 들을 수 있을지도 모르지. 여기에 실제로 피리가 있으면 시험해 볼 수 있을 텐데, 공교롭게도 지금은 없네" 하고 조니 워커가 말했다. 그러고는 생각난 듯이 공중에 손가락을 한 개 세웠다. "솔직히 말하면 나카타 씨, 마침 나는 지금부터 고양이들 목을 한꺼번에 자르려고 생각하던 참이네. 이제 슬슬 추수할 때가 됐다고 생각하니까 말이야. 그 공터에 모여드는 고양이들도 잡을 수 있는 것은 다 잡았고, 이제 다른 곳으로 옮길 시기가 됐어. 자네가 찾고 있는 얼룩 고양이 고마도 그 속에 섞여 있네. 목을 잘라 버리면 물론 자네는 고마를 고이즈미 씨 댁에 데리고 갈 수 없게 되지. 안 그런가?"

"네, 맞습니다" 하고 나카타 씨는 말했다. 잘린 고양이 목을 고이즈미 씨 댁에 가지고 갈 수는 없다. 어린 두 딸이 그걸 봤다가는 영원히 밥을 먹을 수 없게 될지도 모른다.

"나로서는 고마의 목을 자르고 싶네. 자네는 그러지 말았으면 싶겠지. 서로의 사명, 서로의 이익이 충돌하는 거야. 세상에는 흔히 있는 일이지. 그래서 거래를 하는 거야. 즉 나카타 씨, 만일 자네가 어떤 일을 해준다면, 나는 자네에게 고마를 사지 육신이 멀쩡한 채로 건네주겠네."

나카타 씨는 손을 머리에 대고 손바닥으로 백발이 섞인 짧은 머리를 북북 문질렀다. 그것은 무언가를 진지하게 생각할 때의 동작이었다.

"그것은 나카타가 할 수 있는 일입니까?"

"그 이야기는 분명히 아까 끝난 것으로 아는데" 하고 조니 워커가 쓴웃음을 지으면서 말했다.

"네, 그렇습니다" 하고 나카타 씨는 말했다. "그렇습니다. 그 이야기는 분명히 아까 끝났습니다. 죄송합니다."

"시간이 별로 없네. 단도직입적으로 말하지. 자네가 나에게 해줬으면 하는 일은, 나를 죽이는 일일세. 내 목숨을 빼앗는 일이지."

나카타 씨는 손을 머리에 올려놓은 채 한참 동안 조니 워커의 얼굴을 봤다.

"나카타가 조니 워커 씨를 죽이는 겁니까?"

"그렇지" 하고 조니 워커가 말했다. "솔직히 말해서 나는 사는 데 지쳤네, 나카타 씨. 나는 꽤 오래 살아왔어. 나이도 잊어버릴 정도로 오래 살았어. 이제 더 이상 살고 싶지 않네. 고양이를 죽이는 것도 이제 싫증이 났어. 그러나 살아 있는 한, 고양이를 죽이지 않을 수 없네. 그 영혼을 모으지 않을 수 없는 걸세. 단계를 제대로 밟아서, 첫 번째에서 열 번째까지 올라가고, 열 번째까지 가면 다시 첫 번째로 돌아오지. 그것이 끝없이 반복될 뿐이네. 그야 싫증도 나고 지치는 게 당연하지. 이런 짓을 한들 누가 기뻐해 주는 것도 아니고, 존경받는 것도 아니야. 그러나 그것이 규칙이니까, 스스로 '이제 그만두겠다' 하고 그만둘 수도 없다네. 그리고 나는 나를 죽일 수도 없어. 그것 역시 규칙이기 때문이지. 자살할 수가 없네. 규칙이 잔뜩 있어서 만일 죽고 싶으면 누군가에게 부탁해서 죽여 달라고 할 수밖에 없고, 그래서 자네에게 죽여 달라고 부탁하는 걸세. 공포와 증오심을 가지고 깨끗이 죽여 주면 좋겠네. 먼저 자네는 나에게 공포를 느끼지. 그리고 나를 증오하지. 그렇게 된 이후에 자네는 나를 죽이는 걸세."

"왜요?" 하고 나카타 씨는 말했다. "왜 그걸 나카타가 해야 합니까? 나카타는 지금까지 사람을 죽여 본 일이라고는 없습니다. 그런 일에 나카타는 별로 적합하지 않습니다."

"그건 잘 알고 있네. 자네는 사람을 죽인 적도 없고, 죽이려고 생각해 본 적도 없어. 자네는 그런 일에 별로 어울리지 않아. 그러나 나카타 씨, 세상에는 그런 논리가 잘 통하지 않는 곳도 있는 걸세. 어울리느냐, 어울리지 않느냐에 대해서는 아무도 관심을 갖지 않는 상황도 있는 거야. 자네는 그것을 이해하지 않으면 안 되네. 예를 들면, 전쟁이 그렇지. 전쟁에 대해서는 알고 있을 테지?"

"네, 전쟁은 알고 있습니다. 나카타가 태어났을 때도 큰 전쟁이 벌어지고 있었습니다. 그런 이야기를 들었습니다."

"전쟁이 시작되면 군대에 끌려가. 군대에 끌려가면 총을 둘러메고 전쟁터로 가서, 상대편 군인을 죽이지 않으면 안 되지. 그것도 될 수 있는 대로 많이 죽일수록 훌륭한 군인이 되고, 영웅이 된다는 걸 자네도 알고 있겠지. 자네가 살인을 좋아하든 싫어하든, 그런 건 아무도 헤아려 주지 않아. 그것은 꼭 해야만 하는 일이거든. 그렇지 않으면 거꾸로 자네가 죽게 되니까 말이야."

조니 워커는 집게손가락 끝을 나카타 씨 가슴에 들이댔다. "탕!" 하고 그는 총소리를 냈다. "이것이 인간 역사의 가장 중요한 대목인 걸세."

나카타 씨는 물었다. "지사님이 나카타를 군대로 끌고 가서 사람을 죽이라고 명령하시는 건가요?"

"그렇지. 지사님이 명령하는 거지, 사람을 죽이라고."

나카타 씨는 그에 대해 생각해 봤지만 제대로 생각을 정리할 수가 없었다. 어째서 지사님이 나에게 살인을 명령하지 않으면 안 되는 걸까?

"그렇기 때문에 자네는 이렇게 생각해야 하네. 이건 전쟁이다, 라고. 자네가 군인이 되었다고 생각해야 해. 지금 이 자리에서 결단을 내려야 한단 말일세. 내가 고양이를 죽이느냐, 아니면 자네가 나를 죽이느냐, 둘 중 하나지, 자네는 지금 여기서 그 선택을 강요당하고 있네. 물론 그건 자네 눈으로 보자면 참으로 불합리한 선택일 거야. 그러나 한번 생각해 보게. 이 세상의 대부분의 선택은 불합리하고 도리에 어긋나는 것 아닌가."

조니 워커는 실크해트에 손을 가볍게 갖다 댔다. 모자가 제대로 머리 위에 얹혀 있는지 확인이라도 하듯이.

"단 한 가지, 자네에게 구원은—만일 자네가 구원 따위를 필요로 한다면 말이지만—나 자신이 마음속으로부터 죽음을 원하고 있다는 사실이네. 내가 죽여 달라고 자네에게 부탁하고 있는 거야. 애원하고 있단 말일세. 그러니까 자네는 나를 죽이는 것에 조금도 양심의 가책을 느낄 필요가 없네. 아무튼 내가 원하는 일을 하는 것뿐이니까. 그렇지 않은가? 죽고 싶지 않다고 하는 상대를 억지로 죽이는 것이 아니야. 오히려 선행이라고 할 수 있는 일이 아닌가!"

나카타 씨는 이마에 난 땀을 손으로 닦았다. "하지만 나카타는 도저히 그런 짓을 할 수 없습니다. 어떻게 해야 좋을지도 알 수 없고요."

"아, 그렇군" 하고 조니 워커가 감탄한 듯이 말했다. "과연 그것도 그런대로 일리가 있어. 어떻게 하면 좋을지 모른단 말이지? 아무튼 사람을 죽이는 것은 처음이니까 말이야……. 분명히 그렇겠지. 그 뜻은 잘 알겠네. 좋아. 내가 방법을 하나 가르쳐 주지. 인간을 죽일 때의 요령은 말이야, 나카타 씨, 주저하지 않는 거야. 거대한 편견을 가지고 신속하게 단행한다, 그것이 사람을 죽이는 요령일세. 인간은 아니지만 마침 여기에 좋은 본보기가 있네. 얼마간 참고는 될 거야."

조니 워커는 의자에서 일어나 책상 뒤에서 커다란 가죽 가방을 집어 들었다. 그 가방을 조금 전까지 자기가 앉아 있던 의자 위에 올려놓은 뒤, 즐거운 듯이 휘파람을 불면서 덮개를 열고, 마치 마술이라도 시작하듯 안에서 고양이 한 마리를 꺼냈다. 본 적이 없는 고양이였다. 잿빛 줄무늬가 있는 갓 성인이 된 젊은 수고양이다. 고양이는 축 늘어져 있지만 눈은 뜨고 있다. 아무래도 의식은 있는 것 같았다. 조니 워커는 계속 휘파람을 불면서 방금 잡은 물고기를 사람들에게 보이듯이 두 손으로 그 고양이를 안아 앞으로 내밀었다. 그가 휘파람 불고 있는 곡은 디즈니 만화영화 「백설공주」에서 일곱 난쟁이들이 노래하는 「하이호!」였다.

"이 가방 안에는 고양이가 다섯 마리 들어 있네. 모두 그 공터에서 잡은 고양이들이야. 갓 잡은 신선한 고양이들이지. 산지직송, 지금 막 잡아 온 고양이들일세. 약물 주사를 놓아 마비시켜 놓았네. 마취가 아니야. 그래서 자고 있지도 않고, 감각도 있어. 고통도 제대로 느끼지. 그러나 근육이 이완돼 있으니까 손발을 움직일 수는 없다네. 고개도 움직일 수 없지. 발악하며 할퀴면 곤란하니까 그렇게 해놓았네. 나는 지금부터 나이프로 이 고양이들의 배를 갈라서 맥박 치는 심장을 끄집어내고 목을 자를 걸세. 자네 눈앞에서 그것을 할 거야. 많은 피가 흐르고, 고통이 그야말로 엄청나지. 누군가가 자네 배를 가르고 심장을 꺼낸다면 어떻겠나. 고양이도 마찬가지라네. 죽기 전 고통이 얼마나 클 것인가는 말할 필요도 없지. 불쌍하다고는 생각하네. 내가 피도 눈물도 없는 사디스트는 아니니까. 그러나 어쩔 수 없는 일이지. **고통이 따라야만 하거든**. 그게 규칙이야. 알겠나? 이런 일에는 정해진 법칙 같은 것이 참 많다네, 어쨌든."

조니 워커는 나카타 씨에게 한쪽 눈을 찡긋해 보였다.

"그러나 일은 일이지. 사명은 사명이지. 한 마리 한 마리 차례대로 처리하고 마지막에 고마를 처리할 거야. 아직 시간이 조금 있으니까, 자네는 그때까지 마음을 정하면 되네. 내가 고양이들을 죽이느냐, 아니면 자네가 나를 죽이느냐, 둘 중 하나를 말하는 거야."

조니 워커는 축 늘어진 채로 있는 고양이를 책상 위에 내려놓았다. 책상 서랍을 열고, 커다란 검은 꾸러미를 양손으로 끌어안듯이 꺼냈다. 그러고 나서 주의 깊게 천을 펼치고 싸여 있던 것들을 책상 위에 늘어놓았다. 소형 자동 톱, 여러 가지 크기의 수술용 메스, 대형 나이프. 모든 게 바로 조금 전에 갈아 놓은 것처럼 희고 선명한 빛을 내고 있었다. 조니 워커는 그 연장들을 하나하나 사랑스러운 듯이 점검하면서 책상 위에 늘어놓았다. 그런 다음 다른 서랍에서 금속 접시를 몇 개 꺼내, 그것도 책상 위에 늘어놓았다. 모두 정해진 위치가 있는 것 같았다. 그는 서랍 속에서 검은색의 커다란 쓰레기봉투를 꺼냈다. 그동안에도 계속 그는 「하이호!」를 휘파람으로 불었다.

"모든 일에는 말이야, 나카타 씨, 순서라는 것이 필요하네" 하고 조니 워커가 말했다. "앞만 보고 가도 안 돼. 너무 앞만 보고 가다가는 발밑에 주의를 기울이지 않으니 넘어지기 쉽지. 그렇다고 발치의 자질구레한 것만 보고 있어도 안 돼. 앞을 잘 보지 않으면 무언가에 부딪히게 되니까. 그러니 조금은 앞을 보면서 순서를 좇아 정확히 일을 처리해 나가는 것이 중요하다, 이 말이야. 무슨 일이건 그렇지 않은가."

조니 워커는 눈을 가늘게 뜨고 고양이의 머리를 잠시 다정하게 쓰다듬었다. 집게손가락 끝을 고양이의 부드러운 배 위에서 올렸다 내렸다 했다. 그러고 나서 오른손에 메스를 들고, 아무런 예고도 없이, 주저도 없이, 젊은 수고양이의 배를 일직선으로 갈랐다. 한순간의 일이었다. 배가 세로로 갈라지고, 안에서 시뻘건 내장이 쏟아지듯이 밖으로 나왔다. 고양이는 입을 벌리고 비명을 지르려 했지만, 소리는 거의 나오지 않았다. 혀가 마비돼 있었을 것이다. 입도 제대로 벌릴 수 없는 것 같았다. 그러나 그 눈은 의심의 여지 없이 극심한 고통으로 일그러져 있었다. 그 고통이 얼마나 격렬한 것인지, 나카타 씨는 상상할 수 있었다. 문득 생각난 듯이 피가 뿜어져 나왔다. 그 피는 조니 워커의 손을 적시고 조끼에 튀었다. 그러나 조니 워커는 피 같은 것에는 전혀 신경 쓰지 않았다. 그는 휘파람으로 「하이호!」를 불면서, 고양이 몸에 손을 집어넣고 소형 메스로 심장을 능숙하게 잘라 냈다. 조그만 심장이었다. 그것은 아직도 고동치고 있는 것처럼 보였다. 그는 그 피투성이인 작은 심장을 손바닥에 놓고 나카타 씨 쪽으로 내밀었다.

"자아, 이것이 심장일세. 아직 움직이고 있어. 자아, 잘 보게."

조니 워커는 그걸 잠시 나카타 씨에게 보이고는 당연하다는 듯 그대로 입 안으로 던져 넣었다. 그리고 우물우물 입을 움직였다. 아무 말 없이, 천천히 음미하면서 시간을 들여 잘 씹어 먹었다. 그의 눈에는 막 구운 과자를 먹고 있는 어린이 같은 순수하고 지극히 행복한 순간의 색이 감돌고 있었다. 그런 다음 그는 입가에 묻은 피를 손등으로 닦아 냈다. 혀끝으로 입술을 꼼꼼히 핥았다.

"따뜻하고 신선하군. 입 안에서 아직도 움직이고 있어."

나카타 씨는 말을 잃은 채 그 광경을 지켜보고 있었다. 눈을 돌릴 수도 없었다. 머릿속에서 무엇인가 움직이기 시작하는 듯한 감각이 있었다. 방 안은 막 흘러나온 선혈의 냄새로 가득 차 있었다.

조니 워커는 「하이호!」를 휘파람으로 불면서 고양이의 목을 톱으로 잘랐다. 톱날이 소리를 내며 뼈를 절단했다. 익숙한 솜씨였다. 굵은 뼈가 아니어서 시간은 그다지 오래 걸리지 않았다. 그러나 그 소리에는 이상할 정도의 무게가 있었다. 그는 절단한 고양이의 목을 사랑스러운 듯이 금속 접시에 올려놓았다. 예술 작품을 감상하는 것처럼 조금 떨어져서 눈을 가늘게 뜨고, 그것을 한동안 바라봤다. 휘파람 불기를 잠시 중단하고, 이 사이에 낀 무언가를 손톱으로 빼내더니 그것을 다시 입에 넣고는 맛있다는 듯이 먹었다. 만족스러운 표정을 지으며 소리를 내면서 침을 삼켰다. 마지막으로 쓰레기봉투를 벌리고, 목이 잘리고 심장을 뺏긴 고양이의 몸뚱어리를 아무렇게나 집어넣었다. 빈 껍데기에는 더 이상 볼일이 없다는 듯이.

"한 마리 완료!" 조니 워커가 피투성이가 된 양손을 나카타 씨 쪽으로 내밀었다. "꽤 힘든 노동이라고 생각지 않나? 그야 물론 싱싱한 심장을 먹을 수 있는 건 여분의 소득이긴 하지만, 그때마다 이렇게 피투성이가 돼서야 어디 견딜 수 있나. '몸부림치는 파도도 이 손을 담그면, 빨간색 일색, 녹색의 망망대해도 당장 붉게 물들리라.' 「맥베스」의 대사지. 맥베스만큼 심각하지는 않지만, 의복 세탁비도 무시할 수 없거든. 어쨌든 특수한 의상이니까. 수술복을 입고 장갑을 끼고 하면 편리하겠지만, 그렇게 할 수도 없고. 이것 역시 예의 규칙이라서 말이야."

나카타 씨는 아무 말도 하지 않았다. 머릿속에서는 무엇인가가 계속 움직이고 있다. 피 냄새가 난다. 그리고 귓속에서는 「하이호!」의 멜로디가 울려 퍼지고 있다.

조니 워커는 가방 안에서 다음 고양이를 끄집어냈다. 흰 암고양이였다. 그렇게 젊지는 않다. 꼬리 끝이 조금 구부러져 있다. 조니 워커는 아까와 마찬가지로 고양이의 머리를 한참 쓰다듬었다. 그러고는 배에 손가락으로 절취선 같은 것을 그었다. 목에서 꼬리까지 천천히 똑바로 가공의 선을 그었다. 그리고 메스를 손에 들더니 단숨에 배를 갈랐다. 나머지는 아까와 같은 일을 반복했다. 무언의 비명. 온몸의 경련. 쏟아져 나오는 내장. 아직 맥박 치고 있는 심장을 끄집어내서 나카타 씨 쪽으로 내밀어 보이고는 입 안에 던져 넣는다. 시간을 들여서 음미하며 씹는다. 만족스러운 미소를 지으며 손등으로 핏자국을 닦는다. 휘파람으로 부는 「하이호!」.

나카타 씨는 의자 속에 몸을 깊숙이 파묻었다. 그리고 눈을 감았다. 두 손으로 머리를 움켜쥐었다. 손끝이 관자놀이를 파고 들었다. 그의 내부에서 틀림없이 무슨 일이 일어나기 시작하고 있었다. 극심한 혼란이 그의 육체의 구성을 크게 바꿔 놓으려 하고 있었다. 호흡이 자기도 모르게 가빠지고 목 부근에 심한 통증이 느껴졌다. 시야가 크게 재편성되고 있는 것 같았다.

"나카타 씨, 나카타 씨" 하고 조니 워커가 밝은 목소리로 말했다. "그럼 안 되지. 지금부터 드디어 본격적인 고양이족 살해극이 시작된단 말이야. 지금까지는 전주곡에 지나지 않았어. 그냥 분위기 조성에 지나지 않았던 거야. 이제부터 나카타 씨에게 낯익은 얼굴들이 차례차례 등장하네. 눈을 똑바로 뜨고 잘 봐야 할 거야. 아무튼 재미는 지금부터야. 나도 이것저것 생각해서 궁리한 것일세. 그 점은 알아줘야 해."

그는 「하이호!」를 불면서 다음 고양이를 꺼냈다. 나카타 씨는 의자에 몸을 파묻은 채 눈을 뜨고 그 고양이를 봤다. 그것은 가와무라 씨였다. 가와무라 씨는 나카타 씨를 가만히 봤다. 나카타 씨도 그 눈을 봤다. 그러나 그는 아무것도 생각할 수 없었다. 일어설 수조차 없었다.

"소개할 필요는 없겠지만, 일단 확실하게 해두기 위해 예의상 소개하겠네" 하고 조니 워커가 말했다. "에, 이쪽은 고양이 가와무라 씨고, 저쪽은 나카타 씨일세. 서로 인사를 나누시

게나."

조니 워커는 신파조의 손짓으로 실크해트를 쳐들어 나카타 씨에게 인사하고 그다음에 가와무라 씨에게 인사했다.

"우선은 남들처럼 인사부터 하지. 그러나 인사가 끝나면 즉시 이별이 시작되네. 헬로, 굿바이— 활짝 핀 꽃에 불어 닥친 폭풍이라는 비유도 있잖은가. 작별만이 인생이라네." 조니 워커는 그렇게 말하고 손끝으로 가와무라 씨의 부드러운 복부를 애무했다. 자못 사랑스러운 듯 다정한 애무였다.

"말리려면 지금 말리라고, 나카타 씨. 이 순간이 지나면 말리고 싶어도 말릴 수 없어. 시간은 흘러가고 조니 워커는 주저하지 않는단 말일세. 고명한 고양이 살해범 조니 워커의 사전에 '주저'라는 단어는 없단 말이야."

조니 워커는 그야말로 주저하지 않고 가와무라 씨의 배를 갈랐다. 가와무라 씨의 비명은 분명하게 들려왔다. 혀가 충분히 마비되지 않았던 모양이다. 아니면, 그것은 나카타 씨의 귀에만 들리는 특별한 비명이었는지도 모른다. 신경이 얼어붙을 것 같은 처절한 비명이었다. 나카타 씨는 눈을 감고 두 손으로 머리를 감쌌다. 손이 부들부들 떨리는 것을 알 수 있었다.

"눈을 감아서는 안 되네" 하고 조니 워커가 단호한 목소리로 말했다. "그것도 규칙일세. 눈을 감아서는 안 돼. 눈을 감아 봤자 사태는 조금도 좋아지지 않으니까. 눈을 감았다고 해서 무엇인가가 사라지는 것은 아니지. 아니, 오히려 다음에 눈을 떴을 때, 사태는 더 악화돼 있을 거야. 우리는 그런 세계에 살고 있는 걸세, 나카타 씨. 눈을 똑바로 떠야 해. 눈을 감는 것은 약자가 하는 짓이야. 현실에서 눈을 돌리는 것은 비겁한 자가 하는 짓이란 말일세. 자네가 눈을 감고 귀를 틀어막고 있는 동안에도 시간은 가고 있단 말이야, 똑딱똑딱."

나카타 씨는 시키는 대로 눈을 떴다. 조니 워커는 그것을 확인하고 나서 여봐란듯이 가와무라 씨의 심장을 먹었다. 아까보다 더 천천히, 맛있다는 듯이 그것을 먹었다.

"부드럽고, 따뜻하고, 마치 갓 잡은 장어의 간 같군그래." 조니 워커는 피투성이인 집게손가락을 입 안에 넣고 쪽쪽 빨고는 다시 입 밖으로 꺼내서 나카타 씨 면전에 꼿꼿이 세워 보였다. "한번 이 맛을 알게 되면 중독이 된다니까. 잊을 수가 없지. 특히 이 피의 끈적끈적한 끈기는 이루 말할 수가 없다네."

그는 메스에 묻은 핏자국을 깨끗이 닦아 내고 나서, 역시 유쾌하게 휘파람을 불며 가와무라 씨의 머리를 톱으로 잘라 냈다. 가느다란 톱니가 뼈를 잘랐다. 피가 사방으로 튀었다.

"제발 부탁입니다, 조니 워커 씨. 나카타는 더 이상 견딜 수가 없습니다."

조니 워커는 신나게 불던 휘파람을 그쳤다. 작업을 중단하고는 손으로 귓불을 살살 긁었다.

"그것 참 안됐군그래, 나카타 씨. 건강 상태가 나빠서는 안 되지. 그러나 안됐지만, 이 시점에서 '네, 알겠습니다' 하고 그만둘 수는 없다네. 아까도 말했잖은가. 이것은 전쟁이라고. 일단 시작한 전쟁을 중지하기는 대단히 어렵지. 한번 칼집에서 뽑은 칼이니까, 피가 흐르지 않으면 안 되네. 이것은 이치도 아니고, 논리도 아니고, 나의 억지도 아니야. 그냥 규칙일 뿐이지. 그러니까 더 이상 고양이를 죽게 하고 싶지 않거든, 자네가 나를 죽일 수밖에 없다네. 일어나서 편견을 가지고 단호하게 죽이는 거야. 그것도 지금 당장 말이야. 그러면 모든 것이 끝나지. 피리어드period."

조니 워커는 또다시 휘파람을 불면서 가와무라 씨의 머리 절단 작업을 끝내고 시체를 쓰레기봉투 속에 툭 던져 넣었다. 금속 쟁반 위에 고양이 머리가 세 개 나란히 놓였다. 그렇게 고통을 겪었는데도 어느 고양이의 얼굴에도 표정이 없었다. 냉동고 안에 나란히 놓여 있던 고양이들의 얼굴과 마찬가지로 모두 기묘하고 공허한 모습이었다.

"다음은 샴고양이일세."

조니 워커는 그렇게 말하더니, 가방 안에서 축 늘어진 샴고양이 한 마리를 꺼내 들었다. 그것은 물론 미미였다.

"「내 이름은 미미」로군. 푸치니의 오페라에 나오지. 분명히 이 고양이에겐 그런 우아하고 요염한 분위기가 느껴져. 나도 푸치니는 좋아한다네. 푸치니의 음악에는 뭐랄까, 영원한 반시대성 같은 것이 느껴지거든. 통속적이기는 하지만 신기하게도 퇴색하지 않는다네. 그것은 예술로는 하나의 훌륭한 달성이지."

조니 워커는「내 이름은 미미」의 한 구절을 휘파람으로 불었다.

"그렇지만 말이야, 나카타 씨, 이 미미를 붙잡는 데는 여간 고생한 게 아니야. 아무튼 날쌔지, 신중하지, 머리 회전은 빠르지, 좀처럼 덫에 걸려들지 않더라니까. 그야말로 난물難物 중의 난물이었네. 그러나 고명한 희대의 고양이 살해범, 조니 워커님 손아귀를 벗어날 수 있는 고양이는, 아무리 세계가 넓다 해도 한 놈도 없지. 그렇다고 내 자랑을 하는 것은 아닐세. 다만 붙잡는 데 애를 먹었다는 사실을 있는 그대로 말하고 있을 뿐이야……. 자, 이쯤에서 브알라voilà! 자네도 잘 아는 샴고양이 미미의 등장일세! 나는 누가 뭐래도 샴고양이를 좋아하네. 자네는 모르겠지만, 심장으로 말하면 샴고양이가 천하일품이야. 맛에 기품 같은 것이 있거든. 송로버섯처럼 말이야. 걱정하지 말아요, 미미. 네 따뜻하고 귀여운 심장은 이 조니 워커가 제대로 음미하면서 먹어 줄 테니까. 음, 가슴이 꽤 두근거리고 있군."

"조니 워커 씨" 하고 나카타 씨는 배 속에서 쥐어짜는 것 같은 목소리로 말했다. "제발 부탁입니다. 이런 짓은 이제 그만두세요. 더 이상 계속하면 나카타는 머리가 돌아 버릴 것 같습니다. 나카타는 이미 나카타가 아닌 것같이 느껴집니다."

조니 워커는 미미를 책상 위에 눕히고 아까처럼 천천히 배 위에 손가락으로 똑바로 줄을 그었다.

"자네는 이미 자네가 아니다." 그는 조용한 목소리로 말했다. 그 말을 혀 위에서 천천히 음미했다. "그것은 대단히 중요한 일일세, 나카타 씨. 인간이 인간이 아니게 된다는 것은 말이야."

조니 워커는 책상 위에서 아직 사용하지 않은 새 메스를 집어 들고 손끝으로 칼날의 날카로움을 확인했다. 그런 뒤 시험해 보듯이 자기 손등을 메스로 쓰윽 그었다. 그러자 조금 사이를 두고 피가 떨어졌다. 피가 그의 손등에서 책상 위로 방울져 떨어졌다. 피는 미미의 몸 위에도 떨어졌다. 조니 워커는 쿡쿡 웃었다. "인간이 인간이 아니게 된다" 하고 그는 되풀이했다. "자네가 자네가 아니게 된다. 바로 그거야, 나카타 씨. 아주 멋지군. 누가 뭐래도 그것이 중요한 걸세. '아아, 내 마음속에 전갈이 가득 기어 다니도다!' 이것 역시 맥베스의 대사지."

나카타 씨는 말없이 의자에서 일어섰다. 어느 누구도, 나카타 씨 자신조차도 그 행동을 막을 수는 없었다. 그는 성큼성큼 앞으로 걸어 나가더니, 책상 위에 놓여 있던 칼 하나를 주저 없이 집어 들었다. 스테이크 나이프 같은 형태의 큰 칼이었다. 나카타 씨는 그 나무 칼자루를 꽉 움켜쥔 뒤, 칼날을 조니 워커의 가슴에 주저하지 않고 끝까지 깊숙이 꽂았다. 검은 조끼 위에서 한 번 찌르고, 그걸 뽑아서 다시 다른 곳에 힘껏 꽂아 넣었다. 귓가에서 무언가 큰 소리가 들렸다. 그것이 무엇인지, 처음에 나카타 씨는 잘 몰랐다. 그러나 그것은 조니 워커의 웃음소리였다. 그는 가슴 깊이 칼이 꽂힌 채, 피를 흘리면서 계속 큰 소리로 웃었다.

"그래, 그것으로 됐네" 하고 조니 워커가 소리쳤다. "주저없이 나를 찔렀어, 훌륭해."

쓰러지면서도 조니 워커는 계속 웃었다. 하하하하하, 하고 웃었다. 우스워서 견딜 수 없는 듯했다. 그러나 그 웃음은 이윽고 그대로 오열로 변하고, 목에서 피가 솟구쳐 오르는 소리가 됐다. 배수 파이프의 막힌 곳이 뚫리기 시작할 때처럼 쿨렁쿨렁하는 소리였다. 그러다가 온몸에 심한 경련이 일어나더니 입으로 세차게 왈칵 피를 토했다. 피와 함께 미끈미끈한 검은 덩어리가 나왔다. 조금 전에 먹은 고양이들의 심장이었다. 그 피는 책상 위에 떨어지고, 나카타 씨가 입고 있는 골프웨어에도 튀었다. 조니 워커도 나카타 씨도 온몸이 피투성이가 되었다. 책상 위에 누워 있는 미미도 피투성이였다.

정신을 차렸을 때, 조니 워커는 나카타 씨의 발치에 쓰러져 죽어 있었다. 어린애가 추운 밤에 몸을 웅크린 것 같은 모습으로 축 늘어져, 의심의 여지 없이 그는 죽어 있었다. 왼손은 목구멍 부근을 누르고, 오른손은 무언가를 찾는 것처럼 곧장 앞으로 뻗어 있었다. 경련도 없어지고, 물론 웃음소리도 사라졌다. 그러나 입가에는 아직 냉소의 그림자가 어렴풋이 남아 있었다. 그것은 무언가의 작용으로 영원히 입가에 달라붙은 것처럼 보였다. 마룻바닥에는 피가 흥건하게 고여 있었고, 실크해트는 쓰러질 때 벗겨져 방 한쪽 구석에 있었다. 조니 워커의 뒤통수는 머리카락이 적어서 두피가 보였다. 모자가 사라지자 그는 훨씬 늙고 약해 보였다.

나카타 씨는 손에 들고 있던 칼을 놓았다. 금속이 마루에 부딪치는 큰 소리가 났다. 어딘가 먼 곳에서 커다란 기계의 톱니바퀴가 한 번 앞으로 돌아간 것 같은 소리였다. 한참 동안 나카타 씨는 시체 옆에 꼼짝도 하지 않고 서 있었다. 방 안은 모든 것이 정지돼 있었다. 피만이 아직도 소리 없이 계속 흐르고, 피 웅덩이가 조금씩 퍼져 갔다. 그는 정신을 차리고, 책상 위에 누워 있는 미미를 안아 올렸다. 축 늘어진 따뜻한 몸이 손안에서 느껴졌다. 피투성이가 되었지만, 다친 데는 없는 것 같았다. 미미가 뭔가 말하고 싶다는 듯이 나카타 씨의 얼굴을 빤히 쳐다봤다. 그러나 약 기운 때문에 말을 할 수 없었다.

나카타 씨는 가방 안에서 고마를 발견하고, 오른손으로 안아 올렸다. 사진으로밖에 본 적이 없는 고양이지만, 오래전부터 알고 있던 고양이와 다시 만난 것 같은 자연스러운 반가움을 느낄 수 있었다.

"고마 씨."

나카타 씨는 그 두 마리의 고양이를 두 팔로 안고 소파에 앉았다.

"집에 갑시다" 하고 나카타 씨는 고양이들에게 말했다. 그러나 일어설 수가 없었다. 어디선가 조금 전의 검은 개가 나타나서 조니 워커의 시체 옆에 쭈그리고 앉았다. 그 개는 거기에 흥건하게 고인 피를 핥았는지도 모른다. 그러나 확실한 것은 생각나지 않았다. 머리가 무겁고 몽롱해졌다. 나카타 씨는 숨을 크게 쉬고 눈을 감았다. 의식이 흐려지더니 그대로 칠흑 같은 암흑 속으로 가라앉았다.

제17장

통나무집에서 보내는 사흘째 밤이다. 하루하루 지날수록 조용한 분위기에도 익숙해지고, 어둠의 깊이에도 익숙해진다. 이미 밤이 그다지 무섭게 느껴지지는 않는다. 난로에 장작을 넣고 그 앞에 의자를 놓고 앉아서 책을 읽는다. 책 읽기에 지치면, 머릿속을 텅 비우고 그냥 난로의 불길을 바라본다. 불길은 아무리 보고 있어도 질리지 않는다. 여러 가지 형태의 불길이 있고, 여러 가지 색깔의 불길이 있다. 그것은 생명체처럼 자유자재로 움직인다. 태어나고, 맺어지고, 헤어지고, 멸망하고, 사라져 간다.

흐리지 않을 때는 밖으로 나가 하늘을 올려다본다. 이젠 별도 그다지 무력감을 느끼게 하지는 않는다. 나는 별에게 친근감을 갖게 됐다. 별은 하나하나 다른 빛을 발하고 있다. 나는 몇 개인가의 별을 기억하고 그 반짝이는 모양을 관찰한다. 별은 이따금, 마치 무엇인가 중요한 일을 생각해 낸 것처럼 강한 빛을 발한다. 달은 하얗고 밝아서, 시선을 집중하면 거기 있는 바위 하나하나가 보일 정도다. 그럴 때는 무언가를 생각하는 일 따윈 할 수 없다. 숨을 죽이고 그냥 응시하고 있을 수밖에 없다.

엠디 워크맨의 배터리는 바닥나 버렸지만, 음악이 없어도 생각했던 것만큼 마음 쓰이지는 않는다. 음악을 대신할 수 있는 것이 도처에 있다. 새의 지저귐, 각종 벌레 소리, 졸졸 흐르는 개울물 소리, 나뭇잎이 바람에 흔들리는 소리, 무언가가 통나무집 지붕 위를 걷는 발소리, 비 오는 소리. 그리고 이따금 귀에 들리는, 설명할 수 없고 말로는 표현할 수 없는 소리…… . 지구가 이렇게 많은 아름답고 신선한 자연의 소리로 차 있다는 것을, 지금까지 나는 깨닫지 못하고 있었다. 그렇게 소중한 것을 제대로 보거나 듣지 않은 채 살아온 것이다. 그것을 벌충이라도 하듯이 나는 오랜 시간 현관 앞에 앉아서 눈을 감고 숨을 죽이며, 거기에 있는 소리를 하나하나 남김없이 들으려고 한다.

숲에 대해서도 이젠 처음 느꼈던 공포감은 갖지 않게 됐다. 숲에 자연스러운 경외감 같은 것을 갖게 되고, 친근감마저 느끼게 됐다. 물론 말은 그렇게 해도 숲속에서 내가 발을 들여놓을 수 있는 곳은 통나무집 주위의 오솔길이 나 있는 주변으로 한정돼 있다. 길에서 벗어나면 안 된다. 정해진 규칙을 지키기만 하면 아마 위험은 없을 것이다. 숲은 나를 잠자코 받아들인다. 혹은 보고도 못 본 체한다. 그리고 거기 있는 평온함과 아름다움을 얼마간 나누어 준다. 그러나 일단 규칙을 어기면 거기에 숨어 있는 침묵의 짐승들이 날카로운 발톱으로 나를 사로잡아 버릴지도 모른다.

나는 오솔길을 여러 번 산책하고, 숲속의 동그랗고 조그만 공터에 누워서 내리쏟아지는 햇살을 온몸으로 받는다. 눈을 꽉 감고 태양의 눈부신 빛을 받으면서, 나무 위를 스치며 지나가는 바람 소리에 귀를 기울인다. 새들의 날갯짓 소리와 양치류 잎의 산들거림을 듣는다. 식물의 짙은 향기가 온몸을 감싼다. 그럴 때 나는 중력에서 해방돼 땅바닥에서 아주 조금 들린다. 나는 공중에 둥실 떠 있다. 그것은 물론 언제까지나 계속되는 상태는 아니다. 눈을 뜨고 숲에서 나가면 사라져 버리는, 그때만의 순간적인 감각이다. 그러나 그렇다는 것을 알고 있어도, 그것은 역시 마음이 압도되는 체험이다. 어쨌든 나는 공중에 뜰 수 있는 것이다.

몇 번 세찬 비가 내렸으나 항상 금세 그쳤다. 이 부근의 산 위쪽 날씨는 변하기 쉽다. 비가 올 때마다 나는 벌거벗고 밖으로 나가 비누칠을 하고 온몸을 씻는다. 운동으로 땀을 흘리면, 입고 있는 것을 전부 벗어 버리고 현관 앞에서 일광욕을 한다. 차를 많이 마시고, 현관 앞 의자에 앉아서 독서에 열중한다. 날이 저물면 난로 앞에서 책을 읽는다. 역사서를 읽고, 과학서를 읽고, 민속학이나, 신화학이나, 사회학이나, 심리학 책을 읽고, 셰

익스피어를 읽는다. 책 한 권을 처음부터 끝까지 통독하기보다는 중요하다고 여겨지는 부분을 이해할 수 있을 때까지 몇 번이고 꼼꼼히 되풀이해서 읽는다. 그런 식으로 읽고 있으면 다양한 종류의 지식이 차례차례 내 안으로 흡수되는 것이 확실히 느껴진다. 내가 원하는 만큼 오래오래 여기에 있을 수 있다면 얼마나 좋을까, 하고 생각한다. 읽고 싶은 책은 서가에 얼마든지 꽂혀 있고, 식료품도 충분하다. 그러나 여기가 한때의 통과 지점에 지나지 않는다는 것을 나는 잘 알고 있다. 가까운 시일 안에 이곳을 떠나지 않으면 안 될 것이다. 이곳은 너무나도 평온하고, 너무나도 자연스럽고, 너무나도 완벽하게 모든 것이 갖추어져 있다. 그것은 지금의 나는 아직 가질 수 없는 것들이다. 아직 너무 이르다, 아마도.

나흘째 정오가 되기 조금 전에 오시마 씨가 왔다. 자동차 소리는 들리지 않았다. 그는 소형 배낭을 짊어지고 걸어서 왔다. 나는 알몸으로 현관 앞 의자에 앉아 햇빛 속에서 졸고 있었기 때문에, 다가오는 그의 발소리를 알아차리지 못한다. 아마 장난삼아 발소리를 죽였을 것이다. 그는 살그머니 현관 앞으로 올라와 손을 뻗어 내 머리를 가볍게 건드린다. 나는 황급히 벌떡 일어난다. 몸을 가릴 타월을 찾는다. 그러나 타월은 내 손이 닿을 만한 곳에는 없다.

"신경 쓸 것 없어" 하고 오시마 씨가 말한다. "나도 여기에 있을 때는 자주 벌거벗고 일광욕을 했어. 평소에는 좀처럼 햇볕이 닿지 않는 곳에 햇볕을 쬐이는 건 기분 좋은 일이거든."

오시마 씨 앞에서 알몸으로 있으려니까 숨이 막힐 것 같다. 내 음모와 페니스와 고환에 햇빛이 비치고 있다. 그것들은 매우 무방비하고 쉽게 상처 입을 것 같아 보인다. 어떻게 해야 좋을지 나는 알 수가 없다. 새삼스럽게 얼른 가릴 수도 없다.

"안녕하세요?" 하고 나는 말한다. "걸어온 겁니까?"

"날씨가 너무너무 좋아서 그냥 걸어왔어. 정문 앞에 차를 세워 놓고 여기까지 걸어왔지" 하고 그가 말한다. 그러고는 난간에 걸려 있는 타월을 집어서 나에게 건네준다. 나는 그 타월을 허리에 두르고서야 겨우 안정을 찾는다.

그는 작은 소리로 노래하면서 물을 끓이고, 배낭에서 준비해 온 밀가루와 달걀과 우유를 꺼내, 프라이팬을 데운 후 팬케이크를 만든다. 버터와 시럽을 바른다. 양상추와 토마토와 양파를 꺼낸다. 오시마 씨는 샐러드를 만들 때 아주 주의 깊게 천천히 부엌칼을 사용한다. 우리는 그것을 점심으로 맛있게 먹는다.

"사흘 동안 어떻게 지냈어?" 하고 오시마 씨가 팬케이크를 자르면서 묻는다.

여기서의 생활을 얼마나 즐겼는지 나는 이야기한다. 그러나 숲에 들어갔을 때의 일은 이야기하지 않는다. 왠지 그러는 게 좋을 것 같은 느낌이 들었기 때문이다.

"그것 참 다행이네" 하고 오시마 씨가 말한다. "나도 네 마음에 들 거라고 생각했어."

"하지만 우리는 이제 도시로 돌아가는 거죠?"

"그래, 우리는 도시로 돌아갈 거야."

우리는 돌아갈 채비를 한다. 재빠르고 요령 있게 통나무집 안을 정리한다. 식기를 씻어서 찬장에 집어넣고 난로를 청소한다. 물통의 물을 버리고 프로판가스 통의 밸브를 잠근다. 보존이 가능한 식품은 찬장에 집어넣고, 보존이 안 되는 식품은 처분한다. 빗자루로 바닥을 쓸고 탁자와 의자는 걸레로 닦는다. 바깥에 구덩이를 파서 쓰레기를 묻고 비닐 종류는 조그맣게 뭉쳐서 가지고 돌아간다.

오시마 씨가 통나무집의 자물쇠를 잠근다. 나는 마지막으로 고개를 돌려 통나무집을 바라본다. 그것은 조금 전까지 분명히 실제로 있었던 것임에도, 지금은 왠지 가공의 것처럼 느껴진다. 불과 몇 걸음 안 걸었을 뿐인데도 거기에 있던 것들은 금방 현실감을 잃어 간다. 조금 전까지 거기 있었던 나까지도 가공의 존재 같다는 느낌이 든다. 오시마 씨가 자동차를 세워 둔 곳까지는 걸어서 삼십 분가량 걸린다. 우리는 거의 말을 하지 않고 산길을 내려간다. 오시마 씨는 그동안 줄곧 무슨 멜로디를 흥얼거린다.

나는 두서없는 생각을 더듬는다.

녹색의 작은 스포츠카는 주위의 나무들에 녹아든 듯한 모습으로, 조용히 오시마 씨가 돌아오기를 기다리고 있다. 모르는 사람이 길을 잘못 들거나, 또는 알고도 의도적으로 들어오는 것을 막기 위해 그는 문을 닫고 쇠사슬을 이중으로 감고 나서 자물쇠를 채운다. 내 배낭은 올 때와 마찬가지로 뒤쪽 랙에 끈으로 단단히 맨다. 자동차 천장의 덮개를 열고 시원한 바람을 맞는다.

"지금부터 우리는 도시로 돌아간다" 하고 그가 말한다.

나는 고개를 끄덕인다.

"자연 속에서 혼자 지내는 것은 분명히 멋진 일이지만, 거기서 계속 생활해 나가는 것은 쉽지 않지" 하고 오시마 씨가 말한다. 그러고는 선글라스를 쓰고 안전벨트를 맨다.

나도 조수석에 앉아 안전벨트를 맨다.

"이론적으로는 못 할 일도 아니고 실제로 그렇게 하는 사람도 있지. 하지만 자연이라는 것은 어떤 의미에서는 부자연스러운 것이고 평온함이란 어떤 의미에서는 위협적인 거야. 그런 배반성을 잘 받아들이려면 나름의 준비와 경험이 필요해. 그러니까 우리는 일단 사람들이 북적거리는 도시로 돌아가는 거야. 사회와 사람들이 삶을 영위하는 곳으로 돌아가는 거야."

오시마 씨는 액셀을 밟고 산길을 내려가기 시작한다. 올 때와 달리 그는 느긋하게 차를 몬다. 서두르지 않는다. 주위에 펼쳐지는 풍경을 즐기고, 바람의 감촉을 즐긴다. 바람이 그의 긴 앞 머리카락을 휘날려 뒤쪽으로 보낸다. 이윽고 비포장도로가 끝나자, 좁지만 포장된 길이 나타난다. 작은 촌락과 밭도 눈에 띄기 시작한다.

"배반성이란 말이 나왔으니 하는 말인데," 하고 오시마 씨가 생각난 듯이 말한다. "너를 처음 만났을 때부터 난 이렇게 느꼈어. 넌 무언가를 강렬하게 찾고 있으면서도, 한편으로는 그것을 필사적으로 피하려 하고 있다고. 너에겐 그렇게 생각하게 하는 구석이 있어."

"찾고 있다니, 어떤 것을요?"

오시마 씨는 고개를 흔든다. 백미러를 향해 얼굴을 찡그린다. "글쎄, 어떤 것일까? 그건 나도 모르지. 다만 인상을 말한 것 뿐이야."

나는 잠자코 있는다.

"경험적으로 말한다면, 인간이 무엇인가를 강렬하게 원할 때 그것은 대개 찾아오지 않아. 인간이 무엇인가를 필사적으로 피하려고 할 때, 저쪽에서 자연히 찾아오고 말이야. 물론 일반론에 지나지 않지만."

"그 일반론을 적용하면 내 경우는 도대체 어떻게 되나요? 만일 오시마 씨가 말한 것처럼, 내가 무언가를 원하면서 동시에 그것을 피하려고 한다면?"

"어려운 문제네" 하고 오시마 씨가 웃는다. 그러고는 조금 틈을 두었다가 말한다. "하지만 굳이 말한다면 이런 이야기가 되지 않을까? 그 무언가는 아마 네가 원할 때 원하는 형태로는 찾아오지 않을 거라는."

"어쩐지 불길한 예언처럼 들리네요."

"카산드라."

"카산드라?"

"그리스 비극이야. 카산드라는 예언을 하는 여자지. 트로이의 공주인데, 신전의 무녀가 되어 아폴론에게서 자신의 운명을 미리 알 수 있는 능력을 부여받아. 대신에 아폴론은 카산드라에게 육체관계를 맺을 것을 강요하지만 그녀는 거절하지. 그러자 화가 난 아폴론은 그녀에게 저주를 내려. 그리스의 신들은 종교적이라기보다는 신화적이거든. 그들은 인간과 마찬가지로 정신적인 결함을 갖고 있어. 짜증이 많거나 호색한이거나 질투가 심하거나 건망증이 있거나 하지."

그는 자동차의 콘솔박스에서 작은 상자를 꺼내어 그 속에 들어 있는 레몬 사탕을 입에 넣는다. 나에게도 한 개를 권한다. 나는 받아서 입에 넣는다.

"그건 어떤 저주였나요?"

"카산드라에게 내린 저주 말이야?"

나는 고개를 끄덕인다.

"그녀가 입에 올리는 예언은 언제나 옳다, 그러나 아무도 그녀의 예언을 믿지 않을 것이다, 이것이 아폴론이 내린 저주였지. 더구나 그녀가 입에 담는 예언은 왠지 불길한 예언뿐이었어. 배신, 과실, 인간의 죽음, 나라의 몰락 같은. 그래서 사람들은 카산드라를 믿지 않을 뿐만 아니라, 그녀를 경멸하고 증오하게 됐지. 만일 아직 안 읽었으면, 에우리피데스나 아이스킬로스의 희곡을 한번 읽어 봐. 거기에는 우리 시대가 지닌 본질적인 문제점이 매우 선명하게 그려져 있거든. 코로스와 함께."

"코로스가 뭔가요?"

"그리스 연극에는 코로스라고 불리는 합창대가 등장해. 그들은 무대 뒤에 서서 한소리로 상황을 해설하거나 등장인물의 심층 의식을 대변하거나, 때로는 그들을 열심히 설득하는데, 꽤 편리한 것이지. 내 주변에도 그런 사람들이 있으면 좋겠다고 가끔 생각해."

"오시마 씨는 예언하는 능력이 있습니까?"

"없어" 하고 그가 말한다. "다행인지 불행인지 나한테 그런 능력은 없어. 내가 만일 불길한 것만을 예언하는 것처럼 들린다면, 그건 내가 상식이 풍부한 현실주의자이기 때문이야. 나는 일반론으로 연역적으로 말을 해. 그러면 그것은 결국 불길한 예언으로 들리게 돼. 왜냐하면 우리 주위에 있는 현실이란, 불길한 예언이 실제로 이루어진 것을 모아 놓은 것에 지나지 않기 때문이야. 어느 날짜의 어느 신문이라도 상관없으니까 신문을 펼치고 거기 있는 좋은 뉴스와 나쁜 뉴스를 저울에 달아 보면 그런 건 누구나 쉽게 알 수 있어."

커브 길이 나오면 오시마 씨는 신중하게 속도를 줄인다. 몸에 전혀 충격이 느껴지지 않는 세련된 운전이다. 엔진의 회전음만이 변화한다.

"하지만 한 가지 좋은 뉴스가 있어" 하고 오시마 씨가 말한다. "우리는 너를 받아들이기로 했어. 너는 고무라 기념 도서관의 일원이 되는 거야. 충분히 자격이 있다고 봐."

나도 모르게 오시마 씨의 얼굴을 본다. "그러니까 내가 고무라 도서관에서 일하게 된다는 말입니까?"

"좀 더 정확히 표현하면 너는 이제부터 도서관의 일부가 되는 거야. 도서관에서 기거하고 거기서 생활하게 되지. 시간이 되면 도서관 문을 열고, 폐관 시간이 되면 도서관 문을 닫으면 돼. 너는 규칙적인 생활을 하고, 체력도 어느 정도 있는 것 같으니까, 그 일은 별로 부담이 되지 않을 거야. 그다지 체력이 강하지 못한 나와 사에키 씨로서는, 네가 그 일을 대신 해준다면 정말 고맙겠어. 그 밖에도 자질구레한 일상의 잡일을 부탁하게 될 거야. 물론 어려운 일은 아니야. 예를 들면 나를 위해 맛있는 커피를 끓인다든가, 혹은 간단한 쇼핑을 대신 해준다든가……. 너를 위해 방을 준비해 놨어. 도서관에 딸린 방인데 샤워 시설도 갖춰져 있지. 원래 손님용 방으로 만든 거지만, 우리 도서관에는 묵고 갈 만한 손님이 거의 없어서 지금은 전혀 사용하지 않아. 그 방을 네가 쓰면 돼. 무엇보다 편리한 점은, 도서관 안에 있으면 책을 실컷 읽을 수 있잖아."

"어떻게……?" 나는 할 말을 잃고 만다.

"어떻게 그런 일이 가능하냐고?" 하고 오시마 씨가 설명한다. "원리는 간단해. 나는 너를 이해하고, 사에키 씨는 나를 이해한다. 나는 너를 받아들이고, 사에키 씨는 나를 받아들인다. 네가 신원을 알 수 없는 열다섯 살짜리 가출 소년이라 해도 별문제는 없어. 그래, 결론적으로 넌 어떻게 생각해? 자기가 도서관의 일부가 되는 것에 대해."

나는 한참 생각한다. 그런 뒤 말한다. "나는 지붕이 있는 곳에서 기거하고 싶었을 뿐입니다. 지금으로선 그 이상은 생각할 수 없어요. 도서관의 일부가 된다는 것이 어떤 것인지, 나는 잘 모르겠습니다. 하지만 도서관에서 살게 해준다면, 더할 수 없이 고마운 일이죠. 전차를 타고 왔다 갔다 할 필요가 없으니까요."

"그럼, 결정됐어" 하고 오시마 씨가 말한다. "나는 지금부터 너를 도서관으로 데리고 갈 거야. 그리고 너는 도서관의 일부가 될 거야."

우리는 국도로 들어서서, 여러 도시를 차례로 빠져나간다. 대출 회사의 커다란 광고판, 사람들의 눈을 끌기 위해 거창하게 꾸며 놓은 주유소, 전면을 통유리로 만든 식당, 서양의 성곽 같은 모양의 러브호텔, 망해서 간판만 남은 비디오 대여점, 넓은 주차장이 있는 파친코 가게. 그런 것들이 내 앞에 나타난다. 맥도날드, 훼미리마트, 로손, 요시노야…… 소음에 가득 찬 현실이 우리를 에워싼다. 대형 트럭의 에어브레이크, 클랙슨, 배기가스. 바로 어제까지 내 옆에 있던 친밀한 난로의 불꽃과 별의 반짝임과 숲속의 고요함이 멀어지고 사라져 간다. 이제는 그것들을 제대로 떠올릴 수가 없다.

"사에키 씨에 대해 네가 몇 가지 알아 둬야 할 것이 있어" 하고 오시마 씨가 말한다. "우리 어머니는 어렸을 때 사에키 씨와 같은 반이었고 무척 친하게 지냈어. 어머니의 이야기에 따르면 사에키 씨는 퍽 영리했던 모양이야. 성적도 좋고, 글쓰기도 잘하고, 운동신경도 좋고, 피아노도 잘 쳤어. 뭘 하든 다 일등이었지. 게다가 아름답기도 하고. 물론 지금도 아름다운 분이지만 말이야."

나는 고개를 끄덕인다.

"그녀에겐 초등학생 때부터 정해진 애인이 있었어. 바로 고무라가의 장남이었지. 두 사람은 아름다운 동갑내기 소년소녀였어. 로미오와 줄리엣처럼 말이야. 먼 친척 간이었는데, 집이 바로 근처에 있어서 무엇을 하든 어디에 가든 늘 두 사람은 함께 붙어 있었어. 자연히 서로에게 마음이 끌리다가 성장하고 나서는 남자와 여자로 서로 사랑하게 됐고, 어머니 말에 따르면 마치 일심동체 같았다고 해."

그는 신호를 기다리는 동안 하늘을 올려다본다. 신호가 초록색으로 바뀌자 액셀을 밟아서 유조차 앞으로 나아간다.

"내가 언젠가 도서관에서 너한테 한 이야기, 기억해? 인간은 모두 자기 반쪽을 찾아 헤맨다는 이야기?"

"남자와 남자, 여자와 여자, 그리고 남자와 여자의 이야기."

"그래. 아리스토파네스의 이야기. 우리 대부분은 본래 자신에게서 떨어져 나간 나머지 반쪽을 필사적으로 찾아 헤매면서 부질없이 인생을 보내게 되지. 하지만 사에키 씨와 그는 그렇게 짝을 찾아서 헤맬 필요가 없었어. 두 사람은 태어나면서부터 바로 상대를 발견한 거니까."

"행운이었군요."

오시마 씨는 고개를 끄덕인다. "다시없는 행운이었지. 어느 시점까지는."

오시마 씨는 수염을 깎은 자리를 확인이라도 하듯이 손바닥으로 뺨을 쓰다듬는다. 그러나 그의 뺨에는 수염의 흔적조차 보이지 않는다. 도자기처럼 반들반들하다.

"소년은 열여덟 살이 되자 도쿄의 대학으로 진학했어. 성적이 좋았고, 전문적인 공부도 하고 싶었고, 대도시에도 나가 보고 싶었으니까. 그녀는 이 고장의 음악대학에 들어가서 피아노를 전공하게 됐지. 여기는 보수적인 고장인 데다, 그녀가 자란 곳도 보수적인 집안이었거든. 더구나 그녀는 외동딸이었고, 부모님은 그런 딸을 도쿄에 보내고 싶지 않았어. 그래서 두 사람은 난생처음 떨어지게 됐지. 그야말로 하느님이 칼로 싹둑 갈라놓은 것처럼.

물론 두 사람은 매일같이 편지를 주고받았어. 어느 날인가 그는 '한번 이런 식으로 떨어져 보는 것도 괜찮은 것 같아'라고 편지에 썼어. '떨어져 있으면 우리가 정말로 얼마나 서로를 소중하게 생각하고 서로를 필요로 하고 있는지 확인할 수 있을 테니까.' 하지만 그녀는 그렇게 생각하지 않았어. 두 사람의 관계는 일부러 확인해 볼 필요도 없을 정도로 진실한 것이라는 사실을 그녀는 알고 있었기 때문이지. 그것은 백만에 하나 있을까 말까 한 운명적인 결합이었고, 애당초 처음부터 분리할 수 없는 것이었어. 그녀는 그것을 알고 있었지만 그는 몰랐던 거야. 혹은 알고 있어도, 그대로 순순히 받아들일 수가 없었던 거지. 그래서 그는 도쿄로 갔어. 시련을 극복함으로써 두 사람의 관계를 보다 확실한 것으로 만들려고 생각했겠지. 남자란 곧잘 그런 생각을 하니까.

열아홉 살 때, 그녀는 시를 썼어. 거기에 멜로디를 붙여 피아노를 치며 노래를 불렀어. 멜로디는 우수에 차 있고, 순수하게 아름다웠어. 하지만 그에 비해 가사는 상징적이고 사색적이어서, 이해하기 어려운 것이었어. 그 대비가 신선했지. 시와 멜로디에는 두말할 것도 없는 일이지만, 멀리 떨어진 곳에 있는 그를 향한 마음이 단단히 응축돼 있었어. 그녀는 몇 차례 여러 사람 앞에서 그 노래를 불렀어. 그녀는 평소 수줍음이 많은 편이지만, 노래 부르는 것은 좋아해서 포크 음악 밴드를 결성한 적도 있었거든. 그런데 그 노래를 들은 사람이 감동을 받아서, 간단한 데모 테이프를 만들어 안면 있는 레코드 회사의 담당자에게 보냈어. 담당자도 그 곡이 무척 마음에 들어서, 그녀를 도쿄의 스튜디오로 불렀고, 그녀는 정식으로 녹음을 하게 됐지.

그녀는 난생처음 도쿄에 가서 애인을 만났어. 그리고 녹음이 진행되는 틈틈이 시간을 내서, 전과 마찬가지로 친밀하게 사랑을 나누었지. 아마 두 사람은 열네 살 때부터 일상적으로 성적인 관계를 맺고 있었던 것 같다고 어머니는 말해 줬어. 두 사람은 조숙했던 것 같아. 그리고 흔히 조숙한 사람들에게서 볼 수 있듯이, 나이를 먹어 가는 데 따라 자연스럽게 성장의 단계를 맞춰 가는 것에 익숙해지지 못했어. 그들은 언제까지나 열네 살이나 열다섯 살인 채로 성장이 멈춘 상태에서 벗어나지 못했지. 두 사람은 힘껏 끌어안고, 그때마다 자기들이 얼마나 서로를 필요로 하고 있는가를 확인하곤 했어. 두 사람 모두 다른 이성에 대해선 전혀 마음이 끌리는 일이 없었지. 떨어져 있어도 두 사람 사이에는 다른 것이 끼어들 여지가 전혀 없었어. 너, 이런 동화 같은 러브 스토리는 좀 따분하지 않아?"

나는 고개를 흔든다. "뒷이야기에서 틀림없이 커다란 전환이 있을 것 같은 느낌이 드는데요."

"네 말대로야" 하고 오시마 씨가 말한다. "그것이 이야기의 공통적인 구성 요소지. 커다란 전환. 의외의 전개. 행복은 한 종류밖에 없지만, 불행은 사람에 따라 천차만별이야. 톨스토이가 지적한 대로 말이야. 당사자 이외의 타인에게 행복이란 교훈적인 우화고, 불행이란 재미있는 이야깃거리일 경우가 많지. 그건 그렇고 그 레코드는 발매되자마자 히트를 쳤어. 그것도 보통 히트가 아니었어. 극적으로 히트했거든. 팔리고 또 팔렸지. 백만 장, 이백만 장, 정확한 숫자는 모르겠어. 아무튼 그 당시로는 기록적인 숫자였다더군. 레코드 재킷에는 그녀의 사진이 실렸어. 녹음 스튜디오의 그랜드피아노 앞에 앉아서 이쪽을 향해 생긋 웃고 있는 사진이야.

다른 곡이 준비돼 있지 않았기 때문에 싱글판 B면에는 같은 곡의 연주가 들어갔어. 오케스트라와 피아노의 협연이었는데, 그녀가 피아노를 쳤어. 아름다운 연주였지. 1970년 전후의 일이야. 어머니 말에 따르면 그 당시엔 어느 라디오 방송에 다이얼을 맞춰도 그 곡이 흘러나왔대. 난 그때 아직 태어나지도 않았으니까 알 수 없지만. 그런데 결국, 가수로서 그녀가 세상에 내놓은 것은 그 한 곡뿐이었어. 앨범도 내지 않았고, 두 번째 싱글판도 내지 않았으니까."

"나도 그 곡을 들은 적이 있을까요?"

"혹시 라디오를 자주 들어?"

나는 고개를 흔든다. 나는 라디오를 거의 듣지 않는다.

"그럼 아마 들은 적이 없을 거야. 라디오의 흘러간 옛 노래 특집이 아닌 한, 지금은 들을 기회가 없을걸. 하지만 근사한 노래야. 나는 그 곡이 들어 있는 시디를 갖고 있어서 이따금 듣거든. 물론 사에키 씨가 없는 곳에서. 그녀는 그 일에 대해 언급하는 것을 아주 싫어하니까. 노래뿐만 아니라 과거의 일은 어떤 일이든 언급되는 것을 몹시 싫어해."

"제목은 뭔가요?"

"해변의 카프카."

"해변의 카프카?"

"그래, 다무라 카프카 군. 너랑 같은 이름이야. 기묘한 인연이라고나 할까?"

"그건 진짜 내 이름이 아니에요. 다무라는 진짜지만."

"하지만 네가 스스로 정한 거잖아?"

나는 고개를 끄덕인다. 이름을 지은 것은 나였고, 나는 그 이름을 새롭게 탈바꿈한 나에게 붙이겠다고 오래전부터 정해

놓고 있었다.

“그게 중요한 거야”라고 오시마 씨가 말한다.

스무 살 때 사에키 씨의 애인은 죽었다. 「해변의 카프카」가 한창 대히트를 하고 있을 때의 일이었다. 그가 다니던 대학은 동맹 휴학으로 봉쇄돼 있었다. 학교에서 농성 중이던 친구에게 먹을 것을 갖다 주기 위해 그는 바리케이드를 뚫고 들어갔다. 밤 열 시 조금 전이었다. 건물을 점거하고 있던 학생들은 그를 대립 단체의 간부로 오인해서 잡아다가(얼굴이 비슷했다) 의자에 묶어 놓고, 스파이 혐의로 ‘심문’을 했다. 그는 사람을 잘못 봤다고 설명하려 했지만, 그때마다 쇠 파이프와 각목으로 구타당했다. 바닥에 쓰러지자 장화로 걷어차였다. 그는 날이 밝기 전에 죽었다. 두개골이 함몰되고, 늑골이 부러지고, 폐가 파열돼 있었다. 시체는 개의 송장처럼 길거리에 내동댕이쳐졌다. 이틀 후에 대학의 요청으로 학내에 투입된 경찰기동대는 몇 시간 만에 간단히 봉쇄를 해제한 후, 학생 몇 명을 살인 혐의로 체포했다. 학생들은 범행을 시인했고 재판에 회부됐으나, 애초에 살의가 있었던 것은 아니라고 해서, 두 명만 상해치사죄로 짧은 징역형을 선고받았다. 그 누구에게도 아무런 의미가 없는 죽음이었다.

그녀는 두 번 다시 노래를 부르지 않았다. 방문을 걸어 잠그고 틀어박힌 채 아무와도 말을 하지 않았다. 전화도 받지 않았다. 그의 장례식에도 참석하지 않았다. 다니던 음악대학에는 자퇴서를 냈다. 그렇게 몇 개월이 지났고, 사람들이 다시 그녀에게 궁금증을 갖게 됐을 때 그녀의 모습은 이미 그 고장에서 사라져 버린 뒤였다. 사에키 씨가 어디에 가서 무엇을 하는지 아는 사람은 하나도 없었다. 부모도 그 일에 대해서는 입을 다물었다. 어쩌면 부모도 그녀의 정확한 행선지를 모르고 있었는지 모른다. 그녀는 연기처럼 허공으로 사라져 버린 것이다. 가장 가까운 친구였던 오시마 씨의 어머니도, 사에키 씨의 그 뒤 발자취에 대해서는 전혀 모른다. 그녀가 후지산의 수해樹海에서 자살을 시도했으나, 실패해 지금은 정신병원에 있다고 말한 사람도 있었다. 아는 사람의 아는 사람이 도쿄 시내에서 우연히 그녀와 마주쳤다는 이야기도 있었다. 그 사람의 이야기에 따르면, 그녀는 도쿄에서 글 쓰는 일을 하고 있다고 했다. 결혼해서 아이를 낳았다는 이야기도 있었다. 그러나 모든 이야기가 근거 없는 뜬소문이었다. 그렇게 해서 이십여 년이 지나갔다.

분명한 것은 사에키 씨가 그동안 어디에서 무엇을 하며 살았든 간에, 경제적으로는 문제가 없었을 것이라는 사실이다. 그녀의 은행 계좌에는 「해변의 카프카」의 인세가 들어와 있었다. 소득세를 빼고 난 뒤에도 상당한 금액이 남았다. 곡이 라디오에서 방송되거나 흘러간 옛 노래 시디에 수록되거나 하면, 대단한 액수는 아니더라도 사용료와 인세가 들어왔다. 어딘가 먼 곳에서 조용히 혼자 생활할 정도는 됐을 것이다. 게다가 그녀의 본가는 유복했으며, 그녀는 무남독녀 외동딸이었다.

그러나 이십오 년 후, 사에키 씨는 갑자기 다카마쓰로 돌아왔다. 귀향한 직접적인 이유는 어머니의 장례였다(오 년 전 아버지의 장례식 때는 얼굴을 내밀지 않았지만). 그녀는 단출한 장례식을 주관했고, 일단락되고 나서는 태어나서부터 자라 온 커다란 집을 처분했다. 그리고 다카마쓰 시내의 한적한 곳에 맨션을 사서, 그곳에 자리 잡았다. 더 이상 다른 곳으로 옮길 생각은 없는 것 같았다. 얼마 있다가 고무라가와 이야기가 오갔고(고무라가의 현재 가주는 사망한 장남보다 세 살 아래인 차남이다. 사에키 씨와 그, 둘이서만 이야기를 나누었는데 어떤 내용이었는지는 밝혀지지 않았다), 그 결과 사에키 씨는 고무라 도서관의 관리 책임을 맡게 됐다.

지금도 그녀는 아름답고 가냘픈 몸매를 지니고 있다. 「해변의 카프카」의 레코드 재킷에 찍혀 있는 사진과 같은 지적인 청초함을 거의 그대로 간직하고 있다. 다만 맑고 투명한 미소는 없다. 그녀는 지금도 가끔 미소를 짓는다. 매력적이기는 하지만, 그건 시간과 범위를 어느 지점까지만 한정한 미소다. 미소의 바깥쪽에는 눈에 보이지 않는 높은 벽이 있다. 그 미소는 아무도 어딘가로 이끌어 가지 못한다. 그녀는 매일 아침, 시내에서 회색 폭스바겐을 몰아 도서관으로 출근하고, 저녁이면 다시 그것을 운전해서 집으로 돌아간다.

고향에 돌아오긴 했지만, 옛날 친구들이나 친척과는 거의 교류가 없었다. 어떤 기회에 얼굴을 마주치면 깍듯이 남들이 하는 만큼은 이야기를 나누었다. 그러나 화제는 항상 한정돼 있었다. 과거의 사건이 화제에 오르면(특히 그 사건에 그녀가 관련되어 있는 경우에는) 그녀는 곧, 그러나 어디까지나 자연스럽게 다른 방향으로 화제를 유도했다. 그녀의 말은 언제나 공손하고 상냥했으나, 거기에는 본래 있어야 할 호기심이나 놀라움의 파장이 결여돼 있었다. 그녀의 본마음은—만일 그런 것이 있다고 해도—언제나 어딘가에 따로 깊숙이 보관돼 있었다. 현실적인 판단이 요구될 때를 빼놓고는, 그녀의 개인적인 의견이 표면에 나타나는 경우는 거의 없었다. 그녀 자신은 조금밖에 이야기하지 않고, 주로 상대방의 말을 들으며 다정하게 맞장구를 쳤다. 그녀와 이야기하는 사람은 대부분, 어느 지점에서 불현듯 막연한 불안감을 품게 됐다. 이렇게 이야기함으로써, 자기가 그녀의 조용한 시간을 쓸데없이 허비하게 하고, 그 단정하게 정돈된 세계에 진흙투성이인 발을 들여놓은 것은 아닐까 하고. 그리고 그런 인상은 대개 옳았다.

고향에 돌아왔다고는 해도, 그녀는 사람들에게 여전히 수수께끼 같은 존재였다. 그녀는 더할 나위 없이 세련된 스타일로, 비밀이라는 옷을 휘감고 있어서 누구도 다가서기 어려웠다. 명목상으로는 고용주인 고무라가의 사람들까지도, 그녀에게는 함부로 대하지 못하고 쓸데없는 참견은 하지 않았다.

이윽고 오시마 씨가 그녀의 조수로 도서관에서 일하게 됐다. 오시마 씨는 그 무렵, 학교에도 가지 않고 일도 하지 않고, 혼자 집에 틀어박혀 엄청난 양의 책을 읽고 음악을 듣는 나날을 보내고 있었다. 전자메일을 주고받는 펜팔 상대를 빼놓으면, 친구도 거의 없는 것 같았다. 혈우병이라는 사정도 있어서 전문 병원에 다니거나, 정처 없이 마쓰다 로드스터를 몰거나, 정기적으로 히로시마의 대학병원에 가거나, 고치의 통나무집에 틀어박힐 때 외에는 도시를 떠나는 일도 없었다. 그러나 그는 그런 생활에 딱히 불만을 느끼지 않았다. 사에키 씨는 오시마 씨의 어머니로부터 어느 날 우연히 그를 소개받고, 첫눈에 마음에 들었다. 오시마 씨도 사에키 씨가 마음에 들었고, 도서관에서 일하는 것에도 흥미를 느꼈다. 사에키 씨가 일상적으로 접촉하고 말하는 상대는 오시마 씨 한 사람뿐인 것 같았다.

"오시마 씨 이야기를 듣고 있으려니까, 사에키 씨는 고무라 도서관을 관리할 목적으로 돌아온 것 같다는 생각이 드는데요?"

"그래. 나도 대충 그렇게 느끼고 있어. 어머니 장례식은 돌아오기 위한 하나의 계기에 지나지 않았을 거라고. 과거의 기억이 배어 있는 고향으로 돌아오는 데는 나름의 결심이 필요했을 테지만……."

"도서관이 왜 그렇게 중요했을까요?"

"첫째는 거기에 그가 살고 있었기 때문이지. 그는, 사에키 씨의 죽은 연인은, 현재 고무라 도서관이 된 건물에서, 그러니까 옛날의 고무라가 서고에서 생활했거든. 그는 고무라가의 장남인 데다 유전이라고 할까, 책 읽는 것을 무엇보다도 좋아했지. 그리고 이것도 고무라가 혈통의 한 특징이지만 고독을 좋아하는 성격이었어. 그래서 중학교에 들어가자, 식구가 살고 있는 안채가 아니라 서고가 있는 별채에 자기만의 방을 갖고 싶다고 주장했고, 그 주장이 먹혀든 거지. 아무튼 책을 좋아하는 가족이니까 그런 것은 잘 이해해 줬어. '아, 그래. 책에 둘러싸여 생활하고 싶은 모양이군. 기특한 일이야' 하고. 그는 그 별채에서 아무에게도 방해받지 않고 생활하고, 식사할 때만 안채에 갔어. 사에키 씨는 매일같이 거기에 놀러 갔어. 둘이 함께 공부하고 함께 음악을 듣고, 끝없이 이야기를 나누었어. 그리고 아마 함께 끌어안고 잤을 거야. 두 사람에게 거긴 낙원이었어."

오시마 씨는 핸들 위에 두 손을 올려놓은 채 내 얼굴을 본다.

"넌 이제부터 거기 살게 되는 거야, 카프카 군. 바로 그 방에서 말이야. 아까 말한 것처럼 도서관으로 개축할 때, 그 방도 다소 손질해서 달라지긴 했지만 같은 방인 것만은 틀림없어."

나는 잠자코 있는다.

"사에키 씨의 인생은 기본적으로 연인이 사망한 스무 살의 시점에서 정지했어. 아니, 그 계기는 스무 살이 아니라, 좀 더 일찍 찾아왔었는지도 몰라. 거기까지는 잘 모르겠어. 하지만 넌 그것을 이해해야만 해. 그녀의 영혼에 파묻힌 시곗바늘은 그 전후 어딘가에 딱 멈춰 있어. 물론 그 뒤에도 바깥의 시간은 계속 흐르고 있고, 또 그녀에게 현실적인 영향을 미치고 있지. 하지만 사에키 씨에게 그런 시간은 아무런 의미도 갖지 못해."

"의미를 갖지 못한다고요?"

오시마 씨는 고개를 끄덕인다. "의미가 없는 것이나 같다는 이야기야."

"즉 사에키 씨는 쭉 그 정지된 시간 속에서 살아왔다는 말인가요?"

"그렇지. 하지만 어떤 의미에서든, 그녀가 살아 있는 송장이라는 말은 아니야. 그녀를 알게 되면, 너도 이해하게 될 거야."

오시마 씨는 손을 뻗어 내 무릎 위에 올려놓는다. 자연스러운 동작이다.

"다무라 군, 우리 인생에는 되돌아갈 수 없는 한계점이 있어. 그리고 훨씬 적기는 하지만, 더 이상 앞으로 나아갈 수 없는 한계점도 있지. 그런 한계점에 이르면 좋든 나쁘든 간에 우리는 그저 잠자코 그것을 받아들일 수밖에 없어. 우리는 그렇게 살고 있는 거야."

우리는 고속도로에 들어선다. 그전에 오시마 씨는 차를 세우고 자동차 덮개를 덮는다. 그런 뒤 다시 슈베르트의 소나타를 튼다.

"또 한 가지, 네가 알아 둬야 할 것이 있어" 하고 오시마 씨가 말한다. "사에키 씨가 어떤 의미에서는 마음의 병을 앓고 있다는 사실이지. 물론 나도 너도 마음의 병을 앓고 있어. 크건 작건 간에 말이야. 그건 틀림없어. 하지만 사에키 씨는 그런 일반적인 의미를 넘어, 좀 더 개별적으로 앓고 있어. 영혼의 기능이 보통 사람과는 다르게 움직이고 있다고 해도 좋을 거야. 그렇다고 해서 그녀가 위험하다든가, 그런 말은 아니야. 일상생활에서 사에키 씨는 지극히 정상적이니까. 어떤 의미에서는 내가 알고 있는 어느 누구보다도 정상적이야. 깊이가 있고 현명하고 매력적이거든. 다만 그녀에게 만약 무엇인가 이상한 점이 있더라도 넌 신경 쓰지 않아도 돼."

"이상한 점이라니요?" 하고 나도 모르게 되묻는다.

오시마 씨는 고개를 젓는다. "난 사에키 씨를 좋아해. 존경도 하고. 너도 틀림없이 그녀에게 그런 마음을 갖게 될 거야."

그것은 나의 질문에 대한 직접적인 대답은 아니다. 그러나 오시마 씨는 더 이상 아무 말도 하지 않는다. 타이밍을 맞춰 기어를 저단으로 낮추고는 액셀을 힘껏 밟고, 터널 바로 앞에서 승합차를 추월한다.

제18장

정신을 차렸을 때, 나카타 씨는 얼굴을 위로 한 채 풀숲에 누워 있었다. 그는 의식을 회복하고 천천히 눈을 떴다. 밤이었다. 별은 없다. 달도 보이지 않는다. 그래도 하늘은 어슴푸레하게 밝다. 여름풀 냄새가 강하게 난다. 벌레 소리도 들린다. 그곳은 아무래도 고마 씨를 찾기 위해 매일 가던 공터인 것 같았다. 얼굴에 무엇인가가 비벼 대는 것 같은 감촉이 느껴졌다. 까끌까끌하고 따뜻했다. 그는 얼굴을 조금 움직여서 고양이 두 마리가 자기 양쪽 뺨을 자그마한 혀로 열심히 핥고 있는 것을 봤다. 고마와 미미였다. 그는 몸을 천천히 일으키고 손을 뻗어 두 마리의 고양이를 쓰다듬었다.

"나카타는 자고 있었던 걸까요?" 하고 그는 고양이들에게 물었다.

두 마리의 고양이는 무엇인가 호소하듯이 울어 댔다. 그러나 나카타 씨는 그 말을 알아들을 수 없었다. 그들이 이야기하는 것을 나카타 씨는 전혀 이해할 수 없었다. 그것은 그냥 고양이의 울음소리로밖에는 들리지 않았다.

"미안합니다. 나카타는 여러분이 말씀하시는 것을 잘 알아들을 수 없습니다."

나카타 씨는 일어나서 자기 몸을 대충 살펴보고는 아무런 이상도 없는 것을 확인했다. 통증도 없다. 손발도 제대로 움직인다. 주위가 어두워서 눈이 익숙해질 때까지 시간이 좀 걸렸으나, 손에도 옷에도 피가 묻어 있지 않은 것은 확실했다. 몸에 걸친 옷은 집을 나올 때 입은 그대로였다. 흐트러진 곳도 전혀 없다. 보온병과 도시락을 넣은 즈크 가방도 옆에 있다. 모자도 바지 주머니에 들어 있다. 나카타 씨는 영문을 알 수 없었다.

그는 바로 조금 전에 큰 칼로 '고양이 살해범' 조니 워커를 죽였다. 미미와 고마의 목숨을 구하기 위해. 나카타 씨는 그것을 똑똑히 기억하고 있다. 손에는 아직도 그때의 감촉이 남아 있다. 꿈이 아니다. 상대를 찔렀을 때 튄 피를 뒤집어써서 온몸이 피투성이가 됐다. 조니 워커는 바닥에 쓰러져 몸을 웅크리고 죽었다. 거기까지는 기억하고 있다. 그러고 나서 소파에 깊숙이 몸을 묻은 뒤 의식을 잃어버렸다. 그런데 정신을 차리고 보니 이렇게 공터의 풀숲에 누워 있다. 어떻게 여기로 돌아왔을까? 길도 모르는데. 더군다나 옷에는 피가 전혀 묻어 있지 않다. 꿈이 아닌 증거로 미미와 고마가 양쪽에 있다. 그러나 그들이 이야기하는 것을 나카타 씨는 한마디도 이해하지 못했다.

나카타 씨는 한숨을 쉬었다. 제대로 생각을 할 수 없다. 어쩔 수 없다. 나중에 다시 생각하자. 그는 가방을 어깨에 메고는 두 팔로 고양이 두 마리를 안고 공터를 나왔다. 울타리 밖으로 나오자, 미미가 몸을 움찔움찔하면서 땅으로 내려가고 싶다는 시늉을 했다. 나카타 씨는 미미를 내려놓았다.

"미미 씨는 이제 혼자서도 집으로 돌아갈 수 있겠군요. 바로 근처니까요" 하고 나카타 씨는 말했다.

그렇다는 듯이 미미가 꼬리를 힘차게 흔들었다.

"도대체 무슨 일이 일어났는지 나카타는 이해를 할 수가 없군요. 왠지는 알 수 없지만, 이제 미미 씨하고도 이야기를 나눌 수 없습니다. 하지만 고마 씨를 그럭저럭 찾을 수 있었습니다. 지금부터 고마 씨를 고이즈미 씨 댁에 데려다주고 올 생각입니다. 고이즈미 씨 댁의 모든 분들이 고마 씨가 돌아오기를 기다리고 있거든요. 미미 씨께는 신세를 많이 졌습니다."

미미는 야옹 하고 한 번 울고 나서, 다시 한번 꼬리를 흔들고는 잰걸음으로 모퉁이를 돌아 사라졌다. 미미의 몸에도 피는 묻어 있지 않았다. 나카타 씨는 그 모습을 기억 속에 간직해 두었다.

고이즈미 씨 가족은 고마가 돌아온 것을 보고 뛸 듯이 기뻐했다. 밤 열 시가 지났는데도 아이들은 아직 자지 않고 이를 닦는 중이었다. 엽차를 마시면서 「뉴스 특집」을 보고 있던 고이즈미 씨 부부는 고양이를 데리고 온 나카타 씨를 따뜻하게 맞아 줬다. 파자마 차림의 아이들은 얼룩 고양이를 서로 빼앗으며 끌어안았다. 우유와 사료를 주자, 고마는 정신없이 먹었다.

“이렇게 늦게 찾아와서 죄송합니다. 좀 더 이른 시간이면 좋았겠지만, 나카타로서는 선택의 여지가 없었습니다.”

“그런 건 상관없어요. 신경 쓰지 마세요” 하고 고이즈미 부인이 말했다.

“시간 같은 건 몇 시든 상관없습니다. 고마는 우리 가족과 마찬가지인 녀석입니다. 찾을 수 있어서 정말 다행입니다. 잠깐 들어오셔서 함께 차라도 들고 가시지요” 하고 집주인 고이즈미 씨가 말했다.

“아녜요, 아닙니다. 나카타는 곧 가야 합니다. 나카타는 다만 한시라도 빨리 고이즈미 씨 댁에 고마 씨를 데려다주고 싶었을 뿐입니다.”

고이즈미 부인이 안에 들어가서 봉투에 사례금을 넣었다. 그것을 남편이 나카타 씨에게 건넸다. “얼마 안 되지만 고마를 찾아 주신 사례입니다. 자아, 받아 주십시오.”

“고맙습니다. 사양하지 않고 받겠습니다.” 나카타 씨는 봉투를 받아 들고 머리를 숙였다.

"그런데 이렇게 어두운데 용케 고마가 있는 곳을 찾으셨군요."

"네. 이야기하자면 길어집니다. 나카타는 도저히 이야기할 수 있을 것 같지 않습니다. 나카타는 머리가 좋지 않고, 또 길게 설명하는 일은 특히 서툽니다."

"괜찮아요, 그런 건. 정말로 뭐라고 감사드려야 할지 모르겠어요" 하고 부인이 말했다. "아 참, 저녁 식사를 하고 남은 것이라서 죄송하지만, 구운 가지하고 오이초무침이 있는데요. 괜찮으시다면 갖고 가시겠어요?"

"그렇습니까? 그럼, 감사히 받아 가겠습니다. 구운 가지와 오이초무침은 나카타가 무척 좋아하는 음식입니다."

나카타 씨는 구운 가지와 오이초무침이 든 밀폐 용기와 돈 봉투를 가방에 집어넣고 고이즈미 씨 댁을 나왔다. 역을 향해 빠른 걸음으로 걸어서 상점가 근처에 있는 파출소로 갔다. 파출소에는 젊은 경찰 한 사람이 책상 앞에 앉아서 서류에 무엇인가 적고 있었다. 모자는 쓰지 않고 책상 위에 올려 두었다.

나카타 씨는 파출소의 유리문을 열고 안으로 들어가, "안녕하세요. 실례합니다" 하고 말했다.

"안녕하십니까?" 하고 경찰관이 인사했다. 그는 서류에서 눈을 들어 나카타 씨의 모습을 쳐다봤다. 악의가 없는 선량한 노인으로 보였다. 경찰관은 아마 길이라도 물어보러 온 것으로 생각했다.

나카타 씨는 문턱에 선 채 모자를 벗어 바지 주머니에 집어넣었다. 그러고 나서 반대쪽 주머니에서 손수건을 꺼내 코를 풀고는 다시 주머니에 집어넣었다.

"그런데 무슨 용건이시죠?" 하고 경찰관이 물었다.

"네. 나카타는 조금 전에 사람을 죽였습니다."

경찰관은 들고 있던 볼펜을 자기도 모르게 책상 위에 떨어뜨리고, 입을 벌린 채 나카타 씨의 얼굴을 응시했다. 그는 한동안 할 말을 잃었다.

"잠깐만요…… 우선 거기 앉으세요" 하고 경찰관이 반신반의하면서 책상 건너편에 있는 의자를 손으로 가리켰다. 그런 뒤 손을 뻗어 권총과 경봉警棒과 수갑을 허리에 차고 있는지 확인했다.

"네" 하고 나카타 씨는 앉았다. 등을 곧추세우고, 두 손을 무릎 위에 얹고, 경찰관의 얼굴을 똑바로 봤다.

"그런데 당신이…… 사람을 죽였다고요?"

"네. 나카타는 칼로 사람을 찔러 죽였습니다. 바로 조금 전의 일입니다." 나카타 씨는 확실하게 말했다.

경찰관은 용지를 꺼내 벽시계를 쳐다보고는 볼펜으로 현

재 시각을 기입하고, '칼로 살해'라고 썼다. "먼저 이름과 주소를 말하세요."

"네. 나카타 사토루라고 합니다. 주소는……."

"잠깐, 나카타 사토루라, 어떤 한자를 쓰죠?"

"나카타는 글씨에 대해서는 잘 모릅니다. 송구스럽지만 글씨를 쓸 줄 모릅니다. 읽을 줄도 모르고요."

경찰관은 얼굴을 찌푸렸다.

"전혀 읽고 쓰기를 못 한다고요? 자기 이름도 못 쓴다?"

"네. 아홉 살까지는 나카타도 제대로 읽고 쓰기를 할 수 있었다고 합니다만, 사고를 당하고 나서부터는 완전히 못 하게 됐습니다. 머리도 좋지 않습니다."

경찰관은 한숨을 쉬면서 볼펜을 내려놓았다.

"그래 갖고는 서류를 작성할 수가 없어요. 자기 이름을 무슨 한자로 쓰는지도 모른다니 기가 막히는군."

"죄송합니다."

"집에 누구 없어요? 가족은?"

"나카타는 혼자입니다. 가족은 없습니다. 직업도 없습니다. 지사님께 보조금을 받아서 생활하고 있습니다."

"밤도 늦었으니까 댁도 이제 슬슬 집에 돌아가는 게 좋을 겁니다. 가서 푹 자요. 그리고 내일 뭔가 또 생각이 나거든, 다시 여기로 와요. 그때 다시 이야기하죠."

근무 교대 시간이 가까워지고 있어서 경찰관은 그전에 서류를 처리하고 싶었다. 근무가 끝나면 동료와 근처 술집에서 한잔하기로 약속했다. 머리가 이상한 노인을 상대하고 있을 여유가 없었다. 그러나 나카타 씨는 정색을 하고 고개를 흔들었다.

"아닙니다, 경찰관 선생님. 나카타는 생각나는 동안에 모든 것을 이야기해 두고 싶습니다. 내일이 되면 중요한 걸 잊어버릴지도 모릅니다.

나카타는 2가의 공터에 있었습니다. 고이즈미 씨의 부탁을 받고, 그곳에서 고양이 고마 씨를 찾고 있었습니다. 그때 커다란 개가 갑자기 다가와서 나카타를 어떤 집으로 데리고 갔습니다. 커다란 문이 있고, 검은색 자동차가 있는 큰 저택이었습니다. 주소는 모릅니다. 동네도 가본 적이 없는 곳이었습니다. 아마 나카노구 어딘가로 생각합니다. 거기에 조니 워커 씨라는 이상한 검은 모자를 쓴 사람이 있었습니다. 높고 길쭉한 모양의 모자입니다. 부엌의 냉장고 안에는 잘린 고양이 머리가 가득 들어 있었습니다. 스무 개쯤 됐을 겁니다. 그 사람은 고양이를 잡아다가 톱으로 목을 자르고 심장을 꺼내 먹습니다. 고양이의 영혼으로 특별한 피리를 만듭니다. 그리고 그 피리를 써서 이번에는 사람의 영혼을 불러들입니다. 조니 워커 씨는 나카타 앞에서 칼로 가와무라 씨를 죽였습니다. 다른 몇 마리의 고양이님들도 죽였습니다. 칼로 배를 갈랐습니다. 고마 씨와 미미 씨도 죽이려고 했습니다. 그래서 나카타가 칼을 들고 조니 워커 씨를 죽였던 겁니다.

조니 워커 씨는 나카타에게 자기를 죽여 달라고 했습니다. 하지만 나카타는 조니 워커 씨를 죽일 생각이 없었습니다. 네, 그렇습니다. 나카타는 이제까지 사람을 죽여 본 적이 없습니다. 나카타는 단지 조니 워커 씨가 고양이님들을 죽이는 것을 막으려고 했을 뿐입니다. 하지만 몸이 말을 듣지 않았습니다. 몸이 제멋대로 움직여 버린 겁니다. 나카타는 거기 있던 칼을 손에 들고 한 번, 두 번, 세 번 조니 워커 씨의 가슴을 찔렀습니다. 조니 워커 씨는 바닥에 쓰러져 피투성이가 돼 죽었습니다. 나카타도 그때 피투성이가 됐습니다. 그 뒤 나카타는 비틀비틀 의자에 주저앉아 그대로 잠이 들었던 것 같습니다. 눈을 뜨니까, 이미 밤중이고 공터에 누워 있었습니다. 미미 씨와 고마 씨가 옆에 있었습니다. 이것은 방금 전 얘깁니다. 나카타는 우선 고이즈미 씨 댁에 고마 씨를 데려다주고, 제가 좋아하는 구운 가지와 오이초무침을 받은 다음에 이리로 왔습니다. 지사님께 보고하지 않으면 안 된다고 생각한 겁니다."

등줄기를 곧게 편 채 단숨에 거기까지 이야기를 마치자, 나카타 씨는 숨을 크게 쉬었다. 한꺼번에 이처럼 긴 이야기를 한 것은 처음이었다. 머릿속이 텅 비어 버린 기분이었다.

"이 일을 지사님께 꼭 말씀드려 주십시오."

젊은 경찰관은 얼이 빠진 듯한 얼굴로 나카타 씨의 이야기를 듣고 있었다. 그러나 나카타 씨가 무슨 말을 하고 있는지, 사실 그는 거의 이해할 수가 없었다. 조니 워커? 고마 씨?

"알았습니다. 지사님께 그 이야기를 전해 드리겠습니다."

"보조금이 끊기지 않으면 좋겠는데요."

경찰관은 근엄한 얼굴을 하고 용지에 메모하는 시늉을 했다. "알겠습니다. 그렇게 써두겠습니다. 본인은 보조금이 끊기지 않기를 희망하고 있음. 이거면 되겠죠?"

"됐습니다. 선생님, 고맙습니다. 공연한 수고를 끼쳐 드렸습니다. 지사님께 꼭 안부를 전해 주십시오."

"전할 테니까 오늘은 안심하고 편히 주무세요." 경찰관은 그렇게 말하고 나서, 마지막으로 한마디 감상을 덧붙였다. "그런데 당신, 사람을 죽여서 피투성이가 됐다고 하는 사람치고는 옷에 아무것도 묻어 있지 않잖습니까?"

"네, 맞습니다. 솔직히 말해서 나카타도 그 점이 이상하기 짝이 없습니다. 이해할 수가 없습니다. 분명히 나카타도 상당히 피투성이가 돼 있었는데, 정신이 들었을 때는 없어져 버렸습니다. 정말 이상합니다."

"이상하군요" 하고 경찰관은 하루의 피로가 담긴 목소리로 말했다.

나카타 씨는 문을 열고 파출소를 나가려다가 발을 멈추고 뒤를 돌아보며 말했다. "그런데 내일 저녁때 경찰관 선생님께서는 여기 계실 겁니까?"

"그래요" 하고 경찰관은 조심스러운 목소리로 말했다. "내일 저녁때도 여기서 근무하고 있을 겁니다. 그런데 그건 왜 묻습니까?"

"날씨가 맑아도 만일을 위해 우산을 갖고 계시는 게 좋겠습니다."

경찰관은 고개를 끄덕였다. 그리고 고개를 돌려 시계를 봤다. 이제 슬슬 동료에게서 전화가 올 것이다. "알았습니다. 우산을 갖고 오도록 하겠습니다."

"하늘에서 비가 내리는 것처럼 물고기가 떨어져 내릴 겁니다. 많은 양의 물고기입니다. 아마 정어리일 겁니다. 그 가운데는 전갱이도 조금 섞여 있을지 모릅니다."

"정어리와 전갱이?" 경찰관은 웃었다. "그렇다면 우산을 거꾸로 들고 물고기를 받아 회를 쳐서 먹으면 되겠네요."

"전갱이 회는 나카타도 좋아합니다" 하고 나카타 씨는 진지한 얼굴로 말했다. "하지만 내일 그 시각에 나카타는 아마 여기 없을 겁니다."

이튿날, 실제로 나카노구 일부 지역에 짧은 순간 정어리와 전갱이가 하늘에서 쏟아져 내렸을 때, 젊은 경찰관은 얼굴이 새파랗게 질려 버렸다. 아무런 예고도 없이 대략 이천 마리나 되는 물고기가 구름 사이에서 우르르 쏟아져 내렸던 것이다. 대부분의 물고기는 땅바닥에 부딪쳤을 때 터져 버렸지만, 더러는 아직 살아 있는 것도 있어서 상점가의 길바닥 위에서 펄떡펄떡 뛰고 있었다. 물고기는 보기에도 신선했고, 아직도 바다 냄새를 풍기고 있었다. 물고기는 사람이며 자동차, 건물 지붕에 소리를 내면서 떨어졌지만, 그다지 높은 곳에서 떨어진 것은 아닌 듯 다행히 크게 부상당한 사람은 없었다. 그보다는 심리적인 충격이 훨씬 컸다. 대량의 물고기가 우박처럼 하늘에서 떨어져 내리다니, 그야말로 묵시록적인 광경이었다.

경찰관이 조사를 했으나 그 물고기들이 어디서 어떻게 하늘로 올라갔다가 떨어졌는지 알 수가 없었다. 어시장이나 어선에서 대량의 정어리와 전갱이가 없어졌다는 보고도 없었다. 그 시각에 상공에서 비행기나 헬리콥터가 비행하고 있었던 사실도 없었다. 회오리바람이 일었다는 보고도 없었고, 누군가의 장난이라고 생각할 수도 없었다. 장난이라고는 상상하기 어려운 너무 엄청난 일이었다. 경찰관의 요청을 받고 나카노구의 보건소가 하늘에서 떨어진 물고기를 모아서 검사했으나, 이상한 점은 발견할 수 없었다. 극히 평범한 정어리와 전갱이인 것 같았다. 신선하고 맛있어 보였다. 그러나 경찰은 안내 방송 차를 출동시켜, 출처가 불분명하며 속에 위험물이 섞여 있을 가능성이 있으니 하늘에서 떨어진 물고기를 먹지 말라고 방송했다.

텔레비전 방송국의 보도 차량들이 몰려들었다. 그야말로 텔레비전이 보도 경쟁에 열을 올릴 만한 사건이었다. 기자들은 상점가에 모여들어 그 기묘하기 짝이 없는 사건을 전국에 보도했다. 그들은 삽으로 길에 떨어져 있는 물고기들을 퍼올려 보였다. 하늘에서 떨어져 내린 정어리와 전갱이에 머리를 맞은 주부의 반응을 방송하기도 했다. 그녀는 전갱이의 지느러미에 맞아 뺨에 상처가 났다.

"그나마 떨어진 것이 전갱이나 정어리여서 다행이에요. 만약 다랑어가 떨어져 내렸다면 더 큰 화를 당했을 테니까요" 하고 그녀는 손수건으로 뺨을 누르면서 말했다. 진지한 발언이었지만 텔레비전을 보던 사람들은 웃었다. 떨어져 내린 정어리와 전갱이를 그 자리에서 구워 카메라 앞에서 먹는 용기 있는 기자도 있었다.

"굉장히 맛있습니다" 하고 기자는 의기양양해서 말했다. "신선하고 기름기도 알맞게 배어 있습니다. 무즙과 따뜻한 밥이 없는 것이 유감입니다."

젊은 경찰관은 어떻게 해야 좋을지 알 수 없었다. 그 기묘한 노인은—이름이 뭐라고 했더라, 생각이 나지 않는다—오늘 저녁에 많은 물고기가 하늘에서 떨어져 내릴 거라고 예언했다. 정어리와 전갱이다. 그가 말한 대로……. 그러나 그냥 웃어넘기고, 이름도 주소도 적어 놓지 않았다. 상사에게 새삼스럽게 그 사실을 보고해야 할까? 아마 그렇게 하는 것이 도리일 것이다. 그러나 이제 와서 그런 말을 해봤자 도대체 어떤 이득이 있단 말인가? 누군가가 큰 부상을 입은 것도 아니고, 지금으로서는 범죄에 관련돼 있다는 증거도 없다. 단지 하늘에서 물고기가 떨어져 내렸을 뿐이다.

도대체, 기묘한 노인이 파출소에 찾아와서, 하늘에서 정어리와 전갱이가 떨어질 거라고 전날 예언했다는 말도 안 되는 이야기를 상사가 곧이곧대로 믿어 주기나 할까? 돌았다고 생각하는 것이 고작 아닐까? 아니면, 이야기가 실제 이상으로 과장돼 경찰서 내의 농담거리가 될지도 모른다.

그리고 또 한 가지, 그 노인은 파출소에 찾아와서 자기가 살인을 저질렀다고 보고했다. 즉 자수를 한 셈이다. 그런데 제대로 응대하지 않았다. 그 사실을 근무 일지에 기재조차 하지 않았다. 이것은 분명히 직무 규정에 위반되는 일이고, 처벌 대상감이다. 노인의 이야기는 너무나 황당했다. 어떤 경찰관이라도, 현장에서 근무하고 있는 사람이라면 그런 이야기를 진지하게 받아들이지 않을 것이다. 파출소 근무는 늘 일상적인 잡무에 쫓겨서 바쁘며, 처리해야 할 사무량은 산더미처럼 쌓여 간다. 세상에는 머리의 나사가 풀린 인간들이 우글거리고 있고, 그런 인간들은 약속이라도 한 듯이 모두 파출소에 몰려와서 영문을 알 수 없는 헛소리를 늘어놓는다. 일일이 성실하게 상대해 줄 수가 없는 것이다.

그러나 물고기가 하늘에서 쏟아져 내릴 것이라는 예언(그것은 충분히 황당한 이야기다)이 현실이 된 이상, 그 노인이 누군가를—조니 워커 씨라고 그는 말했다—칼로 찔러 죽였다는 영문을 알 수 없는 이야기도 완전히 거짓말이라고 단언할 수는 없게 됐다. 만일 혹시라도 그것이 사실이라면, 보통 큰일이 아니다. "조금 전에 살인을 저질렀습니다" 하고 자수해 온 인간을 그대로 돌려보내고, 보고조차 하지 않았으니 말이다.

이윽고 청소국의 청소차가 달려와서, 도로에 흩어져 있는 물고기들을 처리했다. 젊은 경찰관은 교통을 정리했다. 상점가 입구를 봉쇄하고 자동차가 들어가지 못하게 했다. 상점가의 도로에는 정어리와 전갱이 비늘이 달라붙어, 아무리 호스로 물을 뿌려도 잘 떨어지지 않았다. 한동안 노면이 미끈미끈해서 자전거를 타다가 바퀴가 미끄러져 넘어진 주부도 몇 사람 있었다. 생선 비린내는 시간이 지나도 빠지지 않아, 근처의 고양이들이 밤새 흥분했다. 경찰관은 그런 잡무 처리에 쫓겨서, 수수께끼 노인에 대해서는 더 이상 생각할 여유가 없었다.

그러나 물고기가 하늘에서 떨어진 다음 날, 근처의 주택가에서 칼에 찔려 죽은 남자의 시체가 발견됐을 때, 젊은 경찰관은 할 말을 잃었다. 살해당한 것은 고명한 조각가였고, 시체를 발견한 것은 하루건너 일하러 오는 파출부였다. 피해자는 어쩐 일인지 완전 나체였고, 마루는 피바다가 돼 있었다. 사망 추정 시간은 이틀 전 저녁, 흉기는 부엌에 있던 스테이크용 나이프였다.

그 노인이 이야기한 내용은 사실이었던 거야, 하고 경찰관은 생각했다. 아이고, 큰일 났군, 그때 본서에 연락해서 노인을 순찰차로 연행해 가도록 보고해야 했는데…… 살인한 사실을 자수하러 왔다고 곧바로 상부에 인도했어야만 했어, 머리가 이상한지 어떤지의 판단은 그들에게 맡기면 되는 건데, 그것으로 현장 담당자의 책임을 완수할 수 있었을 텐데. 하지만 나는 그렇게 하지 않았어, 이렇게 된 이상 입을 다물고 있을 수밖에 없어, 젊은 경찰관은 그렇게 결심했다.

그때쯤, 나카타 씨는 이미 그 거리를 떠나고 없었다.

제19장

월요일이라서 도서관은 문이 닫혀 있다. 도서관은 평소에도 조용하지만, 휴관일의 도서관은 필요 이상으로 조용하다. 마치 시간에게 잊힌 장소처럼 보인다. 혹은 시간에게 발각되지 않으려고 숨을 죽이고 있는 장소처럼 보인다.

열람실 앞의 복도('관계자 외 출입을 금합니다'라고 적힌 팻말이 붙어 있다)를 좀 더 가면 직원용 싱크대가 있고, 음료를 준비할 수 있게 돼 있다. 전자레인지도 있다. 그 안쪽에 손님용 방의 문이 있다. 방에는 간단한 욕실과 옷장이 있다. 싱글 침대가 있고, 머리맡 탁자에는 독서등과 자명종이 놓여 있다. 글을 쓸 수 있는 책상이 있고, 그 위에는 전기스탠드가 있다. 흰 커버를 씌운 옛날풍의 응접세트와 옷을 개어 넣기 위한 서랍장, 독신자용 소형 냉장고가 있고, 그 위에는 식기와 식품을 넣기 위한 찬장이 있다. 간단한 요리를 할 때는 문 밖의 싱크대를 쓰면 된다. 욕실에는 비누와 샴푸, 드라이어와 타월도 갖춰져 있다. 그리 오래지 않은 기간, 별 불편 없이 생활하는 데 필요한 것들이 대략 갖춰져 있다. 서쪽으로 향한 창에서는 뜰의 나무들이 보인다. 저녁 무렵이라서 기울기 시작한 태양이 삼나무 가지 너머에서 이따금 반짝거리고 있다.

"내가 집에 가기 귀찮을 때 가끔 자는 일은 있지만, 그 외에 이 방을 쓰는 사람은 없어" 하고 오시마 씨가 말한다. "사에키 씨는 내가 아는 한 전혀 이 방을 쓰지 않아. 즉 네가 여기서 기거해도 아무에게도 폐가 되지 않는다는 이야기지."

나는 배낭을 내려놓고 방 안을 둘러본다.

"시트는 새것이고, 냉장고에 급한 대로 필요한 것들을 넣어 두었어. 우유, 과일, 채소, 버터, 햄, 치즈……. 복잡한 요리는 무리지만, 샌드위치나 샐러드 정도는 만들 수 있을 거야. 제대로 된 식사가 하고 싶으면 시켜 먹든가, 밖에 나가서 먹으면 될 테고. 세탁은 욕실에서 네가 직접 하는 수밖에 없어. 그 밖에 더 궁금한 점은?"

"사에키 씨는 평소 어디서 일을 보세요?"

오시마 씨는 손가락으로 천장을 가리킨다. "도서관 견학 때 이 층 서재를 봤지? 그녀는 늘 거기서 글을 쓰고 있어. 내가 자리를 비울 때는 일 층에 와서 대신 카운터를 지키지. 그렇지만 특별히 일 층에 용건이 없을 때는 늘 저기 있어."

나는 고개를 끄덕인다.

"내일 아침 열 시 전에 출근해서 너한테 전반적인 일의 순서를 알려 줄게. 그때까지 푹 쉬면 돼."

"여러 가지로 고마워요."

"마이 플레저" 하고 즐겁게 화답하는 말을 그는 영어로 표현한다.

오시마 씨가 가고 나자 나는 배낭 안의 짐을 정리한다. 몇 벌 안 되는 옷을 서랍장에 집어넣고, 셔츠와 윗옷을 옷걸이에 걸고, 노트와 필기도구를 책상 위에 올려놓고, 세면도구를 욕실에 갖다 놓고, 배낭을 벽장 속에 집어넣는다.

방 안에 장식적인 것은 아무것도 없지만, 벽에 한 폭의 작은 유화가 걸려 있다. 해변에 있는 소년을 사실적으로 그린 그림이다. 잘 그린 그림 같지는 않지만 웬만한 수준의 그림이라고 할 만하다. 이름 있는 화가가 그린 것인지도 모른다. 소년은 대충 열두 살쯤 돼 보인다. 햇볕을 가리는 흰 모자를 쓰고 조그만 덱체어에 앉아 있다. 의자 팔걸이에 팔꿈치를 대고 턱을 괴고 있다. 약간은 우울하고, 약간은 득의양양한 표정을 짓고 있다. 검은 독일셰퍼드가 소년을 지키듯이 그 곁에 앉아 있다. 배경으로 바다가 보인다. 다른 사람도 몇몇 그려져 있지만 너무 작아서 얼굴까지는 보이지 않는다. 먼 바다에는 작은 섬이 보인다. 바다 위에는 주먹을 쥔 것 같은 모양의 구름이 몇 개 떠 있다. 여름 풍경이다. 나는 책상 앞의 의자에 앉아서 한동안 그 그림을 바라본다. 보고 있으려니까 실제로 파도 소리가 들리고 바다 냄새가 나는 것 같다.

거기에 그려져 있는 소년은 예전에 이 방에서 살았던 소년일지도 모른다. 사에키 씨가 사랑했던 동갑내기 소년. 스무 살 때 학생운동에 말려들어 의미 없이 살해당한 소년. 확인할 길은 없지만 어쩐지 그런 느낌이 든다. 풍경도 이 부근 해변의 모습 같다. 만일 그렇다면, 그림 속에 그려져 있는 것은 사십 년쯤 전의 풍경일 것이다. 사십 년이라는 세월은 나에게는 거의 영원처럼 생각된다. 시험 삼아 사십 년 후의 내 모습을 상상해 본다. 그러나 그것은 우주의 끝을 상상하는 것과 같다.

이튿날 아침, 오시마 씨가 와서 나에게 도서관 문을 여는 방법을 가르쳐 준다. 자물쇠를 풀고, 창문을 열어 환기를 시키고, 바닥을 대충 청소기로 밀고, 걸레로 책상 위를 닦고, 꽃병의 물을 갈아 주고, 불을 켜고, 때에 따라서는 정원에 물을 뿌리고, 시간이 되면 바깥문을 연다. 폐관할 때는 대개 그 반대의 순서로 한다. 창문을 잠그고, 책상을 다시 걸레로 닦고, 불을 끄고 문을 잠근다.

"여기는 도둑맞을 만한 물건은 아무것도 없으니까 문단속에 그다지 신경 쓸 필요는 없을지도 몰라" 하고 오시마 씨가 말한다. “하지만 칠칠치 못한 것은 사에키 씨도 나도 별로 좋아하지 않거든. 그러니까 할 수 있는 데까지 확실히 해야 할 거야. 여기는 우리의 집이야. 늘 소중하게 다루고 있으니까 너도 될 수 있으면 그런 마음가짐으로 해주면 좋겠어.”

나는 고개를 끄덕인다.

그러고 나서 그는 접수 카운터의 업무와 열람하러 온 사람을 안내하는 방법 등을 자세히 가르쳐 준다.

“당분간은 내 옆에 있으면서 하는 걸 보고, 순서를 기억하면 돼. 그렇게 어려운 일은 아니니까. 무슨 일이 있을 때는 이 층에 가서 사에키 씨를 불러오면 그다음은 그녀가 알아서 처리해 줄 거야.”

사에키 씨는 열한 시 조금 전에 출근한다. 그녀가 운전하는 폭스바겐의 엔진 소리는 특이해서 금방 그녀인 줄 안다. 그녀는 주차장에 차를 세우고 뒷문으로 들어와 오시마 씨와 나에게 인사를 한다. “안녕?” 하고 그녀가 말한다. “안녕하십니까?” 하고 오시마 씨와 나는 말한다. 우리가 교환하는 대화는 그것뿐이다. 사에키 씨는 파란색 반소매 원피스를 입고, 손에는 면 소재 재킷을 들고 있다. 어깨에 숄더백을 메고 있다. 액세서리는 거의 하지 않으며 화장기도 거의 없다. 그런데도 그녀에게는 상대에게 눈부심을 느끼게 하는 무언가가 있다. 오시마 씨 옆에 서 있는 나를 보고, 뭔가 말하고 싶은 듯했으나 결국 아무 말도 하지 않는다. 나를 향해 가볍게 미소를 지어 보이고는 조용히 계단을 올라 이 층으로 간다.

"괜찮아" 하고 오시마 씨가 말한다. "네 일은 전부 알고 있으니까 아무 문제 없어. 다만 쓸데없는 말을 안 하는 분이라 그래. 그것만 알면 돼."

열한 시가 되자 오시마 씨와 나는 도서관 문을 연다. 문을 연다고 해도 금방 들어오는 사람은 없다. 오시마 씨는 컴퓨터 검색 방법을 나에게 가르쳐 준다. 도서관에서 흔히 사용하는 IBM 컴퓨터로, 나는 그 사용법에 익숙하다. 그리고 열람 카드를 정리하는 방법도 알려 준다. 매일 몇 권씩 신간 도서가 도착하기 때문에, 그것을 손으로 카드에 기록하는 것도 업무 중 하나다.

열한 시 반에 두 명의 여성이 함께 나타난다. 두 사람은 같은 모양, 같은 색의 청바지를 입고 있다. 키가 작은 쪽은 수영 선수처럼 머리를 짧게 잘랐고, 키가 큰 쪽은 머리를 땋아 올렸다. 신발은 둘 다 조깅용 운동화인데, 한 사람은 나이키, 다른 사람은 아식스다. 키가 큰 쪽은 마흔 살 정도, 키가 작은 쪽은 서른 살 정도로 보인다. 키가 큰 쪽은 체크무늬 셔츠를 입고 안경을 썼으며, 키가 작은 쪽은 흰 블라우스를 입고 있다. 두 사람 다 소형 배낭을 짊어지고, 흐린 하늘 같은 까다로운 얼굴을 하고 있다. 말수도 적다. 오시마 씨가 입구에서 짐을 맡기라고 하자, 그녀들은 불쾌하다는 듯이 배낭에서 노트와 필기도구를 꺼낸다.

그녀들은 서가를 한 칸 한 칸 체크하고, 열람 카드를 열심히 뒤진다. 이따금 노트에 무엇인가를 메모하기도 한다. 책은 읽지 않는다. 의자에 앉지도 않는다. 도서관 이용자라기보다 재고 조사를 하는 세무서 조사관처럼 보인다. 오시마 씨도 나도 그녀들이 어떤 사람이고, 여기서 도대체 무엇을 하고 있는 건지, 전혀 짐작이 가지 않는다. 오시마 씨가 나에게 눈짓을 하고 어깨를 살짝 움츠린다. 아무리 좋게 말하려 해도 별로 좋은 예감은 들지 않는다.

점심때가 되어 오시마 씨가 정원에서 식사를 하는 동안, 내가 대신 카운터에 앉는다.

"물어보고 싶은 게 있는데요" 하고 키가 큰 여성이 다가와서 말한다. 목소리 톤이 딱딱하게 굳어 있어서, 찬장 속에 넣어 둔 채 오랫동안 잊어버려 굳어 버린 빵을 연상시킨다.

"네, 말씀하세요."

그녀는 미간을 찌푸리고 마치 비스듬히 기울어진 액자를 보는 듯한 눈초리로 내 얼굴을 본다. "이봐요, 혹시 고등학생 아니에요?"

"네, 그렇습니다. 여기서 연수를 하고 있습니다" 하고 나는 대답한다.

"누구 좀 더 이 도서관 사정을 잘 아는 사람을 불러 주겠어?"

나는 정원으로 오시마 씨를 부르러 간다. 그는 입 안에 있는 것을 커피로 천천히 넘기고, 무릎 위에 떨어진 빵 부스러기를 털고 나서 온다.

"무슨 질문이라도?" 하고 오시마 씨가 상냥하게 말한다.

"사실을 말씀드리자면, 우리 조직은 여성의 입장에서 일본 전국의 문화 공공시설의 설비, 사용의 편리성, 남녀를 차별하지 않고 누구나 공평하게 이용할 수 있는지를 현장 조사하고 있습니다" 하고 그녀가 말한다. "일 년 동안 분담해서 각 시설을 실제로 방문하여 설비를 점검하고, 조사 결과를 보고서로 공표합니다. 많은 여성들이 이 프로젝트에 관여하고 있습니다. 우리는 이 지역을 담당하게 됐습니다."

"괜찮으시다면, 그 조직의 이름을 가르쳐 주실 수 있을까요?" 하고 오시마 씨가 말한다.

키가 큰 여성이 명함을 꺼내서 건네준다. 오시마 씨는 표정의 변화 없이 명함을 보고는 카운터 위에 놓는다. 그런 뒤 얼굴을 들어 화사한 미소를 지으며 상대방 얼굴을 뚫어지게 바라본다. 보통의 사고를 가진 여성이라면 자기도 모르게 반해 버릴 것 같은 미소가 일품이다. 그러나 상대는 눈썹 하나 까딱하지 않는다.

"결론부터 먼저 말씀드리면, 이 도서관은 유감스럽게도 몇 가지 문제점이 있습니다" 하고 그녀가 말한다.

"그러니까 그것은 여성적 견지로 봐서,라는 말씀인가요?"

하고 오시마 씨가 묻는다.

"그렇습니다. 여성적 견지로 봐서라는 얘깁니다" 하고 그녀가 말한다. 그러고는 헛기침을 한다. "그 문제에 대해 관리 부서의 의견을 여쭙고 싶습니다만, 괜찮겠습니까?"

"관리 부서라고 할 만큼 거창한 것은 여기에 존재하지 않지만, 저라도 괜찮다면 얼마든지요."

"우선 여기에는 여성 전용 화장실이 없습니다. 그렇죠?"

"네, 그렇습니다. 이 도서관에 여성 전용 화장실은 없습니다. 남녀 겸용으로 돼 있습니다."

"사설이긴 하지만 대중에게 개방된 도서관인 이상, 원칙적으로 화장실은 남녀 따로 설치해야 하는 게 아닐까요?"

"원칙적으로" 하고 오시마 씨가 확인하듯이 상대방 말을 되풀이한다.

"그래요. 남녀가 함께 쓰는 화장실은 여러모로 불편과 괴로움을 주죠. 조사한 바에 의하면, 대부분의 여성은 남녀 공용의 화장실이 불편하다는 걸 아주 절실하게 느끼고 있습니다. 이것은 명백히 여성 이용자에 대한 차별적 경시입니다."

"차별적 경시?" 하고 오시마 씨가 말한다. 그러고는 무언가 아주 쓰디쓴 것을 잘못 삼켰을 때 같은 표정이 된다. 그 단어의 울림이 그다지 마음에 들지 않는 것이다.

"의식적 간과입니다."

"의식적 간과" 하고 그가 또 되풀이한다. 그러고는 그 말투가 너무 세련되지 못하고 무례한 점에 대해 한동안 곰곰이 생각해 본다.

"그 점에 대해 어떻게 생각하십니까?" 키가 큰 여성이 약간 짜증을 억누르며 말한다.

"보시면 아시겠지만, 여기는 아주 조그만 도서관입니다" 하고 오시마 씨가 말한다. "유감스럽게도 남녀 별도의 화장실을 만들 만한 여유 공간이 없습니다. 화장실이 남녀 따로 돼 있는 것이 바람직하다는 건 두말할 필요가 없습니다만, 지금까지 이용자가 불평하는 일은 없었습니다. 다행인지 불행인지 모르겠지만, 우리 도서관은 그다지 혼잡하지 않습니다. 댁들이 남녀 별도의 화장실 문제를 추궁하고 싶으시다면, 시애틀의 보잉사에 가서 점보제트기의 화장실에 대해 언급하시는 게 어떨까요? 우리 도서관보다는 점보제트기 쪽이 훨씬 더 크고 훨씬 더 혼잡한데, 제가 아는 바로는 기내의 화장실은 모두 남녀 겸용입니다."

키가 큰 여성이 눈을 가늘게 뜨고 오시마 씨 얼굴을 노려본다. 그녀가 눈을 가늘게 뜨자 양쪽 광대뼈가 툭 튀어나온다. 그에 맞춰 안경이 위로 올라간다.

"우리는 지금 여기서 교통기관을 조사하고 있는 것이 아닙니다. 어째서 점보제트기 이야기가 갑자기 튀어나오는 거죠?"

"점보제트기의 화장실이 남녀 겸용인 점이나, 도서관의 화장실이 남녀 겸용인 점이나, 원칙적으로 생각한다면 발생하는 문제는 똑같지 않습니까?"

"우리는 개개의 공공시설 설비를 조사하고 있습니다. 원칙 이야기를 하기 위해 여기에 찾아온 것이 아닙니다."

오시마 씨는 어디까지나 부드럽고 온화한 미소를 띤 채 말한다. "그래요? 저는 틀림없이 우리가 원칙에 대해 이야기를 나누고 있는 것으로 생각했는데요."

키가 큰 여성은 자기가 어딘가에서 실수를 저지른 것을 깨닫는다. 그녀의 뺨이 약간 빨개진다. 그러나 그것은 오시마 씨의 성적인 매력 때문은 아니다. 그녀는 궁지에 몰린 기세를 만회하려고 시도한다.

"어쨌든 점보제트기 문제는 지금 이 도서관과는 아무 관계가 없습니다. 무관한 이야기로 흩트리지 말아 주세요."

"알겠습니다. 비행기 이야기는 그만둡시다" 하고 오시마 씨가 말한다. "지상의 문제에 국한해서 이야기합시다."

그녀는 오시마 씨의 얼굴을 노려본다. 한숨 돌리고 나서 다시 계속한다. "그리고 또 한 가지 물어보고 싶습니다만, 저자의 분류가 남녀별로 돼 있습니다."

"네, 그렇습니다. 색인을 작성한 것은 제 전임자인데, 왜 그랬는지 남녀별로 되어 있더군요. 곧 다시 만들려고 생각은 하고 있습니다만, 시간적 여유가 없어서…….”

“우리는 지금 그 사실을 트집 잡고 있는 것이 아닙니다.”

오시마 씨는 가볍게 고개를 갸웃한다.

“이 도서관에서는 모든 분류에서 남성 저자가 여성 저자보다 먼저 나와 있습니다” 하고 그녀가 말한다. “우리 생각으로는 이것은 남녀평등이라는 원칙에 반하며, 공평성이 결여된 조치입니다.”

오시마 씨는 명함을 손에 들고 다시 한번 거기에 있는 글자를 읽고 나서 카운터 위에 내려놓는다.

“소가 씨” 하고 오시마 씨가 말한다. “학교에서 출석을 부를 때 소가 씨는 다나카 씨 앞이었고, 세키네 씨 다음이었을 겁니다. 당신은 그 점에 대해 불평했습니까? 가끔은 거꾸로 불러 달라고 항의했습니까? 알파벳의 G는 자기가 F의 다음이라고 화를 냅니까? 책의 68페이지는 자기가 67페이지 다음에 있다고 혁명을 일으킵니까?”

“그것과는 이야기가 다릅니다” 하고 그녀가 목청을 높이면서 말한다. “당신은 아까부터 의도적으로 이야기를 흩트리고 있습니다.”

그 소리를 듣고 서가 앞에서 노트에 무언가를 계속 쓰고 있던 키가 작은 여성이 잰걸음으로 이쪽으로 다가온다.

“**의도적으로 이야기를 흩트린다**?” 하고 오시마 씨가 마치 글자에 방점이라도 찍는 것처럼 상대의 말을 반복한다.

"그렇지 않다는 말씀인가요?"

"레드 헤링" 하고 오시마 씨가 말한다.

소가라는 이름의 여성은 입을 살짝 벌린 채 아무 말도 하지 않는다.

"영어에 'red herring'이라는 표현이 있습니다. 매우 흥미롭기는 하지만, 이야기의 중심 명제로부터는 조금 벗어난 것을 말합니다. 붉은 빛깔의 청어. 어째서 그렇게 표현하는지는 지식이 부족해서 잘 모릅니다만."

"청어인지 전갱인지는 모르지만, 어쨌든 당신은 이야기를 얼버무리고 있습니다."

"정확히 말씀드린다면, 미루어 짐작한다는 '유추'라는 뜻입니다" 하고 오시마 씨가 말한다. "아리스토텔레스는 그것이 웅변술에서 가장 유효한 방법 중 하나라고 말했습니다. 그런 지적 트릭은 고대 아테네 시민 사이에서 일상적으로 애호되고 행해지고 있었습니다. 당시 아테네에서 '시민'의 정의에 여성이 포함되어 있지 않았던 것은 참 유감스러운 일이지만요."

"당신은 지금 우리를 놀리고 있는 겁니까?"

오시마 씨는 고개를 흔든다. "제가 말씀드리고 싶은 것은 이런 겁니다. 작은 도시의 작은 사립 도서관에 찾아와 킁킁 주위의 냄새나 맡고 다니면서 화장실의 형태나 열람 카드의 결점을 찾고 있을 시간이 있으면, 전국 여성의 정당한 권리 확보에 유효한 일들을 달리 얼마든지 찾을 수 있을 것이라는 말입니다. 저는 이 자그마한 도서관을 조금이라도 지역에 도움 되는 곳으로 만들려고 전력을 다하고 있습니다. 책을 사랑하는 사람들을 위해 좋은 책들을 모아서 제공하고 있습니다. 인간미 있는 서비스를 지향하고 있습니다. 당신은 아실지 모르겠지만, 이 도서관이 소유한 다이쇼시대에서 쇼와 중기에 걸친 시가 연구 자료 컬렉션은 전국적으로 높은 평가를 받고 있습니다. 물론 미비한 점은 있습니다. 한계도 있습니다. 하지만 부족하나마 힘껏 노력하고 있습니다. 우리가 하지 못하고 있는 일을 보기보다는 해놓은 일에 눈을 돌려 주십시오. 그것이 공정성이라는 것 아닐까요?"

키가 큰 여성은 키가 작은 여성을 보고, 키가 작은 여성은 키가 큰 여성을 올려다본다.

키가 작은 여성이 그때 비로소 입을 연다. 목소리는 날카롭고 드높다. "당신이 주장하고 있는 것은 결국 내용이 없는 책임 회피, 변명에 지나지 않습니다. 현실이라는 편리한 용어를 들고 나옴으로써 안이하게 자기를 정당화하고 있을 뿐입니다. 한 말씀 드리자면, 당신은 그야말로 남성성의 한심한 역사적 사례입니다."

"한심한 역사적 사례" 하고 오시마 씨가 감탄한 듯한 어조로 반복한다. 목소리의 울림으로 봐서 그는 그 표현이 꽤 마음에 드는 것 같다.

"즉 당신은 전형적인 차별 주체로서의 남성적 남성이라는 말입니다" 하고 키가 큰 쪽이 짜증을 내며 말한다.

"남성적 남성" 하고 오시마 씨가 다시 반복한다.

키가 작은 여성이 무시하고 계속 말한다. "사회적 기정사실과 그것을 유지하기 위해 만들어진 싸구려 남성적 논리를 방패로, 당신은 여성이라는 젠더 전체를 이급 시민화하고, 여성이 당연히 받아야 할 권리를 제한하고 박탈하고 있습니다. 의도적이라기보다는 자각하지 못한 상태에서 거의 습관적으로 자행하는 행위인 만큼 더욱 죄가 크다고 할 수 있습니다. 당신네 남성들은 타인의 아픔에 둔감해지고, 그럼으로써 남성으로서의 기득권을 확보하고 있는 것입니다. 그리고 그런 무자각성이 여성에 대해, 사회에 대해, 얼마나 해악을 끼치고 있는가를 보려고 하지 않습니다. 화장실 문제나 열람 카드 문제는 물론 세부적인 문제에 지나지 않습니다. 하지만 세부가 없는 곳에 전체는 있을 수 없습니다. 우선 세부적인 문제부터 시작하지 않으면, 이 사회를 뒤덮고 있는 자각이 부족한 사회 부조리를 고쳐 나갈 수 없습니다. 그것이 우리의 행동 원칙입니다."

"그것은 또한 모든 뜻있는 여성이 느끼고 있는 일입니다" 하고 키가 큰 여성이 무표정하게 덧붙인다.

"대저 마음 있는 여성으로, 나와 같은 고통을 겪고 나서 나와 같은 행동을 하지 않을 자가 있을까?" 하고 오시마 씨가 말한다.

두 사람은 나란히 떠 있는 빙산처럼 잠자코 있는다.

"소포클레스의 「엘렉트라」. 훌륭한 희곡입니다. 저는 여러 번 반복해서 읽었습니다. 그리고 내친김에 말씀드리자면, 젠더라는 말은 애당초 문법상의 성별을 나타내는 것으로서, 저는 신체적인 성차를 가리킬 경우엔 역시 섹스라고 표현하는 쪽이 옳다고 생각합니다. 이 경우의 '젠더'는 오용입니다. 언어적으로 세밀한 점을 말씀드린다면 말입니다."

차가운 침묵이 이어진다.

"어쨌든 당신들이 말하고 있는 것은 근본적으로 잘못돼 있습니다" 하고 오시마 씨가 조용하지만 단호한 목소리로 말한다. "나는 남성적 남성의 한심한 역사적 사례 따위가 아닙니다."

"어디가 어떻게 근본적으로 잘못돼 있는지, 알기 쉽게 설명해 주시겠습니까?" 하고 키가 작은 여성이 도전적으로 말한다.

"논리 바꿔치기나 지식의 과시는 빼고." 키가 큰 여성이 덧붙인다.

"알았습니다. 논리 바꿔치기나 지식의 과시는 빼고, 알기 쉽게 정직하게 설명하지요" 하고 오시마 씨가 말한다.

"그렇게 해주세요" 하고 키가 큰 여성이 말한다. 다른 여성은 그 말에 동의한다는 듯이 고개를 끄덕인다.

“우선 첫째로, 나는 남성이 아닙니다” 하고 오시마 씨가 선언한다.

모두가 말을 잃고 침묵한다. 나도 놀라서 숨을 삼키고 곁의 오시마 씨를 힐끔 쳐다본다.

“나는 여성입니다” 하고 오시마 씨가 말한다.

“시시한 농담은 그만두세요.” 키가 작은 여성이 한 호흡 두었다가 그렇게 말한다. 그러나 그것은 누군가가 무언가 말하지 않으면 안 되니까 말한다는 느낌의 말투다. 확신이 있는 것은 아니다.

오시마 씨는 면바지 주머니에서 지갑을 꺼내 플라스틱 카드를 빼서 그녀에게 건네준다. 사진이 들어간 신분증. 아마 그건 어떤 병원의 진료권을 겸한 신분증일 것이다. 그녀는 그 신분증에 적힌 글씨를 읽고 미간을 찌푸리며 키가 큰 여성에게 건넨다. 그녀도 신분증을 보고, 조금 망설이더니 불길한 트럼프 패를 넘길 때 같은 표정으로 오시마 씨에게 돌려준다.

“너도 보고 싶어?” 하고 오시마 씨가 나를 향해 말한다. 나는 잠자코 고개를 젓는다. 그는 신분증을 지갑에 집어넣은 뒤 바지 주머니에 넣는다. 그리고 카운터 책상 위에 두 손을 짚는다. “보시다시피 나는 생물학적으로나, 호적상으로나 엄연한 여성입니다. 그러니까 당신의 주장은 근본적으로 잘못돼 있습니다. 나는 당신이 말하는 전형적인 차별 주체로서의 남성적 남성일 수 없습니다."

"하지만" 하고 키가 큰 여성이 무엇인가 말하려 했지만, 뒷말이 이어지지 않는다. 키가 작은 쪽은 굳게 입을 닫고, 오른 손가락으로 블라우스의 옷깃을 잡아당기고 있다.

"하지만 신체 구조는 여성이지만, 내 의식은 완전히 남성입니다" 하고 오시마 씨가 계속 말한다. "나는 정신적으로는 하나의 남성으로 살고 있습니다. 당신이 말하는 것은 역사적 사례로서는 옳을지도 모르며 나는 악명 높은 차별주의자일지도 모릅니다. 다만 나는 이런 모습을 하고 있어도 레즈비언은 아닙니다. 성적 기호를 말하면, 나는 남자를 좋아합니다. 즉 여성이면서 게이입니다. 질은 한 번도 사용한 적이 없고, 성행위에는 항문을 사용합니다. 클리토리스는 느끼지만, 젖꼭지는 그다지 느끼지 못합니다. 생리도 없습니다. 그런데 내가 무엇을 차별한단 말입니까? 누가 좀 가르쳐 주시겠습니까?"

우리 나머지 세 사람은 다시 말없이 침묵에 잠긴다. 누군가 조그맣게 헛기침을 했지만, 그것은 적절하지 못한 것으로서 방 안에 울린다. 벽시계가 여느 때와 달리 크고 메마른 소리를 낸다.

"죄송하지만 점심 식사를 하던 중입니다" 하고 오시마 씨가 상냥하게 말한다. "참치 스피니치 랩이라는 것을 먹고 있었습니다. 반쯤 먹었을 때 부르셔서요. 오래 놓아두면 근처에 사는 고양이가 와서 먹어 버릴지도 모릅니다. 이 근처에는 고양이가 꽤 많습니다. 바닷가의 소나무 숲에 새끼 고양이를 버리고 가는 사람들이 많아서요. 괜찮으시다면, 돌아가서 식사를 계속할까 합니다. 이만 실례하겠습니다만, 두 분은 신경 쓰지 마시고 천천히 계시다 가시지요. 이 도서관은 모든 시민에게 열려 있습니다. 관내 규칙을 지키고, 다른 열람자에게 방해되지 않는 한 어떤 일을 해도 좋고, 보고 싶은 책을 마음껏 봐도 좋습니다. 당신들의 보고서에는 무엇이든 마음대로 쓰십시오. 어떻게 쓰시든, 우리는 신경 쓰지 않을 겁니다. 우리는 지금까지 아무 데서도 재정적 지원을 받거나 지시를 받은 적이 없고, 우리가 생각하는 방식으로 일해 왔으며, 앞으로도 그렇게 할 생각입니다."

오시마 씨가 가버리자, 두 여성은 잠자코 얼굴을 마주 보더니 내 얼굴을 본다. 나를 오시마 씨의 연인으로 생각했는지도 모른다. 나는 말없이 열람 카드를 정리한다. 두 사람은 서가가 있는 곳에서 작은 목소리로 뭐라고 이야기하더니 얼마 뒤에 짐을 챙겨서 철수한다. 그녀들의 표정은 무척 딱딱하게 굳어 있다. 카운터에서 내가 그들의 배낭을 건네줘도 고맙다는 인사도 하지 않는다.

얼마 뒤 식사를 마친 오시마 씨가 돌아온다. 스피니치 랩을 두 개 나에게 준다. 스피니치 랩은 시금치로 물들인 녹색의 토르티야 같은 얇은 빵에 채소와 참치를 끼워 넣고 흰 크림소스를 뿌린 것이다. 나는 점심으로 그것을 먹는다. 물을 끓여서 얼그레이 티백을 우려 마신다.

"내가 아까 말한 것은 모두 사실이야." 내가 점심을 먹고 돌아오자, 오시마 씨가 말한다.

"지난번에 오시마 씨가 특수한 인간이라고 말한 것은 그런 의미였군요?"

"자랑은 아니지만, 내 표현이 결코 과장이 아니었다는 것을 알아주는 것 같네."

나는 고개를 끄덕인다.

오시마 씨는 웃는다. "나는 성별로 말하자면 틀림없이 여자지만, 유방도 거의 커지지 않았고, 생리도 전혀 한 적이 없어. 하지만 페니스도 없고 고환도 없고 수염도 나지 않지. 요컨대 아무것도 없는 거야. 시원하다면 아주 시원하지. 그게 어떤 느낌인지, 아마 너는 이해할 수 없겠지만 말이야."

"아마도" 하고 나는 말한다.

"이따금 나 자신도 뭐가 뭔지 이해할 수 없을 때가 있어. 나는 도대체 무엇일까 하고 말이야. 이봐, 나는 도대체 뭘까?"

나는 고개를 흔든다. "오시마 씨, 그렇게 말한다면 나도 내가 무엇인지 알 수 없어요."

"자기 자신의 존재에 대한 고전적 모색."

나는 고개를 끄덕인다.

"하지만 너에겐 최소한 단서 같은 것은 있지. 나는 아무것도 없어."

"오시마 씨가 어떤 사람이든 간에, 나는 오시마 씨가 좋아요" 하고 나는 말한다. 누군가를 향해 그런 말을 입에 담은 것은 난생처음이다. 얼굴이 빨개진다.

"고마워" 하고 오시마 씨가 말한다. 그러고는 내 어깨에 살며시 손을 얹는다. "분명히 나는 다른 사람들과는 조금 달라. 하지만 기본적으로는 같은 인간이야. 그걸 네가 좀 이해해 줬으면 해. 나는 괴물이 아니야. 보통 인간이지. 다른 사람들과 똑같이 느끼고 똑같이 행동해. 하지만 그 사소한 차이가 때로는 끝없는 심연처럼 느껴질 때가 있어. 그야 물론 생각해 보면 어쩔 수 없는 일이긴 하지만 말이야."

그는 카운터 위에 놓여 있는 길고 뾰족한 연필을 손에 들고 바라본다. 그 연필은 그의 신체의 연장선상에 있는 물건처럼 보인다.

"이 이야기는 너한테 될 수 있는 대로 빨리 털어놓는 편이 좋겠다고 생각하고 있었어. 누군가 다른 사람에게서 듣기 전에 내 입으로 직접 이야기하고 싶었지. 그래서 오늘은 그런대로 좋은 기회였어. 그다지 기분이 좋다고는 할 수 없지만."

나는 고개를 끄덕인다.

"나는 보다시피 이런 인간이다 보니 지금까지 여러 곳에서,

여러 의미에서 차별받아 왔어" 하고 오시마 씨가 말한다. "차별당하는 심정이 어떤 것인지, 그것이 얼마나 사람에게 깊은 상처를 주는 것인지, 그것은 차별당해 본 사람이 아니면 알 수 없지. 아픔이라는 것은 개별적인 것이어서, 그 뒤에는 개별적인 상처 자국이 남아. 그렇기 때문에 공평함이나 공정함을 추구하는 데에는 나도 남에게 뒤떨어지지 않는다고 생각해. 다만 내가 짜증이 나는 것은 상상력이 결여된 인간들 때문이야. T. S. 엘리엇이 말한, '공허한 인간들'이지. 상상력이 결여된 부분을, 공허한 부분을, 무감각한 지푸라기로 메운 주제에 그것을 깨닫지 못하고 바깥을 돌아다니는 인간들 말이야. 그리고 그 무감각함을, 공허한 말을 늘어놓으면서, 타인에게 억지로 강요하려는 인간들이지. 쉽게 말하자면, 조금 전 도서관의 실태를 조사하러 온 두 여성 같은 인간들."

그는 한숨을 쉬고 손가락으로 긴 연필을 돌린다.

"게이든, 레즈비언이든, 이성애자든, 페미니스트든, 파시스트의 돼지든, 공산주의자든, 힌두교 신자든, 그런 것은 아무래도 상관없어. 어떤 깃발을 내걸든 나는 전혀 상관하지 않아. 내가 견딜 수 없는 것은 그런 공허한 놈들이야. 그런 사람들과 부딪치면, 나는 참을 수가 없어. 나도 모르게 하지 않아도 될 쓸데없는 말을 입에 담게 돼. 조금 전의 경우도 적당히 받아넘기고 적당히 맞장구치면 됐을 텐데. 아니면, 사에키 씨를 불러서 말기면 됐을 텐데. 그녀라면 미소 띤 얼굴로 능숙하게 대처했을 거야. 그런데 나는 늘 그렇게 할 수가 없어. 하지 않아도 될 말을 마구 하는가 하면, 하지 않아도 될 일을 해버리거든. 나 자신을 억제할 수가 없어. 그게 내 약점이야. 어째서 그게 약점이 되는지 알겠지?"

"상상력이 부족한 사람을 일일이 진지하게 상대하다가는 몸이 열 개라도 모자란다는 말인가요?"

"그래, 맞아" 하고 오시마 씨가 말한다. 그러고는 연필의 지우개 부분으로 가볍게 관자놀이를 누른다. "정말 그래. 하지만 다무라 카프카 군, 이것만은 기억해 두는 게 좋을 거야. 결국 사에키 씨의 연인을 죽인 것도 그런 인간들임에 틀림없어. 상상력이 결여된 속 좁은 비관용성, 독불장군 같은 계급투쟁의 운동 방침, 공허한 말들, 찬탈된 이상, 경직된 시스템. 내가 정말로 두려운 것은 그런 것들이야. 나는 그런 것을 진심으로 두려워하고 증오해. 무엇이 옳고, 무엇이 옳지 않은가—물론 그것도 매우 중요한 문제지. 하지만 그런 개별적인 판단은 혹시 잘못됐더라도 나중에 정정할 수 있어. 잘못을 스스로 인정할 용기만 있다면, 대개의 경우는 돌이킬 수 있지. 하지만 상상력이 결여된 속 좁은 것이나 관용할 줄 모르는 것은 기생충과 마찬가지거든. 중간 숙주를 바꾸고 형태를 바꿔서 끝없이 이어져 가는 거야. 거기에는 구원이 없어. 나는 그런 종류의 인간을 여기에 들여놓고 싶지는 않아.”

오시마 씨는 연필 끝으로 서가를 가리킨다. 물론 그는 도서관 전체를 말하는 것이다.

“나는 그런 것을 적당히 웃어넘길 수 없어.”

제20장

대형 냉동트럭 운전기사가 나카타 씨를 도쿄와 나고야 사이를 잇는 도메이 고속도로의 후지가와 휴게소 주차장에 내려 줬을 때, 시간은 이미 밤 여덟 시가 지나 있었다. 나카타 씨는 즈크 가방과 우산을 들고 높은 조수석에서 내렸다.

"여기서 다른 차를 찾으면 될 거요" 하고 운전사가 창밖으로 목을 쑥 내밀며 말했다. "물어보고 다니면 한 대 정도는 찾을 수 있을걸."

"고맙습니다. 나카타가 큰 신세를 졌습니다."

"조심하라고." 운전사는 이렇게 말하고 손을 들어 작별 인사를 한 뒤 가버렸다.

운전사는 이곳이 후지가와라고 말했다. 후지가와가 어디쯤 있는 건지, 나카타 씨는 전혀 몰랐다. 그러나 자기가 도쿄를 떠나 조금씩 서쪽으로 이동하고 있다는 것만은 알 수 있었다. 나침반이 없어도, 지도를 읽을 줄 몰라도, 그 정도는 본능적으로 이해할 수 있었다. 이제부터 다시 서쪽으로 가는 다음 차를 얻어 타면 된다.

나카타 씨는 배가 고팠기 때문에 식당에서 라면을 먹기로 했다. 나카타 씨는 가방 안에 있는 주먹밥과 초콜릿에는 손대지 않고, 비상시를 대비해 남겨 두기로 했다. 글씨를 못 읽는 탓에 시스템을 이해하는 데 시간이 걸렸다. 식당에 들어가기 전에 먼저 식권을 사야 한다. 식권은 자동판매기로 사야 하기 때문에 글씨를 못 읽는 나카타 씨는 누군가에게 도움을 받지 않으면 안 됐다. "약시라서 눈이 잘 보이지 않아서요" 하고 말하니까 중년 여성이 대신 돈을 넣어 주고 버튼을 누르고 거스름돈을 건네줬다. 상대에 따라서는 글씨를 못 읽는다는 사실을 되도록 숨기는 게 좋다는 것을 나카타 씨는 경험으로 터득하고 있었다. 사람들이 이따금 무슨 괴물이라도 보는 듯한 눈초리로 자신을 바라봤기 때문이다.

나카타 씨는 즈크 가방을 어깨에 메고 우산을 들고, 그 부근에 있는 트럭 기사 같은 사람들에게 말을 걸어 봤다. 저는 서쪽으로 가는데 태워 주실 수 있겠습니까, 하고 물어보며 돌아다녔다. 그러나 그들은 나카타 씨의 얼굴과 차림새를 보고는 고개를 흔들었다. 히치하이킹을 하는 노인은 극히 찾아보기 어려운 만큼 기사들은 본능적으로 나카타 씨를 경계하는 눈치였다. 히치

하이커를 태우는 것은 회사에서 금지하고 있다고 그들은 말했다. 미안해요.

나카노구에서 도메이 고속도로에 들어설 때까지 시간이 꽤 걸렸다. 나카타 씨는 나카노구 밖으로 나간 적이 없었고, 도메이 고속도로 입구가 어디에 있는지도 몰랐다. 특별 패스로 탈 수 있는 도내 버스는 필요에 따라 이용하지만, 차표를 끊어야 하는 지하철이나 전차는 혼자 타본 적이 없었다.

갈아입을 옷과 세면도구와 간단한 먹거리를 가방에 넣고, 다다미 밑에 숨겨 놓았던 돈을 복대 속에 소중하게 집어넣고, 커다란 우산을 들고 아파트를 나온 것은 아침 열 시 조금 전이었다. 도내 버스 운전사에게 "도메이 고속도로에는 어떻게 가면 됩니까?" 하고 물었지만, 웃음거리가 됐을 뿐이다.

"이 버스는 신주쿠역까지밖에 가지 않아요. 도내 버스는 고속도로는 달리지 않으니까. 고속도로는 고속버스를 타야만 해요."

"도메이 고속도로를 달리는 고속버스는 어디서 출발합니까?"

"도쿄역" 하고 운전사가 말했다. "이 버스로 신주쿠까지 가서, 신주쿠역에서 전차를 타고 도쿄역까지 가요. 그리고 그곳에서 지정 좌석표를 사서 버스를 타면 도메이 고속도로에 들어가게 됩니다."

무슨 말인지 알 수 없었지만, 나카타 씨는 일단 그 버스를 타고 신주쿠역까지 갔다. 그러나 거기는 너무나도 거대한 거리였다. 오가는 사람이 많아서 제대로 길을 걸을 수조차 없었다. 여러 종류의 전차가 달리고 있어서 도대체 어디로 가야 도쿄역으로 가는 전차를 탈 수 있는지 도무지 알 수 없었다. 물론 안내판의 글씨도 읽을 수 없었다. 몇 사람에게 길을 물어봤지만, 그들의 설명은 말이 너무 빠르고 복잡하고, 생전 들어 본 적이 없는 고유명사로 가득 차 있어서, 나카타 씨는 도저히 다 기억할 수 없었다. 이래 가지고는 고양이 가와무라 씨와 이야기하는 것과 마찬가지야,라고 나카타 씨는 생각했다. 파출소에 가서 물어보려고도 생각했지만, 경찰관이 치매 노인인 줄로 착각해서 보호당할지 모른다는 걱정이 앞섰다(지금껏 딱 한 번 그런 경험을 한 적이 있었다). 역 근처를 우왕좌왕 헤매고 다니는 동안, 공기가 탁한 데다 시끄러워서 나카타 씨는 머리가 아파 오기 시작했다. 나카타 씨는 될 수 있는 대로 사람이 적은 곳으로 걸어가다가, 고층 빌딩 사이에서 조그만 공원 같은 곳을 발견하고 그곳 벤치에 앉았다.

나카타 씨는 거기에서 오랫동안 어찌할 바를 모르고 앉아 있었다. 이따금 혼잣말을 하면서 손바닥으로 짧게 깎은 머리를 쓰다듬었다. 공원에는 고양이가 한 마리도 없었다. 까마귀가 날아와서 쓰레기통을 뒤졌다. 나카타 씨는 몇 번씩이나 하늘을 올려다보고 태양의 위치로 대충 시간을 추측했다. 하늘은 배기가스 탓인지 이상한 색깔로 흐려져 있었다.

정오가 지나자 근처 빌딩에서 일하는 사람들이 공원으로 나와 도시락을 먹었다. 나카타 씨도 준비해 온 팥빵을 먹고 보온병의 엽차를 마셨다. 옆 벤치에 두 명의 젊은 여성이 앉아 있어서, 나카타 씨는 말을 걸어 봤다. 어떻게 하면 도메이 고속도로로 갈 수 있을까요, 하고 물어봤다. 두 사람은 도내 버스의 운전기사와 똑같은 방법을 가르쳐 줬다. 중앙선을 타고 도쿄역으로 가서 그곳에서 도메이 고속버스를 타면 됩니다,라고.

"그 방법은 조금 전에 시도해 봤습니다만 잘 되지 않았습니다" 하고 나카타 씨는 솔직하게 말했다. "나카타는 지금까지 나카노구 밖으로 나와 본 적이 없습니다. 그렇기 때문에 전차도 제대로 타지 못합니다. 도내 버스밖에 탈 줄 모릅니다. 글씨를 읽지 못하기 때문에 차표도 사지 못합니다. 도내 버스를 타고 여기까지는 왔습니다만, 여기서 더 이상 앞으로 나아갈 수가 없습니다."

두 사람은 그 말을 듣고 상당히 놀랐다. 글씨를 못 읽는다고? 그러나 착해 보이는 노인이었다. 상냥하고 옷차림도 깨끗했다. 이렇게 좋은 날씨에 우산을 갖고 있는 것이 다소 께름칙했지만, 노숙자로는 보이지 않았다. 얼굴 생김새도 나쁜 편이 아니고 무엇보다 눈이 맑았다.

"정말로 나카노구 밖으로는 나가 본 적이 없으신 거예요?" 하고 검은 머리 여자가 물었다.

"그렇습니다. 줄곧 나카노구 밖으로는 나가지 않도록 해왔습니다. 나카타가 미아가 되어도 아무도 찾을 사람이 없을 테니까요."

"글씨도 읽을 줄 모른다고요?" 하고 머리를 갈색으로 물들인 여자가 물었다.

"네. 글씨도 전혀 읽지 못합니다. 간단한 숫자는 대충 압니다만, 계산은 하지 못합니다."

"그럼, 전차 타기가 곤란하겠네요?"

"네. 대단히 어렵습니다. 차표를 사지 못하니까요."

"시간이 있으면 역까지 모시고 가서 행선지에 맞는 전차를 태워 드리고 싶지만, 우리는 이제 곧 회사로 돌아가야 하거든요. 역까지 갔다 올 시간이 안 되네요. 미안해요."

"아닙니다, 아네요. 그런 말씀 하지 마세요. 나카타는 혼자서 어떻게든 해나갈 수 있습니다."

"아, 참" 하고 검은 머리 여자가 말했다. "영업과의 도게구치가 요코하마에 간다고 하지 않았어?"

"맞아, 그러고 보니 그러네. 그 녀석한테 부탁하면 될 거야. 성격이 좀 어둡기는 해도 나쁜 사람은 아니니까" 하고 갈색 머리 여자가 말했다.

“저, 아저씨. 글씨를 읽지 못하시면 아예 히치하이킹을 하시는 게 어때요?” 하고 검은 머리 여자가 말했다.

“히치하이킹?”

“같은 방향으로 가는 자동차 운전사에게 태워 달라고 부탁하는 거예요. 대개 장거리 트럭에 부탁하는 거지만요. 일반 자동차는 보통 모르는 사람은 태워 주지 않으니까요.”

“장거리 트럭이라든가 일반 자동차라든가, 그런 어려운 것은 나카타는 잘 모르겠습니다.”

“하여간 거기 가면 어떻게든 될 거예요. 저도 옛날 학생 시절에 한 번 해본 적이 있거든요. 트럭 운전기사들은 모두 친절하더라고요.”

“그런데 아저씨, 도메이 고속도로 어디까지 가세요?” 하고 갈색 머리 여자가 물었다.

“모릅니다.”

“몰라요?”

“모릅니다. 하지만 거기에 가면 알 수 있습니다. 일단 도메이 고속도로를 타고 서쪽 방향으로 들어서야 해요. 그다음 일은 나중에 생각하려고 합니다. 어쨌든 나카타는 서쪽으로 가야 합니다.”

두 여자는 서로 얼굴을 쳐다봤으나, 나카타 씨의 말투에는 일종의 독특한 설득력이 있었다. 그리고 두 사람은 나카타 씨에게 자기도 모르게 호의를 느끼고 있었다. 그녀들은 도시락을 모두 먹고 나자 포장을 쓰레기통에 버리고 벤치에서 일어났다.

"아저씨, 우리를 따라오세요. 어떻게 해볼게요" 하고 검은 머리 여자가 말했다.

나카타 씨는 그녀들 뒤를 따라서 근처에 있는 커다란 빌딩으로 들어갔다. 나카타 씨는 난생처음 그렇게 큰 건물에 들어가 봤다. 두 여자는 나카타 씨를 회사 로비 의자에 앉히고, 여직원에게 한마디 하고 나서, "아저씨, 여기서 잠깐 기다리세요" 하고 말했다. 그러고는 여러 대가 늘어서 있는 엘리베이터 안으로 사라져 버렸다. 우산을 꽉 움켜쥐고 즈크 가방을 끌어안은 채 앉아 있는 나카타 씨 앞을, 점심 식사를 마치고 돌아오는 샐러리맨들이 잇따라 지나갔다. 그것도 나카타 씨가 지금까지 본 적이 없는 광경이었다. 모든 사람들이 약속이라도 한 듯이 깨끗한 옷차림이었다. 넥타이를 매고, 번쩍번쩍 빛나는 가방을 들고, 하이힐을 신고, 다들 빠른 걸음으로 같은 방향으로 걸어갔다. 이렇게 많은 사람이 여기에 모여서 대체 어떤 일을 하고 있는지, 나카타 씨는 전혀 이해가 되지 않았다.

이윽고 두 여자가 흰 셔츠에 줄무늬 넥타이를 맨, 마르고 키가 큰 남자를 데려왔다. 그리고 나카타 씨에게 그를 소개했다.

"이 사람은 도게구치라고 하는데, 마침 지금 승용차로 요코

하마까지 가거든요. 사정을 이야기했더니 차에 나카타 씨를 태워 주겠대요. 도메이 고속도로의 고후쿠 주차장에서 아저씨를 내려 줄 테니까, 거기서 다시 다른 차를 얻어 타면 될 거예요. 어쨌든 서쪽으로 간다면서 이 사람 저 사람에게 물어보고, 만일 태워 주면 그 대가로 어딘가에 섰을 때 식사라도 한 끼쯤 사주면 돼요. 아시겠어요?" 하고 갈색 머리 여자가 말했다.

"아저씨, 그 정도의 돈은 갖고 있어요?" 하고 검은 머리 여자가 물었다.

"네, 나카타는 그 정도의 돈은 갖고 있습니다."

"저 말이야, 도게구치, 나카타 씨는 우리가 잘 아는 분이니까 친절하게 대해 줘야 해" 하고 갈색 머리 여자가 말했다.

"그대신 두 분이 나한테 친절하게 대해 주면" 하고 청년이 소심하게 말했다.

"그래, 알았어" 하고 검은 머리 여자가 말했다.

헤어질 때 두 여자는 나카타 씨에게 "아저씨, 이건 작별 선물. 배가 고프면 드세요"라고 하면서, 편의점에서 산 주먹밥과 초콜릿을 줬다. 나카타 씨는 몇 번이나 고맙다고 말했다.

"정말 고맙습니다. 이렇게 친절하게 대해 주시니 뭐라고 감사의 말씀을 드려야 할지 모르겠습니다. 부족한 나카타지만 두 분에게 좋은 일이 있기를 빌겠습니다."

"그 기도가 효력을 발휘하면 좋겠네요" 하고 갈색 머리 여자가 말하자, 검은 머리 여자가 킬킬 웃었다.

도게구치라는 청년은 하이에이스도요타의 승합차의 조수석에 나카타 씨를 태우고 수도 고속도로에서 도메이 고속도로로 들어갔다. 도로가 정체되어 두 사람은 그동안 여러 가지 이야기를 나누었다. 도게구치 씨는 낯을 가리는 성격이기 때문에 처음 얼마 동안은 별로 말이 없었지만, 이윽고 나카타 씨와의 대화에 여러모로 흥미를 느끼게 되자, 자기가 살아온 이야기를 거침없이 쏟아 내기 시작했다. 그는 부담 없이 대화할 수 있는 상대를 만나 수다쟁이로 돌변했다. 그는 많은 이야깃거리를 지니고 있었으며, 모르긴 해도 두 번 다시 만날 일이 없을 것 같은 나카타 씨가 마음에 들어, 무엇이든 솔직하게 털어놓을 수 있었다. 결혼을 약속한 애인과 몇 개월 전에 헤어진 일, 그녀에게 따로 좋아하는 남자가 생겼고, 오랫동안 자기에게는 말하지 않은 채 그 상대와 양다리를 걸쳤다는 이야기. 상사와 사이가 나빠 회사를 그만둘까 하고 고민 중에 있다는 이야기. 중학생 때 부모님이 이혼했고, 어머니는 금방 재혼했지만 상대가 형편없는 사기꾼 같은 남자였다는 이야기. 친한 친구에게 목돈을 빌려줬는데, 그 친구가 갚을 것 같지 않다는 이야기. 아파트의 옆방 학생이 한밤중까지 크게 음악을 틀어 놓는 바람에 제대로 잠을 못 잔다는 이야기까지.

나카타 씨는 청년의 이야기에 성실하게 귀를 기울이고, 군데군데 맞장구를 치고, 간단하게 자기 생각을 말하기도 했다. 자동차가 고후쿠 주차장에 들어설 때쯤 나카타 씨는 청년의 인생 거의 대부분을 알게 됐다. 잘 이해할 수 없는 부분도 많았지만, 도게구치 씨가 올곧게 살아가려고 노력하면서도 수많은 어려움에 발목이 잡혀 있는 불쌍한 청년이라는 큰 줄거리는 알 수 있었다.

"대단히 고마웠습니다. 여기까지 데려다주셔서 나카타에겐 큰 도움이 됐습니다."

"아닙니다. 저야말로 여기까지 함께 올 수 있어서 아주 다행이었어요, 나카타 씨. 덕분에 마음이 홀가분해졌습니다. 이렇게 누군가에게 마음껏 이야기할 수 있어서 좋았어요. 지금까지 아무에게도 이야기할 수 없었거든요. 골치 아픈 이야기만 잔뜩 들려드려서 어떡하죠? 아저씨가 귀찮게 생각하지 않으셨다면 좋겠는데요."

"아닙니다, 천만의 말씀입니다. 나카타도 도게구치 씨와 이야기할 수 있어서 좋았습니다. 귀찮다든가 그런 일은 전혀 없습니다. 그런 걱정은 하지 마세요. 도게구치 씨에게 앞으로는 틀림없이 좋은 일이 있을 거라고 생각합니다."

청년은 지갑에서 전화카드를 꺼내 나카타 씨에게 건네줬다. "이걸 드리겠습니다. 우리 회사에서 만든 공중전화카드예요. 그동안 재미있게 같이 왔는데 작별의 작은 징표로 받아 주세요. 이런 것 말고 드릴 게 없어서 죄송해요."

"감사합니다" 하고 나카타 씨는 카드를 받아서 지갑 속에 소중하게 간직했다. 나카타 씨는 누군가에게 전화를 걸 일도 없고 카드의 사용법도 몰랐지만, 사양하지 않는 게 좋겠다고 생각했다. 그때가 오후 세 시였다.

나카타 씨를 후지가와까지 태워 줄 트럭 운전기사를 찾는 데는 그로부터 한 시간쯤 걸렸다. 신선한 생선을 운송하는 냉동트럭 운전기사였다. 사십대 중반으로, 체격이 컸다. 팔이 통나무처럼 굵고 배도 불룩 튀어나와 있었는데, 나카타 씨가 순진한 어린아이같이 느껴졌는지 반말로 대하기 시작했다.

"생선 비린내가 날 텐데 괜찮겠어?" 하고 운전기사가 말했다.

"생선은 나카타가 좋아하는 것입니다" 하고 나카타 씨는 말했다.

운전기사가 웃었다. "당신은 좀 별나군그래."

"네. 이따금 그런 말을 듣곤 합니다."

"난 그런 별난 사람이 좋아" 하고 그가 말했다. "이런 세상을 아무렇지 않은 보통 얼굴로 곧이곧대로 살아갈 수 있는 놈들이 오히려 믿을 수 없는 거 아니겠어."

"그럴까요?"

"그렇다니까. 그게 내 의견이야."

"나카타에겐 의견이라는 게 별로 없습니다. 장어는 좋아합니다만."

"장어를 좋아한다. 그것도 하나의 의견이지."

"장어도 의견입니까?"

"그럼, 장어를 좋아한다는 것도 하나의 훌륭한 의견이야."

두 사람은 그런 식으로 이야기를 나누면서 후지가와까지 갔다. 운전기사의 이름은 하기타라고 했다.

"나카타 씨, 당신은 지금부터 이 세상이 어떻게 될 거라고 생각하나?" 하고 운전기사가 물었다.

"죄송합니다만, 나카타는 머리가 나빠서 그런 것은 전혀 모릅니다."

"자기 의견을 갖는 것과 머리가 좋고 나쁜 것은 별개의 문제야."

"하지만 하기타 씨, 머리가 나쁘면 애당초 무언가 생각할 수가 없습니다."

"하지만 당신은 장어를 좋아하잖아, 안 그래?"

"네, 나카타는 장어를 좋아합니다."

"그것이 관계성이라는 거야."

"네?"

"나카타 씨는 닭고기계란덮밥을 좋아하나?"

"네, 닭고기계란덮밥도 나카타가 좋아하는 음식입니다."

"그것 역시 관계성이라고 하는 거야" 하고 운전기사가 말했다. "그런 식으로 관계성이 하나하나 모이면, 거기에서 자연히 의미라는 것이 생겨나거든. 관계성이 많이 모이면 그 의미도 한층 더 깊어지고 말이야. 장어든 덮밥이든 생선구이 정식이든 무엇이든 상관없다고. 알겠어?"

"잘 모르겠습니다. 그것은 음식과 관계된 것입니까?"

"음식에만 한정된 이야기는 아니지. 전차든 천황이든 뭐든 상관없어."

"나카타는 전차는 타지 않습니다."

"그건 상관없어. 요는 말이야, 내가 말하고 싶은 건, 무엇을 상대하든 간에 사람이 이렇게 살아 있는 한은 주변의 모든 것 사이에서 자연히 의미가 생겨난다는 거야. 무엇보다 중요한 것은 그것이 자연스러운가, 그렇지 않은가 하는 거지. 머리가 좋은가 나쁜가, 그런 게 아니라고. 그것을 자기 눈으로 보느냐, 보지 못하느냐, 그 문제일 뿐이야."

"하기타 씨는 머리가 좋으시군요."

하기타 씨는 큰 소리로 웃었다. "그러니까 말이야, 이런 건 머리가 좋은가 나쁜가의 문제가 아니라니까. 난 머리 같은 건 좋지 않아. 다만 나한테는 내 나름대로의 사고방식이 있을 뿐이야. 그래서 모두 귀찮아하지. 저 녀석은 걸핏하면 까다로운 소리를 한다고 말이야. 자기 머리로 세상일을 생각하려고 하면 대개 거북해하는 법이거든."

"나카타는 아직 잘 모르겠습니다만, 나카타가 장어를 좋아하는 것과 나카타가 닭고기계란덮밥을 좋아하는 것 사이에 관계가 있다는 말입니까?"

"말하자면 그런 이야기지. 나카타 씨라는 인간과 나카타 씨가 관여하는 사물 사이에는 반드시 관계가 생겨. 그와 동시에 장어와 닭고기계란덮밥 사이에도 역시 관계가 있지. 그런 관계의 도식을 계속 넓혀 가면 나카타 씨와 자본가의 관계, 나카타 씨와 프롤레타리아의 관계 같은 것도 자연히 생기는 거야."

"프로?"

"프롤레타리아" 하고 하기타 씨가 핸들을 잡고 있던 커다란 두 손을 나카타 씨에게 보여 줬다. 그 손은 나카타 씨에게는 야구 글러브처럼 보였다. "이렇게 열심히 이마에 땀을 흘리면서 노동하는 인간이 프롤레타리아야. 그에 반해 가만히 의자에 앉아서 몸은 안 움직이고, 타인에게 이것저것 명령이나 하면서도 내 백 배나 되는 급료를 받는 것이 자본가지."

"자본가라는 사람은 잘 모릅니다. 나카타는 가난하기 때문에 훌륭한 사람은 잘 모릅니다. 훌륭한 사람이라면 나카타는 도쿄의 지사님밖에 모릅니다. 지사님은 자본가입니까?"

"글쎄, 그 비슷한 거지. 지사라는 건 대개 자본가의 개 같은 존재니까."

"지사님이 개입니까?" 나카타 씨는 자기를 조니 워커의 집에 데리고 갔던 커다란 검은 개를 떠올리고, 그 불길한 모습을 지사님에게 겹쳐 봤다.

"이 세상에는 그런 개들이 우글거리고 있거든. 그걸 주구라고 하지."

"주꾸?"

"한자로 '달릴 주' 자와 '개 구' 자를 써서 주구라고 읽는 거야. 자본가를 위해 뛰어다니는 개라는 뜻이지."

"자본가인 고양이님은 없습니까?" 하고 나카타 씨는 물어봤다.

그 말을 듣고 하기타 씨는 배꼽을 잡고 웃었다. "당신 참 별나군, 나카타 씨. 난 당신 같은 사람을 아주 좋아해. 자본가인 고양이라. 참 독특한 의견인걸."

"저어, 하기타 씨."

"왜?"

"나카타는 가난해서 지사님께 매달 보조금을 받고 있었습니다. 어쩌면 그건 나쁜 일이었을까요?"

"매달 얼마나 받았는데?"

나카타 씨가 금액을 말하자, 하기타 씨는 어처구니없다는 듯이 고개를 저었다.

“요즘 세상에 그 정도 돈으로는 살아가기 어려울 텐데?”

“그렇지도 않습니다. 나카타는 돈을 그렇게 많이 쓰지 않으니까요. 하지만 보조금 외에 나카타는 집을 나간 동네 고양이님을 찾아 주고, 그 사례금을 받고 있었습니다.”

“흐음. 직업적인 고양이 찾기라.” 하기타 씨는 감탄하며 말했다. “두 손 다 들었어. 댁은 정말 독특하군.”

“솔직히 말씀드리면 나카타는 고양이님과 이야기를 할 수 있습니다.” 나카타 씨는 큰맘 먹고 털어놓았다. “나카타는 고양이님의 말을 알아들을 수 있습니다. 그렇기 때문에 행방을 알 수 없게 된 고양이님을 꽤 많이 찾아낼 수 있었습니다.”

하기타 씨는 고개를 끄덕였다. “알아. 당신이라면 그 정도의 일쯤은 하고도 남을 거야. 난 조금도 놀랍지 않아.”

“하지만 얼마 전부터 갑자기 나카타는 고양이님하고 이야기할 수가 없게 돼버렸습니다. 어째서일까요?”

“세계는 나날이 변화하고 있어, 나카타 씨. 매일 때가 되면 날이 밝지. 하지만 거기 있는 건 어제와 똑같은 세계가 아니야. 여기 있는 건 어제의 나카타 씨가 아니라고. 알겠어?”

“네.”

“관계성도 변화하지. 누가 자본가이고 누가 프롤레타리아인가. 어느 쪽이 우파이고 어느 쪽이 좌파인가. 정보혁명, 스톡

옵션, 자산의 유동화, 직능의 재편성, 다국적기업……. 무엇이 악이고 무엇이 선인가. 사물의 경계선이 점점 소멸되고 있거든. 당신이 고양이의 말을 이해할 수 없게 된 것은 그런 탓도 있는지 모르지."

"나카타는 오른쪽과 왼쪽의 구별만은 그럭저럭 할 수 있습니다. 이쪽이 오른쪽이고, 이쪽이 왼쪽입니다. 틀렸나요?"

"맞아" 하고 하기타 씨는 고개를 끄덕였다. "그거면 된 거야."

두 사람은 마지막에 휴게소에 있는 식당에 들어가서 식사를 했다. 하기타 씨는 장어를 이 인분 시키고 자기가 그 값을 치르려고 했다. 나카타 씨가 차를 태워 준 사례로 돈을 내겠다고 했으나, 하기타 씨는 고개를 흔들었다.

"그만둬. 난 부자가 아니지만, 당신이 도쿄 지사한테서 받는 쥐꼬리만 한 돈으로 사주는 밥을 얻어먹을 정도로 빈털터리는 아니야."

"감사합니다. 그러면 고맙게 먹겠습니다" 하고 나카타 씨는 호의를 받아들였다.

후지가와 휴게소에서 한 시간가량 운전기사들에게 물어보며 돌아다녔지만, 나카타 씨를 태워 줄 운전사는 좀처럼 찾을 수 없었다. 그래도 나카타 씨는 초조해하지 않았고, 특별히 낙담하지도 않았다. 그의 의식 속에서 시간은 아주 천천히 흐르고 있었다. 혹은 거의 흐르지 않았다.

나카타 씨는 기분을 좀 바꿔 보려고 밖으로 나와 근처를 그저 발길 닿는 대로 걸었다. 하늘에는 구름 한 점 없었고, 달이 표면까지 또렷이 보였다. 나카타 씨는 우산 끝으로 아스팔트 바닥을 똑똑 두드리면서 주차장을 걸었다. 거기에는 셀 수 없을 만큼 많은 거대한 트럭들이 동물처럼 어깨를 나란히 한 채 쉬고 있었다. 사람의 키 정도 되는 큰 타이어가 스무 개가량 달려 있는 것도 있었다. 나카타 씨는 한참 동안 그 광경을 넋을 잃고 봤다. 이렇게 큰 차가 이런 밤중에, 이처럼 많이 도로를 달리고 있는 것이다. 짐칸에는 도대체 어떤 물건들이 차 있는 것일까? 나카타 씨는 상상이 되지 않았다. 컨테이너에 쓰여 있는 글자를 하나하나 읽어 나갈 수 있다면, 거기에 무엇이 들어 있는지 알 수 있을까?

얼마 동안 걸어가니까 주차장 끝 쪽, 드문드문 자동차가 세워져 있는 곳에 열 대가량의 오토바이가 있는 것이 보였다. 그 부근에 젊은 청년들이 모여서 제각기 뭐라고 소리치고 있었다. 원형으로 무언가를 에워싸고 있는 것 같았다. 나카타 씨는 흥미를 느끼고 그쪽으로 가보기로 했다. 무언가 신기한 것이라도 발견했는지 모른다.

가까이 다가가서 보니, 젊은이들은 둥그렇게 원을 그리고 서서 그 가운데에 있는 누군가를 때리기도 하고 발로 차기도 하며 괴롭히고 있었다. 대부분은 맨손이었지만 그중 한 사람, 쇠사슬을 들고 있는 자가 있었다. 경찰관이 갖고 다니는 경봉 같은 모양의 검은색 방망이를 손에 들고 있는 자도 있었다. 대개는 머리를 금발이나 갈색으로 물들였다. 앞을 풀어 헤친 반소매 셔츠나 티셔츠 또는 러닝셔츠 차림이었다. 더러는 어깨에 문신을 한 자도 있었다. 바닥에 쓰러져서 맞거나 걷어차이고 있는 자 역시 비슷한 옷차림의 젊은 청년이었다. 나카타 씨가 우산 끝으로 아스팔트 바닥을 똑똑 치면서 다가가자, 청년들 중 몇 명이 고개를 돌려 날카로운 눈으로 쳐다봤다. 그러나 상대가 해를 끼칠 것 같지 않은 노인이라는 것을 알자 경계심을 풀었다.

"아저씨, 쓸데없는 참견 말고 저쪽으로 가" 하고 한 명이 말했다.

나카타 씨는 그 말에 개의치 않고 그들에게 다가갔다. 바닥에 쓰러져 있는 청년은 입에서 피를 흘리고 있는 것 같았다.

"피가 흐르고 있습니다. 이러면 죽습니다" 하고 나카타 씨는 말했다.

남자들이 잠시 입을 다물었다.

"이봐, 아저씨. 내친김에 아저씨도 죽여 줄까?" 하고 쇠사슬을 든 청년이 말했다. "우리는 한 명 죽이나 두 명 죽이나 마찬가지니까 말이야."

"이유도 없이 사람을 죽여서는 안 됩니다" 하고 나카타 씨는 말했다.

"이유도 없이 사람을 죽여서는 안 됩니다" 하고 누군가가 그 말을 흉내 내자 주위의 몇 사람이 큰 소리로 웃었다.

"우리는 우리 나름의 이유가 있어서 이러는 거야. 죽이든 살리든 아저씨와는 상관없잖아. 그 쓸모없는 우산을 갖고 비 오기 전에 어서 썩 꺼져!" 하고 다른 사람이 말했다.

바닥에 쓰러진 청년이 꿈틀꿈틀 움직이자, 머리를 짧게 깎은 남자가 묵직한 작업화로 그의 옆구리를 힘껏 걷어찼다.

나카타 씨는 눈을 감았다. 몸 안에서 무언가가 조용히 솟구치는 것이 느껴졌다. 스스로의 힘으로는 억제할 수 없는 것이었다. 가벼운 구역질이 났다. 조니 워커를 찔러 죽였을 때의 기억이 돌연 머릿속에 되살아났다. 칼을 상대방 가슴에 푹 찔렀을 때의 감촉이 아직도 손에 선명하게 남아 있었다. 관계성,이라고 나카타 씨는 생각했다. 이런 것도 하기타 씨가 말한 관계성의 하나일까? 장어=칼=조니 워커. 청년들의 목소리가 일그러지면서 잘 식별할 수 없게 됐다. 고속도로에서 쉴 새 없이 들려오는 타이어 소리가 거기 뒤섞여 이상한 톤을 형성했다. 심장이 크게 수축하며 피를 온몸의 마디마디로 보냈다. 밤이 그를 감싸 안았다.

나카타 씨는 하늘을 올려다보고, 천천히 우산을 펼쳐 머리

위로 들었다. 그런 뒤 주의 깊게 몇 걸음 뒤로 물러났다. 남자들과의 거리가 벌어졌다. 나카타 씨는 주위를 둘러보고 나서 다시 몇 걸음 뒤로 물러났다. 그 모습을 보고 남자들이 웃었다.

"이 아저씨, 아주 맛이 갔군" 하고 한 녀석이 말했다. "정말로 우산을 쓰고 있잖아." 그러나 그들의 웃음소리는 오래가지 못했다. 하늘에서 갑자기 미끈미끈한 무엇인지 알 수 없는 것이 떨어져 내렸기 때문이다. 그것은 발밑 지면에 부딪쳐서 찰싹 기묘한 소리를 냈다. 남자들은 에워싸고 있던 사냥감에게 발길질하던 것을 멈추고 하늘을 올려다봤다. 하늘에는 구름 한 점 없었다. 그러나 그 무엇인지 알 수 없는 것이 한쪽 하늘에서 잇따라 떨어져 내렸다. 처음에는 띄엄띄엄 떨어졌으나 점점 수가 많아지더니, 눈 깜짝할 사이에 억수처럼 쏟아져 내렸다. 하늘에서 떨어져 내린 것은 길이가 삼 센티미터쯤 되는 시커먼 것이었다. 주차장 조명 아래에서 보면 그것은 반질거리는 까만 눈 같아 보였다. 그 불길한 눈 같은 것은 남자들의 어깨며 팔, 목덜미에 떨어져서 그대로 달라붙었다. 그들은 손으로 떼어 내려고 했지만 잘 떼어지지 않았다.

"거머리다!" 하고 누군가가 외쳤다.

그것이 신호가 되어 남자들은 각기 뭐라고 외치면서 주차장을 가로질러 화장실 쪽으로 달려갔다. 도중에 한 놈이 통로를 전진하던 소형차에 부딪쳤지만 차가 서행하고 있었기 때문에 별로 다치지는 않은 것 같았다. 금발의 젊은이는 땅바닥에 뒹굴었다가 일어나서는 보닛을 손바닥으로 힘껏 때리고 운전사에게 큰 소리로 욕지거리를 퍼부었다. 그러나 더 이상 행패를 부리지는 않고, 다리를 절면서 화장실 쪽으로 뛰어갔다.

거머리는 한동안 신나게 떨어졌으나 이윽고 조금씩 양이 줄어들다가 그쳤다. 나카타 씨는 우산을 접고 거머리를 털어 내고는 바닥에 쓰러져 있는 남자의 상태를 살피러 갔다. 주변에 산더미처럼 쌓인 거머리가 꿈틀거리고 있었기 때문에, 도저히 가까이 접근할 수는 없었다. 쓰러진 남자 역시 거머리에 파묻혀 있었다. 가만히 보니, 남자는 눈꺼풀이 찢어져서 거기서 피가 흘러나오고 있었다. 이도 부러진 것 같았다. 나카타 씨로서는 감당할 수가 없었다. 누군가를 불러오는 수밖에 없었다. 나카타 씨는 식당으로 돌아가 주차장 구석에 젊은 남자가 부상을 입고 쓰러져 있다고 종업원에게 가르쳐 줬다.

"경찰을 부르지 않으면 죽을지도 모릅니다" 하고 나카타 씨는 말했다.

조금 뒤에 나카타 씨는 고베까지 태워다 주겠다는 트럭 운전사를 찾을 수 있었다. 졸린 듯한 눈을 한 이십대 중반의 청년이었다. 머리카락을 포니테일로 묶고 귀에 피어싱을 하고, 주니치 드래건스의 야구 모자를 쓰고, 혼자 담배를 피우면서 만화 주간지를 읽고 있었다. 요란한 알로하셔츠를 입고, 커다란 나이키

운동화를 신고 있었다. 키는 그다지 크지 않았다. 그는 담뱃재를 먹다 남긴 라면 국물 속에 주저 없이 털었다. 그런 뒤 나카타 씨의 얼굴을 빤히 쳐다보고, 귀찮다는 듯이 고개를 끄덕였다.

"좋아, 타고 가. 댁은 우리 할아버지를 닮았어. 모습이랑, 말이 조금씩 어긋나는 것이…… 마지막에는 완전히 망령이 들었지. 얼마 전에 죽었지만 말이야."

대충 아침까지는 고베에 도착할 거야, 하고 그는 말했다. 그는 고베의 백화점에 납품할 가구를 운반하고 있었다. 주차장에서 차를 빼낼 때 충돌 사고를 목격했다. 순찰차 몇 대가 출동해 있었다. 빨간 비상등이 회전하고, 경찰이 손전등을 흔들면서 주차장에 출입하는 차들을 유도하고 있었다. 그렇게 심각한 사고는 아니지만 차가 여러 대 연쇄적으로 충돌하거나 접촉 사고를 낸 것 같았다. 미니 밴의 옆구리가 움푹 들어가고, 승용차의 후미등이 깨져 있었다. 운전사는 창을 열고 목을 내밀어 경찰과 이야기를 나누었다. 그러고는 창을 닫았다.

"하늘에서 거머리가 산더미처럼 떨어져 내렸다는데" 하고 운전사는 무감각하게 말했다. "그게 자동차 타이어에 뭉개지면서 노면이 미끈미끈해져 핸들이 말을 잘 듣지 않게 된 모양이야. 그러니까 주의해서 천천히 운전하라네. 그것과는 별도로 이 지역의 폭주족끼리 크게 충돌해 부상자가 나왔다나 봐. 거머리와 폭주족이라, 괴상한 짝이야. 덕분에 경찰들이 바빠졌어."

그는 속도를 떨어뜨리고 주의 깊게 출구로 향했다. 그래도 타이어는 몇 번씩 지면의 거머리 떼를 밟으며 미끄러졌다. 그는 그때마다 핸들을 세밀하게 조정하며 방향을 다시 잡았다.

"이런, 이런, 어지간히 많이 떨어져 내렸나 본데" 하고 그는 말했다. "꽤 미끈거리네. 그나저나 거머리는 아주 기분 나쁘다니까. 안 그래? 아저씨, 거머리가 달라붙은 적 있어?"

"아니요, 제가 기억하는 한 그런 일은 없었습니다."

"난 기후의 산속에서 자랐기 때문에 여러 번 있었거든. 숲속을 걷고 있을 때 위에서 떨어져 내린 적도 있어. 강물에 들어가면 다리에 달라붙고 말이야. 이렇게 말하긴 좀 뭐하지만, 난 거머리에 관해서는 꽤 박식해. 거머리는 일단 달라붙으면 좀처럼 떼어 낼 수 없어. 큰 놈은 엄청 힘이 세서 억지로 잡아떼면 피부까지 홀랑 벗겨져 자국이 남아. 그래서 불로 지져 뗄 수밖에 없어. 정말 기분 나쁘다니까. 피부에 달라붙어 피를 빨아 먹어. 피를 빨아 먹으면 탱탱 부어오르지. 징그럽지 않아?"

"네, 확실히 그렇네요" 하고 나카타 씨는 동의했다.

"하지만 거머리가 휴게소의 주차장 한가운데에, 그것도 하늘에서 뚝뚝 떨어져 내리지는 않아. 비가 내리는 것하고는 이야기가 다르지. 그런 웃기는 이야기는 들어 본 적도 없어. 이 근처 사람들은 거머리에 대해 아무것도 모르는 거야. 어떻게 거머리가 하늘에서 떨어져 내린단 말이야, 안 그래?"

나카타 씨는 대답하지 않고 잠자코 있었다.

“몇 년 전인가 야마나시에서 고약한 냄새를 풍기는 노래기가 대량으로 발생한 적이 있는데, 그때도 타이어가 미끄러져서 혼쭐났었어. 꼭 이번처럼 미끈미끈해서 교통사고가 꽤 많이 났지. 노래기 때문에 철로가 미끄러워져서 전차가 모두 마비됐었다니까. 하지만 그 노래기도 하늘에서 떨어진 건 아니야. 그 부근 어딘가에서 기어 나온 거지. 생각해 보면 알 텐데 말이야.”

“나카타도 옛날에 야마나시에 있었던 적이 있습니다. 전쟁 중의 일입니다만.”

“아니, 어떤 전쟁?” 하고 운전사가 물었다.

제21장

조각가, 다무라 고이치 씨 살해되다

자택 서재에서, 바닥은 피바다로

세계적인 조각가로 알려진 다무라 고이치 씨(5*세)가, 도쿄도 나카노구 노가타의 자택 서재에서 사망해 있는 것을 30일 오후, 가정부가 발견했다. 다무라 씨는 전라로 바닥에 엎드려 있었는데, 바닥이 피투성이고 다툰 흔적이 있는 점으로 보아 타살로 추정된다. 범행에 사용한 칼은 부엌에서 갖고 온 것으로, 시신 옆에 놓여 있었다.

경찰이 발표한 사망 추정 시각은 28일 저녁이지만, 다무라 씨는 현재 혼자 살고 있어 시신 발견이 이틀 가까이 늦어진 것이다. 다무라 씨는 고기를 자르는 날카로운 칼에 가슴을 여러 군데 깊이 찔려, 심장과 폐의 출혈 과다로 거의 즉사한 것으로 보인다.

늑골이 몇 개 부러진 것으로 보아 상당히 강한 힘이 가해진 듯하다. 지문, 유류품 등에 관해서는 현재 경찰은 발표하지 않고 있다. 범행 당시의 목격자도 없는 듯하다.

집 안을 뒤진 흔적이 없고, 가까이 있던 귀중품이나 지갑에 손을 대지 않은 것으로 보아, 개인적 원한에 의한 범행일 것이라는 견해도 나오고 있다. 다무라 씨의 자택은 나카노구의 조용한 주택가에 있으나, 인근 주민들은 범행 당시 이상한 소리 같은 것은 들은 바가 없으며, 사건을 알고 놀라움을 금치 못하는 모습이다. 다무라 씨는 이웃과의 교제도 거의 없이 조용히 살고 있었기 때문에, 주위의 어느 누구도 이번 사건을 전혀 알지 못했다.

다무라 씨는 장남(15세)과 단둘이 살고 있었으나 가정부의 말에 따르면, 열흘쯤 전부터 장남의 모습이 보이지 않는다고 한다. 장남은 같은 시기부터 학교에도 등교하지 않고 있어서, 경찰은 현재 행방을 찾고 있다.

다무라 씨는 자택 외에 무사시노시에 사무실 겸 공방을 갖고 있는데, 사무실에서 근무하는 비서의 이야기에 따르면 살해되기 전날까지 여느 때와 다름없이 제작을 하고 있었다고 한다. 사건 당일, 용무가 있어서 몇 차례 자택에 연락했으나, 하루 종일 부재중 전화로 연결되었다고 한다.

다무라 씨는 194＊년 도쿄도 고쿠분지시에서 출생했다. 도쿄예

술대학 조각과 재학 때부터 다수의 개성적인 작품을 발표하여 조각계의 새로운 인물로 화제를 불러일으켰다. 테마는 일관되게 인간의 잠재의식을 구상화하는 것으로, 기성 개념을 뛰어넘은 새로운 독자적 조각 스타일은 세계적으로 높은 평가를 받았다. 작품으로는 미궁迷宮의 형태가 지니는 미와 감응성을 자유분방한 상상력으로 추구한 대규모의 「미궁」 시리즈가 일반적으로 가장 잘 알려져 있다. 현재는 ○○미술대학 객원교수로 있으며, 2년 전 뉴욕현대미술관에서 개최된 작품전에서는…….

나는 그 부분에서 신문 읽기를 그만둔다. 지면에는 우리 집 정문 사진이 실려 있다. 아버지가 좀 더 젊었을 때의 얼굴 사진도 실려 있다. 두 장의 사진 모두 상당히 불길한 인상을 전한다. 나는 신문을 두 번 접어서 테이블 위에 올려놓는다. 아무 말도 하지 않고 침대에 걸터앉아 손끝으로 눈두덩을 누른다. 귓속에서 둔탁한 소리가 일정한 주파수로 계속 울리고 있다. 나는 몇 번 머리를 흔들어 본다. 그러나 그 소리를 몰아낼 수는 없다.

나는 방 안에 있다. 시간은 일곱 시가 조금 지나 있다. 오시마 씨와 둘이서 막 도서관 문을 닫고 난 직후다. 사에키 씨는 조금 전에 폭스바겐 엔진 소리를 울리면서 돌아갔다. 도서관에는 나와 오시마 씨밖에 없다. 귓속에서는 짜증스러운 이명이 계속 울리고 있다.

"그저께 신문이야. 네가 산속에 있는 동안에 나온 기사지. 그걸 읽고 거기 나온 다무라 고이치라는 사람이 어쩌면 네 아버지가 아닐까 생각했어. 생각해 보니까 여러 가지 상황이 딱 들어맞거든. 사실은 어제 보여 줘야 했지만, 네가 우선 자리를 잡고 난 다음이 좋겠다고 생각했어."

나는 고개를 끄덕인다. 나는 아직도 눈두덩을 누르고 있다. 오시마 씨는 책상 앞의 회전의자에 앉아서 다리를 꼬고 이쪽을 보고 있다. 아무 말도 하지 않는다.

"나는 죽이지 않았어요."

"물론 알고 있어" 하고 오시마 씨가 말한다. "너는 그날, 저녁때까지 이 도서관에서 책을 읽고 있었잖아. 그런 뒤 도쿄에 가서 아버지를 죽이고, 그 길로 다시 다카마쓰로 돌아오는 것은 아무리 봐도 시간적으로 불가능하지."

그러나 나는 그다지 확신이 없다. 아버지가 살해당한 날은, 머릿속으로 계산해 보니 틀림없이 내 셔츠에 피가 잔뜩 묻어 있던 날과 같다.

"하지만 신문 기사에 의하면 경찰은 네 행방을 찾고 있어. 사건의 중요 참고인이니까 말이야."

나는 고개를 끄덕인다.

"지금 경찰서에 가서 너한테 알리바이가 있는 것을 확실히 입증하면, 숨어서 도망 다니는 것보다 이야기가 훨씬 간단해질 거야. 물론 나도 너를 위해 증언해 줄 수 있어."

"그랬다가는 그 길로 도쿄로 끌려가 버릴 거예요."

"아마 그렇게 되겠지. 누가 뭐래도 너는 의무교육을 받아야 하는 나이니까. 혼자서 멋대로 아무 데나 갈 수는 없지. 원칙적으로 아직 보호자가 필요하거든."

나는 고개를 흔든다. "아무에게도 아무것도 설명하고 싶지 않아요. 도쿄의 집에도, 학교에도 돌아가고 싶지 않아요."

오시마 씨는 입을 다문 채 내 얼굴을 정면으로 보고 있다.

"그건 네가 결정할 문제야." 그는 이윽고 조용한 목소리로 말한다. "너에겐 네가 살고 싶은 대로 살아갈 권리가 있어. 열다섯 살이든, 쉰한 살이든, 그런 것과는 관계없이 말이야. 하지만 유감스럽게도 그런 것은 세상의 일반적인 사고방식과는 맞지 않을지도 몰라. 게다가 만일 네가 이 시점에서 '아무에게도 아무것도 설명하고 싶지 않다. 내버려둬 달라'는 길을 선택한다면, 넌 앞으로 계속 경찰이나 사회로부터 도망 다녀야만 할 테고, 그건 보나 마나 가혹한 인생이 될 거야. 넌 아직 열다섯 살이고 앞날이 창창한데— 그래도 상관없는 거지?"

나는 잠자코 있는다.

오시마 씨는 신문을 들고 다시 한번 기사를 본다. "신문 기사에서는 아버지 혈육이 너밖에 없다고 하던데?"

"어머니와 누나가 있어요. 하지만 아주 오래전에 집을 나갔고 행방도 알 수 없어요. 행방을 안다 해도 두 사람이 장례식에 오는 일은 없을 겁니다."

"그렇다면, 네가 없으면 뒤처리는 누가 하게 되지? 장례식이라든가, 그 뒤의 사무적인 처리 같은 것 말이야."

"신문에 나와 있는 것처럼 사무실에서 비서로 근무하는 여자가 있는데 그 사람이 사무적인 건 전부 도맡아 관리하고 있어요. 그 사람이 사정을 잘 아니까 맡겨 두면 어떻게 되겠죠. 난 아버지가 남긴 것은 아무것도 물려받을 생각이 없어요. 집이든 재산이든 적당히 처분하면 돼요."

내가 아버지에게서 물려받은 것은 유전자뿐이다. 나는 그렇게 생각한다.

"만일 내가 느낀 게 맞는다면," 하고 오시마 씨가 말한다. "아버지가 누군가에게 살해당했어도 넌 그 사실을 특별히 슬퍼하거나 유감스럽다고 생각하지 않는 것 같은데."

"이렇게 돼서 유감이라고는 생각해요. 누가 뭐래도 피로 이어진 아버지니까요. 하지만 솔직한 심정을 말한다면, 오히려 유감인 것은 좀 더 일찍 죽어 주지 않았다는 거예요. 죽은 사람에게 이런 말 하는 것이 잔인하다는 건 잘 알지만."

오시마 씨는 고개를 젓는다. "상관없어. 이런 때이기 때문에 오히려 너는 솔직해질 권리가 있다고 생각해."

"그렇게 되면 나는……."

목소리에는 필요한 무게가 결여돼 있다. 내가 입에 담은 말은 갈 곳을 찾지 못한 채 공허한 공간으로 빨려 들어간다. 오시마 씨가 의자에서 일어나 내 옆에 와 앉는다.

나는 말한다. "오시마 씨, 내 주위에서 잇따라 여러 가지 일이 일어나요. 그중 어떤 것은 내가 선택한 일이고, 어떤 것은 전혀 선택하지 않은 일이에요. 하지만 나는 그 두 가지를 잘 구별할 수 없게 됐어요. 내가 선택했다고 생각한 일도 실제로는 내가 그 일을 선택하기 전에 이미 일어나기로 정해져 있었던 것 같아요. 나는 다만 누군가가 미리 어딘가에서 정한 것을 그냥 그대로 따르고 있을 뿐이라는 느낌이 들어요. 아무리 스스로 생각하고, 아무리 애써 봤자 전부 헛일 같아요. 아니, 노력하면 할수록 내가 점점 더 내가 아니게 되어 가는 것 같은 느낌까지 들어요. 내가 나 자신의 궤도로부터 멀어져 가는 것 같은 느낌 말이에요. 그리고 그건 나에게 아주 힘든 일이거든요. 아니, 무섭다고 하는 편이 맞을지도 몰라요. 그런 생각을 하기 시작하면, 때때로 온몸이 오그라드는 것 같아요."

오시마 씨는 손을 뻗어 내 어깨 위에 올려놓는다. 나는 그 손바닥의 온기를 느낄 수 있다. "설사 그렇다 하더라도, 즉 네 선택이나 노력이 헛수고로 끝나도록 운명이 결정돼 있다 하더라도, 그래도 너는 조금도 어김없는 너인 거고, 너 이외의 아무도 아닌 거야. 너는 너로서 틀림없이 앞으로 나아가고 있어. 걱정하지 않아도 돼."

나는 눈을 들어 오시마 씨의 얼굴을 본다. 그의 말에는 왠지 모르게 설득력이 있다. "왜 그렇게 생각하죠?"

"거기에는 아이러니라는 것이 존재하기 때문이지."

"아이러니?"

오시마 씨는 내 눈을 들여다본다. "자, 내 말 잘 들어, 다무라 카프카 군. 네가 지금 느끼는 것은 수많은 그리스 비극의 동기가 되기도 한 거야. 인간이 운명을 선택하는 것이 아니라 운명이 인간을 선택한다, 그것이 그리스 비극의 근본을 이루는 세계관이지. 그리고 그 비극성은 아리스토텔레스가 정의한 바 있지만—아이러니하게도 당사자의 결점에 의해서라기보다는, 오히려 당사자의 장점을 지렛대로 해서 그 비극 속으로 끌려 들어가게 된다는 거야. 내가 말하는 것을 이해할 수 있겠어? 다시 말하면 인간은 각자가 지닌 결점에 의해서가 아니라 미질美質, 즉 타고난 장점이나 아름다운 성질에 의해서 더욱 커다란 비극 속으로 끌려 들어가게 된다는 거야. 소포클레스의 「오이디푸스왕」이 그 뚜렷한 본보기라고 볼 수 있어. 오이디푸스왕의 경우, 게으름이나 우둔함 때문이 아니라 그 용감성과 정직함 때문에 그의 비극은 초래됐거든. 거기서 불가피하게 아이러니가 생겨나는 거야."

"그러나 구원은 없다."

"경우에 따라서는," 하고 오시마 씨가 말한다. "경우에 따라서는 구원이 없을 수도 있어. 하지만 아이러니가 인간을 깊고 크게 만들거든. 그것이 더욱 높은 차원의 구원을 향한 입구가 되지. 거기서 보편적인 희망을 발견할 수도 있어. 그렇기 때문에 그리스 비극은 지금도 여전히 많은 사람들에게 읽히고, 예술의 원형이 되고 있는 거야. 다시 말하지만, 세계의 만물은 은유라고 하는 메타포야. 누구나 실제로 아버지를 죽이고, 어머니와 육체적 관계를 갖는 것은 아니야. 그렇지? 그러니까 우리는 메타포라는 장치를 통해 아이러니를 받아들인다, 그리고 스스로를 깊게, 넓게 다져 나간다는 이야기야."

나는 잠자코 있는다. 나는 나 자신의 상념에 깊이 사로잡혀 있다.

"네가 다카마쓰에 온 것을 아는 사람은?" 하고 오시마 씨가 묻는다.

나는 고개를 흔든다. "나 혼자 생각하고, 혼자 왔어요. 아무에게도 말하지 않았고, 아무도 모를 거라고 생각해요."

"그렇다면 당분간 도서관의 이 방에 몸을 숨기고 있는 게 좋겠어. 접수계 일도 하지 말고. 경찰도 아마 네가 여기까지 온 경로는 파악하지 못할 거야. 무슨 일이 있으면, 다시 고치의 산 속으로 숨어 버리면 돼."

나는 오시마 씨의 얼굴을 보고 나서 말한다. "만일 오시마 씨를 만나지 못했으면, 난 어쩔 줄 몰랐을 거예요. 이 도시에서 완전히 외톨이로, 도와주는 사람도 없이 말이에요."

오시마 씨는 미소 짓는다. 내 어깨에서 손을 떼고 그 손을 바라본다.

"아니, 그런 일은 없지 않을까. 나를 만나지 못했어도, 너는 틀림없이 다른 길을 찾아냈을 거야. 왜 그런지 모르겠지만, 그런 느낌이 들어. 너라는 사람에겐 왠지 그렇게 생각하게 만드는 구석이 있거든."

오시마 씨는 일어나서 책상 위에 놓인 다른 신문을 가지고 온다.

"그런데 그 전날 신문에 이런 기사가 실려 있더라. 작은 기사지만 신기한 일이라 잘 기억하고 있지. 우연의 일치라고 할까, 이것도 바로 너희 집 근처에서 일어난 일이야."

그는 나에게 신문을 건네준다.

하늘에서 물고기가 비 오듯 떨어져 내렸다!
정어리와 전갱이가 2천여 마리, 나카노구의 상점가에

29일 오후 6시경, 나카노구 노가타○가에 약 2천 마리의 정어리와 전갱이가 하늘에서 떨어져 내려 주민들을 놀라게 했다. 근처의 상점가에서 쇼핑을 하던 주부 두 명이 떨어진 물고기에 맞아 얼굴 등에 가벼운 상처를 입었으나, 그 밖의 피해는 없었다. 당시 하늘은 맑게 개어 있었으며, 구름도 거의 없고 바람도 불지 않았다고 한다. 떨어진 물고기는 대부분 그대로 살아 있어서 노상에서 펄떡거렸으며…….

나는 그 짧은 기사를 읽고 오시마 씨에게 돌려준다. 신문 기사는 사건의 원인에 대해 몇 가지 억측을 하고 있으나, 하나같이 설득력이 부족하다. 경찰은 도난이나 장난의 가능성도 있을 것으로 보고 수사를 하고 있다. 기상청은 물고기가 하늘에서 떨어져 내릴 만한 기상 요소는 전혀 없었다고 말하고 있다. 농림수산성의 홍보 담당관은 아직 아무 의견도 내놓지 않고 있다.

"이 사건에 대해 뭔가 짐작 가는 거라도 있어?" 하고 오시마 씨가 묻는다.

나는 고개를 흔든다. 짐작할 만한 것은 전혀 없다.

"네 아버지가 살해당한 다음 날, 현장 바로 근처에서 정어리와 전갱이가 이천 마리나 하늘에서 떨어져 내렸다니. 이건 틀림없이 우연의 일치겠지?"

"아마도."

"그리고 신문에는 도메이 고속도로의 후지가와 휴게소에서 같은 날 심야에 대량의 거머리가 하늘에서 떨어져 내렸다는 기사도 있었어. 좁은 장소에만 한정해서 떨어진 거야. 그 때문에 몇 건인가 가벼운 충돌 사고가 일어났다는 보도도 있고. 상당히 큰 거머리였던 것 같아. 어떻게 그 큰 거머리 떼가 하늘에서 비처럼 뚝뚝 떨어졌는지, 아무도 설명하지 못하고 있어. 바람도 거의 없는 맑은 밤이었다는데. 그것에 대해서도 짚이는 게 없어?"

나는 고개를 흔든다.

오시마 씨는 신문을 다시 접으면서 말한다. "이런 식으로 요즘은 이 세상에서 기묘한 일, 설명할 수 없는 일이 연거푸 일어나고 있어. 물론 그 일들은 아무 연관이 없을지도 몰라. 단순히 우연의 일치일지도 모르지. 하지만 나는 아무래도 마음에 걸려. 무언가가 석연치 않아."

"그것도 메타포일지 모르죠."

"그럴지도 모르지. 하지만 정어리와 전갱이와 거머리가 하늘에서 떨어져 내린 것은 도대체 무슨 메타포일까?"

우리는 한동안 침묵한다. 나는 오랫동안 말로 할 수 없었던 것을 말해 본다.

"오시마 씨, 아버지가 여러 해 전부터 나한테 예언했던 게 있어요."

"예언?"

"이건 아직 어느 누구에게도 말한 적이 없어요. 솔직하게 말해도 아무도 믿어 주지 않을 거라고 생각했거든요."

오시마 씨는 아무 말도 하지 않고 잠자코 있는다. 그러나 그 침묵은 나를 격려해 준다.

나는 말한다. "예언이라기보다는 저주에 가까울지도 몰라요. 아버지는 몇 번이고 그 이야기를 되풀이해서 나한테 들려줬어요. 마치 내 의식에 끌로 한 글자 한 글자를 새겨 넣듯이."

나는 깊이 숨을 들이마신다. 그리고 내가 지금부터 입에 담아야 할 말을 다시 한번 확인한다. 물론 확인할 것까지도 없이 그건 거기에 있다. 그건 언제나 거기에 있다. 그러나 나는 다시 그 비중을 생각해 보지 않을 수 없다.

나는 말한다. "너는 언젠가 그 손으로 아버지를 죽이고, 언젠가 어머니와 육체관계를 맺게 될 것이다,라고."

그 말을 일단 입 밖에 내버리자, 새삼스럽게 형태가 있는 말로 만들어 버리자, 내 마음속에 커다란 공동空洞이 생긴 것 같은 허전한 감각이 생겨난다. 그 가공의 공동 속에서, 내 심장은 금속적이고 공허한 소리를 내고 있다. 오시마 씨는 표정을 바꾸지 않고 한참 동안 내 얼굴을 본다.

"너는 언젠가 네 손으로 아버지를 죽이고, 언젠가 어머니와 육체관계를 맺게 될 것이다, 아버지가 그렇게 말했단 말이지?"

나는 몇 번 고개를 끄덕인다.

"그것은 오이디푸스왕이 받은 예언과 완전히 똑같아. 물론 너도 알고 있겠지?"

나는 고개를 끄덕인다. "하지만 그것만이 아니에요. 또 하나가 있어요. 여섯 살 위인 누나가 있는데, 그 누나하고도 언젠가 육체관계를 맺게 될 거라고 아버지는 말했어요."

"네 아버지가 그것도 예언했단 말이지?"

"네. 하지만 난 그때 아직 초등학생이어서 육체관계라는 말의 뜻도 몰랐어요. 그것이 어떤 것인지 이해할 수 있게 된 것은 여러 해가 지난 뒤였어요."

오시마 씨는 아무 말도 하지 않는다.

"나는 무슨 수를 써도 그 운명에서 벗어날 수 없다고 아버지는 말했어요. 그 예언은 시한폭탄처럼 내 유전자 속에 심어져 있어서, 무슨 짓을 해도 예언을 변경할 수는 없다고. 나는 아버지를 죽이고, 어머니와 누나와 육체관계를 맺는다."

오시마 씨는 여전히 긴 침묵 속에 잠겨 있다. 그는 내 말을 하나하나 검증하고, 거기에서 어떤 단서를 찾아내려고 하는 것 같다.

그는 말한다. "도대체 어째서 네 아버지는 너한테 그런 지독한 예언을 해야만 했을까?"

"나로서는 알 수 없어요. 아버지는 그 이상 아무런 설명도 하지 않았으니까." 나는 고개를 흔든다. "어쩌면 아버지는 자신을 버리고 간 어머니와 누나에게 복수를 하고 싶었는지도 몰라요. 어머니와 누나에게 벌을 주고 싶었는지도 모르겠어요. 나라는 존재를 통해서."

"그렇게 하면 네가 큰 상처를 입을 텐데도?"

나는 고개를 끄덕인다. "아버지에게 난 어쩌면 하나의 작품에 지나지 않았을 거예요. 조각과 마찬가지로, 만든 다음 부숴 버리든 상처를 내든 그건 아버지의 자유인 거죠."

"만일 그게 사실이라면, 내 생각으론 무척 일그러진 사고방식 같은데."

"오시마 씨, 내가 자란 곳에서는 모든 것이 일그러져 있었어요. 모든 것이 다 너무나 심하게 일그러져 있어서, 똑바른 것이 오히려 비뚤어져 보일 정도였어요. 오래전부터 그것을 알고 있었어요. 하지만 난 어린애였고 거기밖엔 있을 곳이 없었거든요."

오시마 씨가 말한다. "네 아버지 작품을 지금까지 몇 번 실제로 본 적이 있어. 재능 있는 뛰어난 조각가야. 독창적이고 도전적이고 시류에 휩쓸리지 않고 힘에 차 있지. 네 아버지가 만든 것은 틀림없는 진짜였어."

"그럴지도 모르죠. 하지만 오시마 씨, 그런 것을 끄집어내고 난 뒤에 남은 찌꺼기를, 독 같은 것을, 아버지는 주위에 마구 뿌리기도 했어요. 아버지는 자기 주위에 있는 사람을 모두 오염시키고 상처를 안겨 줬어요. 아버지가 원해서 그렇게 했는지 어떤지 나로서는 알 수 없어요. 그저 무슨 까닭에서 그렇게 하지 않을 수 없었던 건지도 모르겠고, 애당초 그렇게 만들어진 사람인지도 모르겠어요. 하지만 어느 쪽이든 간에, 아버지는 특별한 무언가와 결부돼 있었던 것이 아닐까 생각해요. 내가 말하고 싶은 걸 이해하겠어요?"

"알 것 같아" 하고 오시마 씨가 말한다. "그 무언가란 어쩌면 선이라든가 악이라는 엄격한 구별을 초월한 거야. 힘의 원천이라고 하면 될지도 모르겠네."

"그리고 난 그 유전자를 절반 물려받았어요. 어머니가 나를 버리고 집을 나간 것도, 그 때문인지도 모르죠. 불길한 원천에서 태어난 것으로서, 더러워지고 훼손된 것으로서 나를 잘라 버린 것은 아닐까요?"

오시마 씨는 손끝으로 가볍게 관자놀이를 누른 채 무엇인가를 생각한다. 이윽고 눈을 가늘게 뜨고 내 얼굴을 본다. "그런데 그 사람이 너의 진짜 아버지가 아닐 가능성은 없을까? 생물학적으로 말이야."

나는 고개를 흔든다. "몇 년 전엔가 병원에 가서 검사를 했어요. 아버지랑 둘이 병원에 가서 혈액을 채취해 유전자 검사를 했는데, 생물학적으로 백 퍼센트 틀림없이 아버지와 아들이라는 결과가 나왔어요. 그 검사 결과를 기록한 서류를 내 눈으로 똑똑히 봤어요."

"아주 철저하네."

"아버지는 나한테 그걸 가르쳐 주고 싶었던 거예요. 내가 자신이 낳은 작품이라는 걸 말이죠. 마치 자기 작품에 사인을 하듯이."

오시마 씨의 손가락은 아직도 관자놀이를 누르고 있다.

"하지만 실제로는 네 아버지의 예언은 맞지 않은 셈이지. 너는 아버지를 죽이지 않았으니까. 너는 그때 여기 다카마쓰에 있었어. 누군가 다른 사람이 도쿄에서 아버지를 살해한 거야, 그런 거지?"

나는 잠자코 두 손바닥을 펼치고 바라본다. 밤의 깊은 어둠 속에서 시커멓고 불길한 피에 흠뻑 젖어 있던 그 두 손을.

"솔직히 말해서 그렇게 확신할 수는 없어요."

나는 오시마 씨에게 모든 것을 털어놓는다. 그날 밤, 도서관에서 돌아가는 길에 몇 시간 동안 의식을 잃었다가, 신사 뒤의 숲속에서 의식을 되찾은 일. 그때 내 티셔츠에 잔뜩 묻어 있던 누군가의 피와 그 피를 신사의 세면장에서 씻어 낸 일. 몇 시간 동안의 기억이 완전히 상실돼 버린 일. 이야기가 길어지기 때문에, 그날 밤 사쿠라의 방에서 잤던 대목은 생략한다. 오시마 씨는 가끔 질문하고, 세부적인 사실을 확인하고, 머릿속에 집어넣는다. 그러나 내 대답에 대해 옳다든가 그르다든가 하는 의견은 말하지 않는다.

"그 피를 내가 어디서 묻혔는지, 그것이 누구의 피인지, 전혀 알 수 없어요. 아무것도 생각나지 않아요" 하고 나는 말한다. "하지만 메타포 같은 게 아니라 실제로 내가 이 손으로 아버지를 죽였을지도 모른다는 느낌이 들어요. 분명히 난 그날 도쿄에 간 적이 없고, 오시마 씨가 말한 것처럼 줄곧 다카마쓰에 있었어요. 그건 확실해요. 하지만 언젠가 꿈속에서 책임이 시작된다고 그랬죠?"

"예이츠의 시야" 하고 오시마 씨가 말한다.

"난 꿈을 통해서 아버지를 죽였는지도 몰라요. 특별한 꿈의 회로 같은 것을 통해서, 아버지를 죽이러 갔을지도 몰라요."

"그렇게 생각하는 건 너한테 어떤 의미에서는 진실일지도 모르지. 하지만 경찰은—다른 누구라도 마찬가지겠지만—너의 시적인 책임까지는 추궁하지 않아. 어떤 인간도 동시에 두 개의 다른 장소에 존재할 수는 없어. 그건 아인슈타인이 과학적으로 증명했고, 법적으로도 인정받고 있는 개념이야."

"하지만 난 지금 과학이나 법률에 대해 이야기하고 있는 게 아니잖아요."

"하지만 다무라 카프카 군, 네가 말하는 건 어디까지나 가설에 지나지 않아. 그것도 상당히 대담하고 초현실적인 가설이지. 마치 과학소설의 줄거리처럼 들려."

"물론 단지 가설일 뿐이에요. 아마 아무도 이런 바보 천치 같은 이야기를 믿어 주지 않겠죠. 하지만 가설에 대한 반증이 없는 곳에 과학의 발전은 없다—아버지는 늘 그렇게 말했거든요. 가설이라는 것은 두뇌의 전쟁터라고 입버릇처럼 말했어요. 그리고 지금 난 그 가설에 대한 반증을 하나도 생각해 낼 수가 없어요."

오시마 씨는 침묵한다.

나도 할 말이 생각나지 않는다.

"어쨌든 그것이 네가 멀리 시코쿠까지 도망쳐 온 이유군. 아버지의 저주로부터 도망치는 것이."

나는 고개를 끄덕인다. 그리고 접힌 신문을 손으로 가리킨다. "그렇지만 역시 도망칠 수 없었던 것 같네요."

거리 같은 것에 너무 기대하지 않는 게 좋을 것 같은데, 하고 까마귀라고 불리는 소년이 말한다.

"너는 분명히 은신처를 필요로 하고 있는 것 같군." 오시마 씨가 말한다. "그 이상은 나도 아직 뭐라고 할 말이 없네."

나는 내가 무척 지쳐 있다는 것을 깨닫는다. 갑자기 몸을 지탱하는 것이 힘들어진다. 옆에 앉아 있는 오시마 씨 품에 기댄다. 오시마 씨는 나를 안아 준다. 나는 그의 납작한 가슴에 얼굴을 파묻는다.

"오시마 씨, 난 그런 짓을 하고 싶지 않아요. 아버지를 죽이고 싶지도 않았어요. 어머니나 누나와 육체관계를 갖고 싶지도 않아요."

"물론이지" 하고 오시마 씨가 말한다. 그러고는 내 짧은 머리카락을 손가락으로 빗겨 준다. "물론, 그런 일은 있을 수 없지."

"설사 꿈속에서라도."

"혹은 메타포 속에서도," 하고 오시마 씨가 말한다. "우화 속에서도, 아무리 미루어 생각해도 상상도 할 수 없는 일이지."

"괜찮으면 오늘 여기서 묵고, 너와 함께 있어 줄 수도 있어" 하고 오시마 씨가 조금 뒤에 덧붙인다. "나는 저쪽의 의자에서 자면 되니까."

그러나 나는 사양한다. 혼자 있는 것이 좋을 것 같다고 말한다.

오시마 씨는 이마에 흘러내린 앞 머리카락을 뒤로 넘긴다. 조금 망설이고 나서 말한다. "나는 분명히 성동일性同一 장애 여성 게이라는 영문을 알 수 없는 인간이지만, 만일 네가 그런 걸 걱정하는 거라면……."

"그건 아니에요" 하고 나는 말한다. "그런 게 아니라 오늘 밤에는 혼자 차분히 생각해 보고 싶어서 그래요. 여러 가지 일이 한꺼번에 일어나 버렸으니까. 그뿐이에요."

오시마 씨는 메모지에 전화번호를 적는다. "밤중에 누군가와 이야기하고 싶어지거든 여기로 전화해. 어려워하지 말고. 어차피 난 깊게 잠들지 못하는 체질이니까."

나는 고맙다고 말한다.

그날 밤 나는 유령을 본다.

제22장

나카타 씨가 탄 트럭이 고베 시내로 들어선 것은 아침 다섯 시가 조금 지난 시각이었다. 거리는 완전히 밝아져 있었지만, 싣고 온 짐을 반입하려고 해도 아직 창고가 열려 있지 않았다. 두 사람은 트럭을 항구 근처의 넓은 거리에 세우고, 거기에서 선잠을 자기로 했다. 청년은 뒷좌석에 누워 기분 좋게 코를 골면서 잠이 들었다. 나카타 씨는 때때로 그 코 고는 소리에 잠이 깼으나, 이내 다시 기분 좋은 듯이 잠 속으로 빠져들었다. 불면이라는 것은 나카타 씨가 아직껏 한 번도 경험한 적이 없는 현상 중 하나였다.

청년이 몸을 일으키고 크게 하품을 한 것은 여덟 시 조금 전이었다.

"이봐요, 아저씨, 배고프지 않아?" 청년은 백미러를 보면서 전기면도기로 수염을 깎으며 말했다.

"네. 나카타는 배가 조금 고픈 것 같습니다."

"그럼, 근처로 아침밥을 먹으러 가자고."

나카타 씨는 후지가와를 떠나 고베에 도착할 때까지, 차 안에서 거의 깨지 않고 잠들어 있었다. 청년은 그동안 말 한 번 제대로 하지 않고, 라디오 심야 프로를 들으면서 차를 운전했다. 이따금 라디오에 맞춰서 노래를 불렀다. 모두 나카타 씨가 들어본 적이 없는 곡뿐이었다. 일본어 노래일 텐데, 나카타 씨는 가사 자체를 거의 이해할 수 없었다. 군데군데 단편적으로 단어를 알아들을 수 있을 뿐이었다. 나카타 씨는 가방에서, 전날 신주쿠에서 두 젊은 여자로부터 받은 초콜릿과 도시락에 담긴 주먹밥을 꺼내 청년과 나누어 먹었다.

청년은 잠을 쫓기 위해서라는 명목 아래 끊임없이 담배를 피워 댔다. 그래서 고베에 도착할 때쯤에는 담배 냄새가 나카타 씨의 옷에 잔뜩 배어 있었다.

나카타 씨는 가방과 우산을 들고 트럭에서 내렸다.

"아저씨, 그렇게 무거운 건 차 안에 두고 가도 돼. 바로 이 근처 식당이고, 먹고 나면 다시 돌아올 텐데 뭐."

"네. 맞는 말씀입니다만, 나카타는 이걸 들고 있지 않으면 안심이 안 됩니다."

"아, 그래." 청년은 눈을 가늘게 떴다. "그럼 맘대로 해. 내가 드는 것도 아닌데, 아저씨 마음이지."

"감사합니다."

"난 호시노라고 해. 주니치 드래건스의 감독 호시노 씨와 같은 한자야. 친척은 아니지만 말이야."

"네, 호시노 씨군요. 잘 부탁합니다. 나카타라고 합니다."

"그건 이미 알고 있어."

청년은 그 부근의 지리를 잘 아는지, 큰 보폭으로 성큼성큼 앞장서서 걸어갔다. 나카타 씨는 그 뒤를 거의 뛰듯이 따라갔다. 두 사람은 뒷골목에 있는 작은 식당으로 들어갔다. 식당 안은 트럭 운전사와 항만에서 일하는 육체노동자들로 붐비고 있었다. 넥타이를 맨 사람은 하나도 보이지 않았다. 손님들은 모두 마치 연료라도 보급하듯이 진지한 얼굴로 묵묵히 아침 식사를 하고 있었다. 식기가 부딪치는 소리와 주문을 외치는 종업원의 목소리, 그리고 텔레비전에서 나오는 NHK 뉴스 아나운서의 목소리가 식당 안에 울리고 있었다.

청년은 벽에 붙어 있는 메뉴를 가리켰다. "아저씨, 뭐든 먹고 싶은 걸 주문해. 여긴 싸고 맛있거든."

"네" 하고 나카타 씨는 시키는 대로 잠시 벽의 메뉴를 바라봤지만, 곧 자기가 글씨를 못 읽는다는 것을 생각해 냈다.

"죄송합니다만, 호시노 씨, 나카타는 머리가 나빠서 글씨라는 걸 읽지 못합니다."

"뭐?" 호시노 씨는 놀란 듯이 말했다. "그래? 글씨를 못 읽어? 요즘 그런 사람은 아주 드문데. 좋아. 난 생선구이랑 달걀말이를 먹을 건데, 같은 것이면 되겠어?"

"네, 생선구이도 달걀말이도 다 나카타가 좋아하는 음식입니다."

"그거 잘됐네."

"장어도 좋아합니다만."

"응, 장어는 나도 좋아해. 하지만 아침부터 장어를 먹을 수는 없지 않겠어?"

"네. 게다가 나카타는 어젯밤에 하기타 씨라는 분한테 장어를 맛있게 얻어먹었습니다."

"그거 잘됐네" 하고 청년은 말했다. "생선구이 정식에 달걀말이를 추가해서 이 인분. 하나는 밥을 곱빼기로 줘요." 그는 식당 종업원을 향해 고함쳤다.

"생선구이 정식, 달걀말이, 이 인분. 하나는 밥을 곱빼기로!" 하고 종업원이 큰 소리로 복창했다.

"그런데 글씨를 못 읽으면 여러 가지로 불편할 텐데?"

"네. 글자를 못 읽어서 가끔 곤란할 때가 있습니다. 도쿄도 나카노구 밖으로 나오지 않는 한 딱히 불편은 없습니다만, 지금처럼 나카노구 밖으로 나오면 나카타는 정말 곤란합니다."

"그렇겠네. 고베는 나카노구에서 멀리 떨어져 있거든."

"네. 북쪽도 남쪽도 모릅니다. 알고 있는 것은 오른쪽과 왼쪽뿐입니다. 그러니 길도 잃게 되고, 차표도 살 수 없습니다."

"그런데 용케 여기까지 잘도 왔네."

"네. 나카타는 여러 곳에서 여러 분에게 신세를 지면서 왔습니다. 호시노 씨도 그중 한 분입니다. 뭐라고 감사의 말씀을 드려야 할지 모르겠습니다."

"읽지 못하면 이만저만 곤란한 게 아닐 텐데. 우리 할아버지도 머리는 노망이 들었지만, 글씨 정도는 읽을 수 있었거든."

"네. 나카타는 특히 머리가 안 좋습니다."

"가족들도 모두 그런가?"

"아닙니다, 그렇지 않습니다. 첫째 동생은 이토추라는 큰 회사에서 부장을 하고 있고, 둘째 동생은 통산성이라는 관청에서 일하고 있습니다."

"우와!" 청년은 감탄하며 말했다. "엄청난 인텔리 집안이네. 그럼, 아저씨만 조금 이상한 거네."

"네. 나카타만 어렸을 때 사고를 당해서 머리가 좋지 않습니다. 그러니까 동생들이나 조카들에게 폐가 되지 않게 해라, 너무 사람들 앞에 나서지 마라,라는 주의를 늘 듣고 있습니다."

"그야 아저씨 같은 사람이 태연히 얼굴을 드러내면 평범한 가족들은 평판이 나빠지겠지."

"나카타는 어려운 건 잘 모릅니다만, 어쨌든 나카노구 안에서 살고 있는 한, 나카타는 길을 잃지 않고 살았습니다. 지사님께도 신세를 졌고, 고양이님들하고도 잘 지내고 있었습니다. 한 달에 한 번 이발을 하고, 가끔 장어를 먹을 수 있었습니다. 그런데 조니 워커 씨가 나타나는 바람에, 나카타는 나카노구에 있을 수 없게 돼버린 겁니다."

"조니 워커?"

"네. 긴 장화를 신고, 길쭉한 검은색 모자를 쓴 사람입니다. 조끼를 입고 지팡이를 들고 있습니다. 고양이들의 영혼을 빼앗습니다."

"하여간 됐어. 난 긴 이야기는 질색이거든. 어쨌든 이런저런 일이 있어서 나카타 씨는 나카노구를 나왔다 이거지?"

"네. 나카타는 나카노구에서 나왔습니다."

"그래서 이제부터 어디로 갈 건데?"

"나카타는 아직 잘 모릅니다. 그런데 여기에 도착해서 알았습니다만, 앞으로 다리를 건너가게 됩니다. 근처에 있는 커다란 다리입니다."

"그러니까 시코쿠에 간단 말인가?"

"죄송합니다만, 호시노 씨, 나카타는 지리에 대해서는 잘 모릅니다. 다리를 건너면 시코쿠입니까?"

"그렇지. 이 부근에서 큰 다리라고 하면, 시코쿠로 가는 다리거든. 세 개가 있는데, 하나는 고베에서 아와지시마를 넘어 도쿠시마로 가는 다리, 또 하나는 구라시키 아래쪽에서 사카이

데로 건너는 다리야. 그리고 오노미치와 이마바리를 연결하는 다리도 있어. 한 개만 있어도 충분할 텐데, 정치가들이 너도나도 나서서 세 개씩이나 만들었다니까."

청년은 컵 속의 물을 식탁 위에다 조금 부어 놓고 손가락으로 간단한 일본 지도를 그렸다. 그리고 시코쿠와 본토 사이에 세 개의 다리를 놓았다.

"이 다리는 굉장히 큽니까?"

"정말 엄청 크지."

"그렇습니까? 어쨌든 나카타는 세 다리 중 하나를 건너려고 합니다. 아마 가까이에 있는 다리가 되지 않을까 생각합니다. 그다음 일은 그때 가서 생각하겠습니다."

"그러니까 나카타 씨가 가는 곳에 아는 사람이 있다든가 그런 건 아니란 말이네."

"네. 나카타는 아는 사람이 전혀 없습니다."

"그냥 다리를 건너 시코쿠에 가서, 그곳의 어딘가에 가보겠다는 거지?"

"네. 그렇습니다."

"그런데 그 어딘가가 어디인지도 모른다?"

"네. 나카타는 도통 알 수가 없습니다. 거기에 가보면 알 수 있지 않을까 생각합니다만."

"두 손 두 발 다 들었어." 호시노 씨는 흐트러진 머리를 가다듬고, 포니테일이 제자리에 있는지 확인한 뒤 다시 드래건스 야구 모자를 썼다.

이윽고 주문한 식사가 나오자 두 사람은 묵묵히 먹었다.

"어때? 달걀말이, 맛있지?" 하고 호시노 씨가 물었다.

"네. 무척 맛있습니다. 나카타가 나카노구에서 늘 먹는 달걀말이하고는 상당히 다릅니다."

"이게 바로 관서 지방의 달걀말이야. 도쿄에서 나오는, 그 방석 같은 퍼석퍼석한 것하곤 근본적으로 다르지."

두 사람은 다시 잠자코 달걀말이를 먹고, 구운 전갱이를 먹고, 조개된장국을 먹고, 순무장아찌를 먹고, 시금치나물을 먹고, 김을 먹고, 따끈한 밥을 한 톨도 남기지 않고 깨끗이 먹어 치웠다. 나카타 씨는 언제나 정확히 숟가락질 한 번에 서른두 번씩 씹어 먹기 때문에, 전부 먹을 때까지는 상당히 시간이 걸렸다.

"나카타 씨, 배불러?"

"네. 나카타는 배가 꽉 찼습니다. 호시노 씨는 어떠십니까?"

"아무리 잘 먹는 나지만, 나도 배가 터질 지경이야. 어때, 이렇게 아침밥이 맛있고 양도 많으면 꽤 행복한 기분이 되지 않아?"

"네. 굉장히 행복한 기분이 됩니다."

"이봐, 똥 싸고 싶지 않아?"

"네. 그 말씀을 들으니까 나카타는 점점 그런 기분이 돼버렸습니다."

"그럼, 싸고 오면 되지. 화장실은 저쪽에 있으니까."

"호시노 씨는 괜찮으십니까?"

"난 나중에 천천히 갈 테니까 먼저 갔다 와."

"네. 고맙습니다. 그럼 나카타는 똥을 누고 오겠습니다."

"저기, 그렇게 큰 소리로 모두에게 들리도록 복창할 것까진 없잖아. 다른 사람들은 아직 밥을 먹고 있는 중이니까."

"네. 죄송합니다. 나카타는 머리가 그다지 좋지 않아서."

"그래, 됐으니까 빨리 다녀와."

"내친김에 이를 닦고 와도 괜찮겠습니까?"

"좋지. 이도 닦고 와. 아직 시간이 있으니까 하고 싶은 건 모두 하고 와. 하지만 나카타 씨, 우산 정도는 놓고 가는 게 좋지 않겠어? 잠깐 화장실에 가는 것뿐이니까 말이야."

"네. 우산은 놓고 가겠습니다."

나카타 씨가 화장실에서 돌아왔을 때, 호시노 씨는 벌써 밥값 계산을 끝낸 뒤였다.

"호시노 씨, 나카타도 돈이 있으니까 아침 식사 정도는 나카타가 지불하겠습니다."

청년은 고개를 흔들었다. "괜찮아, 이 정도쯤이야. 난 우리 할아버지한테 무척 많이 빚을 졌거든. 옛날에 불량배들과 어울려 다녔을 때 말이야."

"네. 그렇지만 나카타는 호시노 씨의 할아버지가 아닙니다."

"그건 이쪽 문제니까 아저씨가 신경 쓸 거 없어. 군소리 그만하고 잠자코 얻어먹으면 된다니까."

나카타 씨는 잠시 생각하고 나서 청년의 호의를 받아들이기로 했다. "감사합니다. 잘 먹었습니다."

"기껏해야 시시한 식당의 전갱이와 달걀말이인데 뭐. 그렇게 굽실굽실 인사받을 만한 일이 아니야."

"하지만 호시노 씨, 생각해 보니까 나카타는 많은 분께 신세만 계속 졌습니다. 나카노구를 떠난 이래 돈이라는 것을 거의 쓰지 않았습니다."

"그거 참 대단하네" 하고 호시노 씨는 감탄했다. "아무나 할 수 있는 일은 아니지."

나카타 씨는 식당 직원에게 자기가 가져온 작은 보온병에 따뜻한 차를 담아 달라고 부탁했다. 그리고 그 보온병을 가방에 소중하게 챙겨 넣었다.

두 사람은 트럭을 세워 둔 곳으로 돌아갔다.

"아 참, 시코쿠로 가는 거 말인데?"

"네."

"도대체 시코쿠에는 뭘 하러 가는 거야?"

"그건 나카타도 모릅니다."

"목적도 없고 행선지도 모르면서, 어쨌든 시코쿠에 가겠단 말이지?"

"네. 나카타는 커다란 다리를 건널 겁니다."

"다리를 건너면, 어쨌든 여러 가지 일이 좀 더 분명해진다는 말이지?"

"네. 아마 그렇게 될 겁니다. 하지만 실제로 다리를 건너 보지 않고는 나카타는 아무것도 모릅니다."

"그렇군" 하고 청년은 말했다. "다리를 건너는 것이 중요하단 말이지."

"네. 다리를 건너는 것은 누가 뭐래도 대단히 중요한 일입니다."

"못 말리겠네" 하고 호시노 씨는 머리를 긁었다.

청년은 트럭에 싣고 온 가구를 납품하러 백화점 창고로 갔다. 그 동안 나카타 씨는 항구 근처에 있는 조그만 공원의 벤치에 앉아서 시간을 보냈다.

"아저씨, 어디 가지 말고 여기 있어야 해" 하고 청년이 말했다. "저기 화장실이 있고 물 마실 곳도 있어. 그러니까 별문제는 없겠지. 멀리 갔다가는 길을 잃을 테고, 한번 잃어버리면 제자리로 돌아올 수 없어."

"네. 여기는 나카노구가 아니니까요."

"맞아. 여기는 나카노구가 아니야. 그러니까 여기 꼼짝 말고 있어야 해. 움직이면 안 돼."

"네. 알았습니다. 나카타는 여기서 움직이지 않겠습니다."

"그래. 물건을 다 내리면 바로 돌아올 거야."

나카타 씨는 시키는 대로 벤치에서 한 발짝도 움직이지 않았다. 화장실에도 가지 않았다. 한 장소에 꼼짝 않고 있으면서 시간을 보내는 것은 나카타 씨에게는 고통이 아니다. 아니, 오히려 그가 가장 특기로 삼고 있는 일 중 하나다.

벤치에서는 바다가 보였다. 바다를 보는 것은 굉장히 오래간만이었다. 어렸을 때 몇 번 가족끼리 해수욕을 하러 간 적이 있었다. 수영복을 입고 해변에서 물놀이를 했다. 개펄에서 조개잡이를 한 적도 있다. 그러나 그때의 기억은 아주 희미해서 마치 다른 세계에서 일어난 일처럼 생각된다. 그 이후로는 바다를 본 기억이 없다.

나카타 씨는 야마나시현의 산속에서 기묘한 사고가 일어난 후, 도쿄의 학교로 돌아갔다. 의식과 신체 기능은 회복됐으나 기억을 모두 잃어버렸고, 읽고 쓰는 능력은 아무리 해도 되돌아오지 않았다. 교과서를 읽을 수도 없었고, 시험도 칠 수 없었다. 머릿속에 담아 두고 있던 모든 지식이 하나도 남김없이 사라지고, 추상적인 사물을 판단하는 능력이 대폭 감퇴했다. 학교에서는 그래도 그럭저럭 졸업만은 시켜 줬다. 수업 시간에 배우는 교과를 거의 이해할 수 없었지만, 모르는 대로 교실 한구석에 조용히 앉아 있는 것만은 할 수 있었다. 선생님의 지시에는 잘 따랐다. 그리고 아무에게도 폐를 끼치지 않았다. 그래서 교사들은 그의 존재를 대충 잊어버릴 수 있었다. 이른바 '손님'이기는 했지만 '짐'은 아니었던 것이다.

그가 그 영문을 알 수 없는 '사고'를 당하기 전까지는 우등생이었다는 사실도 곧 잊히고 말았다. 학교의 모든 행사는 나카타 씨를 빼고 행해졌다. 친구도 없었다. 그러나 나카타 씨는 그런 데는 신경 쓰지 않았다. 오히려 아무도 참견하려 들지 않았기 때문에 자기만의 세계에 마음껏 몰입할 수 있었다. 학교생활에서 그가 열중한 것은, 학교에서 사육하는 토끼와 산양 같은 작은 동물을 돌보거나, 화단의 꽃을 손질하거나, 교실 청소를 하는 일이었다. 그는 항상 벙글벙글 웃으면서 싫증 내는 일 없이 그런 작업에 몰두했다.

학교뿐만 아니라 가정에서도 그의 존재는 거의 잊혔다. 장남이 글씨를 못 읽고 학업을 정상적으로 지속할 수 없게 됐다는 사실을 알자, 교육열이 강한 부모는 공부를 잘하는 동생들에게 관심을 옮기고, 나카타 씨는 거의 거들떠보지도 않았다. 구립 중학교에 들어가는 것은 무리였기 때문에, 초등학교를 졸업한 후에는 어머니의 친정인 나가노현의 외갓집에 맡겨졌다. 그는 그곳에서 농업 실습을 하는 학교에 다녔다. 글씨를 읽지 못했기 때문에 일반 과목에서는 고전을 면치 못했지만, 농경 실습 작업은 나카타 씨의 성향에 맞았다. 만약 학교에서 왕따가 그리 심하지 않았더라면, 나카타 씨는 그대로 농업의 길로 들어섰을 것이다. 그러나 동급생들은 사사건건 도시에서 온 외부자 나카타 씨를 두들겨 팼다. 그 정도가 너무 심해졌기 때문에(한쪽 귓불은 그때 찌부러지고 말았다), 외할아버지와 외할머니는 그를 학교에 보내지 않기로 했다. 집안일을 거들게 하면서 그를 키웠다. 말을 잘 듣는 온순한 아이였기 때문에 할머니와 할아버지는 그를 귀여워했다.

고양이와 이야기를 할 수 있게 된 것은 그 무렵의 일이었다. 외갓집에서는 여러 마리의 고양이를 키우고 있었는데, 그 고양이들은 나카타 씨와 친한 친구가 됐다. 처음에는 간단한 단어밖에 통하지 않았지만, 나카타 씨는 외국어를 습득하듯이 참을성 있게 그 능력을 발전시켜, 마침내 상당히 긴 대화를 할 수 있게 됐다. 나카타 씨는 틈만 나면 툇마루에 앉아서 고양이들과 이야기를 나누곤 했다. 고양이들은 자연이나 세상사에 대한 다양한 사실을 나카타 씨에게 가르쳐 줬다. 실제로 있었던 이야기며 이 세계가 어떻게 성립되어 있는가 하는 기초적인 지식도 대부분 고양이한테 배운 것이나 다름없었다.

열다섯 살이 되자, 그는 근처의 가구 제조 회사에서 목공 일을 하게 됐다. 회사라고는 해도 민예 가구를 제작하는 목공소 같은 곳이었고, 거기서 만드는 의자며 책상, 옷장은 도쿄로 출하됐다. 나카타 씨는 목공 일도 금세 좋아하게 됐다. 본래 손재주가 있어서 미세하고 까다로운 부분도 꼼꼼하게 처리했고, 쓸데없는 말도 하지 않았으며, 불평 한마디 하지 않고 일했기 때문에 고용주는 그를 마음에 들어 했다. 도면을 읽거나 계산을 하는 일은 못 했지만, 그 밖의 일이라면 무엇이든 능숙하게 해낼 수 있었다. 일단 작업 패턴이 머릿속에 입력되면, 똑같은 일을 싫증내지 않고 되풀이했다. 그는 이 년간의 수습 기간을 거쳐 정식 목공으로 승격했다.

그런 생활이 쉰 살이 넘을 때까지 계속됐다. 사고를 당하거나 병을 앓은 적도 없었다. 술도 마시지 않고, 담배도 피우지 않고, 밤샘도 과식도 하지 않았다. 텔레비전을 보는 일도 없고, 라디오를 듣는 것도 아침에 방송되는 체조 프로그램뿐이었다. 그저 다음 날도 그다음 날도 계속 가구를 만들 뿐이었다. 그동안에 외조부모가 돌아가시고, 부모님도 돌아가셨다. 주위 사람들은 나카타 씨에게 호감을 가지고 있었지만, 그렇다고 해서 특별히 친한 친구가 생기지는 않았다. 어쩔 수 없다면 어쩔 수 없는 일이었다. 보통 사람은 나카타 씨와 십 분만 이야기해도 화젯거리가 없어져 버리는 것이었다.

나카타 씨는 그런 생활에 대해 특별히 쓸쓸하다거나 불행하다고 생각하지 않았다. 성욕은 전혀 느끼지 않았고, 누군가와 함께 지내고 싶다는 마음을 드러내는 일도 없었다. 나카타 씨는 자신이 다른 사람들과는 다르다는 것을 알고 있었다. 땅바닥에 비치는 자기 그림자가 주위 사람들의 것보다 흐리고 희미하다는 것도 알고 있었다(다른 사람들은 아무도 그것을 알아차리지 못했지만). 그가 마음을 터놓을 수 있는 상대는 고양이뿐이었다. 쉬는 날에는 근처 공원으로 가, 온종일 그곳 벤치에 앉아서 고양이들과 이야기했다. 이상하게도 고양이들과 이야기할 때는 화제가 무궁무진했다.

나카타 씨가 쉰두 살 되던 해에 가구 회사의 사장이 사망하고, 목공소가 즉각 폐쇄됐다. 어두운 색조의 민예 가구는 전만큼 팔리지 않았다. 직공도 노령화하고, 젊은 사람들은 그런 전통적인 수작업에 흥미를 느끼지 않았다. 전에는 들판 한가운데 있었던 목공소 주위가 점점 주택지가 되어, 작업할 때의 소음이나 톱밥을 태우는 연기에 대한 항의가 쉴 새 없이 밀려들었다. 시내에서 회계 회사를 운영하는 사장 아들은 당연히 회사를 계승할 생각이 없었으므로 부친이 사망하자마자 즉시 목공소를 폐쇄하고 부동산업자에게 매각했다. 부동산업자는 공장을 부수고 터를 다듬어서 아파트 개발업자에게 팔았고, 아파트 개발업자는 그 자리에 육 층짜리 맨션을 건설했다. 맨션은 분양 당일에 전부 팔려 나갔다.

그렇게 해서 나카타 씨는 직장을 잃었다. 회사에 부채가 남아 있다는 구실로 쥐꼬리만 한 퇴직금이 나왔을 뿐이다. 그 뒤로는 일자리를 찾을 수 없었다. 글자를 읽지도 쓰지도 못하고, 민예 가구를 만드는 일 외에는 전문 기술이 없는 오십대 남자가 재취업을 한다는 것은 불가능에 가까웠다.

나카타 씨는 가구 회사에서 삼십칠 년간 하루도 쉬지 않고 묵묵히 일해 왔기 때문에, 그 고장의 우체국에 약간의 저축이 있었다. 나카타 씨는 보통 때 거의 돈을 쓰지 않아서, 일자리가 없어도 편안하게 노후를 보낼 수 있을 정도의 돈은 저축하고 있었다. 글을 모르는 나카타 씨를 위해 시청 직원인 친절한 사촌이 그 저금을 관리해 줬다. 그러나 마음은 착하지만 생각은 약간 모자란 구석이 있는 그 사촌은, 악질 브로커에게 속아서 스키장 근처의 리조트 맨션 투자에 끼어들었다가 큰 빚을 지게 됐다. 그리고 나카타 씨의 실직과 거의 때를 같이해서 사촌 가족은 몽땅 어디론가 자취를 감추고 말았다. 금융 관계 폭력조직에게 쫓기고 있었던 모양이었다. 아무도 그들의 행방을 몰랐다. 살았는지 죽었는지조차 알 수 없었다.

나카타 씨가 아는 사람과 함께 우체국에 가서 계좌 잔고를 확인해 보니, 불과 몇만 엔이 남아 있을 뿐이었다. 얼마 전에 입금된 퇴직금도 다른 예금과 함께 사라지고 말았다. 나카타 씨는 억세게 운이 나빴다고밖에 할 수 없었다. 직장을 잃은 것과 동시에 무일푼이 돼버린 셈이니까. 친척들은 그를 동정했으나, 그 사촌 때문에 일가친척 모두가 많든 적든 간에 피해를 입고 있었다. 돈을 꿔줬는데 받지 못했거나, 연대보증을 서줬던 것이다. 그래서 나카타 씨를 위해 무엇인가를 도와줄 정도의 여유가 그들에게는 없었다.

결국 도쿄에 있는 첫째 동생이 나카타 씨를 맡아서 일단 뒷바라지하기로 했다. 동생은 나카노구의 독신자용 작은 아파트 한 동을 소유해서 경영하고 있었기 때문에(부모에게서 유산으로 물려받은 것이었다), 그중 한 집에 나카타 씨가 살도록 했다. 그는 부모가 유산으로 나카타 씨에게 남긴 현금—그다지 많은 금액은 아니지만—을 관리하고, 도쿄도에서 주는 지적장애인을 위한 보조금을 탈 수 있게 해줬다. 동생이 그를 위해 도움을 준 일은 고작 그 정도였다. 나카타 씨는 읽고 쓰는 것을 못 하긴 했지만, 일상생활의 대부분의 일은 자기 혼자 처리할 수 있었고, 방세와 생활비만 주면 나머지는 누구의 도움도 받지 않고 살아 나갈 수 있었다.

동생들은 나카타 씨와 거의 접촉을 하지 않았다. 얼굴을 마주한 것도 처음 몇 번뿐이었다. 나카타 씨와 동생들은 삼십 년 이상 떨어져 살았고, 각자의 생활환경 차이가 너무나 컸다. 혈육으로서의 친밀감 같은 것도 없었고, 설사 있다 하더라도 동생들은 자기 생활을 유지하는 데 바빠서 지능 장애가 있는 형을 돌볼 틈이 없었다.

그러나 나카타 씨는 육친에게 냉대를 받아도 별로 섭섭하지 않았다. 혼자 있는 것이 익숙했고, 누군가가 신경 써주거나 친절하게 대해 주거나 하면 오히려 긴장했다. 평생 꼬박꼬박 저축한 돈을 사촌이 모두 빼돌린 것에 대해서도 화를 낼 줄 몰랐다. 물론 '곤란해졌다'는 정도는 알았지만, 특별히 낙담하지는 않았다. 리조트 맨션이라는 것이 어떤 것인지, '투자'라는 것이 무엇을 의미하는지, 나카타 씨는 이해할 수 없었다. 그러고 보면 '돈을 꾼다'고 하는 행위의 의미조차 잘 몰랐다. 나카타 씨는 극히 한정된 어휘 속에서 살고 있었던 것이다.

나카타 씨가 돈의 액수를 실감할 수 있는 것은 기껏해야 오천 엔 정도까지였다. 그 이상의 액수가 되면 십만 엔이든, 백만 엔이든, 천만 엔이든 똑같았다. 그것은 단지 '많은 돈'인 것이다. 저금이 있어도 그 돈을 눈으로 본 적은 없었다. 그냥 '저금은 이 정도의 저금이 있다'는 말을 들었을 뿐이다. 요컨대, 그것은 단순한 추상적 개념에 지나지 않았다. 그래서 저금이 갑자기 사라졌다는 말을 들었어도, 무엇인가를 잃어버렸다고 하는 실감이 나지 않았다.

그 때문에 나카타 씨는 동생이 제공해 준 아파트에 살면서, 도청으로부터 보조금을 받고 특별 패스를 써서 도내 버스를 타고 근처 공원에서 고양이와 이야기를 나누면서, 조용한 마음으로 나날을 보내고 있었다. 나카노구의 한 구역이 그의 새로운 세계가 됐다. 고양이와 개처럼 자기가 자유롭게 움직일 수 있는 구역을 설정하고, 아주 특별한 일이 없으면 나카노구를 벗어나지 않았다. 거기에 있는 한 그는 안심하고 나날을 보낼 수 있었다. 불만도 없었고 노여움도 없었다. 고독을 느끼는 일도 없었고, 장래를 생각하며 걱정하는 일도 없었고, 불편을 느끼는 일도 없었다. 다가오는 하루하루를 느긋하게 음미할 따름이었다. 그런 생활이 십 년 이상 계속되고 있었다.

조니 워커가 나타나기 전까지는.

나카타 씨는 오랫동안 바다를 본 적이 없었다. 나가노현에도 나카노구에도 바다가 없었기 때문이다. 나카타 씨는 그제야 비로소 자신이 바다라는 것을 오랜 기간에 걸쳐 상실해 왔음을 깨달았다. 그러고 보면 바다에 대해 생각해 본 적도 없었다. 그는 그것을 확인하기 위해 몇 번이고 자신을 향해 고개를 끄덕였다. 모자를 벗고 손바닥으로 짧게 깎은 머리카락을 쓰다듬었다. 그런 뒤 모자를 고쳐 쓰고 바다를 응시했다. 바다에 대해 나카타 씨가 알고 있는 것이라고는, 엄청 넓다는 것과 그 속에 물고기가 살고 있다는 것, 그리고 물이 짜다는 것 정도였다.

나카타 씨는 벤치에 앉아 바다에서 불어오는 바람 냄새를 맡고, 갈매기가 하늘을 나는 모습을 보고, 멀리 정박해 있는 배를 바라봤다. 언제나 시간을 잊고 바라봐도 질리지 않았다. 이따금 새하얀 갈매기가 공원으로 날아와서 초여름의 초록색 잔디에 내려앉았다. 그 색깔의 배합은 정말 아름다웠다. 나카타 씨는 잔디 위를 걷고 있는 갈매기에게 시험 삼아 말을 걸어 봤지만, 갈매기는 차가운 눈초리로 힐끔 이쪽을 봤을 뿐 대답하지 않았다. 고양이의 모습은 보이지 않았다. 그 공원에 찾아오는 동물은 갈매기와 참새뿐이었다. 보온병에서 차를 따라 마시고 있을 때, 빗방울이 후드득후드득 떨어지기 시작했다. 나카타 씨는 소중하게 들고 있던 우산을 썼다.

열두 시 전에 호시노 씨가 돌아왔을 때 비는 더 이상 내리지 않았다. 나카타 씨는 우산을 접고 벤치에 앉아, 줄곧 같은 자세로 바다를 보고 있었다. 청년은 트럭을 어딘가에 두고 온 모양으로, 택시를 타고 왔다.

"미안, 미안. 너무 늦었지?" 하고 청년은 말했다. 그는 비닐 보스턴백을 어깨에 메고 있었다. "더 일찍 끝날 예정이었는데, 여러 가지로 골치 아픈 일이 있어서 말이야. 백화점 납품이라는 건 어디를 가나 까다롭게 잔소리하는 녀석이 한 명쯤은 있다니까."

"나카타는 조금도 걱정할 게 없습니다. 여기에 앉아서 줄곧 바다를 보고 있었습니다."

"아, 그래" 하고 청년은 말했다. 그러고는 나카타 씨가 보고 있는 쪽으로 시선을 돌렸다. 그곳에는 초라한 둑과 기름이 둥둥 뜬 바다가 있을 뿐이었다.

"나카타는 오랫동안 바다를 보지 못했습니다."

"그런가?"

"마지막으로 바다를 본 것은 초등학생 때였습니다. 나카타는 그때 에노시마 해변에 갔었습니다."

"그거 엄청 옛날이네."

"그 무렵에는 미국이 일본을 점령하고 있어서, 에노시마 해변은 미국 병사들로 가득 차 있었습니다."

"거짓말이지?"

"거짓말이 아닙니다."

"말도 안 돼" 하고 청년은 말했다. "일본이 미국에 점령당할 리가 없잖아."

"어려운 일은 나카타는 모릅니다. 그렇지만 미국에는 B-29라는 비행기가 있었습니다. 그 B-29가 도쿄에 커다란 폭탄을 많이 떨어뜨려서, 나카타는 그 때문에 야마나시현에 가게 됐습니다. 거기서 병에 걸렸습니다."

"그래, 됐어. 그런 건 아무래도 좋아. 아무튼 난 긴 이야기는 질색이거든. 빨리 가자고. 생각보다 늦어졌으니까 말이야. 우물쭈물하다가는 해가 저물고 말아."

"우리는 어디로 가는 겁니까?"

"시코쿠야. 다리를 건너가는 거야. 이제부터 시코쿠에 가는 거잖아?"

"네. 하지만 호시노 씨는 일이—?"

"괜찮아. 일 같은 건 해치우려고 들면, 어떻게든 할 수 있는 거야. 요즘 너무 열심히 일해서 안 그래도 좀 쉴까 하던 참이었어. 사실 난 아직 시코쿠라는 곳엔 가본 적이 없어. 한번 가보는 것도 나쁘지 않겠지. 게다가 아저씨, 아저씬 글자를 읽지 못하니까 차표 같은 걸 살 때도 나랑 함께 가야 편하지 않겠어? 아님 내가 따라가면 곤란한 일이라도 있어?"

"아닙니다. 나카타는 조금도 지장이 있다고 생각하지 않습니다."

"그럼, 결정됐네. 버스 시간도 모두 알아보고 왔으니까, 이제 같이 시코쿠로 가자고."

제23장

그날 밤, 나는 유령을 본다.

'유령'이라고 부르는 것이 옳은지 어떤지 나는 모르겠다. 그러나 적어도 유령이란 살아 있는 실체는 아니다. 이 현실 세계의 존재일 수도 없다. 한 번 보기만 하면 그건 알 수 있는 일이다.

나는 어떤 기척에 문득 잠에서 깨어, 그 소녀의 모습을 본다. 한밤중인데도 방 안은 이상할 정도로 밝다. 창에서 달빛이 비쳐 들고 있는 것이다. 자기 전에 커튼을 쳐두었을 텐데, 지금은 활짝 걷혀 있다. 그녀는 달빛 속에 윤곽이 뚜렷한 실루엣이 되어, 백골과 같은 특이한 흰빛으로 물들어 있다.

그녀의 나이는 나와 같은 열다섯 살이나 열여섯 살. 아니, 틀림없이 열다섯 살이다. 나는 그렇게 판단한다. 열다섯 살과 열여섯 살 사이에는 큰 차이가 있다. 몸집은 작고 가냘프지만 자세가 좋고, 연약한 느낌은 전혀 없다. 머리는 목 부근까지 내려오는 생머리고 앞머리는 이마 위에 내려와 있다. 아랫단이 넓게 퍼지는 연한 파란색 원피스를 입고 있다. 길이는 길지도 짧지도 않다. 신발도 양말도 신고 있지 않다. 원피스의 소매 단추는 단정하게 채워져 있다. 목둘레는 둥글고 크게 파여서 아름다운 목선이 돋보인다.

그녀는 책상 앞에 앉아서 턱을 괴고 벽 어딘가를 보고 있다. 그러면서 무언가를 생각하고 있다. 어려운 일을 생각하고 있는 것 같지는 않다. 그다지 멀지 않은 과거에 대한 따뜻한 회상에 잠겨 있는 것처럼 보인다. 이따금 입가에 어렴풋이 미소 같은 것이 떠오른다. 그러나 달빛의 그늘에 있는 탓에, 이쪽에서는 미묘한 표정을 읽을 수 없다. 나는 자는 체한다. 그녀가 거기에서 무엇을 하든 방해하고 싶지 않다. 나는 숨을 죽인 채 꼼짝하지 않고 잠든 척한다.

그 소녀가 '유령'이라는 것을 나는 안다. 무엇보다 그녀는 너무나 아름답다. 얼굴 생김새가 아름다울 뿐만 아니라 그녀의 전체적인 모습이 현실의 것이라고 하기에는 지나치게 완벽하다. 마치 누군가의 꿈속에서 그대로 빠져나온 사람처럼 보인다. 그 순수한 아름다움은 내 마음에 슬픔과도 같은 감정을 불러일으킨다. 그것은 매우 자연스러운 감정이다. 그러나 자연스럽기는 하지만, 평범한 장소에는 존재하지 않는 감정이다.

나는 이불 속에서 숨을 죽인다. 한편, 그녀는 책상에 턱을 괸 채 그 자세를 거의 흐트러뜨리지 않는다. 이따금 턱의 위치가 손안에서 조금 움직이고, 그에 맞추어 머리 각도가 아주 조금 변화한다. 방 안의 움직임이라고는 오로지 그것뿐이다. 창 바로 옆에 있는 커다란 산딸나무가 달빛을 받아 조용히 빛나고 있는 것이 보인다. 바람은 그쳤다. 어떤 소리도 내 귀에는 와 닿지 않는다. 나도 모르는 사이에 죽어 버린 것 같은 느낌이다. 나는 죽어서 소녀와 함께 깊은 화구호분화구가 막혀 생긴 호수 밑바닥에 가라앉아 있는 것이다.

그녀가 갑자기 턱을 괴고 있던 두 손을 무릎 위에 얹는다. 스커트 자락 부근에 작고 흰 무릎 두 개가 가지런히 보인다. 그녀는 한동안 벽을 바라보다가, 몸의 방향을 바꾸어 나에게 시선을 돌린다. 손을 올려 이마에 흩어진 앞머리를 만진다. 아주 소녀다운 가느다란 손가락이 무언가를 생각해 내려는 것처럼 한동안 이마 위에 머문다. **그녀는 나를 보고 있다.** 내 심장이 메마른 소리를 낸다. 그러나 이상하게도 나로서는 누군가가 나를 쳐다보고 있다는 감각은 느껴지지 않는다. 소녀가 보고 있는 것은 내가 아니라, 나의 너머에 있는 것일지도 모른다.

우리 둘이 가라앉아 있는 화구호 바닥은 모든 것이 고요하다. 화산 활동이 끝난 것은 꽤 옛날의 이야기다. 거기에는 고독이 부드러운 진흙처럼 쌓여 있다. 물의 두터운 층을 뚫고 나온 희미한 빛이, 먼 기억의 잔재처럼 주위를 하얗게 비추고 있다. 깊은 물속 바닥에 생명의 흔적은 보이지 않는다. 얼마만큼의 시간 동안, 그녀는 나를—혹은 내가 있는 장소를—바라보고 있었을까? 시간의 규칙이 의미를 잃고 있음을 깨닫는다. 거기서 시간이란 마음먹기에 따라 늘어나거나 멈추기도 한다. 그러나 이윽고 소녀는 아무런 예고도 없이 의자에서 일어나 조용히 문 쪽으로 걸어간다. 문은 열리지 않는다. 그러나 소녀는 소리 없이 그 속으로 사라진다.

나는 그후에도 이불 안에서 꼼짝 않는다. 눈을 어렴풋이 뜬 채 까딱도 하지 않는다. 그녀는 다시 돌아올지도 모른다. 나는 그렇게 생각한다. 아니, 돌아와 줬으면 하고 바란다. 그러나 아무리 기다려도 소녀는 돌아오지 않는다. 나는 고개를 들고 머리맡 자명종 시계의 야광 바늘에 시선을 보낸다. 세 시 이십오 분. 나는 침대에서 일어나 그녀가 앉아 있던 의자에 손을 대본다. 온기는 느껴지지 않는다. 책상 위를 살펴본다. 머리카락 하나라도 거기 떨어져 있지 않을까? 그러나 아무것도 보이지 않는다. 나는 그 의자에 앉아서 손바닥으로 뺨을 몇 번 비비고 길게 한숨을 쉰다.

나는 잠들 수가 없다. 다시 커튼을 쳐서 방 안을 어둡게 하고 이불 속으로 기어 들어간다. 그러나 아무리 애써도 잠이 오지 않는다. 그 수수께끼의 소녀에게, 내가 이상할 정도로 마음이 강하게 끌리고 있다는 것을 깨닫는다. 내가 무엇보다 맨 처음 느낀 것은 그 어떤 것과도 다른, 강렬한 힘을 지닌 무언가가 내 마음속에 생겨나서 거기에 뿌리를 내리고 착실히 커가고 있다는 느낌이었다. 늑골의 우리 속에 간힌 뜨거운 심장이 내 의사와는 관계없이 수축되고 확대된다. 확대되고 수축된다.

다시 불을 켜고 침대에 일어나 앉은 채 아침을 맞는다. 책을 읽을 수도, 음악을 들을 수도 없다. 아무것도 할 수 없다. 나는 다만 일어나 앉아서 아침을 기다릴 수밖에 없다. 하늘이 희끄무레 해지고 나서야 겨우 잠이 든다. 잠자는 동안에 나는 운 것 같다. 눈을 떴을 때 베개가 차갑게 젖어 있다. 그러나 그것이 무엇 때문에 흘린 눈물인지 나는 모른다.

아홉 시가 조금 지났을 때, 오시마 씨가 마쓰다 로드스터의 엔진 소리와 함께 나타나서, 우리 둘은 도서관 문을 열기 위한 준비를 한다. 준비가 끝나자 나는 오시마 씨를 위해 커피를 끓인다. 오시마 씨는 커피 끓이는 법을 가르쳐 준다. 우선 원두를 갈고, 커피포트로 물을 펄펄 끓인 다음 조금 식혔다가 여과지를 사용해서 시간을 들여 커피를 걸러 낸다. 완성된 커피에 오시마 씨는 아주 약간, 무슨 상징처럼 설탕을 넣는다. 크림은 넣지 않는다. 그것이 커피를 가장 맛있게 마시는 방법이라고 그는 주장한다. 나는 얼그레이 홍차를 만들어 마신다. 오시마 씨는 윤기 나는 갈색 반소매 셔츠와 흰색 마바지를 입고 있다. 주머니에서 꺼낸 새 손수건으로 안경을 닦고, 다시 한번 내 얼굴을 본다.

"어쩐지 잠이 부족한 얼굴이네" 하고 그가 말한다.

"한 가지 부탁이 있는데요."

"뭐든지 말해 봐."

"「해변의 카프카」를 듣고 싶은데 레코드를 구할 수 있을까요?"

"시디가 아니고?"

"될 수 있으면 오래된 레코드가 좋아요. 옛날 그대로의 소리로 들어 보고 싶으니까. 그렇게 하려면 레코드를 듣기 위한 장치도 필요하겠지만."

오시마 씨는 관자놀이에 손가락을 대고 생각한다. "그러고 보니 헛간에 낡은 스테레오 장치가 있었던 것 같은데. 작동할지 안 할지 확신은 없지만 말이야."

헛간은 주차장 옆에 있는 작은 방으로, 채광을 위한 높은 창이 한 개 달려 있을 뿐이다. 거기에는 여러 시대에 걸쳐 다양한 사정으로 수집한 여러 가지 물건이 무질서하게 놓여 있다. 가구, 식기, 잡지, 의복, 회화……. 얼마간 가치가 있는 것도 있는가 하면, 아무런 가치도 없을 것 같은 물건(그런 쓸모없을 것 같은 물건이 훨씬 많지만)도 있다. "누군가가 언젠가는 이곳을 정리해야 하겠지만, 그런 용기 있는 사람이 좀처럼 없어서 이 모양이야" 하고 오시마 씨가 어두운 목소리로 말한다.

낙오된 시간의 소굴 같은 그 방에서, 우리는 산수이 사의 구식 스테레오 컴포넌트를 찾아낸다. 기계 자체는 꽤 견고하지만, 그것이 최신형이었을 시절에서 아마 이십오 년 정도의 세월이 경과했을 것이 틀림없다. 흰 먼지가 얇게 덮여 있다. 리시버 앰프와 자동 레코드플레이어, 북셸프 스피커. 기계와 함께 낡은 레코드 컬렉션도 찾아낸다. 비틀스, 롤링스톤스, 비치보이스, 사이먼 앤드 가펑클, 스티비 원더…… 1960년대에 유행한 음악뿐이다. 그런 레코드가 서른 장은 되는 것 같다. 나는 레코드판을 재킷에서 꺼내 본다. 깨끗이 들었는지 흠집은 거의 없다. 곰팡이도 피어 있지 않다.

헛간에는 기타도 있다. 기타 줄은 모두 갖추어져 있다. 처음 보는 제목의 헌 잡지가 쌓여 있다. 오래된 테니스 라켓도 있다. 그곳은 마치 가까운 과거의 유적지처럼 보인다.

"레코드나 기타, 테니스 라켓은 아마 사에키 씨의 남자 친구가 갖고 있던 것일 거야" 하고 오시마 씨가 말한다. "전에도 말한 것처럼, 그는 이 건물에 살았었으니까, 그의 소지품을 여기에 한데 모아 놓은 것 같아. 스테레오 컴포넌트는 좀 더 최근 것으로 보이지만."

우리는 그 스테레오 컴포넌트와 레코드 컬렉션을 방으로 옮긴다. 먼지를 털어 내고, 콘센트를 꽂고, 플레이어를 앰프에 접속시킨 뒤 스위치를 누른다. 앰프의 파일럿램프가 녹색으로 점등하고, 플레이어가 매끄럽게 회전하기 시작한다. 회전 정밀도를 나타내는 스트로보가 잠시 망설이다가 이윽고 마음을 정한 듯 정확히 제자리에 정지한다. 나는 카트리지에 제대로 된 바늘이 붙어 있는 것을 확인하고 나서 비틀스의 「서전트 페퍼스 론리 하츠 클럽 밴드Sgt. Pepper's Lonely Hearts Club Band」의 빨강 비닐로 된 레코드판을 턴테이블에 올려놓는다. 귀에 익은 기타 도입부가 스피커에서 흘러나온다. 소리는 생각한 것보다 훨씬 깨끗하다.

"이 나라는 수많은 문제를 안고 있지만, 적어도 공업 기술에는 경의를 표해야겠어" 하고 오시마 씨가 감탄한 듯이 말한다. "꽤 오랫동안 쓰지 않았을 텐데도 제대로 소리가 나니 말이야."

우리는 한동안 「서전트 페퍼스 론리 하츠 클럽 밴드」에 귀를 기울인다. 그것은 내가 지금까지 시디로 들은 「서전트 페퍼스 론리 하츠 클럽 밴드」와는 다른 음악처럼 느껴진다.

오시마 씨가 말한다. "이것으로 재생 장치는 찾은 셈이지만, 「해변의 카프카」 싱글판은 찾아내기 어려울지도 몰라. 지금은 상당한 희귀품이니까 말이야. 우리 어머니한테 물어봐야겠어. 어머니라면 갖고 있을지도 모르니까. 갖고 있지는 않더라도 갖고 있는 사람을 알 수도 있고."

나는 고개를 끄덕인다.

오시마 씨는 학생에게 주의를 주는 선생님처럼, 내 앞에서 집게손가락을 세운다. "다만 전에도 말했듯이, 그 곡은 사에키 씨가 여기 있을 때는 절대로 틀어서는 안 돼. 무슨 일이 있어도 말이야. 그건 알고 있겠지?"

나는 고개를 끄덕인다.

"마치 영화 「카사블랑카」 같네" 하고 오시마 씨가 말한다. 그러고는 「애즈 타임 고즈 바이As Time Goes By」의 첫 대목을 콧소리로 부른다. "이 곡만은 틀지 마."

"오시마 씨, 한 가지 물어보고 싶은 게 있는데요" 하고 나는 큰맘 먹고 질문한다. "여기에 자주 오는 학생 중에 열다섯 살가량의 여자아이가 있나요?"

"여기라니, 이 도서관 말이야?"

나는 고개를 끄덕인다. 오시마 씨는 고개를 조금 갸우뚱하더니 그에 대해 잠시 생각한다.

"내가 아는 한 열다섯 살가량의 여자아이는 이 근처에 한 사람도 없어" 하고 그가 말한다. 그러고는 마치 창밖에서 방을 들여다보는 것처럼 내 얼굴을 빤히 본다.

"왜 그런 이상한 질문을 하는 거지?"

"지난번에 얼핏 본 것 같아서요."

"지난번이라니, 언제?"

"어젯밤."

"어젯밤 네가 열다섯 살가량의 여자아이를 이 근처에서 봤단 말이지?"

"네."

"어떤 여자아이인데?"

나는 얼굴이 조금 빨개진다. "뭐, 그냥 보통 여자아이예요. 머리카락이 어깨까지 내려오고, 파란색 원피스를 입고 있었어요."

"예쁜 여자아이였어?"

나는 고개를 끄덕인다.

"그건 네 욕망이 만들어 낸 순간적인 환영일지도 몰라." 오시마 씨는 그렇게 말하고 빙그레 웃는다. "이 세상에는 갖가지 불가사의한 일이 일어나거든. 게다가 그런 것은 네 나이의 건강한 이성애자로서는 별로 이상한 일도 아니고."

나는 산속에서 오시마 씨에게 벌거벗은 알몸을 들킨 것이 떠올라 얼굴이 좀 더 빨개진다.

점심시간에 오시마 씨가 네모난 봉투에 넣은 「해변의 카프카」 싱글판을 살짝 건네준다.

"역시 우리 어머니가 갖고 있었어. 그것도 똑같은 것을 다섯 장이나 갖고 있더라. 정말 물건 하나는 잘 간수한다니까. 물건을 버릴 줄을 모르거든. 곤란한 습관이지만, 이럴 때는 도움이 되네."

"고맙습니다" 하고 나는 인사한다.

나는 방으로 돌아와서 레코드를 봉투에서 꺼낸다. 아마 한 번도 사용하지 않은 채 어딘가에 깊이 넣어 두었던 레코드인 듯, 이상할 정도로 새것 같다. 우선 재킷의 사진을 본다. 거기에는 열아홉 살 당시의 사에키 씨 모습이 찍혀 있다. 그녀는 녹음실의 피아노 앞에 앉아서 카메라 렌즈를 보고 있다. 보면대에 올린 손으로 턱을 괴고 가볍게 고개를 기울인 채, 얼마간은 수줍어하는, 그러나 자연스러운 미소를 띠고 있다. 닫힌 입술이 기분 좋게 옆으로 퍼지고, 입가에 매력적인 작은 주름이 잡혀 있다. 화장은 전혀 하지 않은 것 같다. 앞머리가 이마로 내려오지 않게 플라스틱 핀을 꽂고 있다. 오른쪽 귀가 반쯤 머리카락 사이로 보인다. 길이가 짧은, 완만한 형태의 무지 원피스, 색깔은 연한 파란색. 왼손 손목에는 가는 은색 팔찌, 그것이 몸에 지니고 있는 유일한 액세서리다. 아름다운 맨발. 피아노 의자 다리 밑에 벗어 놓은 한 켤레의 가냘픈 샌들이 인상적이다.

그녀는 무언가를 상징하고 있는 것처럼 보인다. 상징의 대상은 아마도 언젠가의 시간이며, 어딘가의 장소다. 그리고 또 일종의 마음의 존재 방식이다. 그녀는 그와 같은 행복한 우연의 만남에서 빚어진 요정처럼 보인다. 영원히 상처 입을 리 없는 청순하고 순진무구한 상념이 그녀 주위에 다사로운 봄빛의 포자처럼 떠돌고 있다. 사진 속에서 시간은 정지되어 있다. 1969년, 내가 태어나기 훨씬 전의 풍경이다.

물론 어젯밤 이 방에 찾아온 소녀가 사에키 씨라는 것은 처음부터 알고 있는 사실이었다. 그것은 애당초 의심의 여지가 없는 일이었다. 나는 다만 그것을 확인하고 싶었을 뿐이다.

사진 속의 사에키 씨는 열아홉 살이고, 열다섯 살 때보다는 얼굴 모습이 조금 어른스러워지고 성숙해 보인다. 얼굴의 윤곽이—굳이 비교한다면—다소 날카로워졌는지도 모른다. 사소한 불안감 같은 것이 사라졌는지도 모른다. 그렇지만 대충 말하자면 열아홉 살의 그녀는 열다섯 살 무렵과 거의 다름이 없다. 거기 있는 미소는 내가 어젯밤에 본 소녀의 미소 그대로고, 턱을 괴는 방식도, 고개를 기울이는 각도도 똑같다. 그리고 그 얼굴과 분위기는 당연하다면 당연한 말이지만, 현재의 사에키 씨에게 그대로 남아 있는 듯하다. 나는 현재의 사에키 씨의 표정이나 동작에서, 열아홉 살의 그녀와 열다섯 살의 그녀를 그대로 찾아볼 수 있다. 단정한 얼굴과 현실과 동떨어진 요정 같은 부분은 지금도 그대로다. 몸매도 거의 변하지 않았다. 나는 그것이 기쁘다.

그래도 레코드 재킷의 사진에는 중년이 된 현재의 사에키 씨에게는 상실된 모습이 선명하게 찍혀 있다. 그것은 일종의 힘의 분출 같은 것이다. 여봐란듯이 요란한 것은 아니다. 바위틈에서 소리 없이 솟아나는 맑은 물처럼 무색투명하며, 누구의 마음에도 곧장 와 닿는 순수하고 자연스러운 호소다. 그 힘은 특별한 광채가 되어 피아노 앞에 앉은 열아홉 살 사에키 씨의 온몸에서 넘쳐나고 있다. 그녀의 입가에 피어나는 미소를 바라보고만 있어도, 행복한 마음을 더듬어 가는 아름다운 도정을 그대로 그려 낼 수 있다. 반딧불이가 어둠 속에서 그리는 빛의 흔적을 눈에 남길 수 있는 것처럼.

나는 그 재킷 사진을 손에 들고 한동안 침대에 앉아 있는다. 별 생각 없이 그냥 시간을 보낸다. 그러고 나서 눈을 뜨고, 창가로 다가가 바깥 공기를 가슴 깊이 들이마신다. 바람 속에서 바다 냄새가 난다. 소나무 숲을 빠져나오는 바람이다. 내가 어젯밤 이 방에서 본 것은 틀림없이 열다섯 살 때의 사에키 씨 모습이었다. 진짜 사에키 씨는 물론 살아 있다. 쉰 살이 넘은 여성으로, 이 현실 세계에서, 현실의 생활을 보내고 있다. 그녀는 지금도 이 층 방에서 책상 앞에 앉아 일을 하고 있을 것이다. 이 방을 나가 계단을 올라가면, 실제로 그녀를 만날 수 있다. 이야기할 수도 있다. 그럼에도 불구하고, 내가 여기서 본 것은 그녀의 '유령'이었다. 인간은 동시에 두 곳에 존재할 수는 없다고 오시마 씨는 말했다. 그러나 어떤 경우에는 그런 일이 일어날 수도 있는 것이다. 나는 그것을 확신한다. 인간은 살아 있으면서도 유령이 될 수 있다.

그리고 또 한 가지 중요한 사실은, 내가 그 '유령'에게 마음이 끌리고 있다는 것이다. 나는 지금 이곳에 있는 사에키 씨가 아니라, 지금 이곳에는 없는 열다섯 살의 사에키 씨에게 마음이 끌리고 있다. 그것도 아주 강하게. 말로는 설명할 수 없을 만큼 강하게. 이것은 누가 뭐래도 현실의 일이다. 그 소녀는 어쩌면 현실의 존재가 아닐지도 모른다. 그러나 내 가슴속에서 강하게 고동치고 있는 것은, 나의 현실의 심장이다. 그날 밤, 내 가슴에 묻어 있던 피가 현실의 것이었던 것처럼.

폐관 시간이 가까워지자 사에키 씨가 내려온다. 여느 때와 같이 그녀의 하이힐 소리가 이 층 높은 천장까지 울린다. 그녀의 얼굴을 보자 나의 근육은 경직되고, 심장의 고동은 귀밑까지 올라온다. 나는 사에키 씨 속에서 그 열다섯 살 소녀의 모습을 볼 수 있다. 소녀는 마치 동면하는 작은 동물처럼, 사에키 씨 몸속의 조그마한 구덩이에서 조용히 잠을 자고 있다. 나에게는 그것이 보인다.

사에키 씨가 나에게 무엇인가 질문한다. 그러나 나는 대답할 수가 없다. 질문의 의미조차 잘 파악되지 않는다. 물론 그녀의 말은 내 귀에 들어온다. 그것은 고막을 진동시키고, 그 진동은 뇌에 전달되고, 언어로 바뀐다. 그러나 말과 의미의 연결이 잡히지 않는다. 나는 당황해서 얼굴이 빨개지고 엉뚱한 말을 입에 담는다. 오시마 씨가 뭐라고 대신 그녀의 질문에 대답해 준다. 나는 오시마 씨의 대답에 맞추어 고개를 끄덕인다. 사에키 씨는 미소를 짓고는 나와 오시마 씨에게 인사하고 돌아간다. 주차장에서 그녀의 폭스바겐의 엔진 소리가 들려온다. 그것은 곧 멀어지더니 이윽고 사라진다. 오시마 씨는 뒤에 남아서 내가 도서관 문을 닫는 것을 도와준다.

"혹시 너, 누군가를 사랑하고 있는 거 아니야?" 하고 오시마 씨가 말한다. "넋이 나간 것처럼 보이는데."

어떻게 대답을 해야 좋을지 몰라 나는 잠자코 있는다. 그러다가 질문한다. "오시마 씨, 이상한 것을 묻는 것 같지만, 인간이 살아 있으면서 유령이 될 수도 있나요?"

오시마 씨는 카운터 위를 정리하던 손을 멈추고 내 얼굴을 본다.

"매우 흥미로운 질문이군. 그런데 그 질문은 문학적인, 그러니까 은유적인 의미에서의, 인간 정신의 존재 방식에 대한 질문이야, 아니면 좀 더 실제적인 질문이야?"

"아마 실제적인 의미의……."

"유령이 실제적인 존재라고 가정하고,라는 말이군?"

"네."

오시마 씨는 안경을 벗어 손수건으로 닦고 다시 쓴다.

"그건 '생령生靈'이라고 불리는 존재야. 외국의 예는 잘 모르지만, 일본에서는 종종 그런 것이 문학작품에 등장하곤 해. 예를 들어,『겐지 이야기』의 세계는 생령으로 가득 차 있어. 헤이안시대에는, 적어도 헤이안시대 사람들의 심적 세계에서는, 인간은 어떤 경우엔 살아 있는 채 영혼이 되어 공간을 이동하고, 상념을 이룰 수 있었어.『겐지 이야기』를 읽어 본 적 있어?"

나는 고개를 흔든다.

"이 도서관에도 몇 가지 현대어 역이 있으니까 읽어 봐. 예를 들어, 히카루 겐지의 애인이었던 로쿠조노미야스도코로는 본처인 아오이노우에에 대한 심한 질투로 괴로워하다가, 악령이 씌어 버렸어. 밤이면 밤마다 아오이노우에의 침소를 습격해서 마침내 죽여 버리고 말았지. 아오이노우에는 겐지의 아이를 잉태하고 있어서, 그 소식이 로쿠조노미야스도코로의 증오의 스위치를 켜버린 거야. 겐지는 승려를 모아 놓고 기도해서 악령을 쫓아내려 했지만, 그 원한이 너무 강해서, 로쿠조노미야스도코로에겐 무슨 수를 써도 당해 낼 수가 없었어.

하지만 이 이야기에서 가장 흥미로운 점은, 로쿠조노미야스도코로 자신은 생령이 됐다는 것을 전혀 깨닫지 못했다는 점에 있어. 악몽에 시달리다 잠에서 깨면 길고 검은 머리에 전혀 기억에 없는 호마불 속에 공양물을 던져 넣어 태우며 재앙과 악업을 쫓는 불교의 제의 냄새가 배어 있었지. 그녀는 이유를 알 수 없어 혼란스러웠어. 그것은 아오이노우에를 위한 기도에 사용하던 호마 냄새였어. 그녀는 자기도 모르는 사이에 공간을 뛰어넘어 심층 의식의 터널을 빠져나가, 아오이노우에의 침소에 다녔던 거야. 『겐지 이야기』에서 제일 으스스하고 스릴 넘치는 장면이지. 로쿠조노미야스도코로는 나중에 자기도 모르는 사이에 저지른 소행을 알고, 그 깊은 악업이 두려워 삭발하고 출가를 해.

괴기한 세계라는 것은, 즉 우리 자신의 마음의 어둠이야. 19세기에 프로이트와 융이 나와서 우리의 심층 의식에 분석의 빛을 비추기 전, 그 두 가지 어둠의 상관성은 사람들에게 일일이 생각할 필요도 없는 너무도 분명한 사실이었고, 메타포조차 아니었어. 아니, 좀 더 거슬러 올라가면 그것은 상관성마저도 없는 것이었지. 에디슨이 전등을 발명할 때까지 세계의 대부분은 문자 그대로 칠흑 같은 어둠에 싸여 있었다, 그리고 그 바깥의 물리적인 어둠과 내면의 영혼의 어둠은 경계선 없이 뒤섞여서 그야말로 하나로 연결되어 있었다, 이런 식으로 말이야."

오시마 씨는 두 손바닥을 찰싹 치면서 하나로 합친다.

"『겐지 이야기』를 쓴 무라사키 시키부가 살던 시대에 생령이라는 것은 괴기 현상인 동시에, 생활 속에 존재하는 극히 자연스러운 마음의 상태였어. 그 두 종류의 어둠을 따로 떨어뜨려 생각하는 것은 당시 사람들에겐 아마 불가능했을 거야. 하지만 우리가 지금 있는 세계는 그렇지 않게 돼버렸지. 바깥 세계의 어둠은 완전히 사라졌지만, 마음의 어둠은 대부분 그대로 남아 있어. 우리가 자아나 의식이라고 부르는 것은 빙산과 마찬가지로 대부분이 어둠의 영역에 가라앉아 있어. 그런 괴리가 어떤 경우에는 우리 내부에 깊은 모순과 혼란이 태어나게 하지."

"오시마 씨의 통나무집 주위에는 진짜 어둠이 있어요."

"그래, 맞아. 거기에는 아직도 진짜 어둠이 있어. 난 가끔 그 어둠을 보려고 거기에 가."

"인간이 생령이 되는 계기나 원인은 늘 그렇게 부정적인 감정인가요?"

"그렇게 결론을 내릴 만한 근거는 없어. 하지만 별로 배운 것도 없고 재주도 없는 내가 알고 있는 범위에서는 그런 생령은 거의 대부분 부정적인 감정에서 생기는 것 같아. 인간이 품는 격한 감정은 대체로 개인적이고 부정적인 것이지. 그리고 생령이라는 것은 대체로 격한 감정에서 자연 발생적으로 생기거든. 유감스럽게도 인류 평화의 실현이나 논리성의 관철을 위해 인간이 생령이 된 예는 없었어."

"그럼 사랑을 위해서는?"

오시마 씨는 의자에 앉아 생각에 잠긴다.

"그건 어려운 질문이야. 나로서는 제대로 대답할 수 없어. 다만 내가 말할 수 있는 것은, 그런 구체적인 예는 한 번도 본 적이 없다는 사실이야. 예를 들어, 『우게쓰 이야기雨月物語』에 「국화의 언약」이라는 이야기가 있어. 읽은 적 있어?”

“없어요.”

“『우게쓰 이야기』는 우에다 아키나리가 에도시대 후기에 쓴 작품이지만, 시대는 전국시대로 설정돼 있어. 우에다 아키나리는 그런 의미에서 얼마간 고전적이랄까 회고적인 경향을 가진 사람이었지.

두 무사가 친구가 되어 의형제를 맺어. 이런 일은 사무라이에겐 매우 중요한 관계지. 의형제의 언약을 맺는다는 것은 각자의 목숨을 서로에게 맡긴다는 것이니까 말이야. 상대를 위해서는 주저 없이 목숨을 내버린다. 그것이 의형제라는 거야.

두 사람은 멀리 떨어진 곳에 살면서 다른 주군을 섬기고 있었는데, 국화꽃이 필 무렵이 되면 네가 있는 곳으로 무슨 일이 있어도 찾아가겠다고 한 사무라이가 말했어. 그러면 그때 자네를 맞을 채비를 하고 기다리고 있겠네, 하고 다른 사람이 말했지. 하지만 친구를 방문하기로 약속했던 사무라이는 문제에 말려들어 감금을 당하는 바람에 밖에 나갈 수도 없고, 편지를 보내는 것도 허용되지 않았어. 이윽고 여름이 지나고 가을이 깊어져 국화가 피는 계절이 됐는데, 감금된 몸이라 친구와의 약속을 이행할 수 없게 됐어. 사무라이에게 약속은 무엇보다 중요한 것이고, 신의는 목숨보다도 소중한 것이야. 그래서 그 사무라이는 배를 갈라 자살하고 넋이 되어 천 리 길을 달려 친구를 찾아가.

그리고 국화꽃 앞에서 마음껏 이야기를 나누고는 그대로 땅 위에서 사라져 버려. 무척 아름다운 이야기지."

"그는 영혼이 되기 위해 죽을 수밖에 없었군요."

"그렇게 봐야겠지" 하고 오시마 씨가 말한다. "인간은 신의나 친애의 정, 우정을 위해 생령이 될 수는 없는 것 같아. 그래서 죽는다는 행위가 필요해. 신의나 친애나 우정을 위해 인간은 목숨을 버리고 영혼이 되는 거지. 살아 있는 채 영혼이 될 수 있게 하는 것은 내가 알고 있는 한 역시 악한 마음이야. 부정적인 상념이지."

나는 그에 대한 생각을 해본다.

"그렇지만 네가 말하는 것처럼 긍정적인 사랑을 위해 생령이 되는 경우도 있을지 몰라. 그렇게 자세히 이 문제에 관해 따져 본 건 아니지만 그런 일이 일어날 수 있을지도 모르지" 하고 오시마 씨가 말한다. "사랑이라는 것은 세계를 무너뜨렸다가 다시 구축하는 것이니까, 그 세계에선 무슨 일이든 일어날 수 있어."

"오시마 씨" 하고 나는 묻는다. "오시마 씨는 사랑을 해본 적 있어요?"

그는 어처구니없다는 듯이 내 얼굴을 쳐다본다. "이런, 이런, 넌 나를 뭘로 생각하고 있는 거야? 나는 불가사리도 아니고 산초나무도 아니야. 피가 흐르는 인간이라고. 사랑 같은 건 나도 해본 적 있어."

"그런 의미로 말한 건 아니에요." 나는 얼굴이 붉어져서 말한다.

"알고 있어" 하고 그가 말한다. 그러고는 다정하게 웃는다.

오시마 씨가 돌아가고 난 후 나는 방으로 돌아와서 스테레오 장치의 스위치를 켜고, 「해변의 카프카」를 턴테이블에 올려놓는다. 회전수를 45에 맞추고, 카트리지의 바늘을 내려놓는다. 그리고 가사가 적혀 있는 속지를 읽으면서 그 노래를 듣는다.

「해변의 카프카」

당신이 세계의 끝에 있을 때
나는 죽은 화산의 분화구에 있고
문 그림자에 서 있는 것은
문자를 잃어버린 말.

잠이 들면 그림자를 달이 비추고
하늘에선 작은 물고기들이 내리고
창밖에는 마음을 굳게 먹은
병사들이 서 있네.

(후렴)

해변의 의자에 카프카는 앉아서

세계를 움직이는 진자振子를 생각하네.

마음의 원이 닫힐 때

어디에도 갈 수 없는 스핑크스의

그림자는 나이프가 되어

그대의 꿈을 꿰뚫네.

물에 빠진 소녀의 손가락은

입구의 돌을 찾아 헤매네.

푸른 옷자락을 쳐들고

해변의 카프카를 바라보네.

나는 세 번 반복해서 그 레코드를 듣는다. 먼저 의문이 하나 머릿속에 떠오른다. 어째서 이런 가사가 붙은 곡이 백만 장 이상이나 팔려 나가는 대히트를 기록했을까? 이 곡에 쓰인 말들은 난해하다고까지 할 정도는 아니지만 무척 상징적이고, 초현실적인 일면마저 있다. 적어도 많은 사람들이 금방 외우고 흥얼거릴 수 있을 만한 가사는 아니다. 그러나 되풀이해서 듣고 있는 사이, 그 가사는 조금씩 친근한 울림을 가지고 다가오기 시작한다. 노래에 있는 하나하나의 말이 내 마음속에서 머물 곳을 찾아내 자리 잡는다. 그건 불가사의한 감각이다. 의미를 뛰어넘은 이미지가 기리에종이를 오려 내어 사물의 형태로 만들거나 그림처럼 구성한 것처럼 일어나서, 홀로 걷기 시작하는 것이다. 마치 깊은 꿈을 꾸고 있을 때처럼.

무엇보다 멜로디가 굉장하다. 비틀어진 데 없는 아름다운 선율이다. 그러나 결코 평범하지는 않다. 그리고 사에키 씨의 목소리가 그 멜로디에 위화감 없이 녹아들어 있다. 프로 가수라고 하기엔 성량이 부족하고, 기교가 있는 것도 아니다. 그러나 그 목소리는 정원의 디딤돌을 적시는 봄비처럼, 우리 의식을 부드럽게 씻어 준다. 그녀가 먼저 자기가 연주하는 피아노 소리에 맞춰 노래를 부르면 그 뒤로 소규모의 현악기와 오보에 연주가 흐른다. 아마 예산 관계도 있었을 것이다. 당시로서도 퍽 소박한 편곡이지만, 쓸데없는 것이 덧붙여져 있지 않은 것이 오히려 신선한 효과를 낳고 있다.

그리고 후렴 부분에 이상한 코드가 두 개 등장한다. 그 밖의 코드는 모두 매우 단순하고 평범한 것이지만, 그 두 개만이 묘하게 의외의 느낌을 주면서 참신하다. 어떻게 구성된 화음인지, 조금 들어서는 알 수 없다. 그러나 처음 들었을 때, 나는 한순간 혼란스러워진다. 조금 과장해서 말한다면, 배신을 당한 것 같은 기분마저 든다. 그 울림의 돌연한 이질감이 내 마음을 흔들고 불안정하게 만든다. 전혀 예상도 하지 않았을 때, 어딘가의 틈새에서 차가운 바람이 불어 들어온 것처럼. 그렇지만 후렴이 끝나면 처음의 아름다운 멜로디가 다시 등장하고, 우리를 원래의 조화와 친밀함의 세계로 데려다준다. 문틈으로 새어 들어오는 틈새 바람은 더 이상 불지 않는다. 이윽고 노래가 끝나고, 피아노가 마지막 한 음을 두드리고, 현악기가 화음을 조용히 유지하고, 오보에가 여운을 남기며 멜로디를 종결한다.

되풀이해서 듣고 있는 사이에 이 「해변의 카프카」가 수많은 사람들의 마음을 사로잡은 이유 같은 것을, 나는 어렴풋하게나마 이해할 수 있게 된다. 「해변의 카프카」의 음악에 담겨 있는 것은 자연스러운 재능과 욕심 없는 마음의 솔직하고 다정한 어우러짐이다. 그것은 '기적적'이라는 표현을 써도 좋을 만큼 빈틈없이 딱 들어맞는 환상적인 어우러짐이라고 할 수 있다. 지방도시에 사는 열아홉 살의 수줍은 여자아이가 먼 곳에 있는 애인을 그리며 가사를 쓰고 피아노 앞에 앉아 곡을 만든다. 아무 꾸밈 없이 있는 그대로를 노래한다. 그녀는 누군가에게 들려주기 위해서가 아니라, 자기 자신을 위해 이 곡을 만들었다. 자기 마음을 조금이라도 따뜻하게 하기 위해. 그 무심함이 사람들의 심금을 조용히, 하지만 확실하게 울린다.

나는 냉장고 안에 있는 것으로 간단히 저녁을 때운다. 그리고 다시 「해변의 카프카」를 턴테이블에 올려놓는다. 의자에 앉아서 눈을 감고, 열아홉 살의 사에키 씨가 스튜디오에서 피아노를 치며 이 노래를 부르는 광경을 떠올린다. 그녀가 품었던 따뜻한 상념을 생각한다. 그리고 그 상념이 의미 없는 폭력에 의해, 뜻하지 않게 단절돼 버릴 수밖에 없었던 비극을 생각한다.

곡이 끝나자 바늘이 올라가 제자리로 돌아간다.

사에키 씨는 「해변의 카프카」의 가사를 이 방에서 썼을 것이다. 레코드를 몇 번씩 듣고 있는 동안에, 나는 점점 그런 확신을 갖게 된다. 그리고 해변의 카프카는 벽에 걸린 유화 속 소년인 것이다. 나는 의자에 앉아, 어젯밤의 그녀 모습 그대로 책상에 턱을 괴고, 똑같은 각도로 벽 쪽으로 시선을 돌린다. 내 시선 끝에는 유화가 있다. 아마 틀림없을 것이다. 사에키 씨는 이 방에서 이 그림을 바라보고, 소년을 생각하면서 「해변의 카프카」의 가사를 쓴 것이다. 아마도 밤의 어둠이 가장 깊어진 시각에.

나는 벽 앞에 서서, 바로 앞에서 다시 한번 그 그림을 자세히 본다. 소년은 먼 곳을 보고 있다. 그 눈에서는 수수께끼 같은 깊이가 엿보인다. 그가 보고 있는 하늘에는 윤곽이 또렷한 구름이 몇 점 떠 있다. 제일 큰 구름의 모양은 웅크리고 있는 스핑크스처럼 보이기도 한다. 스핑크스, 하고 나는 기억을 더듬는다. 그것은 청년 오이디푸스가 무릎을 꿇게 한 상대다. 오이디푸스는 수수께끼를 풀었다. 괴물은 자신이 졌다는 것을 알고 벼랑에서 몸을 던져 자살했다. 오이디푸스는 그 공으로 테베의 왕위에 오르고, 왕비인 생모와 결혼하게 된다.

그리고 카프카라는 이름—사에키 씨는 그림 속의 소년이 자아내고 있는 수수께끼 같은 고독을, 카프카의 소설 세계와 결부해서 파악한 것이라고 나는 추측한다. 그렇기 때문에 그녀는 소년을 '해변의 카프카'라고 불렀다. 부조리의 파도가 밀려오는 해변을 방황하고 있는 외톨이 영혼. 아마 그것이 카프카라는 말이 의미하는 것이 아닐까.

카프카라는 이름이나 스핑크스뿐 아니라, 가사의 몇 소절에서 내가 놓여 있는 상황과 겹치는 부분을 발견할 수 있다. "하늘에선 작은 물고기들이 내리고"라는 부분은, 나카노구의 상점가에 정어리와 전갱이가 하늘에서 떨어져 내린 사실 그대로를 말한 것이다. "그림자는 나이프가 되어 그대의 꿈을 꿰뚫네"라는 부분은, 아버지가 칼에 찔려 살해당한 것을 의미하는 듯하다. 나는 그 가사를 한 줄 한 줄 노트에 옮겨 적고, 몇 번씩 되풀이해서 읽는다. 마음에 걸리는 부분에 연필로 밑줄을 친다. 그러나 결국 모든 것이 너무 암시적이어서 나는 막막하게 서 있을 뿐이다.

"문 그림자에 서 있는 것은
문자를 잃어버린 말."

"물에 빠진 소녀의 손가락은

입구의 돌을 찾아 헤매네."

"창밖에는 마음을 굳게 먹은

병사들이 서 있네."

이런 표현들은 도대체 무엇을 의미하는 것일까? 서로 부합하는 것처럼 보이는 것은 단순히 암시적인 우연의 일치에 지나지 않는 것일까? 나는 창가로 가서 유리창 너머로 정원을 바라본다. 밖에는 엷은 어둠이 내리기 시작한다. 나는 열람실의 소파에 앉아 다니자키 준이치로가 번역한 『겐지 이야기』를 펼친다. 열 시가 되자 잠자리에 들어 머리맡의 불을 끄고 눈을 감는다. 그리고 열다섯 살의 사에키 씨가 이 방으로 돌아오기를 기다린다.

옮긴이 김춘미

이화여자대학교 영문학과 및 한국외국어대학교 대학원 일본어과를 졸업했다. 고려대학교 대학원에서 국문학과 박사과정을 수료하고, 일본 도쿄대학교 비교문학 연구실 객원교수, 일본 국제문화연구센터 객원연구원 등을 역임했다. 현재 고려대학교 일어일문학과 명예교수이자 글로벌일본연구원 일본번역원장이다. 옮긴 책으로는『일요일 오후의 잔디밭』『손바닥의 바다』『물의 가족』『밤의 거미원숭이』등이 있다.

해변의 카프카 1

1판 1쇄 2003년 7월 25일
2판 1쇄 2008년 5월 22일
3판 1쇄 2024년 6월 10일
3판 4쇄 2024년 11월 27일

지은이 무라카미 하루키
옮긴이 김춘미

펴낸이 임지현
펴낸곳 (주)문학사상
주소 경기도 파주시 회동길 363-8, 201호(10881)
등록 1973년 3월 21일 제1137호

전화 031)946-8503
팩스 031)955-9912
홈페이지 www.munsa.co.kr
이메일 munsa@munsa.co.kr

ISBN 978-89-7012-546-6 (04830)
978-89-7012-545-9 (세트)

* 잘못 만들어진 책은 구입처에서 교환해 드립니다.
* 가격은 뒤표지에 표시되어 있습니다.